CHRISTINE RATH

Maiglöckchensehnsucht

LIEBESRÄTSEL AM BODENSEE Nach einem schweren Schicksalsschlag versucht Maja, mit Hilfe ihrer Mutter Luise und ihrer Tochter Nini, durch das Eröffnen der Pension ›Maiglöckchen‹ am Bodensee wieder neuen Lebensmut zu finden.

Schon bald erleben die Drei turbulente Tage, nicht nur in dem geerbten, malerischen alten Haus am See, sondern auch in der Liebe.

Bei Umbauarbeiten der Villa entdeckt Maja eine alte Spieluhr mit einer mysteriösen Inschrift. Hat vielleicht die Irin Nora etwas damit zu tun, die in der Pension auftaucht und behauptet, die rechtmäßige Erbin des alten Hauses zu sein?

Auch der attraktive Frauenschwarm Peter, der so oft in der Pension zu Gast ist, verhält sich merkwürdig.

Nachdem Peter tot im See treibt, wird es höchste Zeit, dass Majas Freund, Kommissar Michael Harter, die Sache in die Hand nimmt. Offenbar hatte Peter Kontakte zu vielen Frauen, die er alle über das Internetportal »Seensucht« kennengelernt hatte.

Als Michael erfährt, warum Peter sterben musste und Maja hinter das Geheimnis einer verbotenen Liebe kommt, ist es für Majas eigenes Glück schon fast zu spät.

Doch Maja ist fest entschlossen, um ihre Existenz, die Liebe und ihr Glück zu kämpfen!

Christine Rath, Jahrgang 1964, lebt seit ihrer Kindheit am Bodensee.

Nach einigen Jahren als Presse- und Marketingassistentin bei der Messe Friedrichshafen und im Immobilienbüro ihres Mannes betreibt sie seit 2006 mit ihrer Familie ein Hotel in Ludwigshafen. Mit ›Butterblumenträume‹ gab Christine Rath 2011 ihr Romandebüt.
www.christinerath.de

Bisherige Veröffentlichungen im Gmeiner-Verlag:
Sanddornduft (2014)
Wildrosengeheimnisse (2013)
Butterblumenträume (2011)

CHRISTINE RATH

Maiglöckchen-sehnsucht

Roman

GMEINER SPANNUNG

Ausgewählt von
Claudia Senghaas

Personen und Handlung sind frei erfunden.
Ähnlichkeiten mit lebenden oder toten Personen
sind rein zufällig und nicht beabsichtigt.

Besuchen Sie uns im Internet:
www.gmeiner-verlag.de

Im Ehnried 5, 88605 Meßkirch
Telefon 07575/2095-0
info@gmeiner-verlag.de

1. Auflage 2015

Lektorat: Claudia Senghaas, Kirchardt
Herstellung: Julia Franze
Umschlaggestaltung: U.O.R.G. Lutz Eberle, Stuttgart
unter Verwendung eines Fotos von:
© Wilm Ihlenfeld / Shutterstock.com
Druck: GGP Media GmbH, Pößneck
Printed in Germany
ISBN 978-3-8392-1646-0

»Das ist die Sehnsucht: Wohnen im Gewoge
und keine Heimat haben in der Zeit.
Und das sind Wünsche: leise Dialoge
täglicher Stunden mit der Ewigkeit.

Und das ist Leben. Bis aus einem Gestern
die einsamste von allen Stunden steigt,
die, anders lächelnd als die andern Schwestern,
dem Ewigen entgegenschweigt.«

Rainer Maria Rilke

Für meine Kinder

1. KAPITEL
»LEISE RIESELT DER SCHNEE«

Sanft, ganz sanft fallen sie vom Himmel … kleine, große, unendlich viele und unglaublich zarte weiße Schneeflocken. Ich stehe am Fenster und betrachte, wie sich die Welt um mich herum in einen weißen Wintertraum verwandelt.

Wie still es ist! Kann man Schnee eigentlich hören? Vielleicht, wenn man selbst ganz leise ist? Ich öffne das Fenster und strecke die Hand nach draußen, um ein paar der kleinen Flocken einzufangen. Im Nu ist mein Ärmel auch ganz weiß. Komisch, dass einem die Nässe des Schnees überhaupt nichts ausmacht! Bei Regen hätte ich das Fenster längst geschlossen. Aber Regen ist auch laut und unangenehm, während die leise Stille des herabfallenden Schnees den Lärm und die Hektik des Tages komplett vergessen lässt. »Leise rieselt der Schnee … still und starr ruht der See …«, fällt mir das alte Weihnachtslied ein, das ich bereits als Kind so sehr geliebt habe. Wie schön auf einmal alles aussieht, selbst der ruhige See in seinem sanften Grau. Schon haben alle Büsche und Bäume im Garten weiße Mützen auf, und auch der Steg ist mit einer kuschelweichen Schneeschicht überzogen. Dabei hatte es am Vormittag noch so sonnig ausgesehen, obwohl es bereits bitterkalt war. Jedoch hatte der Himmel schon diese seltsame rosa-graue Farbe angenommen, die immer den Schnee ankündigt. Wenn man am See lebt, bekommt man mit der Zeit einen Blick dafür, wenn sich das Wetter ändert. Besonders, wenn man so oft den Blick zum Himmel richtet wie ich!

Ich schließe das Fenster, denn auf einmal ist mir doch kalt. Außerdem sollte ich nicht noch mehr Zeit mit Träumereien verplempern, denn heute ist der 24. Dezember – Heiligabend! Und ich habe noch kein einziges Geschenk. Wie oft habe ich früher die Leute belächelt, die noch am Weihnachtstag hektisch durch die Geschäfte eilen, um noch irgendwo ein brauchbares Geschenk aufzutreiben, mit dem sie am Abend ihre Lieben erfreuen können. Die meisten von ihnen mit diesem verzweifelten Gesichtsausdruck, weil die besten und schönsten Dinge leider schon lange ausverkauft sind.

Und nun bin ich selbst eine von diesen Wahnsinnigen! Ich hoffe inständig, dass ich in einer der kleinen Boutiquen etwas für Nini und vielleicht auch eine nette Kleinigkeit für Christian erstehen kann. Wenigstens muss ich keinen Parkplatz suchen, da ich ja zu den Glücklichen gehöre, die in Überlingen am schönen Bodensee leben dürfen.

Ich ziehe meinen dicken schwarzen Wollpullover über und setze meine rote Pudelmütze auf, die bei dem Schnee sicher schon bald weiß statt rot sein wird.

Den dicken Daunenmantel und die festen Stiefel werde ich heute auf jeden Fall auch benötigen. Erwartungsfroh wedelt meine Mischlingshündin Jojo mit dem Schwanz und läuft zur Tür.

»Heute nicht, Jojo!«

Am Klang meiner Stimme merkt Jojo, dass ich sie nicht mitnehmen möchte. Sie sieht mich vorwurfsvoll an und trollt sich in ihr Körbchen. In der Küche meines Cafés

Butterblume empfängt mich Ruth, die gerade dabei ist, die Geschirrspülmaschine auszuräumen.

»Du bist ja immer noch da!«, sage ich vorwurfsvoll zu ihr. Die Gute hat nicht nur die letzten Gäste bedient, sondern auch schon den gemütlichen kleinen Gastraum blitzblank geputzt.

»Ab nach Hause mit dir!« Ich versuche, meiner Stimme einen strengen Ton zu geben.

»Wie könnte ich wohl nach Hause gehen, ohne dir ›Frohe Weihnachten‹ zu wünschen?«, fragt Ruth lächelnd daraufhin, während sie ruhig die kleinen Teetassen in unseren Küchenschrank stellt.

Ich bin so froh, dass es sie gibt und sie mir in meinem Café *Butterblume* zur Hand geht. Seitdem meine Tochter Nini ein Studium in Mannheim begonnen hat und deshalb nur noch selten am See ist, und meine Mutter seit dem letzten Jahr glücklich verheiratet in den Staaten lebt, bin ich hier doch ziemlich allein. Na ja, bis auf meine kleine Hündin Jojo, die ich außer dem alten Nachbarhaus von meiner Freundin Frieda geerbt habe … und natürlich meinen Liebsten Christian, der jedoch ein äußerst erfolgreicher Anwalt ist und seine Kanzlei in Stuttgart hat, weswegen er nicht allzu oft bei mir sein kann.

Außerdem besitzt er eine Dependance für Einwanderungsrecht in Kanada, die er eigentlich seiner Exfrau übergeben wollte. Nachdem diese sich im Oktober jedoch Hals über Kopf in ihren Psychotherapeuten verliebte und seitdem auf und davon ist, bleibt wieder die ganze Arbeit an ihm hängen und viel zu wenig Zeit für uns beide am schönen Bodensee.

Ruth habe ich erst im letzten Jahr kennengelernt, aber sie ist schnell zu einem sehr wichtigen Menschen in meinem Leben geworden. Sie war da, als ich am dringendsten Hilfe brauchte, und ist seitdem unentbehrlich für mich geworden.

Ruth ist oder vielmehr war Teil einer Gruppe von lebenslustigen Frauen »in den besten Jahren«, die mein Café *Butterblume* meist nach oder statt ihrer Bauch-Beine-Po-Gymnastik besuchen, weswegen ich sie insgeheim BBP-Ladys nenne. Da sich Ruth im letzten Sommer dummerweise in Hubert, den Mann einer der Ladys, verliebte, hat sie sich aus dieser Gruppe ausgeklinkt und hilft mir stattdessen in ihrer Freizeit im Café.

Sie scheint völlig in dieser Arbeit aufzugehen, denn sie ist praktisch jeden Tag in der *Butterblume*, auch wenn ich sie gar nicht für die vielen Stunden bezahle.

Wenn ich deshalb ein schlechtes Gewissen habe und sie frage, was ich ihr denn stattdessen Gutes tun könne, dann winkt sie nur ab und sagt: »Das ist schon Gutes genug für mich, Maja … dass ich hier sein kann, mit dir in der *Butterblume* am See … und die netten Gäste bewirten darf!«

Das glaube ich ihr sogar. Denn finanziell hat sie es eigentlich überhaupt nicht nötig, arbeiten zu gehen. Ihr verstorbener Mann hat sie gut versorgt, doch ich kann mir vorstellen, dass eine so attraktive Mittfünfzigerin wie sie nicht einfach nur zu Hause sitzen oder zur Gymnastikstunde gehen mag.

Ich weiß, dass sie darunter leidet, die Geliebte eines verheirateten Mannes zu sein, auch wenn sie mir selten genug ihr Herz ausschüttet.

Hinzu kommt, dass die Frau dieses Mannes so etwas wie eine Freundin oder zumindest eine gute Bekannte von ihr ist. Das macht es sicher für sie doppelt schwer, auch wenn diese Frau eine ziemlich bestimmende und selbstherrliche

Person ist. Ruth erzählte mir eines Tages unter Tränen, dass es für sie fast nicht auszuhalten sei, Jutta ins Gesicht zu sehen, weswegen sie aus der Gymnastikgruppe ausgetreten sei. Dazu kämen diese ständigen Heimlichkeiten und die Angst, irgendwo von jemandem entdeckt zu werden. Und, was meiner Meinung nach das Schlimmste für Ruth ist, die Einsamkeit an Tagen wie diesen … an Feiertagen wie Weihnachten, Ostern … oder Geburtstagen, die ihr Geliebter im Kreis seiner Familie und nicht mit ihr verbringt.

Mir ist bewusst, dass das auch der Grund ist, weshalb Ruth jetzt immer noch hier und nicht schon längst zu Hause ist. Deshalb traue ich mich fast nicht zu fragen:

»Wirst du Hubert an den Feiertagen einmal sehen … oder bist du … allein?«

Allein. Weihnachten und allein … ich wollte das eigentlich gar nicht sagen und würde mir am liebsten die Zunge abbeißen.

Doch auf einmal bekommt Ruth ganz rote Wangen und sie antwortet glücklich:

»Aber nein, ich werde diesmal Weihnachten nicht allein sein. Hubert will mich besuchen, und zwar heute schon!! Denk dir, er will mir unbedingt ein Weihnachtsgeschenk bringen!«

Ruths blaue Augen strahlen noch mehr als sonst. Wie hübsch sie ist, denke ich. Ruth hat so etwas Entspanntes, Ausgeglichenes in ihren Zügen … so, als ob sie tief drinnen in sich selbst ruht. Mir fällt auf, dass dieses Wortspiel ja eigentlich gut zu ihrem Namen passt.

»Und was machst du dann noch hier?«, frage ich mit gespieltem Vorwurf in der Stimme und schiebe sie sanft aus der Küche.

»Ich gehe ja gleich, Maja!«, lacht sie zurück.

»Weißt du, ich habe gar nicht mehr viel zu tun. Eingekauft habe ich bereits vor ein paar Tagen, und mein kleines Häuschen ist blitzblank. Selbst der Weihnachtsbaum steht schon. Nun muss ich mich nur noch ein bisschen hübsch machen und das Essen in den Ofen schieben. Ich habe vor, einen leckeren Sauerbraten mit Rotkohl und Knödeln zu machen, den liebt Hubert doch so sehr.«

Ich kann mir schon vorstellen, dass Ruth seit Tagen in den Vorbereitungen für diesen festlichen Abend steckt. Man sieht ihr an, wie glücklich sie über den Besuch ihres Liebsten ist.

Im Stillen frage ich mich, wie Hubert es wohl schaffen wird, danach auch noch den Weihnachtsbraten seiner Ehefrau zu verspeisen, doch ich will Ruth die Freude nicht vermiesen und nehme sie stattdessen mit einem Lächeln in den Arm.

»Das freut mich wirklich. Dann wünsche ich euch frohe Weihnachten, liebe Ruth!«

Ruth sieht mich dankbar an, glücklich darüber, dass ich nicht zu denen gehöre, die ihr Vorwürfe und ein schlechtes Gewissen machen. Die meisten der ohnehin schon wenigen Leute, die von ihrer heimlichen Liebe wissen, haben nämlich kein Verständnis für sie. Ich dagegen muss immer an die alte und lebenskluge Frieda denken, mit der ich so viel über die Liebe gesprochen habe. Sie sagte stets zu mir: »Weißt du, Maja, man kann sich die Liebe nicht aussuchen. Die Liebe sucht *uns* aus. Und wenn sie das getan hat, dann müssen wir unserem Herzen folgen, auch wenn alles andere dagegen spricht!«

Im Fall von Ruth spricht allerdings so ziemlich Alles dagegen. Nicht nur die Tatsache, dass ihr Geliebter bereits eine Frau hat, sondern auch, dass er offensichtlich nicht gewillt ist, an diesem Arrangement etwas zu ändern. Natürlich behalte ich meine Zweifel lieber für mich, denn ich sehe, wie glücklich sie über diese wenigen und darum für sie so kostbaren »gestohlenen« Stunden ist. Dabei hätte sie es meiner Meinung nach wirklich verdient, einen echten Partner an ihrer Seite zu haben, der das Leben mit ihr zu genießen versteht.

Ruth ist nicht nur eine sehr hübsche, sondern auch unglaublich warmherzige, nette und gebildete Frau, die für ihr Leben gerne reist und sicher auch einmal ausgeführt werden will.

Sie ist einfach zu schade, um immer versteckt zu werden und ihr Dasein hier als Café-Angestellte zu fristen.

»Maja, ich weiß, du hast eine harte Zeit hinter dir«, sagt sie auf einmal und sieht mich ernst an, während sie meine Hand fest drückt, »und es hört sich wirklich blöd an, aber das Leben geht weiter. Weihnachten ist doch das Fest der Freude! Versprichst du mir, dass du über Weihnachten einmal nicht so furchtbar traurig sein wirst?«

Sie sieht ehrlich besorgt aus und wartet auf meine Antwort, die allerdings nur aus einem Nicken und einem kläglichen, jedoch ehrlichen Lächeln besteht.

»Ich möchte eigentlich noch gar nicht gehen, aber sicher wird Nini gleich eintreffen, und Christian kommt ja auch heute Abend, nicht wahr?«

Ich sehe Ruth an, dass sie zweifelt, ob sie mich wirklich allein lassen kann. Meine Güte, sehe ich etwa aus, als würde ich gleich aus dem Fenster springen?

Ich versuche mich an einem breiten Grinsen und sage: »Ja, Nini ist schon auf dem Weg. Ich muss mich sputen, denn ich muss ja noch ihr Weihnachtsgeschenk abholen.«

Abholen! Als ob ich bereits etwas gekauft hätte und dieses nur noch auf meine Abholung warten würde.

»Apropos Geschenk.«

Ruth bückt sich und zaubert ein kleines Päckchen aus ihrer Handtasche.

»Für dich, Maja! Es ist nur eine Kleinigkeit, von der ich dachte, sie würde dich sicher freuen. Aber bitte erst unterm Weihnachtsbaum aufmachen!«

Sie überreicht mir das kleine Päckchen in goldenem Papier, das mit roten Sternen beklebt ist.

Beschämt nehme ich es entgegen und schlucke die Tränen hinunter, die gerade aufsteigen. Natürlich hätte ich wissen müssen, dass Ruth etwas für mich hat. Wo sind nur in diesem Jahr meine Gedanken? Wieso habe ich es nicht geschafft, für die Menschen, die mir am Herzen liegen, ein Geschenk zu besorgen?

»Danke, liebe Ruth … ich weiß gar nicht, was ich sagen soll … aber …«, stammle ich hilflos.

»Nichts aber!«, schimpft sie mit mir. »Man schenkt doch etwas, um jemandem eine Freude zu machen und nicht, um eine Gegenleistung zu erwarten.«

Trotzdem ist es mir unangenehm, das Geschenk entgegenzunehmen.

Ruth tut jeden Tag so viel Gutes für mich. Ich hätte auch irgendeine Kleinigkeit besorgen können, ja, sogar müssen, denn ich hatte doch genug Zeit.

»Was hältst du davon, wenn wir beide nach den Feiertagen einmal schön essen gehen?«, frage ich in der leisen Hoffnung, dass dies vielleicht gerade noch so als Geschenk durchgeht, und weil ich mich dadurch ein ganz klein wenig besser fühle.

»Wir könnten mal wieder ins *Rosmarin* gehen und uns ein leckeres Thai-Curry gönnen!«

Vermutlich würde es uns beiden guttun, einmal wieder unter Leute zu gehen.

»Sehr gerne! Aber erst einmal verbringst du ein paar schöne Feiertage mit deinen Lieben!«, lacht Ruth, während sie in ihren warmen braunen Wollmantel schlüpft und die blonden Haare unter eine cremefarbene Strickmütze stopft. Hübsch sieht sie aus mit ihren roten Wangen und dem erwartungsfrohen Lächeln im Gesicht.

Meine Lieben … Noch sind sie ja gar nicht da. Denn natürlich habe ich Ruth angeschwindelt, als ich sagte, Nini sei bereits unterwegs. In Wahrheit habe ich heute noch gar nichts von ihr gehört und bin mir ziemlich sicher, dass sie bis zur letzten Minute bei ihrem Freund Ben bleiben will, was ich ja auch verstehen kann. Und das Flugzeug, mit dem Christian aus Kanada anreisen wird, landet erst um 21:00 Uhr in Stuttgart, also wird er wohl erst sehr spät am See eintreffen. Trotzdem muss ich langsam los, wenn ich wenigstens noch ein paar brauchbare Geschenke für die beiden finden möchte. Ich drücke Ruth noch einmal herzlich.

»Frohe Weihnachten und einen wunderschönen Abend, Ruth. Und … danke … für alles!«

Als ich gerade das Haus verlassen will, kommt Jojo um die Ecke und sieht mich mit ihren treuen Hundeaugen erwartungsfroh an. Ich kann nicht anders, ich hole die Leine und nehme sie mit.

»Hast es wieder mal geschafft!«, schimpfe ich mit ihr, dabei meine ich aber eigentlich mich selbst, weil ich schon wieder so inkonsequent bin. »Aber du bist selber schuld, wenn du jetzt im kalten Schnee herumsitzen und warten musst, während ich in den Geschäften bin! Fang bloß nicht an zu fiepen, nur weil du einen kalten Hintern hast!«

Jojo ignoriert natürlich meine Worte und schnüffelt stattdessen überglücklich im frisch gefallenen Schnee. Gemeinsam gehen wir in die winterweiße Wunderwelt hinaus.

Erwartungsgemäß ist in den Geschäften unserer kleinen Stadt am Bodensee am heutigen Tage die Hölle los. Ich bin nicht wirklich überrascht und freue mich sogar, dass ich nicht die Einzige bin, die offenbar auf den letzten Drücker ihre Weihnachtsgeschenke besorgt.

Nur Jojo ist genervt, sie wäre viel lieber auf dem kleinen Weg, der am See entlang führt, geblieben, auf dem so viel von dem watteweichen Schnee liegt.

Aber da muss sie jetzt durch, diesmal lasse ich mich nicht erweichen. Auf dem kleinen Marktplatz stehen noch die Buden des kleinen Weihnachtsmarktes, der bis vorgestern die Überlinger Bürger mit Glühwein und allerlei Leckereien erfreute. Ganz verlassen stehen sie da, als ob sie noch immer auf die vielen Menschen warten würden, die sich hier trafen, um ein Gläschen heißen Wein mit Freunden zu trinken oder eine Bratwurst zu essen. Nun ärgere ich mich, dass ich nicht den wundervollen roten Leuchtstern gekauft habe, den ich mir ein paar Mal in einer der Buden angesehen hatte. Wie hätte er schön im Fenster der *Butterblume* leuchten können! Selber schuld, schimpfe ich mit mir. Jetzt ist es zu spät.

Mein Blick fällt auf die Parfümerie Drahtmann, und augenblicklich fällt mir ein Geschenk für Nini ein. Ich betrete das Geschäft und werde empfangen von allerlei wundervollen Wohlgerüchen. Zum Glück ist meine Lieblingsverkäuferin Heidi da, die mir einen ganz speziellen und besonderen neuen Duft für mein Töchterchen empfiehlt. Na bitte, das erste Geschenk wäre in der Tasche! Jojo und ich schlendern weiter und kommen am Sportgeschäft vorbei. In der Auslage liegt ein toller roter Skipullover mit Norwegermuster, der sicher super an Christians breiten Schultern aussehen wird. Direkt neben dem Sportgeschäft befindet sich ein Schreibwarenladen, in dem ich einen edlen Füller für Nini erstehe. Als Studentin braucht man doch so etwas! Leider ist es zu spät, ihn gravieren zu lassen, das wäre eine hübsche Idee gewesen. Ich hätte eben früher daraufkommen sollen!

Nini hatte bereits im Herbst an das Weihnachtsgeschenk für ihre Oma in den USA gedacht, und das Päckchen an sie ist zum Glück längst unterwegs.

Sie hatte auf der Hochzeit ihrer Oma mit ihrem amerikanischen Freund Steve im letzten Mai unzählige Fotos gemacht und daraus ein wunderschönes Fotoalbum gebastelt. Meine Mutter wird begeistert sein, wenn sie die Erinnerungen an diesen schönen Tag auf der Insel Mainau noch einmal vor Augen hat. Dabei fällt mir ein, dass ich sie unbedingt heute noch anrufen und ihr ein frohes Fest wünschen muss. Auch der Weihnachtsbraten sollte in den Ofen. Der noch nicht einmal gekauft ist. Vielleicht würde Christian auch gerne einen Sauerbraten essen. Oder vielleicht lieber eine Gans? Mir wird bewusst, dass ich mir im Gegensatz zu Ruth bei Weitem nicht so viele Gedanken um die Gestaltung des Abends gemacht habe.

Beim Metzger sind die Gänse natürlich bereits ausverkauft.

»Die waret alle vorbestellt!«, informiert man mich vorwurfsvoll.

Doch es gibt noch einen leckeren Sauerbraten, der bereits eingelegt ist, und somit steht das Weihnachtsmenü fest, auch wenn es eine von Ruth geklaute Idee ist. Nini wird sich an Beilagen satt essen, die ebenfalls aus Knödeln und Rotkohl bestehen, was beides zu Ninis Lieblingsspeisen zählt. Zum Nachtisch gibt es Schokopudding mit Vanillesoße, auch den liebt sie sehr. All diese leckeren Dinge kann ich zum Glück in dem kleinen Lebensmittelmarkt erwerben, sodass ich später nicht noch einmal losfahren muss. Allerdings bin ich inzwischen so bepackt, dass ich Mühe habe, Jojos Leine noch ordentlich festzuhalten. Bei der Buchhandlung Osiander finde ich einen wundervollen Kalender mit Segelbooten für Christian und einen neuen Liebesroman für Nini, der in London spielt. Das wird ihr gefallen, da sie im letzten Jahr einige Monate dort verbracht hat.

Wunderbar! Ich bin glücklich, dass mein Last-minute-Shopping doch einigermaßen erfolgreich war, und ich auf die Schnelle noch ein paar schöne Dinge für meine Lieben erstanden habe. So voll bepackt kann ich allerdings beim besten Willen nicht zu Fuß nach Hause gehen, zumal es immer noch schneit. Was für eine Schnapsidee, statt des Autos den Hund mitzunehmen! Dieser kann mir nun wirklich nicht beim Tragen helfen. Außerdem wird es bereits dunkel, und es schneit munter weiter. Ich beschließe, mir ausnahmsweise einmal ein Taxi zu gönnen, und schlittere so gut es geht mit den Paketen unter dem Arm und dem Hund an der Leine in Richtung Taxistand. Auf dem Weg dorthin komme ich an einem kleinen Schmuckladen vorbei, der ein paar entzückende bernsteinfarbene Glitzerohrringe in der Auslage hat. Die müssen auch noch mit! Ebenso wie ein wunderschönes Armband aus Rosenquarz, das sicher sehr hübsch an Ruths schmalem Handgelenk aussehen wird.

Natürlich sind alle Taxis unterwegs, und Jojo und ich frieren uns synchron den Hintern ab. Da das nächste freie Taxi jedoch für uns bestimmt ist und wir gemütlich nach Hause gefahren werden, lobe ich mich selbst für diese kluge Entscheidung. In der Seestraße angekommen, erwartet uns jedoch eine Überraschung.

Nicht nur Ninis Beetle steht in der Einfahrt, nein, auch Ruths kleiner roter Polo steht dort, beide sind mit einer dicken Schneemütze bedeckt. Nanu, Ruth wollte doch längst zu Hause sein und sich für ihren Liebsten hübsch machen? Mich beschleicht ein ungutes Gefühl. Kaum, dass ich im Inneren des warmen und gemütlichen Hauses bin, lasse ich alle Tüten fallen und ziehe nur schnell den nassen Mantel und die Stiefel aus.

Nini und Ruth sitzen in der Küche, vor sich eine Kerze, eine Flasche Prosecco mit zwei Gläsern und sagen gerade wie aus einem Mund: »Männer!«

Nini springt sofort auf, als sie mich in der Tür erblickt, und stürzt in meine Arme. »Mama! Da bist du ja endlich! Wir haben auf dich gewartet und gedacht, wir stoßen schon mal auf Weihnachten an.«

Ich schließe kurz die Augen und atme den Pfirsichduft von Ninis Haaren ein. Wie schön es ist, dass sie da ist! Ich habe sie so sehr vermisst, dass ich sie kaum loslassen mag. Doch sie zieht mich zum Tisch und gießt auch mir ein Glas Prosecco ein. Ich setze mich damit neben Ruth, die mir ein trauriges Lächeln schenkt. Ich brauche die Frage nicht zu stellen, die mir auf der Zunge liegt, sondern stelle nur fest: »Er ist nicht gekommen.«

Was keine Überraschung für mich ist.

Ruths Gesicht, das noch bis vor wenigen Stunden richtig hübsch und glücklich aussah, wirkt auf einmal unglaublich müde. Sie blickt auf ihr Glas und schüttelt den Kopf. Natürlich hat sie prompt eine Entschuldigung für ihn parat.

»Hubert musste länger arbeiten, und zu Hause war bereits die Schwiegermutter eingetroffen. Dabei sollte die doch erst morgen kommen.«

Nini verdreht die Augen. Natürlich! Ruth hatte schon den Braten in den Ofen geschoben, sich in ein knallrotes Samtkleid geworfen und die Haare geföhnt. Ich könnte diesem Hubert eine knallen, so wütend bin ich. Es war doch klar, dass er Weihnachten im trauten Familienkreis verbringen würde! Er war nur zu feige, es Ruth zu sagen, wenn man mich fragt.

»Und wann hat er es für nötig gehalten, dich über diesen Umstand zu informieren?«, frage ich deshalb leicht genervt.

»Das Problem ist, dass ich erst eine ganze Weile gewartet habe und dann, als Hubert nicht kam, auf mein Handy sehen wollte. Aber da bemerkte ich, dass ich das Handy wohl in der *Butterblume* vergessen hatte.« Ruth hat entweder vom Prosecco oder vor lauter Aufregung ganz rote hektische Flecken im Gesicht.

»Willst du damit etwa sagen, Hubert hat dir per SMS mitgeteilt, dass er heute nicht kommen wird?« Nun bin ich wirklich richtig wütend. Anstandshalber hätte er doch zumindest bei Ruth anrufen können. Nein … sogar müssen!

»Ja, und ›Frohe Weihnachten, mein Mäuschen!‹ darunter geschrieben.«

»Also das ist doch wohl die Höhe: ›Mäuschen‹!«, empöre ich mich.

Ich nehme einen großen Schluck Prosecco, damit mir nicht etwas Unflätiges über Hubert herausrutscht.

»Das Handy lag tatsächlich hier in der Küche, und gerade als ich die SMS gelesen hatte, kam Nini zur Tür herein. Sie sah wohl meine Enttäuschung und lud mich spontan auf ein Gläschen Prosecco ein.«

»Super Idee!«, sage ich und schlage Ruth vor, doch den ganzen Heiligabend mit uns zu verbringen.

Ein Lächeln huscht über Ruths trauriges Gesicht, und sie will sofort losfahren, um den bereits zubereiteten Sauerbraten von daheim zu holen. Doch ich halte sie davon ab, indem ich sage, es könne ja möglich sein, dass Hubert an einem der nächsten Tage doch noch bei ihr aufkreuze, um das versprochene Geschenk vorbeizubringen. Auch wenn ich selbst nicht recht daran glaube. Aber ich kann sie unmöglich bei diesem Wetter mit dem Auto fahren lassen, zumal sie ja auch schon ein Gläschen oder zwei intus hat. Zudem habe ich selbst Fleisch für einen Braten besorgt und bitte sie daher, doch diesen nach ihrem speziellen, ganz persönlichen Rezept zuzubereiten. In der Zwischenzeit lege ich die Geschenke unter den Baum und geselle mich zu Nini ins Badezimmer, nicht ohne zuvor mein altes schwarzes Kleid angezogen zu haben. Ich stecke meine dunklen Locken hoch und ein paar glitzernde Ohrringe, die meine Freundin Emily mir einmal geschenkt hat, an die Ohrläppchen. Na bitte, geht doch. Ein wenig Kajal und roter Lippenstift, gleich sehe ich aus wie ein Vamp und nicht mehr wie das blasse Gespenst, das mir noch vor ein paar Minuten aus dem Spiegel entgegengeblickt hat. Doch Nini sieht mich misstrauisch an:

»Hast ganz schön abgenommen, Mama«, stellt sie fest.

»Ein bisschen vielleicht«, gebe ich zögernd zu, »ich hatte nicht so viel Appetit in der letzten Zeit.«

»In der Vorweihnachtszeit? Oh Mann, das müsste mir

mal passieren! Ich brauche die Lebkuchen und Dominosteine nur anzuschauen und habe schon ein Pfund mehr auf den Hüften«, seufzt Nini.

Das ging mir bis vor Kurzem noch ganz genauso, und daher habe ich auch keine Zweifel, dass es bald wieder so sein wird. Es muss mir nur erst wieder ein bisschen besser gehen, aber das wird es sicher bald. Im neuen Jahr … ganz bestimmt.

»Blödsinn«, sage ich zu Nini und kneife sie spaßeshalber in die Taille. »Da hat noch ganz viel Platz!«

Und schon kurz darauf zieht ein verführerischer Duft aus der Küche zu uns herauf. Dieser Hubert ist selbst schuld, wenn er sich dieses leckere Essen entgehen lässt!

Noch immer schneit es unaufhörlich und deshalb machen wir uns zu Fuß auf den Weg zum Heiligabend-Gottesdienst in der Klosterkirche Birnau, diesmal jedoch ohne Jojo, die noch genug von der Shopping-Aktion und den damit verbundenen nassen Pfoten hat und außerdem ihr warmes Körbchen sowie den Duft des Weihnachtsbratens nicht verlassen möchte.

In der Kirche bete ich im Stillen für Christian, der sich bei diesem Wetter auf den Weg von Stuttgart an den Bodensee machen muss. Heimlich schreibe ich während der Predigt eine SMS an ihn: ›Liebling, es wäre bei diesen Straßenverhältnissen besser, wenn du heute Nacht in Stuttgart bleiben würdest. Komm lieber erst morgen, ich habe sonst Angst um dich!‹

Christian hat noch eine Wohnung in Stuttgart an der Weinsteige, in der er unter der Woche übernachtet, wenn er

Termine in der Kanzlei in Stuttgart hat. Ich mag gar nicht daran denken, dass er bei diesem Wetter auf der Autobahn unterwegs ist. Wenn er jetzt noch nicht losgefahren ist, dann wird er Stunden brauchen, um zum See zu gelangen. Lieber soll er morgen früh ausgeschlafen losfahren, wenn die Schneeräumdienste schon im Einsatz waren!

Ich mache das Handy aus, schließe die Augen und höre die Stimmen der Menschen um mich herum, die *Stille Nacht* singen. Für einen Moment wünsche ich mir, die Kirche wäre leer wie so oft. Ich denke an meinen kleinen Engel und bete, dass er behütet sein mag, wenn er schon nicht bei mir sein darf.

2. KAPITEL
»DAS LICHTLEIN«

An allen Feiertagen ist es bitterkalt, und Überlingens Häuser haben Puderzuckerhäubchen aus Schnee. Natürlich hatte Christian sein Versprechen doch wahr gemacht und war noch in der Heiligen Nacht an den See gefahren. Zu später Stunde, als ich schon längst im Bett lag und mich unruhig hin und her wälzte, hatte er sich zu mir gelegt und mich sanft in seine Arme gezogen. Ich kuschelte mich an seine Schulter und vergaß die Sorge um ihn, glücklich, dass er bei mir war und ich seinen ruhigen Atemzügen lauschen durfte. Ich betrachtete ihn heimlich im Schlaf, wie ich es so oft tat, wenn ich wieder einmal selbst keine Ruhe fand, und grübelte, wie unser Kind wohl ausgesehen hätte. Hätte es meine Augen gehabt und seine sinnlichen Lippen? Meine Stupsnase und seine vollen, dichten Haare? Diese Fragen hielten mich nächtelang wach und sorgten dafür, dass ich auch tagsüber neben der Spur und nicht mehr dieselbe war. Und vermutlich nie mehr sein würde.

Ruth war in der Weihnachtsnacht nicht mehr heimgefahren, weil wir zu ihrem leckeren Braten gleich zwei Fläschchen Spätburgunder vom Römfeld-Weingut geleert hatten, und ich darauf bestand, sie nicht mehr fahren zu lassen. Nur zum Schein widerwillig hatte sie sich mit allerlei Bettzeug bewaffnet in Friedas Haus begeben, um dort in einem der Gästezimmer zu übernachten. In Wirklichkeit war sie natürlich froh, dass sie die Nacht nicht in ihrer Wohnung alleine verbringen musste, nachdem ihr Hubert sie so schmählich versetzt hatte.

Als meine alte Freundin Frieda im letzten Jahr starb, hatte sie mir ihr Haus vermacht, das sich in der Nachbarschaft der *Butterblume* befindet und direkt am Bodenseeufer liegt. Frieda hatte leider keine eigenen Kinder, deshalb standen wir uns sehr nahe. Auch heute noch vermisse ich sie und ihre lebensklugen Ratschläge sehr und wünsche mir oft, ich könnte wieder einmal ein Tässchen Tee mit ihr in ihrem schönen Garten trinken und ihr mein Leid klagen. Doch das geht leider nicht mehr. Möglicherweise ist das ja der Grund, warum mir immer noch nicht eingefallen ist, was ich mit ihrem Haus machen soll. Ich selbst bewohne ja die oberen Räume der *Butterblume*, die völlig ausreichend sind, selbst wenn Christian und Nini gleichzeitig einmal am Wochenende hier sind.

Irgendwie kann ich mich auch nicht dazu aufraffen, Friedas Haus an fremde Leute zu vermieten. Ich sehe die ganze Zeit Frieda in ihrem hellblau geblümten Kleid in der Küche stehen und Kuchen backen und kann mir nicht vorstellen, dass dort jemand anders wohnt.

Im letzten Jahr habe ich zusammen mit meiner Freundin Emily, die Innenarchitektur in Konstanz studiert und ein fabelhaftes Händchen für geschmackvolle Einrichtungen hat, einige der Räume in Friedas Haus ein wenig hergerichtet, als meine Mutter und ihr Bräutigam Steve anlässlich ihrer bevorstehenden Hochzeit zu Besuch kamen. Die beiden brachten Steves Tochter nebst Mann und drei reizenden kleinen Kindern mit und füllten das alte Haus im Nu mit Leben. Doch seitdem alle wieder in die USA zurückgekehrt sind, steht es praktisch leer.

Auch Ruth hatte nur die Heilige Nacht dort verbracht und sich am nächsten Morgen, nachdem sie bemerkt hatte, dass Christian wieder da war, schnell verabschiedet.

Mein Entschluss, das Café *Butterblume* an den Feiertagen und sogar bis nach Neujahr geschlossen zu halten, erschien mir zunächst äußerst reizvoll. Endlich einmal ausschlafen zu können und keine Verpflichtung zu haben, dieser Gedanke hatte etwas Verführerisches gehabt. Doch nun, nachdem die Feiertage vergangen und wir das Haus – abgesehen von kurzen Spaziergängen im Schnee – nicht verlassen konnten, ist mir auf einmal langweilig, und ich vermisse den täglichen Trubel, der mich von den dunklen Gedanken ablenkt. Ich spüre, dass die Arbeit in den letzten Wochen auch etwas Heilsames hatte.

»Deine Hände sind ja ganz kalt«, sagt Christian, als wir am See entlang gehen.

Der See liegt grau und still vor uns und strahlt eine gewisse vornehme Ruhe aus.

»Ach ja? Wie konnte das nur passieren?«, frage ich gereizt. Immerhin trage ich die neuen Handschuhe, die er mir aus Kanada mitgebracht hat.

Statt einer Antwort sieht Christian mich nur traurig an. »Ist dir kalt, Liebling? Vielleicht sollten wir wieder zurück ins Haus gehen?«, fragt er und steckt meine Hand mitsamt dem Handschuh in die Tasche seines schweren warmen Mantels.

»Warum nicht?«, frage ich gleichgültig und sehe gleichzeitig, dass er eine andere Antwort erwartet hat.

Eigentlich möchte ich auch etwas ganz anderes sagen. Dass ich froh bin, dass er hier ist. Und wie gut es tut, dass er meine Hand in seine Manteltasche steckt. Dass ich mir wünsche, er würde mich küssen, jetzt gleich, und zwar so sehr, dass ich an nichts mehr denken kann als an den Kuss. Warum kann ich das nicht sagen? Warum kann ich ihn nicht selbst einfach küssen?

»Wir könnten auch irgendwo etwas Schönes essen gehen?«, fragt er nun hoffnungsvoll, doch ich zucke nur die Schultern.

»Wohin denn? Nach den Feiertagen haben doch viele Restaurants geschlossen.«

»Wie wäre es mit Luigi? Wir könnten eine schöne Pasta essen und dazu ein Gläschen Bardolino oder Chianti trinken, was meinst du?«

»Eigentlich trinke ich am liebsten Bodenseewein, und den haben wir im Keller. Pasta mag ich eigentlich gar nicht soooo …«

»Dann kannst du doch auch eine Pizza essen. Komm, Maja, mach mir die Freude, lass uns ausgehen. Wir können doch nicht immer nur zu Hause sitzen.«

Und uns anschweigen, meint er. Denn ein richtiges Gespräch ist im Moment offenbar nicht möglich, wie es scheint. Ich weiß, dass es meine Schuld ist, und wünschte mir ja selbst, ich könnte eine andere sein. Die Alte Maja. Selbst einem Mädelgespräch mit Nini gehe ich aus dem Weg. Schon ein paar Mal kam sie in die Küche und wollte mir mir reden, doch ich vertröstete sie immer auf später. Ich bin die schlechteste Gesellschaft, die man sich denken kann, und würde mir den ganzen Tag am liebsten die Decke über den Kopf ziehen. Und nun soll ich mit Christian essen gehen? Ganz davon abgesehen, dass ich gar keinen Appetit habe, möchte ich auch ungern Nini allein zu Hause lassen, zumal sie schon bald wieder nach Mannheim aufbrechen wird.

»Und Nini …?«, frage ich daher.

»... kann entweder sehr gerne mitkommen oder sich selbst etwas in die Pfanne hauen, so wie sie es im Übrigen in Mannheim die ganze Zeit sehr gut auf die Reihe bekommt«, sagt Christian bestimmt und zieht mich nach meinem »Na gut!« mit so großen Schritten zurück nach Hause, dass ich Mühe habe, mitzuhalten.

Nini liegt in ihrem Zimmer auf dem Bett und liest in dem neuen Buch, das ich ihr zu Weihnachten geschenkt habe. Anscheinend ist es sehr spannend, weswegen sie keine Lust hat, uns zu begleiten.

»Ihr wollt ausgehen? Ach so ... schade ... Mama, ich wollte nämlich gerne etwas mit dir besprechen. Eigentlich die ganze Zeit schon. Hättest du vielleicht vorher noch ein paar Minuten Zeit für mich?

»Natürlich!«, sage ich schnell, denn eigentlich habe ich im Gegensatz zu Christian sowieso keine Lust, noch einmal das warme und gemütliche Haus zu verlassen. Nachdem ich mich aus den ganzen warmen Klamotten gepellt habe, setzen wir uns auf unser gemütliches lila Sofa, auf dem wir schon so viele Probleme besprochen haben, und Nini beginnt zögerlich:

»Also die Sache ist die ...«

»Ja?«, hake ich nach, weil sie irgendwie nicht richtig zu Potte kommt.

»Ähm ... ja ... also ... das mit Mannheim ... war ... glaub ich ... nicht so ganz die richtige Entscheidung ... äh ...«

»Was meinst du damit, Nini? ›Nicht so ganz die richtige Entscheidung‹?«

Sie atmet tief durch.

»Tja, also ... das mit dem Studium und so ...«

Nini meidet meinen Blick und spielt mit ihrem Ring.

»Mit dem Studium? Was meinst du damit konkret?«

Ich nehme ihre Hand und sehe ihr fest in die Augen.

»Ja, also … das Studium … Mama, ich glaub, ich pack das nicht!«

Auf einmal schwimmen ihre Augen in Tränen.

»Ich hab die letzten Prüfungen versemmelt, und zwar alle! Und ich will nicht das ganze blöde Semester noch einmal machen … ich will das nicht mehr! Die ganze blöde Lernerei … wochenlang … alles umsonst! Ich schaffe es einfach nicht«, bricht es aus ihr heraus.

»Und warum hast du nicht früher mal was gesagt? Zum Beispiel, als du die Prüfungen ›versemmelt‹ hast? Wir haben doch so oft telefoniert«, wende ich ein.

Wieso kommt sie erst jetzt damit an?

Nini schaut auf ihre Fußspitzen, als wolle sie die Maschen ihrer gestrickten Ringelsocken zählen, und sagt dann zögernd:

»Ich weiß, aber du hattest doch deine eigenen Sorgen und da wollte ich dich nicht zusätzlich belasten.«

Auf einmal fängt sie an zu weinen.

»Hör mal, Nini …«, versuche ich, sie zu trösten. »Es gibt sicher eine Lösung. Ganz bestimmt kannst du die Prüfungen nachholen und dann …«

»Hast du mich nicht verstanden, Mama? Ich *will* sie nicht nachholen! Du weißt nicht, wie ich mich da reingehängt habe… und trotzdem habe ich sie nicht bestanden. Noch einmal die ganze Arbeit … und dann? Dann falle ich womöglich wieder durch? Nein, ohne mich!«

»Aber Nini, das ist doch überhaupt nicht gesagt, dass du wieder durchfällst. Du musst dich nur ein bisschen anstrengen, und dann wird das schon.«

»Nein, das wird überhaupt nicht! Ich kann das nicht und ich will das auch nicht. Das ganze blöde Studium hängt mir zum Hals heraus. Ich habe mir das alles total anders vorgestellt. Dieses betriebswirtschaftliche Gelaber ist so todlangweilig und kotzt mich einfach an.«

So langsam macht sie mich wütend und ich sage deshalb: »Es ist ja nicht so, dass du das Studium nicht unbedingt anfangen wolltest, nicht wahr? Und es musste ja auch unbedingt Mannheim sein! Nur, um bei deinem Freund Ben zu sein …«

Nini atmet wieder tief durch und sagt dann: »Richtig. Aber ich habe erkannt, dass die Entscheidung falsch war. Hast du mir nicht immer gesagt: ›Menschen können sich irren, Nini. Nicht jede Entscheidung ist die richtige.‹? Weißt du was, Mama? Ich habe vor Kurzem einen klugen Spruch gelesen, ich glaube, der war von Brecht und ging ungefähr so:

›Wer A sagt, muss nicht B sagen. Er kann auch erkennen, dass A falsch war. Mannheim war definitiv falsch. Das mit Ben übrigens auch‹, setzt sie plötzlich unvermittelt hinzu.

»Was? Aber Nini, wie kommt denn das jetzt so plötzlich?« Ich bin völlig von den Socken. Die ganze Zeit dachte ich, sie sei so glücklich mit Ben und ihrem Studium in Mannheim.

»Das kommt keineswegs so plötzlich, Mama. Ich habe das schon längere Zeit gemerkt, dass das Leben mit Ben nicht so ist, wie ich mir das eigentlich vorgestellt habe. Er ist so ein furchtbarer Langweiler! Für ihn ist es schon der absolute Leichtsinn, wenn wir mal ins Kino gehen oder einen Pärchen-Abend mit Mensch-Ärgere-dich-nicht-Spielen verbringen. Ich will mehr, ich will mal was Verrücktes machen. Ich bin jung, ich will ›leben‹!«, bricht es aus ihr heraus.

»Aber Nini, was verstehst du denn unter *Leben*? Ben ist nun einmal ein anständiger junger Mann, der seine Zukunft fest im Blick hat und sich nicht von irgendwelchen Party-Aktivitäten ablenken lässt. Das finde ich eigentlich sehr gut … und …« Ich setze noch eins drauf: »… vielleicht solltest du dir ein Beispiel an ihm nehmen und dich ein wenig mehr um dein Studium kümmern.«

Nini sieht mich fest an und sagt dann: »Du verstehst wirklich überhaupt nichts, Mama. Ich hatte die letzten Tage genug Zeit, um nachzudenken, und mein Entschluss steht fest: Ich werde nicht an die Uni Mannheim zurückkehren. Und ich werde mich von Ben trennen. Ich komme zurück an den Bodensee.«

»Wie bitte? Du spinnst wohl?«, höre ich mich sagen und bereue die Worte bereits in dem Moment, in dem ich sie ausgesprochen habe. »Ich meine, du wirst auf gar keinen Fall die Uni so mir nichts dir nichts einfach hinschmeißen, ohne einen Plan B in der Tasche zu haben. Sondern erst einmal zurückkehren und alles in Ruhe überdenken. Auch das mit Ben! Nini, man trifft so eine wichtige Entscheidung nicht, nur weil man mal einen kleinen Streit hatte. Oder ein paar Prüfungen nicht bestanden hat und deshalb vielleicht etwas missgestimmt ist.«

»Missgestimmt? Ich hatte eigentlich gedacht, dass du dich freuen würdest, wenn ich wieder hier bin«, sagt Nini leise, und schon wieder laufen ihr dicke Tränen über ihr hübsches Gesicht.

»Wirklich schade, denn bisher dachte ich eigentlich, ich hätte die coolste Mutter der Welt und ich könnte alles mit ihr besprechen. Aber da habe ich mich wohl getäuscht!«

Nini steht auf und wirft mit einem lauten Knall die Tür hinter sich zu, und schon nach kurzer Zeit höre ich laute Rockmusik aus ihrem Zimmer dröhnen.

Mir ist ganz schlecht, denn so schlimm haben wir beide

uns noch nie gestritten, und ihre letzten Worte tun ordentlich weh.

»Maja?«

Christian steht, bereits im Mantel, in der Tür und sieht mich fragend an.

»Du bist ja noch nicht einmal umgezogen!«, sagt er vorwurfsvoll mit einem Blick auf meine Jogginghose.

»Es tut mir leid, Christian, aber ich habe auf einmal gar keinen Hunger mehr. Können wir nicht einfach hier bleiben?«

»So wie jeden Abend?« Er verdreht die Augen. »Nicht einmal Silvester haben wir richtig gefeiert, weil du keine Lust auf die vielen Leute und eine ausgelassene Partystimmung hattest. Aber so ein gemütlicher Abend beim Italiener ist ja keine Party, nicht wahr? Komm doch bitte meinetwegen mit. Du wirst sehen, der Appetit kommt beim Essen. Zieh dir einfach ein hübsches Kleid an und lass uns heute ein bisschen unter die Leute gehen! Das wird dir gut tun! Uns beiden ...«, setzt er hinzu.

»Nein, Christian, das wird es nicht. Ich kann nicht, mir geht es nicht gut, bitte hab Verständnis. Geh doch alleine ...«

Auf einmal habe ich wirklich schreckliche Kopfschmerzen. Das liegt sicher an meinem Blutdruck, der nach dem Streit mit Nini vermutlich ordentlich gestiegen ist.

»Mensch Maja, ich habe wirklich gedacht, ich könnte dich heute einmal aus deinem Schneckenhaus locken! Nur ein einziges Mal. Oh Mann!« Wütend wirft Christian seinen Schal auf den Boden. Ich habe ihn enttäuscht, das sehe ich ihm an. »Ich weiß, du hast eine schwere Zeit hinter dir. Ich bin auch traurig, dass wir das Baby verloren haben ... aber deswegen kannst du nicht auch noch dein eigenes

Leben aufgeben! Das Leben geht doch weiter! Darf ich dich daran erinnern, dass du schon ein Kind hast? Eine Tochter, die die ganze Zeit ein Problem mit sich herumträgt, das du nicht sehen willst?«

Von dem ich gerade eben erst erfahren habe. Ganz offensichtlich hat er es dagegen schon länger gewusst.

»Und einen Mann, der dich vielleicht auch gerne einmal wieder als Frau erleben möchte und nicht als ein Häufchen Elend?«

Meine Kopfschmerzen sind auf einmal so stark, dass ich kaum noch klar denken kann. Ich bin plötzlich so unglaublich wütend auf Christian und schleudere ihm entgegen: »Ich habe einen Mann? Das ist mir ja das Allerneueste! Ich habe, wenn überhaupt, einen *Freund*, der mich immer gerade dann, wenn ich ihn am meisten gebraucht hätte, im Stich gelassen hat. Wegen irgendwelcher blöder und wichtiger Termine! Selbst, als … als …« Ich kann es nicht aussprechen. Ich kann es immer noch nicht sagen, es tut einfach zu weh, und der Schmerz in mir drin droht mich zu zerreißen.

»Maja, ich weiß, ich hätte bei dir sein sollen, als … *es* … passierte. Aber ich war es nun einmal nicht, weil ich in Kanada war und so schnell keinen Flug bekommen habe. Das Ganze tut mir einfach … unendlich leid …«

Ich glaube ihm nicht. Er findet es vielleicht schade, dass ich das Baby verloren habe, aber es bedeutet ihm nicht so viel wie mir. Er ist gleich wieder zur Tagesordnung übergegangen und hat sich hinter seiner Arbeit verkrochen. Vermutlich, damit er mich, das Häufchen Elend, nicht um sich haben muss.

»Aber du musst langsam anfangen, wieder nach vorne zu sehen, Maja.« Christian macht einen Schritt auf mich zu und eine versöhnliche Geste. »Ich liebe dich doch.« Er nimmt meinen Kopf in seine Hände und streicht mir liebevoll übers Haar. »Ich kann und will nicht zulassen, dass du so leidest. Wenn das Baby so wichtig für dich war, dann sollten wir vielleicht über ein weiteres Kind nachdenken. Was meinst du?«

Ich schüttle traurig den Kopf.

Mit einer verzweifelten und müden Geste lässt Christian die Hände sinken. »Warum nicht? Es wäre doch schön, noch ein Kind zu haben.« Erwartungsfroh lächelt er mich an.

Es hört sich ja auch gut an. Vielleicht könnte ich mit einer erneuten Schwangerschaft zwar nicht vergessen, doch zumindest verdrängen, was geschehen ist. Aber ich habe keine Hoffnung darauf. Wie soll ich ihm sagen, dass ich glaube, dass ich nach der Fehlgeburt keine Kinder mehr bekommen kann? Immerhin haben wir doch so oft miteinander geschlafen, und es hat nicht geklappt. Einmal hatte ich gehofft, es könnte wieder so weit sein. Doch eine Woche später kam meine Regel wie gewohnt. Nein, ich glaube, das Schicksal will nicht, dass ich noch einmal Mutter werde, weil ich einfach ... *zu alt* dazu bin! Das sage ich ihm natürlich nicht, sondern schüttle stattdessen wieder traurig den Kopf.

»Nein, Christian. Ich kann doch nicht ein Baby verlieren und dann so tun, als hätte es dies nie gegeben, und einfach ein neues machen. Man kann einen Menschen nicht einfach so ersetzen!«, sage ich leise.

»Das ist doch Blödsinn, Maja. Es wäre doch kein Ersatz, sondern etwas, das wir beide uns wünschen.«

»Wir beide? Bist du sicher?«, frage ich gehässig.

Tief in mir drin fehlt mir der Glaube, dass es wirklich

auch Christians Wunsch ist, noch ein Kind zu bekommen. Vermutlich hat er nur die Hoffnung, dass ich dadurch endlich wieder »normal« werde.

»Nein, Christian, ich glaube, es sollte einfach nicht sein, dass wir beide ein Kind bekommen. Lassen wir es dabei. Ich werde schon darüber hinwegkommen.« Ich muss schlucken, weil mir die Tränen kommen.

Christian seufzt und lässt hilflos die Schultern sinken. Sicher hat er eine ganz andere Reaktion von mir erwartet und weiß nicht, was er darauf noch sagen soll. Er ist verstimmt, das sehe ich ihm an.

»Na gut. Meinst du nicht, dass es dann besser wäre, du würdest endlich einmal das Kinderzimmer ausräumen … und endlich damit abschließen?«, sagt er mutlos.

»*Damit abschließen*?«

Wie kann er nur? Wie kann er mir so etwas, noch dazu so herzlos, sagen? Wie kann er denn nur erwarten, ich wäre dazu fähig, nachdem ich mich so auf das Baby gefreut und das Kinderzimmer voller Liebe eingerichtet habe? Ich kann das einfach nicht, noch nicht.

»Christian, ich glaube, es ist besser, wenn du jetzt alleine essen gehst«, sage ich leise, weil ich ihm ansonsten etwas an den Kopf werfen könnte, dass ich hinterher sicher bereuen werde.

»Was habe ich denn jetzt schon wieder falsch gemacht? Mein Gott, Maja, du machst es mir aber auch wirklich schwer! Ich habe das Gefühl, egal, was ich tue oder sage, es ist immer falsch! Komm doch mit – bitte!«

Doch statt einer Antwort starre ich nur mit verschränkten Armen wütend auf den Tisch, und schon kurz darauf fällt wieder einmal eine Tür mit lautem Knall ins Schloss. Ich habe es geschafft, die beiden Menschen, die ich am meisten liebe, in die Flucht zu schlagen. Na bitte! Das muss mir erst einmal einer nachmachen.

Ein alter Spruch sagt: Immer wenn du glaubst, es geht nicht mehr, kommt von irgendwo ein Lichtlein her. Früher fand ich ihn blöd, doch inzwischen denke ich, dass an den alten Weisheiten durchaus etwas dran ist. Nach den Feiertagen brechen Nini und Christian mehr oder weniger gleichzeitig nach Stuttgart und Mannheim auf, angeblich um zu arbeiten bzw. das Studium wieder aufzunehmen. Ich vermute, in Wirklichkeit konnten sie wahrscheinlich nur das Häufchen Elend nicht mehr länger ertragen. Ich falle in ein unglaublich tiefes Loch und fühle mich nicht imstande, die *Butterblume* wieder aufzumachen, geschweige denn meinen Haushalt auch nur einigermaßen zu organisieren. Tagelang schlurfe ich im Bademantel umher und ernähre mich von Tütensuppen, Rotwein und Schokolade.

Mehrere Versuche, noch einmal mit Nini vor ihrer Abreise zu reden, waren erfolglos geblieben, sie hatte mir lediglich versprochen, noch einmal in Ruhe über alles nachzudenken und bis zum neuen Semester keine endgültige Entscheidung zu treffen. Das Verhältnis zu Christian war unterkühlt und hatte sich nur dahingehend verbessert, dass wir zwar wieder miteinander sprachen, uns aber ansonsten meist aus dem Weg gingen. In der Nacht, bevor er fuhr, hatten wir miteinander geschlafen, ohne uns jedoch wirklich nahe zu sein. Ich fühle mich einsam und frage mich, warum er für mich und meine Situation so wenig Verständnis hat. Es war doch auch sein Kind … wie kann er so locker darüber hinweggehen? Aber vielleicht ist er ja gar nicht so gefühllos, und es ist nur seine Art, damit fertig zu werden, indem er die Verdrängungstaktik anwendet.

Vielleicht hat er ja recht und es gefällt mir, in Selbstmitleid zu baden und darüber die Menschen, die mir nahestehen, ganz und gar zu vergessen. Das beste Beispiel ist Nini. Immer hat sie mir vertraut, über alles konnten wir miteinander reden. Die Tatsache, dass sie mich erst darüber informiert, dass sie das Studium hinwerfen will, als ihr Entschluss bereits feststeht, spricht Bände. Bin ich denn wirklich so egoistisch und denke nur an mich? Ich grüble mehr als je zuvor, ohne Ergebnis natürlich, und komme schließlich zu dem Schluss, dass Christians Idee, das Kinderzimmer auszuräumen, um mit der ganzen »Sache« endlich abschließen zu können, vielleicht gar nicht so schlecht war. Vielleicht ist es wichtig für mich, um nach vorne zu sehen und das neue Jahr nicht genauso traurig zu beginnen, wie ich das alte verabschiedet habe.

Also stehe ich an diesem kalten Januartag auf, mache nur eine kurze Katzenwäsche ohne mich zu schminken, binde mir die Haare zum Zopf und ziehe alte Jeans und einen Pullover an. Langsam gehe ich auf das Zimmer zu. Wie habe ich mich vor diesem Moment gefürchtet!

Wochenlang konnte ich nicht einmal in das Zimmer hineinschauen und hatte immer Herzklopfen, wenn ich daran vorbeiging. Ich nehme mein Herz in die Hand und allen Mut zusammen. Ich habe mich entschlossen, mit der Vergangenheit abzuschließen, um nach vorne zu sehen. Doch gerade, als ich die Klinke herunterdrücken und den Raum betreten will, klingelt es auf einmal Sturm an der Haustür.

»Majaaaa!«

Meine Mutter steht draußen, dick eingepackt in einen schweren hellen Webpelzmantel, und strahlt mich fröhlich an. Ihr Mann Steve ist beschäftigt, jede Menge Koffer aus dem Leihwagen zu hieven, und winkt mir fröhlich zu.

»Ich hatte so ein Gefühl, als ob du mich brauchst!«, sagt sie lachend und drückt mich so fest, dass mir die Luft wegbleibt.

»Und wenn ich dich so ansehe, dann hat mich mein Gefühl nicht getäuscht. Im Gegenteil, es wird höchste Zeit, dass dich deine alte Mutter mal wieder ein wenig aufpäppelt. Nicht wahr, Darling?«, ruft sie und wirft Steve eine Kusshand zu.

Wenn sie wüsste, wie gut es tut, sie zu sehen. Ich muss schlucken, denn mir kommen die Tränen, so froh bin ich, die beiden zu sehen.

Und dann gehen wir mit ungefähr 147 Koffern zurück ins warme Haus.

»Du liebe Güte, du hast ja überhaupt nichts Vernünftiges zu essen im Haus! Kein Wunder bist du so ein Strich in der Landschaft!« Beherzt greift meine Mutter zu Bleistift und Papier, um eine Einkaufsliste für Steve zu schreiben, der vermutlich nach dem langen Flug und der Fahrt über die vereiste Autobahn am liebsten erst einmal ein Schläfchen auf dem Sofa abhalten würde.

Kaum hat er das Haus mit der Einkaufsliste und einem Korb sowie allerlei Leergut verlassen, sieht meine Mutter mich ernst an.

»Wo ist Nini?«, fragt sie.

»Nini ist in Mannheim, das Studium hat doch wieder angefangen«, sage ich und versuche, die Krümel unauffällig unter den Tisch zu schieben. Mein Gott, sieht es hier aus! Auf einmal sehe ich die Wohnung mit den Augen meiner Mutter. Ich muss nachher unbedingt staubsaugen. Und Wäsche waschen. Und Fenster putzen.

»In Mannheim? Ich dachte, Nini wollte das Studium aufgeben!«, antwortet meine Mutter, während sie sich eine Schürze vom Haken nimmt und anfängt, die Küche aufzuräumen.

Also hat sie es auch gewusst! Vermutlich hat Nini sie angerufen und ihr ihren Kummer gestanden, weil ihre Mutter ein verheultes Weichei ist, das kein offenes Ohr für die Sorgen ihres einzigen Kindes hat.

»Mama, lass das doch bitte«, sage ich und nehme ihr den Staubsauger aus der Hand.

»Setz dich lieber ein bisschen zu mir. Ich mache das später!«

Wir setzen uns auf das Sofa und meine Mutter nimmt meinen Kopf in beide Hände.

»Mein armes Kind! Was hast du nur durchgemacht?«

Auf einmal fließen die Tränen, die sich seit Tagen und Wochen aufgestaut haben und die ich ständig vor allen und auch vor mir selbst verborgen gehalten habe, und wollen nicht mehr aufhören. Als ob ein Damm gebrochen wäre.

»Maja, ich weiß, für eine werdende Mutter ist es das Schlimmste, was passieren kann, wenn sie ihr Kind verliert.«

Ich kann nicht antworten, schniefe nur undefinierbares Zeug, das sich zwischen »Wenn ich nur wüsste, warum« und »Ich habe alles falsch gemacht, ich hätte mehr aufpassen sollen« und so weiter bewegt.

Meine Mutter hält mich schweigend im Arm und lässt mich einfach heulen.

Als ich endlich ruhiger werde, sagt sie: »Es gibt keine Antwort auf diese Fragen, Maja. Der liebe Gott holt manchmal jemanden zu sich, und man versteht nicht, warum gerade diesen Menschen. Aber er hat seine Gründe dafür! Ich weiß nur eines, Maja: Du hast keine Schuld, dass du das Baby verloren hast!«

»Doch! Ich hätte mehr aufpassen sollen! Ich habe die ganze Zeit so viel gearbeitet und mich nie geschont und …«

»Das ist es nicht, Maja. Zu allen Zeiten haben Frauen Kinder bekommen, ohne sich zu schonen. Haben gearbeitet wie ein Pferd und große Probleme oder schwere Kriegsjahre durchgestanden. Daran lag es ganz sicher nicht. Du darfst dir nicht solche Vorwürfe machen, du kannst überhaupt nichts dafür. Viele Frauen erleben das Gleiche, das du auch erleiden musstest.«

Das kann ja sein. Und doch gibt es etwas, das mich quält. Über das ich noch nie mit jemandem gesprochen habe.

»Vielleicht habe ich das Baby deshalb verloren, weil ich … weil ich … weil ich es am Anfang nicht wollte. Weil ich gezweifelt habe …«

»Blödsinn!«, sagt meine Mutter und schüttelt vehement den Kopf.

»Wenn es danach ginge, wären die Entbindungsklinken leer, Maja. Diese Gedanken haben doch alle werdenden Mütter. Hör auf, dich mit so einem Unfug zu quälen, das macht dich kaputt! Wenn ich gewusst hätte, was du dir so ausdenkst, wäre ich schon viel eher gekommen, um dich wieder auf den richtigen Weg zu bringen.«

Sie steht auf und gießt uns beiden einen Eierlikör ein, obwohl es gerade erst Mittagszeit ist.

Sie hat recht. Sie hätte schon längst kommen sollen. Erst jetzt, als sie neben mir sitzt mit ihrem bunten Pullover und ihrem lauten Lachen, merke ich, wie sehr sie mir gefehlt hat. Schon wieder steigen Tränen auf, denn es gibt ja noch etwas, das mir auf der Seele liegt.

»Mama … Da ist noch etwas: Ich … ich glaube, ich kann keine Kinder mehr bekommen«, sage ich und lasse die Tränen laufen. Jetzt sind sie sowieso schon unterwegs. Ich erzähle, dass ich einfach nicht schwanger werde und deshalb vermute, unfruchtbar zu sein.

»Das ist doch Blödsinn, Maja. Du brauchst nur Zeit. Du stehst emotional einfach unter großem Stress, da kann man doch nicht schwanger werden!«

Sie nickt mir aufmunternd zu, dann zieht sie meinen Kopf an ihre Schulter und sagt: »Ach mein Liebes, das alles hast du ganz alleine mit dir abgemacht? Das tut mir so leid. Ich hätte wirklich früher kommen und dir beistehen sollen. Vor allem hätte ich dir diese schrecklichen Selbstvorwürfe ausreden müssen. Weißt du, Liebes, du bist so eine starke Frau, du hättest eine ganze Fußballmannschaft großziehen können! Und nebenbei noch dein Café betreiben. Aber der liebe Gott hat es nun einmal anders gewollt. Da hilft es nicht, den Kopf in den Sand zu stecken. Andere Frauen in deinem Alter haben – wie du, nebenbei bemerkt – ebenfalls erwachsene Kinder und freuen sich darauf, dass die lieben Kleinen den Kinderschuhen entwachsen sind, und sie wieder mehr an sich denken können. Vielleicht wirst du ja noch einmal ein Baby bekommen. Wenn die Zeit dafür reif ist. Und wenn nicht, dann ist das auch kein Weltuntergang! Kinder sind ein toller Lebensinhalt, Maja, aber nicht der einzige! Vergiss nicht: Du hast bereits ein wundervolles Kind. Maja, ich habe auch nur eine Tochter. Aber ich bin ganz besonders stolz auf sie!« Sie drückt mich noch einmal ganz fest und sagt dann: »Es heißt: Auf den Flügeln der Zeit fliegt die Traurigkeit davon. Lass sie fliegen, Maja. Nicht gleich und nicht ganz, aber jeden Tag ein kleines bisschen weiter. Auch wenn du nicht mehr traurig bist, wird dein Baby für immer bei dir in deinem Herzen sein.«

Ihre Worte sind ein schwacher Trost. Aber ein Trost. Und vielleicht ist er doch nicht so schwach, denn immerhin habe ich auf einmal seit langer Zeit wieder richtig Hunger. Als Steve kommt, habe ich es so einigermaßen geschafft, die Tränen zu trocknen, doch ich habe das Gefühl, an die frische Luft zu müssen. Während meine Mutter ein leckeres Mittagessen, das aus einem tollen Lachsauflauf mit Broccoli und Bandnudeln und einem bunten Salat besteht, für uns zubereitet, mache ich einen kleinen Spaziergang mit Jojo am See. Auf einmal reißt der Himmel auf, und ein Sonnenstrahl trifft mitten auf den winterlichen, grauen See. Ich knie mich neben Jojo, kraule ihre Ohren, die voller Schnee sind, und denke: »Vielleicht wird ja doch wieder alles gut.«

Im Nu hat meine Mutter nicht nur eines der Gästezimmer in Friedas Haus hergerichtet, sondern auch das Regiment in der *Butterblume* übernommen. Ich frage mich, wo sie diese Energie hernimmt.

Immerhin hat sie doch einen Langstreckenflug hinter sich, doch von Jetlag ist bei ihr überhaupt nichts zu spüren. Auf meine Frage, wie sie das alles schafft, antwortet sie lachend: »Die Liebe verleiht eben Flügel!« Ihre Energie ist ansteckend, und gemeinsam bringen wir nicht nur Friedas Haus, sondern auch das Café *Butterblume* auf Vordermann. Während wir uns mit allerlei Putzkram bewaffnet beider Häuser annehmen, ist Steve unterwegs, um die Vorräte für das Café zu organisieren. Bereits nach wenigen Tagen strahlt die Gaststube, und es scheint fast so, als sei mit meiner Mutter wieder der Sonnenschein in der *Butterblume* eingezogen. Als am Wochenende Nini kommt, der ich am Telefon erzählte, dass ihre Oma am See ist, und die beiden in der Küche stehen und ein »superleckeres Rezept« für einen original American Cheesecake für das Café ausprobieren, geht es mir zum ersten Mal seit langer Zeit wieder besser. Wir beschließen, nach dem Wochenende das Café wieder aufzumachen, und dieses Vorhaben schenkt mir zusätzliche neue Kraft.

Bevor Nini nach Mannheim zurückfährt, nehme ich sie beiseite und sage: »Nini, es tut mir leid, wenn ich in der letzten Zeit ein wenig … komisch war! Ich habe nicht bemerkt, dass dich etwas quält, und das tut mir sehr leid. Ich möchte, dass du weißt, dass ich immer für dich da bin, egal, was passiert. Wie auch immer du dich entscheidest, ich hab dich sehr lieb, das weißt du. Und ich habe dich genauso lieb, wenn du das Studium nicht zu Ende machst!«

»Ach Mama!« In Ninis Augen glitzern Tränen. »Das weiß ich doch! Ich wollte dich eigentlich mit dem ganzen Kram gar nicht behelligen. Du hattest doch selbst genug Probleme.« Sie seufzt. »Ich bin so froh, dass Oma gekommen ist! Der Trubel hier scheint dir gutzutun, nicht wahr?«, lächelt sie verschmitzt.

»Hmm, das kann schon sein!«, nicke ich und lächle zurück. »Das wird schon alles werden! Bei dir auch, Nini, da bin ich ganz sicher. Das mit dem Studium überlegst du dir ganz in Ruhe. Und die Sache mit Ben auch, ja? Mach nicht einfach Schluss mit ihm, weil es gerade nicht so gut läuft zwischen euch. Er ist ein feiner Kerl!«

»Das weiß ich doch, Mami. Deshalb fühle ich mich auch gerade so mies. Ich weiß, Ben würde alles für mich tun. Aber umgekehrt bin ich mir einfach nicht mehr sicher.«

»Liebst du ihn nicht mehr?«, frage ich, und auf einmal tut mir der Junge richtig leid. Denn wenn das so ist, wird Nini gehen, soviel ist sicher.

»Ich weiß es nicht.« Sie zuckt hilflos die Schultern. »Du hast ja recht, Mami. Ben ist ein feiner Kerl. Aber ich glaube, das reicht mir nicht! Ich will noch etwas anderes … jemanden, bei dem ich das Gefühl habe, ich kann nicht ohne ihn sein. Ich will Herzklopfen haben und Schmetterlinge im Bauch und das Gefühl, auf rosaroten Wolken zu schweben …«

»Nini, ich glaube, ihr seid vielleicht ein bisschen früh zusammengezogen. Der Alltag zerstört oft die ›rosaroten Wolken‹. Vielleicht müsst ihr nur mal ein bisschen Farbe in eure Beziehung bringen, zusammen wegfahren oder etwas Spannendes unternehmen.«

»Nein, ich glaube, das ist es nicht. Ich habe irgendwie gar keine Lust, mit ihm wegzufahren. Er ist woanders genauso langweilig wie zu Hause.«

»Nini, ich will dir Ben nicht einreden. Aber ich weiß, dass gerade der Alltag in einer Partnerschaft sehr wichtig ist. Das Leben besteht nun einmal nicht aus aufregenden Abenteuern. Man braucht jemanden an seiner Seite, auf den man sich verlassen kann, und so jemand ist Ben!«

»Das sagst du doch nur, weil du mich alleine groß gezogen hast! Wahrscheinlich hast du dich immer nach so jemandem gesehnt, auf den du dich hättest verlassen können, stimmt's? Aber sei doch mal ehrlich: Du hast doch auch immer auf dein Herz gehört und nicht nur die Vernunft walten lassen. Oder konntest du dich bis jetzt etwa in dem Maße auf Christian verlassen, wie du dir das gewünscht hast?«

Ihre Worte versetzen mir einen Stich. Sie hat genau das ausgesprochen, was mich so oft bewegt, und deshalb kann ich darauf auch nicht antworten.

»Und doch liebst du Christian, nicht wahr? Und möchtest nicht ohne ihn sein! Siehst du, und genau dieses Gefühl fehlt mir bei Ben.«

»Ich verstehe dich sehr gut, Nini. Aber natürlich wünsche ich mir für dich einen liebevollen Partner, bei dem du dich sicher und gut aufgehoben fühlen kannst. Und da bin ich mir sicher bei Ben. Weißt du, es gibt so viele Hallodris, die die Mädchen nur benutzen und ihre Herzen brechen. Das würde Ben nie tun.«

Doch ich spüre, dass sie gerade dabei ist, *sein* Herz zu brechen.

»Ich weiß, Mami. Aber ich glaube, ich bin zu jung, um auf Nummer sicher zu gehen!« Noch einmal kommt ein tiefer Seufzer aus ihrem Herzen.

»Vielleicht denkst du ja einfach noch einmal darüber nach, ja?«, sage ich in der leisen Hoffnung, sie möge den lieben Ben nicht allzu sehr enttäuschen, obwohl ich tief in mir drin bereits ahne, wie diese Geschichte ausgehen wird.

»Ach Mami! Du bist und bleibst einfach die Beste!« Nini umarmt mich herzlich und drückt mir einen dicken Kuss auf die Wange. »Mach dir bitte keine Sorgen! Ich passe schon auf mich auf. Und ich verspreche dir, nichts zu überstürzen!«

Dann hüpft sie in ihrem knallroten Dufflecoat die Stufen der *Butterblume* hinunter, steigt mit ihrer großen Reisetasche in ihren Beetle, winkt mir noch einmal fröhlich zu und knattert aus der Einfahrt.

Wenn ich ehrlich bin, mache ich mir eigentlich gar nicht so viele Sorgen um sie. Sie ist jung, aber keineswegs naiv. Sie wird ihren Weg finden, auch wenn es ein anderer sein wird als der, den sie gerade eingeschlagen hat. Ich atme noch einen Moment die kalte, aber wundervoll klare Winterluft ein und gehe dann zurück in die warme Stube.

3. KAPITEL
»ÜBERRASCHUNG IN DEN BERGEN«

In den nächsten Wochen kehrt – zum Glück – endlich so etwas wie Normalität in der *Butterblume* ein. Viele Stammgäste freuen sich, dass wir wieder geöffnet haben und ihr Herz und ihren Magen an den kalten Wintertagen nach einem Spaziergang mit Kaffee-, Tee- und heißen Schokolade-Spezialitäten erfreuen. Dazu erlauben sie sich unsere leckeren Nussdorfer Küsschen, das kleine Baiser-Gebäck ähnlich den französischen Macarons, und die vielen Sorten Seehupferl, kleine Cupcakes, die wir im letzten Jahr kreiert haben. Der Sommer ist ja noch lange hin, und die dicken Winterpullis und Mäntel verzeihen so manche kleine kulinarische Sünde. Auch ich habe dank den Kochkünsten meiner Mutter ein wenig zugenommen und fühle mich insgesamt viel stärker als noch vor ein paar Wochen.

Zu Ruths Unmut, aber meiner Kasse Freude, finden sich auch die BBP-Ladys wieder regelmäßig in der *Butterblume* ein, um sich über den neuesten Tratsch und Klatsch auszutauschen. Sie haben keinen festen Gymnastik-Tag (falls sie dort überhaupt hingehen und nicht gleich hierherkommen), denn sonst würde Ruth an diesem Tag garantiert freinehmen. Es ist ihr unangenehm, hauptsächlich wegen Huberts Frau Jutta, was ich auch sehr gut verstehen kann. Immerhin hat sie ihn durch die Truppe ja überhaupt erst kennengelernt. Die Ladys können nicht recht verstehen, dass Ruth sich derart von ihnen zurückgezogen hat und vermuten, sie »müsse sich hier in dem Laden zu Tode schuften, und das, wo sie das doch gar nicht nötig hat!«, wie ich kürzlich am Rande mitbekam. Dabei macht ihr die Arbeit in der *Butterblume* wirklich Freude. Natürlich hat sie ihrem geliebten Hubert längst verziehen, dass er sie an Weihnachten einfach so im Stich gelassen hat. Obwohl es sie fürchterlich verletzt, dass sie an solchen Tagen immer zurückstehen muss, versteht sie doch seine Lage. Er ist nun einmal seit über 30 Jahren verheiratet und kann seine Frau »nicht einfach so verlassen«. Zumal eine Scheidung vermutlich auch richtig teuer würde, denn Jutta hat mehr als einmal lauthals verkündet, dass sie einen Seitensprung ihres Mannes oder gar eine Affäre unter gar keinen Umständen tolerieren und sich sofort scheiden lassen würde. Und dass sie ihn dann »bis aufs Hemd ausziehen und bluten lassen würde!« Kein Wunder hat der arme Kerl so eine Angst, dass seine geheime Liebschaft entdeckt wird. Obwohl er Ruth immer seine Liebe gesteht, und diese ihm versichert, dass sie auch ohne viel Geld glücklich sein könnten. Ich glaube, insgeheim hofft sie sogar darauf. Doch ich habe so meine Zweifel. Nicht nur die lange Ehe von Jutta und Hubert wird ihn abhalten, sich zu trennen. Laut Ruth hat Jutta das Geld in die Ehe mitgebracht, und vermutlich will er einfach diesen tollen Lebensstandard nicht aufgeben. Ruth ist zwar von ihrem Mann gut versorgt, aber kann mit dem Lebensstil von Jutta bei Weitem nicht mithalten.

Während ich den Cappuccino der Damen zubereite und die Schoko-Mandel-Hupferl auf einem Silbertablett anrichte, denke ich, wie viel mehr sie ihm trotzdem geben könnte. Die Gespräche der Damen sind, meist jedenfalls, doch recht oberflächlicher Natur. Häufig ziehen sie einfach nur irgendwelche Leute aus Überlingen durch den Kakao, und das Thema »wer mit wem« scheint sie beinahe noch mehr zu beschäftigen als ihre Frisörtermine und Anti-Falten-Therapien. Gerade gibt Jutta zum Besten, dass sie sich seit Neuestem Botox spritzen lasse, aber nur, weil sie gelesen habe, dass dies gegen Kopfschmerzen helfen solle.

»Also mir hilft do ja immer en ganz starker Espresso mit Zitronensaft und e weng Zucker drinne«, antwortet Frau Möhrle, die heute einen neongelben Pullover trägt, der zwar sicher aus der neuesten Cashmere-Kollektion ist, aber … nun ja … sagen wir mal, ihrem blassen Winterteint nicht gerade schmeichelt.

»Aber ob davo die Falte weggange? I woss it!«, sagt Jutta. »Da kansch du doch zwoi Fliege mit einerer Klappe fange!«

Ich denke gerade, dass es vielleicht besser wäre, sich nicht allzu häufig in die Sonne zu legen, dann *wären* da vielleicht auch nicht so viele Falten, da sagt Jutta wichtigtuerisch:

»I muss euch ebbes verzähle! Mein Huubert hot mir zu Weihnachte e super Gschenk gmacht! Mir machet e Kreuzfahrt zusamme … nach Dubai!«

Mir stockt der Atem. Hoffentlich hat Ruth das nicht gehört, die sich gerade in die Küche verzogen hat, um den neuen American Cheesecake mit Heidelbeeren nach dem von meiner Mutter mitgebrachten Rezept zu backen.

Doch, sie hat. Als ich in die Küche gehe, um neue Milch aus dem Kühlschrank zu holen, steht sie leichenblass am Fenster und schaut hinaus in den verschneiten Garten. Ich bin sicher, diese Neuigkeit hat Hubert vergessen, Ruth zu erzählen. Wann er es ihr wohl sagen wollte?

Dabei hatte sie mir heute Morgen überglücklich die Halskette mit dem Herz gezeigt, die er ihr nachträglich zu Weihnachten geschenkt hat. Ich glaube, dass er Ruth wirklich sehr, sehr gerne hat, aber gefangen ist in den Zwängen seiner Ehe. Vielleicht ist er hin und her gerissen und kann sich einfach nicht entscheiden. Dann ist dieser Zustand für ihn sicher auch nicht gerade leicht. Möglicherweise ist es aber für ihn auch einfach nur bequem. Warum etwas ändern? Er lebt doch ein gutes Leben und wird nach der Dubai-Reise, die er mit seiner Frau erlebt, von Ruth nach einer gewissen Schmollzeit doch wieder mit offenen Armen empfangen werden.

»Solche Männer sollte man haben, die einem eine Dubai-Reise zu Weihnachten schenken, nicht wahr, Maja?«, fragt Ruth und steckt sich eine Zigarette an.

»Seit wann rauchst du denn?«, frage ich und öffne demonstrativ das Fenster.

»Seit ein paar Wochen. Manchmal brauche ich das für die Nerven. Für was, oder besser gesagt für wen soll ich denn auch bitteschön gesund bleiben oder alt werden? Für einen Mann, der mir sagt, er liebt seine Frau nicht mehr und sie geht ihm auf die Nerven? Der mir sagt, ich sei die Einzige, die ihn glücklich machen kann, und der dann doch wieder bei jeder Gelegenheit, wenn sie um ihn herumscharwenzelt, wieder der liebe, brave Ehemann ist, der eine tolle Reise mit *ihr* bucht? Um dann zurückzukommen, braun gebrannt und gut erholt, und mir zu erzählen, wie sehr sie ihn auf der Reise genervt hat und dass er froh ist, wieder bei mir zu sein und seine Ruhe vor ihr zu haben?«

Ruth schaut wütend der Rauchwolke nach, die in den grauen Januarhimmel zieht, als gehöre sie dort hin.

»Ach Ruth, nun hör schon auf! Das ist doch nicht das

erste und sicher auch nicht das letzte Mal, dass dein Hubert dich enttäuscht. Einmal ist es Weihnachten, dann sein Geburtstag, dann eine Reise mit seiner Frau … aber offenbar ist das Wenige, das er dir gibt, immer noch mehr, als alleine zu sein und ihn endlich in den Wind zu schießen.«

Ich fühle mich mies, denn ich sollte ihr helfen, statt kluge, jedoch sinnlose Sprüche zu klopfen. Aber ich bin einfach wütend auf diesen Hubert und seine pseudoheile Welt, der er in regelmäßigen Abständen entfliehen muss … auf Ruths Kosten.

»Da hast du recht, Maja«, sagt Ruth leise und drückt die Zigarette aus. »Aber ein halber Mann ist immer noch besser als gar kein Mann, nicht wahr?« Sie sieht mich bedeutungsvoll an und nimmt den Kuchen aus dem Ofen.

Zurück im Gastraum werde ich mit den Worten:

»Da sind Sie ja! Mir wolltet zahle und hont scho denkt, sie wollet unser Geld it!«, empfangen.

Jutta setzt noch eins drauf: »Mir hont gesaggt, vielleicht macht se e kleins Mittagsschläfe …«, und grinst dabei.

Ich kann mir nicht verkneifen zu sagen: »Ja, das mache ich manchmal. Ich setze mich auf die Toilette und nicke für ein paar Minuten ein. Das entspannt ungemein, und Sie wissen ja: Entspannung ist das beste Anti-Falten-Mittel!«, und zwinkere den Damen zu.

Mit offenem Mund bleibt mir Jutta eine Antwort schuldig, doch sie wird von der Seite von ihrer Freundin angeflüstert: »Stimmt it! Sie hot g'raucht! Des riecht ma doch!«

Es sieht so aus, als wolle sich der Winter in diesem Jahr gar nicht verabschieden. Immer wieder schneit es, und die Luft ist bitterkalt. Dabei kann ich den Frühling kaum erwarten und habe genug von all den dicken Jacken und Stiefeln, besonders da in den Geschäften bereits die neue Frühjahrsmode hängt und nur darauf wartet, aus den Schaufenstern befreit zu werden.

Nini war seit Wochen nicht zu Hause, weil es oft gerade am Wochenende schneite und sie die Fahrt bei solchen Wetterverhältnissen scheute. Mir war das ganz recht, denn sonst hätte ich mir ja doch nur Sorgen um sie gemacht. Außerdem versprach sie, an den Wochenenden fleißig zu lernen, und ich hege die leise Hoffnung, dass sie die nächsten Prüfungen bestehen wird. Doch erst einmal stehen die Semesterferien vor der Tür, und sie wird endlich wieder nach Hause kommen. Ich habe sie und ihre fröhliche und unbeschwerte Art mehr vermisst, als ich zugegeben habe. Zum Glück sind meine Mutter und Steve noch immer hier, und auch Christian hat so manches Wochenende wieder am See verbracht. Wir sind uns ein klein wenig näher gekommen, aber unser Verhältnis ist nicht mehr so unbeschwert und heiter wie früher. Was ist aus den rosaroten Wolken geworden? Und den Schmetterlingen und dem Herzklopfen? Bei Christian habe ich all dies erlebt und ich sehne mich so sehr danach zurück. Und doch gibt es etwas in mir, das ich ihm insgeheim vorwerfe. Ich hüte mich jedoch, das Gespräch darauf zu bringen, zu kostbar sind mir die wenigen glücklichen Stunden in seinen Armen. Noch immer liege ich nachts wach und grüble, doch es geht mir besser, vor allem wenn ich an seiner Schulter liege und seinen Atem spüre.

Jedes Mal, wenn er mich wieder verlässt, um zu wichtigen Terminen nach Stuttgart oder Toronto aufzubrechen, fühle ich mich einsam und leer. Ich habe das Gefühl, als fehlte mein Arm oder sonst ein wichtiges Körperteil, und ich kann nicht einschlafen ohne seine Nähe. Ich tröste mich mit dem Gedanken, dass Langeweile und Routine in unserer Beziehung ein Fremdwort sind und wir uns immer aufeinander freuen können.

Als ich ihm wieder einmal traurig nachsehe, wie er mit seinem alten Volvo vom Hof fährt, tippt mir plötzlich meine Mutter auf die Schulter.

»Maja, wir haben eine Überraschung für dich!«, sagt sie lachend.

Mir stehen die Haare zu Berge. Meist haben es ihre »Überraschungen« in sich. Beim letzten Mal hat sie verkündet, mit 70 noch heiraten zu wollen, und das Mal davor, dass sie nach Amerika auswandern wolle.

»Nun guck nicht so ängstlich, Liebes! Wir haben etwas geplant, das dich freuen wird. Geh schnell nach oben und zieh dir was Warmes an. Und pack ein paar Sachen und warme Stiefel ein, wir bleiben über Nacht!«

»Über Nacht? Das geht auf gar keinen Fall! Ich muss backen und die *Butterblume* aufmachen und …«

»Musst du nicht!«, sagt meine Mutter und öffnet Ruth die Tür, die mit einem strahlenden Gesicht davorsteht. Offenbar ist sie in das Geheimnis eingeweiht.

»Nun geh schon und zieh dich an!«

Diesem Befehl will ich zwar, kann ich mich aber wohl kaum widersetzen. Ich weiß, meine Mutter meint es gut mit mir. Sie will mich aufheitern, weil Christian wieder weg ist und ich in ihren Augen »immer noch nicht die alte Maja« bin. Und das, obwohl ich mich in ihrer Gegenwart enorm zusammenreiße und mir nicht die kleinste depressive Verstimmung gönne. Nicht einmal in prämenstruellen Zeiten.

Da ich weiß, dass sie enorm hartnäckig sein kann, versuche ich erst gar keinen weiteren Widerspruch. Wer weiß? Möglicherweise ist die Überraschung ja gar nicht so schlecht.

Ich gehe nach oben und werfe einen dicken Pulli und Ersatzjeans sowie frische Wäsche und eine dicke Strumpfhose in eine Reisetasche. Ein kleiner Waschbeutel und für alle Fälle ein Buch dazu, schon bin ich wieder unten. Es kann losgehen!

»Kann Jojo auch mit?«, frage ich meine Mutter, die Ruth gerade in der Küche drei Croissants mit Karamell-Creme stibitzt – »für die Fahrt«.

Wo ist der Hund überhaupt? Jojo sitzt neben Steve auf dem Beifahrersitz und lässt sich von diesem die Ohren kraulen. Steve hat seine Lieblings-CD von Lady Antebellum eingelegt, und ich freue mich beim Einsteigen über die melodische Country-Rockmusik. Er hat eine Skijacke an, Jeans und schwere Winterboots.

Meine Mutter dagegen trägt einen hellen Pullover, eine burgunderfarbene Fellweste und dazu einen bunten Schal, außerdem dicke Stiefel. Über dem Arm hat sie ihren Webpelzmantel, ohne den sie nirgendwohin zu gehen scheint, und eine Reisetasche in der Größe von zwei Koffern. Großen Koffern.

Ich will gerade Steve fragen, wo unsere Fahrt denn hingeht, da legt sie ihm den Finger auf die Lippen: »Psst, Darling! Nichts verraten, es soll doch eine Überraschung werden!«

Wir fahren los, von Überlingen aus Richtung Lindau, an Friedrichshafen vorbei. Ich lehne mich zurück und genieße die Fahrt, lausche der Musik und sehe dabei aus dem Fenster. Als wir am Weingut der Römfelds in Hagnau vorbeikommen, gibt es mir einen Stich. Wie es Leon wohl gehen mag? Wir hatten Weihnachtskarten ausgetauscht, aber seitdem nichts mehr voneinander gehört. Ich denke noch häufig an unsere beiden gemeinsamen Jahre, denn wir haben viel Schönes zusammen erlebt. Seine etwas hochnäsige Familie stand allerdings von Anfang an zwischen uns und machte mir das Leben manchmal sehr schwer. Als ich Christian kennenlernte und mich Hals über Kopf in ihn verliebte, kam es zur Trennung von Leon. Inzwischen sind wir gute Freunde, und Leon versorgt nicht nur mein Café mit Wein, sondern hat mir auch im letzten Jahr geholfen, für Nini ein Auto, ihren kleinen Beetle, zu finden.

Manchmal habe ich mich schon gefragt, wie mein Leben wohl verlaufen wäre, wenn ich Christian nicht begegnet wäre. Es war immer Leons Wunsch gewesen, zu ihm auf das Weingut zu ziehen, doch ich habe stattdessen meinen Traum vom eigenen Café *Butterblume* wahr gemacht. Aber die Selbstständigkeit bringt sehr viel Arbeit mit sich, da wäre das Leben auf dem Weingut mit seinen gesellschaftlichen Verpflichtungen wahrscheinlich einfacher und zumindest in finanzieller Hinsicht sorgenfreier gewesen. Ich schiebe den Gedanken beiseite. Mir fällt Frieda ein, die einmal sagte, man müsse die Vergangenheit loslassen, um sein Herz für die Zukunft öffnen zu können.

Wir fahren durch Friedrichshafen, und ich bedauere wieder einmal, dass diese wunderschön direkt am See gelegene Stadt im Krieg so zerstört worden ist. Statt historischer alter Gebäude, wie sie so oft am See zu finden sind, sieht man hier leider viele Beispiele langweiliger Nachkriegsarchitektur. Dennoch ist der Blick auf die wunderschöne Uferpromenade und den großen See selbst aus dem Autofenster einfach atemberaubend. Weiter geht es durch Lindau nach Bregenz. Hier biegt Steve ab, als wir auf einem Schild ›Bregenzerwald‹ lesen. So langsam glaube ich zu ahnen, wohin ich entführt werde: in die Berge! Vermutlich denkt meine Mutter, ein wenig gesunde Bergluft könne ihrer blassen und miesepetrigen Tochter nicht schaden. Wir fahren durch Alberschwende, Bezau und Mellau, und überall fällt mir die besondere Architektur vieler Häuser auf. Viele neue Gebäude sind hochmodern und schlicht, jedoch holzverkleidet, was dem Ganzen eine sehr gemütliche, aber keineswegs altmodische Atmosphäre verleiht. Manche Holzverkleidungen sind braun, sie sind vermutlich noch neu, während das graue Holz wohl schon mehr der Witterung ausgesetzt war. Immer weiter fahren wir hinauf, und ich bin verzaubert von der schönen Winterlandschaft und den hohen schneebedeckten Bergen.

»Ach wie schade, dass das Wälder Bähnle nicht mehr fährt!«, sagt meine Mutter, als wir die Schienen der ehemaligen Schmalspurbahn sehen. Wie romantisch eine Fahrt mit diesem Dampfbähnlein doch gewesen wäre! Auch fällt meiner Mutter auf, dass es hier auf einmal viele vermutlich künstlich angelegte Seen gibt, die es früher noch nicht gab.

»Was tut man nicht alles, um den Skifahrern allezeit schneesichere Verhältnisse zu ermöglichen! Früher hat es aus dem Himmel geschneit, und wenn nicht, dann konnte man eben nicht Ski fahren. Heute schneit es eben aus der Kanone, wenn der Himmel nichts hergibt. Das Wasser hierzu kommt aus den Seen. Und es ist eigentlich gar kein echter Schnee, sondern besteht aus Eiskristallen. Dieser Schnee-Ersatz ist natürlich nicht so weich wie der echte, das merkt man spätestens beim Hinfallen. Zum Glück gibt es in diesem Jahr so viel echten Schnee!«

Endlich sind wir am Ziel. Steve hält den Wagen vor einer

Pension namens *Edelweiß* in Damüls, und wir steigen aus und freuen uns über die wundervolle Luft. Sogar ein paar Sonnenstrahlen mogeln sich hinter den Wolken hervor, als wolle uns der Ort so freundlich wie möglich begrüßen. Wir werden in der Pension überaus herzlich empfangen und bringen unser Gepäck auf die Zimmer, die mit hellen Holzmöbeln zwar einfach, aber sehr gemütlich eingerichtet sind. Auch die klassische karierte Bettwäsche darf nicht fehlen, und ich würde mich am liebsten sofort auf das kuschelige Bett legen. Auf dem Tisch steht eine Flasche Mineralwasser mit einem kleinen handgeschriebenen Schild ›Herzlich Willkommen!‹.

Ich öffne das Fenster und genieße für einen Moment den wundervollen Blick auf das fantastische Bergpanorama. Meine Mutter gestattet mir jedoch nur zehn Minuten, um mich wärmer anzuziehen, dann steht eine Winterwanderung auf dem Programm. Umringt von den hohen Bergen stapfen wir die Wanderwege entlang und hinterlassen Spuren im frisch gefallenen Schnee. Besonders Jojo hat ihren Spaß, denn ich kann sie ohne Leine laufen lassen.

Je weiter wir nach oben kommen, umso heller strahlt die Sonne. Der Fußmarsch durch den Schnee ist zwar ganz schön anstrengend, dennoch tut die körperliche Bewegung gut. Bei einer Hütte machen wir Rast und trinken Cappuccino und naschen Apfelstrudel mit Vanillesoße dazu. Steve erhebt sich, breitet die Arme aus und sagt: »Isn't it wonderful? Life is great! Sollen wir einen Gluuuhwein auf diesen schönen Tag trinken, girls?«

»Natürlich, my Darling!«, lacht meine Mutter und kneift ihn im Weggehen in den Po.

»Ist er nicht süß?«

Es ist einfach schön, sie so glücklich zu sehen. Auch mir

tut die Bergluft unglaublich gut, und für einen Moment schließe ich die Augen und genieße die warmen Sonnenstrahlen auf meiner Haut.

Und doch ist da immer noch diese Dunkelheit in mir.

Schweigend nimmt meine Mutter meine Hand. Sie weiß, woran ich gerade denke.

»Ach, Mama … ich fühle mich soooo … leer … und alt«, vertraue ich ihr an.

»Alt?« Sie verschluckt sich an dem letzten Krümel Apfelstrudel, den sie gerade in den Mund gesteckt hat.

»Maja, was soll ich da sagen? Ich bin fast 30 Jahre älter als du und habe letztes Jahr geheiratet und bin in ein fremdes Land gezogen! Also sag mir bitte nicht, *du* wärst alt! Alt ist man erst, wenn man keine Pläne mehr hat!«, schimpft sie mit mir.

»Das weiß ich doch. Ich habe ja auch kein Problem damit, 40 zu sein. Ich glaube, es ist nur … weil ich glaube, dass ich keine Kinder mehr bekommen kann. Ich fühle mich einfach nicht mehr als richtige Frau!«

»Du und keine richtige Frau? Blödsinn! Dann sieh dir mal deine Locken und deine Brüste an, Maja! Du wirst immer eine richtige Frau sein, ebenso wie ich auch. Wir Frauen definieren uns heute doch nicht mehr nur über das Kinderkriegen, also wirklich. Ich dachte, ich hätte dir etwas anderes beigebracht!« Meine Mutter scheint wirklich aufgebracht.

»Natürlich gibt es in meinem Leben auch noch andere Inhalte. Und bis vor ein paar Monaten war das alles vollkommen in Ordnung für mich. Im Gegenteil, ich wollte ja eigentlich gar kein Kind mehr. Aber nun habe ich diese Entscheidung nicht selbst getroffen, verstehst du? Ich glaube, ich *kann* einfach nicht mehr schwanger werden, selbst wenn ich es wollte. Dabei bedeutet mein Name in der römischen Mythologie Göttin der Fruchtbarkeit, und ausgerechnet ich kann keine Kinder mehr bekommen.«

»Maja, ich habe dir diesen Namen nicht deshalb ausgesucht, sondern weil er wunderschön ist … so wie du! Als ich dich nach der Geburt in meinen Armen hielt und in dein kleines Gesichtchen sah mit der kleinen Stupsnase und dem schön geschwungenen Mund, da gab es nur diesen einen Namen für mich.«

Ich muss schlucken, denn ich muss daran denken, wie gerne ich diesen Moment auch noch einmal erlebt hätte. Doch ich lag im Krankenhaus, um mich herum all diese glücklichen Mütter mit ihren Babys, nur ich musste das Krankenhaus alleine verlassen. Meine Mutter spürt, was ich empfinde und drückt mich fest.

»Maja, ich weiß, es ist schwer. Aber das Leben ist nun einmal nicht leicht. Nicht immer jedenfalls. Liebes, du bist noch so jung, so vieles wartet noch auf dich! Es fehlt dir kein Arm und kein Bein und du hast auch keine Krebsdiagnose erhalten. Schau nach vorne! Ich helfe dir dabei und alle anderen, die dich lieben – Nini, Christian, deine Freunde – auch! Außerdem ist es doch gar nicht sicher, dass du keine Kinder mehr bekommen kannst. Weiß Christian eigentlich von deiner Vermutung?«

»Ach Mama!«, schniefe ich. Wie gut es ist, sich einmal alles von der Seele reden zu können. Die ganzen Wochen hatte ich diese Worte in mir eingeschlossen.

»Nein, er weiß es nicht. Ich konnte es ihm einfach noch nicht sagen. Ich habe Angst, er könnte mich dann auch nicht mehr als *richtige Frau* sehen!«

»Maja, er liebt dich! Ich bin sicher, er wird immer zu dir halten, egal, was passiert! Da müsste ich mich schon schwer in ihm täuschen, wenn er sich anders verhalten würde. Aber du musst ihm sagen, was dich quält, denn sonst wird es zwischen euch stehen.«

Wenn es nur das wäre, was zwischen uns steht. Sie weiß ja nicht, dass ich ihm insgeheim vorwerfe, dass er einfach nicht genug für mich da war. Und ich mich frage, ob meine Unsicherheit und Aufregung gerade am Anfang der Schwangerschaft dazu geführt haben, dass ich das Baby verloren habe.

Zum Glück kommt Steve mit dem Glühwein und einem strahlenden Lächeln aus der Hütte zurück und bringt uns mit seinem amerikanisch-deutschen Kauderwelsch, in das er jetzt auch noch die österreichischen Brocken einstreut, die er in der Speisekarte gelesen hat, zum Lachen. »Kaiserschmarrrrrrrn ... hmmm ... lecker!«

Am Abend sind wir völlig geschafft, gehen aber, nachdem wir uns in der Pension ein wenig frisch gemacht haben, noch einmal ins Dorf, um in einem zünftigen Lokal mit dem Namen *Walliser Stube* sehr lecker zu Abend zu essen und ein Glas Wein zu trinken. Ich habe das Gefühl, dass ich mich nicht mehr bewegen kann, und weiß nicht, ob es von unserem langen Fußmarsch oder dem vielen Essen kommt.

Als wir das Lokal verlassen, wartet noch eine Überraschung auf uns. Heimlich hat Steve eine Pferdekutsche für die »müden girls« organisiert, und so fahren wir, eingehüllt in warme Decken, durch den Ort. Obwohl es eigentlich etwas Kitschiges hat, ist es doch so romantisch, dass ich zu Tränen gerührt bin.

Nachdem ich mich bei den beiden sehr herzlich für den

wunderschönen Ausflug bedankt habe und wir uns eine gute Nacht gewünscht haben, falle ich todmüde ins Bett.

Doch obwohl ich so erledigt bin, kann ich nicht einschlafen. Mein Blick fällt auf die Berge, die hell vom Mondlicht erleuchtet werden, und mir fällt das Lied von Lady Antebellum ein, das ich heute so oft im Auto gehört habe.

»It's a quarter after one, I'm all alone and I need you now…«, versuche ich, mich selbst in den Schlaf zu summen.

Ich denke an Christian und wie schön es wäre, wenn er jetzt bei mir wäre. Wir waren doch so glücklich! Ob er auch so empfindet und er sich ebenfalls wünscht, es könnte wieder so sein?

Wo kommt nur diese unsichtbare Mauer her, die zwischen uns steht? Ich würde sie so gerne einreißen, doch mir fehlt die Kraft dazu. Gerade in diesem Moment fehlt Christian mir so sehr. Wie gerne würde ich mich jetzt in seine starken Arme kuscheln! Vielleicht hat meine Mutter ja recht, und ich hätte schon längst einmal mit ihm über meinen Kummer und meine Ängste sprechen müssen. Sicher habe ich die Mauer, die ich jetzt verfluche, zum großen Teil selbst aufgebaut. Ich hoffe, ich habe mit meinem Verhalten in der letzten Zeit nicht alles kaputtgemacht. Denn es ist so, wie Nini sagt: Auch wenn ich mir oft einen Mann wünsche, der bei mir ist und auf den ich mich verlassen kann, und Christian mir diesen Wunsch so oft nicht erfüllt – mein Herz gehört nun einmal ihm.

Ich kuschle mich in die Kissen und schlafe mit dem Gedanken an ihn ein.

Am nächsten Morgen kitzeln mich Sonnenstrahlen wach, und obwohl ich noch müde bin, beschließe ich, das gemütliche Bett mitsamt der kuscheligen karierten Bettwäsche zu verlassen und ein wenig nach draußen zu gehen. Doch als ich vor das Haus trete, sitzt meine Mutter bereits mit einem Becher Kaffee auf einer kleinen Bank und sonnt sich.

»Maja, du bist ja schon auf!«, freut sie sich. »Steve braucht morgens immer ein bisschen länger! Schön, dass du schon wach bist. Hol dir doch auch einen Becher Kaffee und setz dich einen Moment zu mir!«

Überaus freundlich werde ich im Frühstücksraum der Pension empfangen, und jeder will wissen, wie ich geschlafen habe, so als wäre das etwas Besonderes. Als wäre *ich* etwas Besonderes. Es tut irgendwie gut, einmal selbst Gast zu sein und sich bedienen zu lassen.

Als ich zurückkomme, fragt meine Mutter: »Hast du gut geschlafen, Liebes?«

Ich muss kichern. »Ist das schön hier!«, sage ich statt einer Antwort, und gemeinsam genießen wir einen Moment der Stille. Aber ich bin mit meiner Mutter zusammen, und deshalb ist es wirklich nur ein kleiner Moment.

»Wie geht es dir?«, fragt sie mich.

»Danke, Mama. Dass du mich hierher gebracht hast. Dass du überhaupt gekommen bist! Seitdem ihr da seid, fühle ich mich soviel besser«, gestehe ich.

»Wirklich? Oh, das freut mich! Das war nämlich genau meine Absicht! Ich kenne doch mein Töchterchen. Obwohl du am Telefon immer betont fröhlich warst, habe ich gespürt, dass es dir nicht gut geht. Und da dachte ich, es wird höchste Zeit, dass ich mich ein bisschen um dich kümmere!«

»Super Idee! Ich mag gar nicht daran denken, wie es wieder ohne euch sein wird.«

Ich drücke fest ihre Hand.

»Hmmm … das musst du vielleicht auch nicht!«, lächelt sie mir verschmitzt zu. »Maja, ich habe nachgedacht. Was würdest du davon halten, wenn wir in Deutschland blieben?«

»Wie meinst du das?«, frage ich verwirrt.

»Nun, ich habe mir ein paar Gedanken gemacht. Was hast du denn eigentlich mit Friedas Haus vor, Maja?«

»Tja, das weiß ich, ehrlich gesagt, noch gar nicht so genau. Bis jetzt konnte ich mir einfach nicht vorstellen, das Haus an fremde Leute zu vermieten.«

»An Fremde nicht, aber an uns vielleicht?«

»Mama, das wäre ja wunderbar!«

»Ja, nicht wahr? Und ich habe eine Idee, was wir dort machen könnten!« Auf einmal wird meine Mutter ganz aufgeregt. »Wir könnten eine Pension aufmachen, so wie diese! Eine Art Bed & Breakfast, wie es das in England sehr häufig gibt. In dieser tollen Lage direkt am See würden sich die Leute sicher sehr wohlfühlen! Das Haus ist groß genug. Ich habe mir alles genau überlegt. Im Erdgeschoss gibt es drei große Zimmer und die Küche. Das Wohnzimmer könnten wir als Frühstücksraum nutzen, bei schönem Wetter können die Gäste auf der Terrasse oder im Garten sitzen. In den anderen beiden Zimmern könnten Steve und ich wohnen. Der Flur ist sehr geräumig, dort könnte man einen Schreibtisch und ein oder zwei Sessel aufstellen und eine Art Empfang gestalten. Im oberen Stockwerk gibt es drei Zimmer, die wir vermieten könnten. Und dann gibt es noch ein kleines Stübchen unter dem Dach, das wäre ideal für ein verliebtes Pärchen oder eine Einzelperson.«

»Mama! Du hast ja alles schon genau im Kopf!«, wundere ich mich.

»Ist das nicht ein toller Plan?« Ihre Augen strahlen vor Begeisterung.

»Ja, schon …« Einerseits ist ihre Freude wirklich ansteckend, andererseits habe ich auch ein paar Bedenken.

»Aber?«

»Aber wir müssten erst einmal die ganzen alten Möbel ausräumen, das wird eine Wahnsinns-Aktion. Dann müssen wir jede Menge neue Möbel kaufen, man muss den Gästen ja ein wenig Komfort bieten. Ganz zu schweigen von den Waschbecken, Duschen und Toiletten, die wir einbauen müssten. Du kannst von den Leuten ja nicht erwarten, dass sie sich das Bad mit euch teilen! Jedenfalls würde das Ganze eine Menge Geld kosten, über das ich definitiv nicht verfüge.«

»Aber wir, Maja! Ich habe ein wenig gespart, was eigentlich für meine Beerdigung gedacht war. Nun, die kann ja noch warten! Und Steve hat auch ein wenig auf der hohen Kante!«

»Ja genau, was sagt eigentlich Steve dazu?« Ich bin mir nicht ganz sicher, ob er so begeistert davon ist, seine Heimat zu verlassen und sein Erspartes zu opfern, um sich hier Arbeit zu kaufen.

»Ich habe natürlich mit ihm gesprochen. Er findet die Idee wunderbar. Da hätten wir eine schöne Aufgabe, meint er. Wir können doch nicht nur zu Hause herumsitzen, dafür sind wir einfach noch nicht alt genug!«

Wenn ich sie so ansehe in ihren Jeans und dem hellen Pullover, muss ich ihr recht geben.

»Wir haben uns das so vorgestellt: Im Sommer sind wir in Deutschland und betreiben die Pension. Ich würde mich um die Buchungen kümmern und das Frühstück machen. Du weißt, ich kann sehr gut mit Menschen umgehen und würde mich freuen, die Gäste zu empfangen und ihnen die Region zu erklären. Ich bin ja schließlich von hier! Steve ist handwerklich sehr geschickt, er kann im Haus viel selbst machen, auch beim Umbau. Außerdem hat er einen grünen Daumen und kann sich wunderbar um den Garten kümmern und die ganzen Einkäufe für das Frühstück und so weiter erledigen. Für die Reinigungsarbeiten finden wir doch sicher eine gute Kraft, meinst du nicht? Und wenn im Herbst keine Gäste mehr kommen, dann brechen Steve und ich nach Amerika auf, und er kann sich dort um sein Haus, seine Tochter, seine Kirchengemeinde und alles andere kümmern.«

Sie hat tatsächlich bereits den kompletten Plan im Kopf.

»Was sagst du, Maja? Wir wären in deiner Nähe und könnten uns gegenseitig unterstützen! Steve könnte auch deinen Garten pflegen, und unsere Übernachtungsgäste könnten bei dir einkehren und …«

Ich atme tief durch. Es klingt nach wahnsinnig viel Aufregung und Arbeit. Aber auch nach einem neuen Ziel, einer neuen Aufgabe und viel Abwechslung. Auf einmal werde ich selbst ganz euphorisch. Wir würden Nachbarn sein und könnten uns gegenseitig helfen. Aber auch manche Stunde abends gemeinsam im Garten sitzen und plaudern.

»Ich bin dabei!«, sage ich daher, ohne zu zögern. »Ihr könnt morgen anfangen! Aber sag mal, Mami, was ich dich immer schon mal fragen wollte: Gibt es eigentlich einen kleinen Motor da drin in dir?« Ich stupse sie mit dem Zeigefinger in die Brust. »Oder eine kleine Batterie? Wo kommt all diese Energie her?«

Sie lacht und deutet auf den Mann, der gerade mit einem Becher Kaffee und noch ziemlich verschlafen aus der Tür der Pension *Edelweiß* tritt. »Die Liebe gibt mir Energie für zehn!«

Nach einem ausgiebigen Frühstück machen wir uns so langsam wieder auf den Heimweg. Wir fahren allerdings einen Umweg durch das Kleinwalsertal, und Steve kommt aus dem Staunen nicht mehr heraus. Die hohen Berge und gemütlichen kleinen Dörfer verzaubern nicht nur sein Herz. Auch ich fühle mich wie im Urlaub und genieße jede Minute dieses schönen Ausflugs. Unterwegs machen wir große Pläne für die Pension am See und denken uns die verrücktesten Namen dafür aus. Allerdings finden wir keinen einzigen wirklich passenden.

Seestern ist uns zu abgedroschen, *Seevilla* zu hochtrabend.

»Wie wäre es denn mit *Pension Seerose* oder nur *Rose*?«, schlägt Steve vor.

Angesichts des von Frieda so herrlich gepflegten Gartens wäre ein Blumenname in der Tat nicht so schlecht.

»Oder Pension *Maiglöckchen*?«, wirft meine Mutter ein.

»Mama ... das ist es!«, juble ich. »In Friedas Garten blühen im Frühling Hunderte von Maiglöckchen!«

»Außerdem bestand Emilys Dekoration bei unserer Hochzeit im letzten Mai aus Maiglöckchen!«, lacht meine Mutter.

»Wenn das kein Glücksbringer ist!«, sagt Steve und nimmt ihre Hand.

Mit einem Mal freue ich mich darauf, nach Hause zu kommen. Auf alle neuen Aufgaben, die auf mich warten und vor allem auf unser *Maiglöckchen*-Projekt.

Meine Mutter hatte recht: Alt ist man erst, wenn man keine Pläne mehr hat.

4. KAPITEL
»DER MAIGLÖCKCHEN-PLAN«

Zurück am Bodensee machen wir uns voller Elan an die Umsetzung unseres Vorhabens.

Schließlich sollen bereits im Frühling die Gäste in der Pension *Maiglöckchen* einziehen, und bis dahin gibt es noch viel zu tun.

Ich gebe zu, diese neue Idee macht mir richtig Spaß und verleiht mir neue Energie. Auch Christian ist begeistert, weil er mich zum ersten Mal seit Langem wieder gut gelaunt und aktiv erlebt. »Du bist ja ganz aufgeregt, mein kleines Rotbäckchen!«, freut er sich und kneift mir spaßeshalber in die Wange. Es sieht so aus, als würde die Mauer zwischen uns endlich zu bröckeln beginnen, und dieser Gedanke macht mich unglaublich froh.

»Ja? Wie findest du denn unsere Idee, Christian?«, frage ich ihn, als wir eng umschlungen auf dem Sofa liegen und nebenbei ein Gläschen Rotwein schlürfen.

»Was fragst du mich? Nachdem du seit Stunden von nichts anderem geredet hast, scheint die ganze Sache doch schon festzustehen, oder etwa nicht?«, lacht er.

»Trotzdem möchte ich gern deine Meinung dazu hören. Was meinst du, sollen wir es wirklich wagen?« Ein bisschen unsicher bin ich mir schon noch, ob wir wirklich das Wagnis einer Pension am Bodensee eingehen sollen.

»Nun … es kommt natürlich darauf an, ob deine Mutter und Steve bereit sind, etwas Geld zu investieren. Ich gehe mal davon aus, dass du nicht vorhast, den beiden allzu viel Pacht abzuknöpfen?«

Als ob ich das tun würde! Natürlich nicht, es ist schließlich meine Mutter. Ich habe ja früher bei ihr auch keine Miete gezahlt.

Christian kann meine Gedanken an meinem Gesicht ablesen. »Wenn du Friedas Haus anderweitig vermieten würdest, hättest du Mieteinnahmen«, wendet er ein, ganz der umsichtige Anwalt.

»Du verlangst doch auch keine Miete von mir für die *Butterblume*«, gebe ich zu bedenken.

Doch er lacht nur und sagt: »Noch nicht! Warte es nur ab … demnächst ist ein ziemlich hoher Preis fällig!« Er küsst mich sanft auf die Lippen, und ich schließe die Augen. Ich bin so froh, dass wir uns wieder nähergekommen sind.

»Friedas Haus muss auf jeden Fall ein wenig renoviert werden. Das Dach ist an manchen Stellen undicht, die Terrasse braucht einen neuen Boden … und dann sind ja noch die ganzen sanitären Anlagen in den Zimmern einzubauen. Das wollen meine Mutter und Steve alles bezahlen! Da kann ich ihnen doch beim besten Willen nicht auch noch Miete abknöpfen.«

»Hm, das hört sich nach ganz schön hohen Kosten an. So schnell wird sich das nicht rechnen, meine Liebste. Ich denke mal, da müssen sie schon einige Zimmer vermieten, um das Geld wieder reinzuholen«, gibt Christian zu bedenken.

»Ach was, darum geht es ihnen doch gar nicht! Ich glaube, sie brauchen einfach eine Aufgabe, denn sie fühlen sich noch zu jung, um herumzusitzen und dem Gras beim Wachsen zuzusehen. Oder Golf zu spielen«, werfe ich ein.

»Genau, und außerdem wollen sie gerne in deiner Nähe sein … was ich ja im Übrigen sehr gut verstehen kann!«

Wieder küsst Christian mich sanft. Hoppla, was hat er vor? Er fummelt am Reißverschluss meines Kleides herum. Du lieber Himmel, mir fällt die grauenhafte Unterhose und die dicke Strumpfhose ein, die ich heute Morgen angezogen habe, weil es so kalt war.

»Solange die beiden die Arbeit machen und dich da heraushalten, soll es mir recht sein. Schließlich möchte ich auch noch etwas von dir haben und dich nicht nur arbeiten sehen, mein kleines Butterblümchen. Ich habe nämlich vor, im Frühling die *Sommerwind* wieder zu Wasser zu lassen und hin und wieder eine kleine Segeltour mit dir zu machen. Was meinst du dazu, meine Süße?«

Er hat es geschafft, und der Reißverschluss ist offen. Als er mir sanft über den Rücken streicht, ist es mir auf einmal ganz egal, ob der Bund von meinem Baumwollslip ausgeleiert ist und ob mein Busen in diesem BH aus dem Kaffeegeschäft vorteilhaft aussieht.

Ich schließe die Augen, träume von uns beiden an Bord der *Sommerwind* und lasse mich von diesem zärtlichen Gefühl tragen, das mich alle Schmerzen der Vergangenheit vergessen lässt.

In den nächsten Tagen werden wichtige Entscheidungen getroffen. Die Pension soll auf mich laufen, da ich bereits ein Gewerbe mit dem Café *Butterblume* angemeldet habe und somit nur die Konzession erweitern lassen muss. Wir zeichnen Pläne, wie die Zimmeraufteilung aussehen könnte, und laufen mit diesen durch Friedas Haus, um dann dort alles wieder umzuwerfen. Steve spricht mit den Handwerkern wegen des kaputten Dachs und vereinbart einen Termin mit einem Bad- und Sanitär-Fachbetrieb, um Ideen und Preise einzuholen.

»Ich würde vorschlagen, dass wir die alten Möbel von Frieda auf den Dachboden bringen. Heutzutage will doch keiner mehr in solchen Betten schlafen«, meint meine Mutter und blättert in einem Möbelkatalog. »Was meinst du, ob wir einmal in dieses schwedische Möbelhaus fahren sollten, um uns Ideen zu holen?«

Ich habe eine bessere Idee. Bei der Einrichtung der Zimmer gibt es nur einen einzigen Menschen, den wir meiner Meinung nach fragen sollten: Emily!

Emily ist Leons Schwester und meine Freundin, obwohl sie mehr als zehn Jahre jünger ist als ich.

Wir haben schon einiges gemeinsam durchgestanden: Sie half mir bei der Gestaltung der *Butterblume*, und ich war für sie da, als im letzten Jahr ihr Freund Thomas mit dem Motorrad schwer verunglückte. Obwohl Emily aus einer sehr wohlhabenden Familie stammt, ist sie natürlich und unkompliziert. Sie studiert Innenarchitektur in Konstanz und hat einfach die besten Wohn- und Einrichtungsideen, die man sich denken kann. Ich wähle ihre Nummer, und ihre freundliche Stimme ist sofort am Telefon.

»Maja, wie schön, dich zu hören! Wie geht es dir?«

»Ach Emily, ich wollte mich schon so lange bei dir melden und mich für deine schöne Weihnachtskarte bedanken. Hast du die wieder selbst gemacht?«

Was für eine blöde Frage, Emily würde niemals eine einfache Karte kaufen. Stattdessen hatte sie eine Karte gebastelt, die mit den silbernen Engelsflügeln im wahrsten Sinne des Wortes himmlisch aussah.

»Maja, ich weiß doch, was du um die Ohren hast. Auch bei mir gibt es so manche Neuigkeit ... aber darüber möchte ich eigentlich lieber persönlich mit dir sprechen!«

»Sehr gerne, meine liebe Freundin! Was meinst du denn, warum ich anrufe?«, lache ich. »Ich hoffe sehr, du hast bald einmal Zeit für mich. Kannst du in die *Butterblume* kommen? Ehrlich gesagt brauche ich deinen Rat.«

»Das dachte ich mir schon!«, lacht Emily zurück. Niemals würde sie auf den Gedanken kommen, ich könne nur aus diesem Grund bei ihr angerufen haben und deshalb gar beleidigt sein. »Aber es wäre mir lieber, wenn du nach Konstanz kommen könntest, Maja. Ich muss dir nämlich unbedingt etwas zeigen!«

Damit hat sie meine Neugier geweckt, und als sie auch noch eine andere Adresse angibt, verabrede ich mich gleich für den folgenden Tag mit ihr. Da Emily so ein großes Geheimnis daraus macht, kann ich unmöglich länger warten. Bestimmt ist sie umgezogen, obwohl ich ihre Wohnung in der Schottenstrasse eigentlich sehr hübsch fand. Die Adresse ist Münzgasse, die sich offenbar mitten in der Innenstadt in der Nähe des Münsters befindet.

Am nächsten Morgen mache ich mich gleich auf den Weg. Es ist Montag und erfahrungsgemäß an diesem Tag nicht allzu viel los im Café. Deshalb ist Ruth spontan bereit, den Laden alleine zu schmeißen, und schiebt mich mit den Worten: »Lass dir Zeit, ich komme hier alleine klar!«, zur Tür. Ich vermute, das hat damit zu tun, dass Hubert mitten in den Reisevorbereitungen für den Dubai-Traumurlaub steckt.

Ruth hat mir erzählt, dass Hubert ihr die Geschichte mit der Kreuzfahrt genau andersherum erzählt hat: dass seine Frau *ihm* die Reise zu Weihnachten geschenkt hat und nicht umgekehrt. Natürlich *kann* Hubert jetzt nicht anders und *muss* Jutta praktisch begleiten. Ruth tut zwar, als habe sie volles Verständnis, aber ich sehe ihr an, dass sie die ganze Nacht nicht geschlafen hat.

»Warum schießt du den Typen nicht endlich in den Wind?«, frage ich verärgert, während ich die warmen Stiefel anziehe.

»Und dann, Maja? Soll ich alleine auf dem Sofa sitzen?«, antwortet sie.

»Das tust du doch jetzt auch, Ruth. Jedenfalls die meiste Zeit!«

»Ja, aber nicht die *ganze* Zeit. Ich habe jedenfalls hin und wieder jemanden, der mich mal in den Arm nimmt.«

»Der Mann für gewisse Stunden … ja, wunderbar! Der dann aus deinem warmen Bett klettert, um in das seiner Frau zurückzukehren!«

Ich kann nicht anders, ich bin einfach wütend. Wütend darüber, dass er sie wieder einmal unglücklich zurückgelassen hat. Es wird immer von der »bösen Geliebten« gesprochen, die der armen Ehefrau den Mann wegnimmt, doch ich sehe an Ruth, dass eigentlich sie die »Arme« ist, der außer ein paar gestohlenen Stunden nichts gehört.

»Maja, so ist es doch gar nicht«, sagt Ruth leise.

Ich nehme sie in den Arm und drücke sie fest. »Nein, Ruth, das weiß ich doch. Es sollte doch auch kein Vorwurf sein. Ich finde doch nur, dass du einen Mann verdienst … der dir alleine gehört!«

Sie nickt. »Ich weiß, dass du es gut mit mir meinst, Maja. Aber wo soll ich den denn bitteschön hernehmen? Eine Frau in meinem Alter?«

»Ach Ruth, nun hör schon auf! Du weißt selbst, dass du

nicht nur hübsch, sondern auch supernett bist«, empöre ich mich.

»Maja, machen wir uns nichts vor! In meinem Alter war es schon Glück, dass Hubert auf mich aufmerksam wurde. Die Männer wollen doch alle eine junge Frau! Ab Mitte 40 ist man für die Männerwelt so gut wie unsichtbar. Und wenn man erst die Wechseljahre hinter sich hat …« Traurig lässt Ruth den Kopf hängen.

»Das glaube ich nicht, Ruth. Denk nur an meine Mutter! Es gibt doch auch genug Männer, die geschieden oder verwitwet sind. Die wollen auch nicht alle alleine bleiben!«

»Nun, da magst du wohl recht haben. Aber wo findet man die? Ich kann mich doch nicht in einer Kneipe auf einen Barhocker setzen, Maja! Außerdem glaube ich nach wie vor, dass Männer eine Frau bevorzugen, die zehn bis fünfzehn Jahre jünger ist …«

»Das ist doch Quatsch, liebe Ruth!«, sage ich, wobei ich selbst nicht recht überzeugt bin.

»Nein, Maja, meine Alternative zu meinem 50-Prozent-Mann Hubert ist die Einsamkeit.«

Sie dreht sich um und geht mit forschem Schritt in die Gaststube, um die Kaffeemaschine anzuwerfen.

Ich fahre mit dem Mini nach Meersburg auf die Fähre und steige gleich aus, obwohl es bitterkalt ist. Zum Glück habe ich meinen dicken Schal um, den ich nun bis zur Nasenspitze hochziehe. Wie herrlich die Luft auf dem Wasser ist! Schon immer habe ich den frühen Morgen geliebt, wenn alles erwacht und das Tempo um mich herum etwas langsamer zu sein scheint. Über mir kreisen Möwen, die auf ein Frühstücksbrötchen hoffen, in der Ferne ist Konstanz schemenhaft zu erkennen. Die sanften Nebelschleier verzaubern mein Herz, und ich schließe die Augen und lausche nur dem Geräusch des brummenden Motors der Fähre. Wie gut das tut!

Weniger gut ist, dass bereits am Morgen fast keine Parkplätze in der Nähe der Münzgasse zu finden sind. Ich stelle den Mini im Parkplatz des Einkaufszentrums *Lago* ab und bemerke, dass bereits am Montagmorgen offenbar die halbe Schweiz zum Einkaufen nach Konstanz gefahren sein muss. Aber diese hübsche Stadt lädt ja auch wirklich zum Bummeln ein! Ich muss unbedingt bald wieder einmal mit Nini hierherkommen und einen ausgiebigen Mädels-Bummeltag mit ihr veranstalten. Spätestens, wenn es warm genug ist, um die neueste Frühjahrsmode auszusuchen!

Kurz darauf befinde ich mich in der Münzgasse und suche nach dem Haus mit der angegebenen Nummer. Ich bin schon fast daran vorbeigelaufen, aber dann bemerke ich es. Mein Blick fällt in das Schaufenster eines Geschäfts, und ich entdecke ein Kissen aus hellbraunem Samt, auf das ein wunderschöner Vogel gestickt ist. Daneben sind verschiedene Vögel aus Ton in Pastellfarben, und darüber fliegen weiße Vögel aus Papier. In der Mitte des Fensters steht eine große weiße Vase, in der Kirschblütenzweige dekoriert sind. Plötzlich weiß ich auch ohne das große Schild über der Tür, dass es Emilys Geschäft ist.

Emily hat ihren eigenen Laden: *Emily's Home*!

Ich bin sprachlos und stehe mit offenem Mund staunend davor. Auf einmal wird die Tür aufgerissen, und Emily stürzt in meine Arme.

»Maja, da bist du ja endlich!«

Sie drückt mich fest.

»Emily … ich weiß nicht, was ich sagen soll! Du hast ein eigenes Geschäft!«, stelle ich fest.

»Weißt du jetzt, warum ich wollte, dass du nach Konstanz kommst?«, fragt Emily lachend und zieht mich in den Laden. Hier trägt alles Emilys Handschrift. Helle Korbstühle und Regale sind dekoriert mit Kissen und Plaids in den schönsten Farben. Außerdem gibt es noch Tischdecken, Servietten und jede Menge Deko-Artikel, die alle farblich perfekt aufeinander abgestimmt sind. Es gibt immer ein bestimmtes Thema wie zum Beispiel die Vögel im Fenster, und alle angebotenen Dinge finden sich in diesem Thema wieder. Ich sehe romantische Blumen wie Rosen oder Kirschblüten, aber auch Geometrisches, Streifen und Punkte sowie Tiermotive wie Vögel, Giraffen und Schmetterlinge.

»Meine Güte, Emily! Das ist ja fantastisch!!«, juble ich. »Wann hast du das alles gemacht?«

Haben wir uns wirklich sooo lange nicht gesehen?

»Komm, setz dich! Ich habe uns einen Tee gemacht und eine Butterbrezel. Dabei erzähle ich dir alles in Ruhe. Ich muss erst in einer Stunde den Laden aufmachen.«

Wir setzen uns auf zwei Korbstühle in der Ecke, und Emily erzählt, dass dies die »Ecke der Unentschlossenen« sei. Wann immer eine Kundin sich nicht zwischen zwei Dingen oder Designs entscheiden könne, würde sie ihr einen Tee anbieten, und diejenige könnte erst einmal in Ruhe vergleichen und überlegen.

»Unglaublich!«, sage ich und bin immer noch ganz überwältigt. »Emily, ich kann nur sagen: Wow! Ich bin so stolz auf dich!«

Und das meine ich ernst. Emily war immer das kleine Nesthäkchen-Kind in der Familie Römfeld. Während die Brüder das Weingut betrieben, studierte sie Kunstgeschichte in Florenz und ließ sich durch die Welt treiben. Niemand in der Familie traute ihr so richtig etwas zu, obwohl sie schon immer enorm kreativ war. Jeder hielt sie für ein verwöhntes Töchterchen, das keine Ahnung vom Leben hat. In gewisser Weise war sie das ja auch, aber irgendwann erzählte sie mir von ihren kreativen Ideen – weshalb ich sie bat, mir bei der Gestaltung der *Butterblume* behilflich zu sein. Mit ihrer Hilfe entstand das gemütliche Café, wie es heute ist. Auch alle Gardinen und Kissen in der *Butterblume* wurden von ihr selbst entworfen und genäht.

Sie verliebte sich in Thomas, einen Lehrer, und zog mit ihm nach Konstanz, um dort Innenarchitektur zu studieren. Die beiden waren so glücklich, doch als er im letzten Frühling, kurz vor der geplanten Hochzeit, schwer verunglückte, musste Emily zum ersten Mal in ihrem Leben wirklich stark sein. Doch diese schwere Zeit und die Verantwortung für ihre große Liebe haben Emily stärker und reifer gemacht. Es sieht so aus, als habe Emily ihren Platz im Leben gefunden, und dabei sieht sie absolut fantastisch aus. Heute trägt sie eine weiße Tunika, Leggins und eine mit Schmucksteinen bestickte schwarze Samtweste darüber. Offenbar hat sie ein wenig zugenommen, aber das steht ihr sehr gut. Das lange blonde Haar fällt offen auf ihre Schultern und gibt nur manchmal den Blick auf ihre langen goldenen Ohrringe frei. Ein kleiner Hippie ist sie eben immer noch!

»Also, alles begann damit«, fängt sie an, während sie Tee einschenkt und uns beiden eine Butterbrezel auf den

Teller legt, »dass mich kurz vor dem letzten Herbst-Flohmarkt eine Freundin fragte, ob ich ihren Stand übernehmen wolle, da sie sich überraschenderweise kurzfristig entschlossen hatte, nach Indien zu reisen. Es reizte mich, obwohl ich überhaupt nicht wusste, was ich dort verkaufen sollte. Dann fiel mir der Schmuck ein, den ich früher gebastelt habe. Und die selbst genähten Kissen. Du weißt, ich bin ja schon auf dem Weingut oft an der Nähmaschine gesessen. Ich suchte den ganzen Kram zusammen und machte auch noch ein paar neue Dinge.«

Wie sie es ausspricht, könnte man meinen, sie mache diese Kunstwerke so neben dem Fernsehen. Was sie ja wahrscheinlich auch tut.

»Weil Thomas noch nicht fit war, blieben wir viel zu Hause, und so hatte ich genug Zeit für meine Handarbeiten!«, lacht sie. »Du weißt ja, Ideen habe ich genug! Nun, jedenfalls machte mir die ganze Sache einen Riesenspaß. Der Stand wurde recht hübsch, und an einem einzigen Tag verkaufte ich alles. Kannst du dir das vorstellen? Noch nie in meinem Leben war ich so stolz auf mich. All meine selbst hergestellten Dinge waren weg, verkauft an fremde Menschen, die sie hübsch fanden! Das gab mir Mut, noch mehr anzufertigen, und ich bewarb mich um einen Stand auf dem Weihnachtsmarkt.«

Mir fällt ein, dass ich Emily wirklich lange nicht gesehen habe. Im Herbst verlor ich das Baby, und die Zeit danach ist für mich nur noch ein dunkler Schatten. Nicht einmal vor Weihnachten war ich in Konstanz.

»Auf dem Weihnachtsmarkt erlebte ich dasselbe. Schon in den ersten Tagen hatte ich fast die ganze Ware verkauft und brauchte dringend Nachschub. Ich musste mir etwas einfallen lassen und deshalb fragte ich ein paar befreundete

Studentinnen, ob sie mir wohl ein bisschen beim Nähen behilflich sein konnten. Und so nähten wir bis spät in die Nacht, und am nächsten Tag stand ich mit all den neuen Dingen wieder auf dem Weihnachtsmarkt. Viele Kundinnen fragten nach einer Visitenkarte und ob man die Sachen auch hinterher irgendwo kaufen könne. Als ich eines Tages durch die Münzgasse nach Hause ging und in diesem Schaufenster das Schild ›Zu vermieten‹ hing, zögerte ich keine Sekunde. In diesem Moment wurde mir sonnenklar, was ich tun musste! Maja, du hast mir so oft von dem magischen Moment erzählt, als du die *Butterblume* zum ersten Mal sahst. Genauso erging es mir mit diesem Geschäft!«

»Donnerwetter, Emily! Ich bin wirklich beeindruckt. Nicht, dass ich dir das nicht zugetraut hätte … wie du weißt, habe ich immer sehr viel von deinem Geschick gehalten.«

»Ja! Und du hast mich auch immer in diesen Gedanken unterstützt! Maja, weißt du, dass du die ganze Zeit über mein Vorbild warst? Ich dachte so viel an dich und wollte dich auch schon längst anrufen.«

»Es ist doch kein Wunder, dass du keine Zeit dazu hattest! Wenn ich mich hier so umsehe, waren wohl einige Nachtschichten fällig.«

»Bei mir nicht!«, kichert Emily.

»Ich bin jetzt so etwas wie eine Unternehmerin und beschäftige meine ›Leute‹ dafür!« Sie zwinkert mir zu und beißt dabei herzhaft von der Brezel ab. »Die Mädels von der Uni nähen immer noch für mich. Dadurch verdienen sie sich ein Taschengeld, und ich habe abends mehr Zeit für Thomas.«

»Wie geht es Thomas denn überhaupt? Und was macht

dein Studium? Wie schaffst du das alles?«, frage ich verwundert.

Thomas war nach dem Unfall ins Koma gefallen, und Emily hatte wochenlang um sein Leben gebangt. Als er erwachte, war sie zwar überglücklich, doch Thomas war noch nicht gesund und musste viele Dinge wie essen, laufen und sprechen wieder mühsam erlernen.

»Thomas hat in und nach seiner Reha riesengroße Fortschritte gemacht. Es war ein langer Weg, Maja, aber es geht ihm inzwischen so gut, dass er vielleicht sogar bald wieder unterrichten kann. Vorerst nur zu 50 Prozent, aber immerhin. Er ist unglaublich froh darüber und stolz auf sich selbst. Er hat so hart an sich gearbeitet, Maja!«

»Ist denn wieder alles in Ordnung bei ihm?«, frage ich.

»Sein Gehirn ist zum Glück nicht geschädigt. Manchmal ist er noch ein bisschen langsam, aber das meiste klappt schon ganz gut! Und was das Studium angeht, damit habe ich vorerst ausgesetzt, denn dafür werde ich wohl demnächst keine Zeit mehr haben.«

Und dann sehe ich es. Es hätte mir gleich auffallen müssen. Die weite Tunika, die runden Wangen, das Strahlen in ihren Augen – Emily ist schwanger! Ich spüre einen Stich in meinem Herzen und muss schlucken. Emily sieht an meinem Blick, dass ich es weiß.

»Es wird wahrscheinlich sowieso ein wenig schwierig werden, aber solange Thomas noch zu Hause ist, wird es schon irgendwie gehen«, sagt sie verlegen und schenkt uns noch einmal Tee nach.

Ich stehe auf und nehme sie in die Arme.

»Weißt du jetzt, Maja, warum ich mich nicht eher gemeldet habe? Ich habe dich so vermisst, aber … ich dachte … weil du …«

»Du dachtest, weil ich mein Baby verloren habe, könntest du mir nicht von deinem Glück erzählen? Du dachtest, ich würde es dir nicht gönnen?«

Ich streiche ihr über das Haar und sie schnieft: »So ähnlich, ja. Das wäre ja auch verständlich.«

»Ach, Emily! Ja, vielleicht wäre es das. Aber du bist doch meine Freundin, die ich sehr lieb habe!« Noch einmal drücke ich sie fest. »Und wenn jemand Glück verdient hat, dann du! Besonders nach dem letzten Jahr. Für mich war es eine schwere Zeit, als ich das Baby verloren hatte, da hast du recht. Und ich gebe zu, wenn ich eine Frau mit einem Kinderwagen sehe, werde ich manchmal schon neidisch. Oder besser gesagt traurig, weil ich mich frage, warum ich das Baby nicht behalten durfte. Aber glaub mir, Emily, ich freue mich wirklich für euch!«

Und das meine ich so. Ich gönne den beiden ihr Glück aus ganzem Herzen. Auf einmal kommt mir eine Idee. Endlich weiß ich, was ich mit der Einrichtung des Kinderzimmers machen werde. Ein anderer kleiner Mensch wird darin wohnen und glücklich sein. Schließlich hatte Emily es damals mit mir eingerichtet, und nun soll sie es für ihr Baby haben. Dieser Gedanke gibt mir Mut und Kraft, das Zimmer endlich auszuräumen.

»Emily kannst du bitte bald einmal zu mir in die *Butterblume* kommen? Ich brauche deine Hilfe. Und bring bitte ein großes Auto mit! Ich möchte dir etwas schenken. Denn auch bei mir gibt es Neuigkeiten!«

Nachdenklich mache ich mich auf den Heimweg. Ich bummle durch die schöne Altstadt von Konstanz, doch ich nehme das bunte Treiben um mich herum kaum wahr. Ich bin so in Gedanken versunken, dass ich richtig erschrecke, als mich auf einmal jemand am Arm berührt.

»Maja? Was machst du denn hier?«

»Eva, wie schön, dich zu sehen!«, sage ich und umarme meine liebe Freundin, die ich seit einer gefühlten Ewigkeit nicht gesehen habe. Spontan fällt mir ein Satz aus einem Artikel über Glück ein, den ich kürzlich gelesen habe. Es gibt so vieles, das uns Glück schenken kann, und dazu gehört anscheinend auch der Moment, wenn man völlig überraschend einen alten Freund wiedersieht. Wie wahr das doch ist! Manchmal kostet uns der Alltag so viel Zeit und Kraft, dass man leider die Menschen, die einem etwas bedeuten, viel zu selten trifft. Daran denke ich jetzt und daran, wie schön es ist, in das vertraute Gesicht zu sehen. Eva hatte vor zwei Jahren eine heftige Ehekrise, beinahe wäre ihre kleine Familie daran zerbrochen. Doch Eva kämpfte um ihr Glück, und sie und ihr Mann Tim rauften sich noch einmal zusammen, was sicherlich nicht nur die beiden Teenager-Töchter glücklich gemacht haben wird.

»Ich habe Emily besucht. Stell dir vor, sie hat hier in Konstanz ein Geschäft eröffnet. Es heißt *Emily's Home*. Das musst du dir unbedingt ansehen. Was machst du überhaupt in Konstanz?«, frage ich sie und setze hinzu: »Du siehst übrigens großartig aus!«

Und das meine ich ernst. Eva trägt die blonden Haare nicht mehr kurz, sondern zu einem schicken halblangen Bob gefönt. Sie trägt eine modische schwarze Lederjacke mit Kunstfellbesatz und hat ihre langen Beine in enge Jeans und Stiefel gesteckt. Nun ärgere ich mich, dass ich heute Morgen wieder einmal nur Jeans, den Rolli und meine einfache Daunenjacke gewählt habe. Ich komme mir bieder und langweilig neben Eva vor.

»Ich war ein bisschen bummeln. Die Mädels sind in der Schule, und ich hatte heute keine Termine. Du weißt ja, montags haben Friseure immer frei!«, grinst Eva.

Eva ist selbständig und vereinbart mit ihren Kunden Termine in deren Zuhause, um ihnen dort ganz in Ruhe und in ihrem eigenen Bad die Haare zu schneiden und zu stylen. Auch ich kam schon des Öfteren in den Genuss, von ihr verschönt zu werden. Allerdings liegt der letzte Termin schon lange zurück, wie ich gerade feststelle. Nachdenklich greife ich in meine Locken. Ein neuer Schnitt oder ein paar neue Strähnchen wären wirklich mal wieder nötig.

Doch Eva scheint das gar nicht aufzufallen. Und wenn, dann lässt sie es sich nicht anmerken.

»Mensch, Maja, so lange haben wir uns nicht gesehen! Hast du Zeit für einen Kaffee? Ich würde so gerne ein bisschen mit dir quatschen!«, bittet sie.

Eigentlich wollte ich schon längst wieder zurück in der *Butterblume* sein, doch es tut so gut, in das vertraute Gesicht der alten Freundin zu sehen, dass ich mich nicht lange bitten lasse.

»Überredet!«

Eva hakt mich unter, und gemeinsam spazieren wir durch die Stadt und erzählen uns schon unterwegs, was in unserem Leben in der letzten Zeit passiert ist. Bei manchen Menschen hat man das Gefühl, man hätte sie gestern erst gesehen, selbst wenn das letzte Treffen lange zurückliegt. Wann ist das gewesen? Es muss über ein Jahr her sein! Auch an ein Telefonat in letzter Zeit kann ich mich beim besten Willen nicht erinnern. Trotzdem ist sofort das Gefühl der alten Vertrautheit vorhanden, und ich fühle mich so wohl, als wäre ich mit jemandem aus meiner Familie zusammen. Wir suchen uns ein Plätzchen im *Café Zeitlos* und machen es uns bei einem Cappuccino gemütlich. Es ist fast wirklich so, als seien wir »zeitlos«, denn wir reden und reden und reden. Natürlich fragt mich Eva nach Nini und Christian und meinem Café *Butterblume*. Ich erzähle ihr von Ninis Studium in Mannheim und dass sie dort nicht gerade glücklich ist. Auch von meiner Mutter und ihrem Mann Steve berichte ich und unseren *Maiglöckchen*-Plänen. Nur über das Baby spreche ich nicht. Obwohl Eva mich sicher verstehen würde! Sie hat ja selbst zwei Kinder, die inzwischen allerdings zunehmend ihre eigenen Wege gehen, wie sie seufzend berichtet.

»Und was macht Tim?«, frage ich sie, als bereits die zweite Tasse Cappuccino leer ist.

»Tim … ach ja.« Verlegen zupft Eva am Ausschnitt ihres Pullovers herum. Mir fällt auf, dass sie keinen Ehering trägt. Auf einmal sieht sie mir direkt in die Augen und fragt: »Wollen wir nicht zwei Prosecco trinken? Auf unser Wiedersehen?«

»Du lenkst ab«, stelle ich fest, »… außerdem muss ich noch fahren.«

»Ach komm, Maja, nun sei doch nicht immer so furchtbar vernünftig!«, schimpft sie mit mir. »Wir können ein Baguette dazu essen. Das muss doch gefeiert werden, dass wir uns heute über den Weg gelaufen sind.«

»Na gut!«, lasse ich mich überreden. Vielleicht hat sie ja recht und ich bin wirklich eine vernünftige Spaßbremse geworden, deren Leben nur noch aus Arbeit und Pflichten besteht. »Aber nur, wenn du mir verrätst, warum du eben so abgelenkt hast!«

»Also gut. Du gibst ja wahrscheinlich doch keine Ruhe,

du kleiner Quälgeist. So warst du schon immer!«, lächelt sie matt.

Erst einmal stoßen wir auf unser Wiedersehen an, dann nimmt Eva einen großen Schluck aus ihrem Glas.

»Tim und ich … das war einmal. Wir haben uns getrennt.«

»Waaaaas?«

Lautstark knalle ich das Glas auf den Tisch.

»Sag, dass das nicht wahr ist!«

»Oh doch!«, antwortet Eva und setzt hinzu: »Traurig, aber wahr.«

»Ja aber warum denn? Ich meine, ihr wart doch so glücklich, wieder zusammen zu sein?«

Ich kann es einfach nicht fassen, dass die beiden ihre Ehe nicht retten konnten. Obwohl gerade ich ja weiß, dass die Liebe alles andere als einfach ist.

»Ja, das waren wir wohl wirklich«, sagt Eva leise.

»Aber weißt du, Maja, alles geht einmal vorüber. Am Anfang unternahmen wir recht viel, um wieder mehr Abwechslung in unser Eheleben zu bringen. Mir war bewusst, dass auch ich Fehler gemacht hatte und mich zu sehr auf die Kinder und zu wenig auf Tim konzentriert hatte, und er vermutlich deshalb empfänglich wurde für andere Frauen. Ich habe mich wirklich bemüht, Maja! Aber auf Dauer geht das nicht, das Leben besteht nun einmal nicht aus Partys, Urlaubsreisen und rosaroten Wolken. Ich war oft so erschöpft von der Arbeit und dem Haushalt und allem. Irgendwann kehrte also wieder der ganz normale Alltag ein … und schlich sich mit seinem kalten Nebelgrau in unsere Herzen und Träume. Auf einmal waren wir wieder nur die Eltern, die versuchten, für die Kinder da zu sein, und kein Liebespaar mehr. Man kann eben nicht ständig ausgehen oder wegfahren, um Schwung in seine Ehe zu bringen. Auch der alte Tipp mit der Reizwäsche ist irgendwann kalter Kaffee! Weil die Frau, die darin steckt, immer dieselbe ist, die gleiche, die morgens die Schulbrote schmiert und abends noch am Bügelbrett steht. Weißt du, Maja, wenn man so lange zusammen ist wie wir, dann gibt es einfach irgendwann nichts Neues mehr zu entdecken.«

»Aber das muss man ja vielleicht auch nicht!«, unterbreche ich sie. »Es ist doch auch schön, wenn man jemanden hat, den man sein halbes Leben lang kennt und dem man vertraut!«, wende ich ein.

»Vertraut?« Eva zieht höhnisch eine Augenbraue nach oben. »Wie soll man jemandem vertrauen, der anderen Frauen E-Mails schreibt? Oder der sich mit seiner ›Kollegin auf einen Kaffee‹ trifft ... gaaaaaaanz harmlos natürlich!«

Auf diese Frage habe ich keine Antwort. »Hat Tim dich denn betrogen?«, frage ich stattdessen.

»Ich bin nicht sicher. Obwohl ... ich glaube schon.« Eva senkt traurig den Blick. »Wann beginnt denn der Betrug? Wenn man seine Frau abends alleine ins Bett gehen lässt, um sich an den Computer zu setzen und in Ruhe mit anderen Frauen zu kommunizieren? Wenn man mit einer Kollegin Kaffee trinken geht und seiner Frau erzählt, man müsse länger arbeiten? Wenn man sein Handy versteckt oder schnell eine gerade empfangene SMS löscht? Eine SMS, die einen eine Sekunde zuvor zum Lächeln gebracht hat? Oder spricht man erst dann von Betrug, wenn man mit einer anderen Frau im Bett war? Wenn es das ist, dann kann ich es nicht 100-prozentig sagen. Alles andere muss ich allerdings bejahen. Und glaub mir, Maja, das ist ganz und gar kein gutes Gefühl, wenn man seinem Mann auch den letzten Schritt durchaus zutrauen würde!«

Das kann ich sehr gut verstehen. Gerade, wenn man eine Familie hat, will man sich doch aufeinander verlassen können.

»Was sind das überhaupt für Frauen, die einem Mann schreiben, obwohl sie wissen, dass er verheiratet ist?«, fragt Eva empört.

Ich muss gerade an Ruth denken, die mit diesen ganzen Heimlichkeiten auch alles andere als glücklich ist. Sie ist garantiert kein schlechter Mensch, der einer anderen den Mann wegnehmen möchte. Sie hat sich einfach nur verliebt. Ich weiß, dass gerade sie sehr unter dieser Situation leidet. Vielleicht sogar mehr als die betrogene Ehefrau, die offenbar gar nichts von der Untreue ihres Gatten ahnt.

»Du weißt also gar nicht sicher, ob Tim dich betrügt?«, hake ich nach.

Trotzig schiebt Eva die Unterlippe vor.

»Ach Maja, was soll denn das? Eine Ehefrau spürt doch so etwas! Monatelang hat er mich nicht angerührt, weil er angeblich sooo viel Stress im Geschäft hat. Und dann geht er auf einmal ins Fitness-Studio und kauft sich ein neues Sakko und ein neues Aftershave. Für mich? Ha ha ha! Weißt du, was dem Ganzen die Krone aufgesetzt hat? Eines schönen Tages schneide ich gerade einer Kundin die Haare, als diese mich fragt, wie mir denn der Rosenkohl geschmeckt hätte, den Tim vor ein paar Tagen auf dem Markt gekauft hätte. ›Rosenkohl?‹, frage ich verständnislos. Rosenkohl! Zwei Beutel hätte Tim auf dem Markt in Überlingen eingekauft, sagte die Kundin. Das Witzige ist: Tim ist nie mit dem Rosenkohl nach Hause gekommen!

Und erzählt hat er auch nicht, dass er auf dem Markt war. Er isst sehr gerne Rosenkohl, weiß aber genau, dass ich ihn hasse. Nun frage ich dich: Wo ist er damit hin? Welches Miststück hat das Zeug für ihn gekocht?«

»Eva, könnte es nicht sein, dass er selbst …«

»Quatsch! Tim hat noch nie einen Kochlöffel angerührt. Und Rosenkohl isst man ja auch nicht so nebenbei im Auto wie einen Apfel! Nein, nein, da steckt etwas anderes oder besser gesagt *eine andere* dahinter!«

Eva sieht ziemlich wütend aus. Trotzdem hat sie mich nicht so ganz überzeugt. Einen echten Beweis für seine Untreue scheint es aus meiner Sicht nicht zu geben. Die Sache mit dem Rosenkohl ist zwar komisch, aber kein sicheres Anzeichen für sein Fremdgehen. Allerdings scheint es für Eva auch keine Bagatelle zu sein. Ich kann mir vor allem vorstellen, dass sie sich unbeachtet und ungeliebt fühlen muss, wenn ihr Mann ständig Kontakt zu anderen Frauen sucht. Doch warum tut Tim das nur? Eva ist doch wirklich eine hübsche und nette Frau und keine langweilige Zimtzicke. Ist es vielleicht so, dass in vielen langjährigen Ehen und Beziehungen irgendwann das große Gähnen einkehrt? Doch ist ein Seitensprung oder gar die Trennung dann die Lösung?

»Und nun?«, frage ich, denn ich mag mir immer noch nicht vorstellen, dass die beiden sich wirklich scheiden lassen.

»Tim ist gleich nach Weihnachten ausgezogen. Er wohnt in einer Ferienwohnung, die er bis zum Sommer behalten kann. Dann werden wir sehen.«

»Was ist mit den Mädels?«, frage ich sie.

»Ach Maja, die machen doch inzwischen ihr eigenes Ding. Die wollen doch nicht mehr mit ihrer Mutti zu Hause sitzen und Mensch-ärgere-dich-nicht spielen. Sie haben ihre Freunde und gehen auf Partys, das kennst du doch von Nini. Und wenn sie mal zu Hause sind, dann hängen sie an ihren Laptops und kümmern sich um ihr ›social life‹. Nein, Maja, jetzt wird es Zeit, dass ich auch einmal an mich denke! Wo bin ich denn all die Jahre geblieben? Ich war immer für meinen Mann und meine Kinder da – das weiß jeder, der mich kennt! Aber jetzt bin ich mal dran!« Trotzig nimmt Eva noch einen großen Schluck Prosecco.

»Aha, und was meinst du damit?«, frage ich neugierig.

»Keine Ahnung! Aber ich werde definitiv nicht länger zu Hause herumsitzen und darauf warten, dass meine Familie so gnädig ist, mich mit ihrer Anwesenheit zu beehren. Und wenn mein Mann sich lieber mit anderen schreibt und trifft … na gut, dann soll er doch! Es gibt vielleicht auch noch andere Männer, die *meine* Gegenwart schätzen!«

»Sicher«, stimme ich ihr zu.

Eva ist mit Anfang 40 wirklich eine sehr attraktive Frau, nach der sich die Männer auf der Straße umdrehen.

»Natürlich! Ich habe es schon ausprobiert«, kichert sie.

»Eva! Du hast *was* ausprobiert?«

»Meine Wirkung auf Männer!«

Sie nimmt noch einmal einen großen Schluck aus ihrem Glas und sagt dann geheimnisvoll:

»Ich sage nur *Seensucht*.« Vielsagend blickt Eva mich an, als erwarte sie irgendeine Reaktion.

Doch beim besten Willen kann ich mir nicht denken, was sie damit meint.

»Sehnsucht?«, frage ich.

»*Seensucht*! Mit zwei ee wie Bodensee«, wiederholt Eva. »Mensch, Maja! Du weißt doch, was ich meine.«

Ich schüttle den Kopf.

»Wirklich nicht?«, lacht Eva. »Also Maja, wo hast du die letzte Zeit gelebt? Hinter dem Mond?«

»In der *Butterblume*«, antworte ich und setze in Gedanken hinzu: … eingeigelt in einen Kokon aus Trauer und Selbstmitleid.

»*Seensucht* ist ein Internet-Portal, in dem sich Männer und Frauen, die hauptsächlich hier am See leben, kennenlernen können«, klärt sie mich auf.

»Du bist auf einer Dating-Seite unterwegs?«, empöre ich mich.

»Ja und? Da ist doch nichts dabei! Was meinst du, wie viele da angemeldet sind! Wo soll ich denn sonst jemand kennenlernen?«

»Eva, du bist doch … noch verheiratet!«, gebe ich zu bedenken.

»Ja, aber mein lieber Ehemann geht schon lange seine eigenen Wege! Wer weiß, wo der sich gerade herumtreibt. Außerdem ist *er* schließlich ausgezogen!«

Eva hatte sich wohl etwas mehr Verständnis von meiner Seite erwartet, das sehe ich ihr an und sage darum versöhnlich: »Ich kann schon verstehen, dass du gekränkt bist und dich einsam fühlst, Eva. Aber ob das mit *Seensucht* der richtige Weg ist? Ich weiß nicht. Eigentlich denke ich immer, wenn man jemanden treffen soll, dann entscheidet das Schicksal.«

»Ja, und wenn sie nicht gestorben sind, dann leben sie noch heute! Was für ein Schmarrn! Wenn es danach geht, werde ich sicher nie jemanden kennenlernen. Als alleinerziehende Mutter gehe ich doch kaum aus, und bei mir zu Hause wird ja wohl kaum jemand einfach klingeln, der mich kennenlernen will. Also wie und wo soll ich dann einen neuen Partner finden?«

Das habe ich doch heute schon einmal gehört! »Im Baumarkt vielleicht?«, grinse ich. Gerade erst habe ich in einer Frauenzeitschrift gelesen, dass weibliche Singles öfter einmal in einen Baumarkt gehen sollten. Angeblich brauche man sich nur ein wenig hilflos umzusehen, und schon wäre ein Mann bereit, behilflich zu sein.

Eva sieht mich an, als wäre ich nicht ganz dicht. »Maja, weißt du eigentlich, wie viele Menschen sich im Internet finden? Das ist heutzutage absolut üblich und die einfachste Art, jemanden kennenzulernen. Man kann erst einmal unverbindlich Kontakt aufnehmen und ein bisschen Distanz wahren. Und erst dann, wenn man sich sympathisch ist, ein Treffen vereinbaren.«

»Und wie muss ich mir das vorstellen mit dem ›unverbindlich Kontakt aufnehmen‹?«, frage ich neugierig.

»Es funktioniert so: Man meldet sich selbst an und erstellt ein eigenes Profil, in dem man ein wenig von sich erzählt. Nur ein wenig, versteht sich! Man kann auch ein Foto einstellen, das man allerdings nicht gleich jedem zeigt. Dann kann man sich die Profile der Männer anschauen, was sie für Hobbys haben usw. Wenn jemand dabei ist, dessen Aussagen dir gefallen, dann kannst du eine Anfrage an ihn richten und um sein Foto bitten. Schreibt er dir zurück und das Foto gefällt dir, kannst du entscheiden, ob du ihm deines schickst. Alles ganz einfach und unverbindlich!«

»Hmm, das hört sich wirklich nicht gerade kompliziert an. Aber woher weißt du, ob der Typ nicht vielleicht verheiratet ist? Oder in Wirklichkeit 20 Jahre älter? Das Foto könnte ja uralt sein oder gefälscht!«

»Warum sollte jemand so etwas tun? Ein falsches Foto oder die Sache mit dem Alter käme doch irgendwann heraus. Und warum sollte sich jemand, der verheiratet ist, in einer Single-Börse anmelden? Du siehst das alles viel zu negativ! Hör mal, Maja, für dich kommt das doch sowieso nicht infrage. Du bist kein Single, sondern hast dein Herzblatt gefunden. Aber es hat eben nicht jeder soviel Glück wie du!« Eva sieht mich forschend an: »Du bist doch glücklich mit deinem Christian, oder?«

»Ja natürlich!«, beeile ich mich, mit Nachdruck zu versichern. Ich bin glücklich mit Christian ... auch wenn ...

»Na? Wirklich?«, hakt Eva nach.

»Doch, Eva. Niemals habe ich mich einem Menschen so nahe gefühlt«, antworte ich und das meine ich ernst. »Ich bekomme immer noch Herzklopfen, wenn ich ihn nur sehe, und fühle mich einfach gut, wenn ... er da ist.«

»*Wenn* er da ist?«

»Eva, du weißt doch, dass Christian ein vielbeschäftigter Anwalt ist. Er ist nun einmal viel unterwegs oder in seiner Kanzlei in Stuttgart oder in Kanada. Manchmal fehlt er mir eben sehr!«, gebe ich seufzend zu. Obwohl ich irgendwie den Verdacht habe, dass er im Augenblick noch mehr als sonst unterwegs ist. Vermutlich flüchtet er sich in die Arbeit, weil ich gerade nicht die lustigste Gesellschaft für ihn bin.

»Kann er dich denn nicht einmal mitnehmen? Oder will er das etwa gar nicht?«, hakt Eva nach.

»Ich kann doch hier nicht weg, Eva! Ich kann das Café nicht alleine lassen, selbst den Tag heute musste ich mir stehlen.« Ich sehe auf die Uhr. »Eigentlich müsste ich schon längst wieder auf der Fähre sein.«

»Warte, Maja. Ich muss dir noch schnell etwas erzählen!« Auf einmal ist Eva ganz aufgeregt.

»Ich habe da jemanden kennengelernt! Bei *Seensucht*.«

»Aha?« Deshalb schwärmt sie so von dieser Sache. »Und

was ist das für ein Mann?«, frage ich, nun doch neugierig geworden.

»Nun ja, ich kenne ihn noch nicht so gut. Aber wir haben uns schon einige E-Mails geschrieben, inzwischen nicht mehr bei *Seensucht*, sondern über unsere privaten E-Mail-Adressen. Ein Foto habe ich auch schon von ihm!«

»Und?«

»Gut sieht er aus, männlich. Er hat schon graue Schläfen, denn er ist zehn Jahre älter als ich. Aber das steht ihm sehr gut!« Evas Augen leuchten.

»Und warum, denkst du, ist so ein gutaussehender Mann in einem Single-Portal unterwegs? Könnte der nicht auch so eine Frau kennenlernen?«, kann ich mir nicht verkneifen zu fragen.

»Sicher könnte er das! Aber er ist eben nicht so ein Typ, der Frauen auf der Straße anquatscht. So hat er mir das jedenfalls geschrieben. Außerdem arbeitet er einfach sehr viel und hat nur selten Zeit.«

»Soso. Und was arbeitet er so?«

»Er ist Unternehmer und als solcher in ganz Deutschland unterwegs.«

Und in ganz Deutschland gibt es keine Frau, die er ansprechen könnte?, denke ich, hüte mich aber, es laut auszusprechen.

»Er hat mir geschrieben, dass er eine große Enttäuschung hinter sich hat und sich lange Zeit nicht vorstellen konnte, wieder mit einer Frau zusammen zu sein. Mein Profil hätte ihn aber so angesprochen, dass er unbedingt mit mir Kontakt aufnehmen wollte.« Eva bekommt vor Aufregung ganz rote Wangen. »Ach Maja, du kannst dir nicht vorstellen, wie einfühlsam und gefühlvoll er schreibt! Er ist ein wahnsinnig interessanter Mann, der sich seinen eigenen Worten zufolge endlich einmal wieder verlieben möchte!«

»Und hast du diesen ›wahnsinnig interessanten Mann‹ schon getroffen?«, frage ich neugierig.

»Noch nicht. Wie gesagt, er ist viel unterwegs. Aber wir wollen bald einmal einen Termin vereinbaren. Stell dir vor, er benutzte das altmodische Wort ›Rendezvous‹ für unser Date. Ist das nicht furchtbar romantisch? Ach Maja …«, seufzt Eva träumerisch. »Noch einmal verlieben – das wünsche ich mir auch!«

Nachdenklich sitze ich kurze Zeit später auf der Fähre und freue mich über die Sonne, die es geschafft hat, den Nebel zu vertreiben. Eva will sich verlieben. Emily hat ein eigenes Geschäft und bekommt ein Baby. Und wir wollen eine Pension am See eröffnen. Das Leben ist doch voller Überraschungen und Veränderungen. In der einen Minute erscheint uns alles grau und düster wie der Winternebel auf dem See, doch schon kurze Zeit später scheint uns die Sonne direkt ins Herz.

5. KAPITEL
»TROST«

Auf leisen Sohlen schleicht sich der Winter durch die Hintertür davon und macht Platz für den Frühling, der uns in diesem Jahr ausnahmsweise wenig Nebel, dafür aber viel Sonnenschein und ein wahres Blütenmeer schenkt. Eben haben wir noch die dicken Wintersachen getragen und schon sitzen wir kurzärmelig auf der Terrasse, halten das Gesicht in die Sonne und sind sprachlos vor Freude über die Wärme auf der Haut. Viel Zeit zum Genießen bleibt mir allerdings nicht. Das schöne Wetter lockt viele Spaziergänger und Radfahrer ins Freie, und nicht wenige von ihnen halten an, um sich in unserem Café *Butterblume* zu stärken. Ruth und ich kommen kaum noch mit dem Backen hinterher. Insgeheim ärgere ich mich, dass ich Nini überredet habe, das Studium fortzusetzen. Jetzt könnte ich ihre Hilfe so gut gebrauchen. Aber sie soll auf keinen Fall ihr Studium aufgeben, um hier als Aushilfe Törtchen zu backen. Meine Mutter ist leider in dieser Hinsicht keine große Hilfe. Sie hat alle Hände voll zu tun, in Friedas Haus die Handwerker zu koordinieren, die inzwischen ein und aus gehen. Manchmal gehe ich hinüber, um ihnen ein paar übrig gebliebene Seehupferl zu bringen, und höre dann schon von Weitem ihre Stimme, wie sie den Handwerkern entschieden sagt, was diese zu tun haben. Steve hat offenbar viel Ahnung vom Bauen und überprüft jedes Detail aufs Sorgfältigste. Inzwischen ist das Dach so gut wie neu, und die Terrasse hat einen neuen Steinboden in hellem Granit erhalten. Auch der Eingangsbereich und die Küche wurden mit hellen Steinen neu gefliest. In den Gästezimmern befinden sich schon nach kurzer Zeit moderne Duschen, Waschbecken und Toiletten. Das Ganze muss ein Vermögen gekostet haben, ich hüte mich, nach den genauen Zahlen zu fragen. Jedes Mal, wenn ich einen Anlauf in diese Richtung nehme, winken die beiden ab und erklären mir, dass sie es sich gut überlegt hätten und genauso haben wollten.

Meine Mutter und Steve haben inzwischen einige von Friedas alten Möbeln wie ihren schönen alten Sekretär und das Biedermeier-Sofa in die beiden Zimmer im Erdgeschoss gebracht und sich dort häuslich eingerichtet. Alles sieht so gemütlich aus, und es ist gut, dass dieses alte Haus wieder mit Leben gefüllt ist. So langsam freue ich mich auf die Pension *Maiglöckchen* und bin sicher, Frieda wäre ebenso glücklich darüber.

An einem besonders schönen Tag Ende März macht Emily ihr Versprechen wahr und kommt mit einem auf dem Weingut ausgeliehenen Lieferwagen vorbei. Gemeinsam gehen wir in Friedas Haus, und ich erzähle ihr von unserer Idee.

»Ihr wollt ein Bed & Breakfast in Friedas Haus aufmachen? Das ist ja großartig!«, freut sie sich. »Es kommen doch so viele Urlauber hier vorbei. Weißt du noch, wie oft wir im letzten Sommer nach einer Übernachtungsmöglichkeit gefragt wurden?«

»Du hältst es also für eine gute Idee?«, frage ich und betrachte sie. Emily trägt heute ihr langes blondes Haar zu einem Zopf geflochten, was sie sehr jung aussehen lässt.

»Na klar! Vor allem, weil deine Mutter und Steve dann

in deiner Nähe sind. Es sind doch keine fremden Leute, sondern deine eigene Familie. Bestimmt werdet ihr viel Erfolg haben, Maja! Ich wünschte, ich könnte euch dabei helfen. Aber dann reißt Thomas mir den Kopf ab!«, lacht sie.

»Um Himmels willen, das sollst du ja auch gar nicht, Emily! Das meinte ich nicht damit, dass ich deine Hilfe brauche. Ich wollte dich fragen, ob du vielleicht die eine oder andere Gestaltungsidee beisteuern könntest? Es gibt niemanden, der dafür besser geeignet wäre als du!«, bitte ich sie.

»Sehr schmeichelhaft, meine Liebe! Dann wollen wir uns die Hütte mal ansehen!«, freut sie sich.

Wir gehen von Zimmer zu Zimmer, und Emily ist begeistert von den hellen Räumen, aus welchen man entweder einen wundervollen Blick auf den See oder in den verwunschenen Garten hat.

»Hmmmm … was meinst du, Maja, wenn ihr schlichte weiße Möbel kaufen würdet und dafür jedem Zimmer eine eigene besondere Wandfarbe gebt? So könntet ihr die Räume bei der Vermietung besser auseinanderhalten. Das rote Zimmer, das grüne, das blaue … und so weiter. Man könnte die Dekoration darauf abstimmen«, Emily streicht nachdenklich über die Wand, »und zum Beispiel Rosenkissen und -gardinen im roten Zimmer wählen und es dann *Rosenzimmer* nennen, und vielleicht Veilchen oder Vergissmeinnicht für das blaue Zimmer?« Emily ist ganz aufgeregt. »Da es ja die Pension *Maiglöckchen* wird, würde das doch ganz gut passen, meinst du nicht? Ich würde euch sehr gerne die Gardinen und Kissen dazu nähen. Ihr müsst nur die entsprechenden Stoffe aussuchen.«

Ich bin begeistert. Mir fällt ihr wunderschönes Geschäft

ein und ich bin sicher, wir werden dort viele passende Dinge und Motive finden.

»Das ist eine tolle Idee, Emily!«, freue ich mich. »Ich wusste doch, dass du die besten Ideen hast! Am besten, ich komme in den nächsten Tagen einmal mit meiner Mutter vorbei, um die Stoffe auszusuchen. Ich glaube nur, den Vogel-Stoff lassen wir besser weg. Ich weiß sonst nicht, wie wir das Zimmer nennen sollen!«, sage ich lachend.

»Warum? Ach so …« Emily stupst mich schmunzelnd in die Seite. »Maja!«

»Nun, es soll ja ein seriöses Bed & Breakfast werden und kein Stundenhotel!«

»Ich hatte auch nicht gerade vor, eine rote Laterne oder so etwas als Dekoration vorzuschlagen. Obwohl … das würde vielleicht so manchen hierherlocken!«

Lachend überlegen wir uns weitere Motive, die für die Dekoration infrage kommen könnten. Meine Mutter, die Ruth gerade in der *Butterblume* zur Hand geht, ist sofort ebenfalls begeistert von der Idee mit den weißen Möbeln und den verschiedenen Wandfarben. Ruth hat für unsere Unterhaltung keinen Nerv. Sie wirkt ziemlich gestresst, und als ich einen Blick in die Gaststube werfe, weiß ich auch, warum. Die BBP-Ladys sitzen gemütlich beieinander und tratschen gerade über ihre Gymnastiklehrerin, die sich gerade wieder einmal in einen jungen Mann verliebt hat.

»Wo die die Kerle immer her hot! Soo schee isch doch die au it«, ereifert sich Veronika Möhrle. »Des würd i ja gern emol wisse!«

»In der Gymnaschtikstund kann's ja it sei! Da sind ja bloß Wieber wie mir …«

»Uff älle Fäll scheint des jo ein richtige Jungbrunne z' sei!«

Ruth verdreht die Augen und drückt mir eine Platte mit Kokos-Vanille-Seehupferl in die Hand, die die Damen bestellt haben, und die gerade frisch aus dem Ofen kommen.

»Da sind sie ja!«, werde ich vorwurfsvoll von den Damen begrüßt. Als wäre es meine Pflicht, jeden Tag und jede Stunde im Café zu ihrer Verfügung zu stehen.

»Sie! Wa isch des mit dem Umbau bei Ihne in der Nochberschaft?«, will Jutta neugierig wissen.

Offenbar sind ihr die vielen Handwerker nicht entgangen, die auf der Straße geparkt haben. Nun hat sie Angst, sie könne etwas verpassen, während sie auf ihrer Dubai-Kreuzfahrt ist.

»Mir hont uns gefrogt, ob Sie vielleicht umziehe wollet! Obwohl, sooo lang sind Sie ja no gar it do! Aber vielleicht wollet die Leut, dene das Haus hier g'hört, au mol wieder an de See?«

Neugierig, neugierig, ich wusste es doch.

»Da liegen Sie gar nicht so falsch!«, lächle ich vielsagend. »Den Eigentümer dieses Hauses zieht es in der Tat immer wieder an den See.«

Ich stelle die Schale mit dem verführerisch duftenden Gebäck in ihre Mitte, und alle Damen sind, wenn auch nur für einen kurzen Moment, abgelenkt und überaus entzückt.

»Aber um Ihre Frage zu beantworten: Nein. Ich werde mit dem Café nicht *umziehen*. Im Nachbarhaus wird eine Pension *einziehen*.«

»A Pensiooon? Ja wa soll jetzt deees?«, fragt Veronika und schiebt sich einen dicken Bissen in den Mund.

»Könnet mir no e wenig Sahne dazu hon? Die sind a wenig trocke heut!!«, meckert sie, obwohl sie die Hälfte davon bereits gegessen hat.

»Braucht's so ebbes hier in Nussdorf? Es isch doch it direkt in Überlinge?«, höre ich gerade noch, als ich in die Küche gehe, um Sahne zu holen.

»Emily, ich glaube, wir sollten die Idee mit der roten Laterne vielleicht nicht ganz verwerfen!«, grinse ich, als ich wieder zurück bin.

Nachdem alle Gäste weg sind und wir uns selbst noch mit den letzten Kokos-Seehupferl und heißem Tee gestärkt haben, erzähle ich Emily, warum sie mit dem Transporter kommen sollte.

»Das kann ich doch nicht annehmen!«, protestiert sie, als ich ihr anbiete, das komplette Kinderzimmer samt der Wiege mit nach Hause zu nehmen.

»Doch, du musst!«, sage ich. »Schließlich hast du mir bei der Einrichtung des Kinderzimmers geholfen. Da ist es doch nicht mehr als recht und billig, wenn du sie jetzt übernimmst. Weißt du, Emily …«, beginne ich zögernd. »Ich habe eine Weile gebraucht, aber jetzt, da ich weiß, dass du ein Baby bekommst, ist es Zeit für mich, loszulassen. Es würde mich glücklich machen, wenn du die Babysachen mit Freude annehmen würdest!«

Emily lächelt unsicher. »Was möchtest du denn für die Einrichtung haben?«

»Nichts, Emily, ich habe doch keine Verwendung mehr dafür.«

»Wie kannst du das sagen? Vielleicht möchtest du in einiger Zeit noch ein Kind und dann hast du alles hergegeben!«, wendet sie ein, doch ich schüttle energisch den Kopf.

»Nein, ich möchte, dass du alles mitnimmst.« Und setze hinzu, damit kein Zweifel entsteht: »Bitte.«

»Na gut, Maja. Wenn du es wirklich möchtest, dann nehme ich dein Angebot sehr gerne an!«

An ihrem Blick sehe ich, dass sie weiß, wie schwer es mir fällt. Aber dass ich gleichzeitig glücklich bin, dass das Kinderzimmer in Konstanz sein neues Zuhause finden wird.

Gemeinsam mit meiner Mutter machen wir uns an die Arbeit und räumen das Kinderzimmer aus. Vor Emily und meiner Mutter lasse ich sogar den Tränen freien Lauf, doch ich gebe mir selbst das Versprechen, dass es die letzten für die nächste Zeit sein sollen.

»Konntest du dich denn überhaupt richtig verabschieden?«, fragt Emily feinfühlig, als wir gerade den grünen Schaukelfrosch in den Transporter einladen, den Christian vor lauter Vorfreude einmal mitgebracht hatte.

Ich schüttle traurig den Kopf. Verabschieden? Meine Gedanken wandern zurück …

Der Tag hatte so schön begonnen. Es war ein richtig heller, sonniger Herbsttag, das Laub hatte in der Sonne geleuchtet. Wie üblich war ich frühmorgens aufgewacht mit einer Liste von ungefähr tausend Dingen im Kopf, die ich erledigen wollte. Doch ich hatte schon seit Tagen Rückenschmerzen, fühlte mich schwach und schwindlig. Trotzdem zog ich mich an und fuhr zum Großmarkt, um den Großeinkauf für die Woche zu tätigen. Als ich gerade fast alle Einkäufe im Wagen verstaut hatte, fühlte ich einen schlimmen Schmerz im Unterleib, der mein ganzes Leben verändern sollte. Es war, als hätte mir jemand ein Messer in den Bauch gerammt, und dann fühlte ich auch schon, wie Blut meine Beine herunter lief. Ich ließ die Kiste mit den Weintrauben fallen, die ich gerade in den Kofferraum packen wollte, und hörte wie von fern die Stimme einer Frau: »Was ist denn mit Ihnen? Kann ich Ihnen helfen?« Sie fuhr mich sofort ins Krankenhaus. Während der ganzen Fahrt betete ich: »Bitte, bitte, lieber Gott, lass nichts mit dem Baby sein!«

Doch es war zu spät. Im Krankenhaus hatte ich bereits viel Blut verloren. Man leitete sofort die Geburt ein, doch das Baby war bereits tot. Es ging mir schlecht, tagelang lag ich auf der Intensivstation. Christian war in Kanada und konnte nicht sofort kommen. Man verlegte mich auf die normale Station, doch ich wollte nicht gesund werden. Nichts nahm ich richtig wahr, ich stand unter starken Schmerzmitteln. Es war jeden Tag dunkel, um mich herum und in mir drin. Man gab mir ein Foto des Babys, es war ein Mädchen. Das kleine Gesicht war so zart und fein. Ich gab ihr den Namen Lavie – das Leben – auch wenn sie nicht leben durfte.

Ich kehrte nach Hause zurück, doch ich war nicht mehr dieselbe. Da war ständig dieser Schmerz in mir, den ich nur vergaß, wenn ich mich mit Arbeit betäubte oder in Christians Armen lag, was viel zu selten vorkam. Doch ich versuchte, tapfer zu sein, setzte ein Lächeln auf und machte weiter, auch wenn in mir drin immer noch alles dunkel war.

»Maja? Ist alles in Ordnung?«, fragt Emily und legt mir fürsorglich den Arm um die Schultern.

Ich ziehe das Foto, das ich immer bei mir trage, aus meiner Tasche und zeige es ihr.

»Ach Maja! Ich kann mir denken, wie du dich fühlst. Ich weiß ja nicht, was du davon hältst … aber ich habe da so eine Idee.«

Und so stehen wir kurze Zeit später im Garten, direkt unter dem Magnolienbaum und zünden eine Kerze in einem Windlicht an. Emily ist der Meinung, ich bräuchte einen Platz, zu dem ich gehen könnte, wenn ich das Gefühl hätte, ich müsste Lavie nahe sein. Dorthin könnte ich mich immer zurückziehen, wenn mir einmal nach Weinen zumute wäre. Es gibt ja einen Ort, wo man sie hingebracht hat. Aber dort bin ich nur einmal gewesen, der Schmerz war zu groß. Ich wollte ihn nicht an einem öffentlichen Ort vor fremden Menschen preisgeben. So behielt ich ihn für mich, wo er mich ständig quält. Vielleicht hat Emily ja recht und ich brauche einen Ort, an dem ich gerne bin, wenn ich Lavie nahe sein möchte.

»Warte«, sage ich und gehe noch einmal zu der Kiste mit den Babysachen in Emilys Kofferraum. Ich kehre mit der Babyrassel zurück und grabe mit den Händen ein Loch in die Erde unter dem Magnolienbaum, den ich von Anfang an so geliebt habe. Hier habe ich Christian zum ersten Mal gesehen, als ich dachte, er sei der Gärtner und wolle den Baum fällen. Bei dem Gedanken daran muss ich lächeln. Dies ist genau der richtige Ort. Wir halten uns an den Händen und sprechen leise ein Gebet. Obwohl mir wieder die Tränen herunterlaufen und ich mir doch noch am Nachmittag geschworen hatte, dass es vorerst die letzten sein sollten, fühle ich mich auf einmal ein ganz kleines bisschen leichter. Als könnte ich hier, unter diesem wundervollen Magnolienbaum, der gerade anfängt zu blühen, endlich ein winziges bisschen loslassen.

Ein paar Tage später stehe ich im Baumarkt und versuche, die Dinge, die mir Steve auf die Einkaufsliste geschrieben hat, in den vielen hohen Regalen zu finden. Dass Steve manche Sachen auf Englisch notiert hat (weil er vermutlich den deutschen Begriff nicht kannte) macht es nicht wirklich einfacher. Ich bin geneigt, einen Leserbrief an die Frauenzeitschrift zu schreiben, denn ein attraktiver Mann, der mir bei meiner Suche behilflich sein könnte, ist nicht in Sicht. Ganz zu schweigen von den Mitarbeitern, die sich alle vor mir zu verstecken scheinen. Aber es wäre doch gelacht, wenn ich die Dinge nicht selbst finden würde!

Meine Mutter hat mit Emily einen großartigen Plan für die Dekoration der Zimmer ausgearbeitet, der jetzt umgesetzt werden will. Steve kann diesmal den Baumarkt-Einkauf leider nicht selbst übernehmen, obwohl das eine seiner Lieblingsaufgaben geworden ist, weil er bei den Handwerkern bleiben muss. Na bitte! Hier sind die Wandfarben, und ich suche anhand Emilys Vorgaben die richtigen Töne aus. Kurz darauf verlasse ich den Baumarkt und bin froh, dass ich wenigstens das Streichen der Wände nicht selbst übernehmen muss, sondern mich zur Abwechslung einmal um mein Café kümmern kann. In der *Butterblume* erlebe ich eine Überraschung. Nini steht in der Küche und rührt eifrig in einer Teigschüssel.

»Hi, Mami!«, lächelt sie mit roten und zugleich mehlverschmierten Wangen.

»Lass mich raten«, sage ich seufzend. »Du hast das Studium *doch* geschmissen und Ben verlassen.«

»So in etwa«, antwortet sie mit hängendem Kopf. Verlegen geht sie zum Spülbecken, um sich die Hände zu waschen.

Ich gehe zu ihr und nehme sie in den Arm. »Ach Nini! Ging es denn wirklich nicht mehr?«

Sie schüttelt den Kopf. »Nein, Mama. Ich hab wieder eine Prüfung nicht bestanden, und das, obwohl ich so viel gelernt hatte. Das mit der Betriebswirtschaft ist einfach nicht mein Ding! Ich will was anderes machen. Und Ben … ich glaube, ich muss erst einmal herausfinden, was *ich* will. Und dann werden wir sehen, ob es noch eine Chance für *uns* gibt. Im Moment brauche ich einfach eine Auszeit – von allem! Kann ich hierbleiben?«

Ich streiche ihr sanft über den Rücken.

»Ach, Kind! Was ist denn das für eine Frage! Natürlich kannst du hierbleiben! Hier ist doch dein Zuhause! Ich schlage vor, du machst dir in der nächsten Zeit Gedanken, was denn der richtige Weg für dich sein könnte. Und in der Zwischenzeit machst du dich ein bisschen in der *Butterblume* nützlich!«

»Hab schon damit angefangen!«, strahlt Nini. »Ich mache uns einen Marzipan-Mohn-Kuchen nach einem alten Rezept aus Friedas Rezeptbuch.«

»Hmm, das klingt verführerisch!« Auf einmal bin ich froh, dass Nini wieder zu Hause ist. Auch wenn ich bedaure, dass ihre Lebenspläne sich geändert haben. Wichtig ist doch nur, dass sie glücklich wird. Von mir aus auch als Bäckerin!

»Oma wird sich auch freuen!«, sage ich. »Du kannst ihr sicher viel helfen in der Pension.«

»Wie weit seid ihr denn?«, grinst Nini. Sie scheint erleichtert zu sein, dass ich ihr nicht den Kopf abgerissen habe.

»Steve wird gerade eingewiesen, wie und in welcher Farbe er welche Wand zu streichen hat«, lache ich. »Ich glaube, er ist ganz schön genervt!«

»Streichen? Oh cool, das kann ich auch! Ich gehe gleich mal rüber.«

»Moment!«, bremse ich sie, als sie bereits die Schürze an den Nagel hängen will. »Pack doch erst einmal deine Sachen aus und mache den Kuchen fertig. Die beiden

Heimwerker kommen da drüben heute ganz gut alleine klar. Morgen ist auch noch ein Tag. Vielleicht kannst du auch Emily ein wenig beim Nähen der Gardinen und Kissen behilflich sein?«

»Ich sehe schon, ich werde hier gebraucht!«, lacht Nini und beißt herzhaft in einen Apfel.

6. KAPITEL
»DIE GEHEIMNISVOLLE SPIELUHR«

Im *Maiglöckchen* treffen wir das totale Chaos an. Das Möbelhaus hat die Möbel angeliefert, welche nun in der Verpackung überall im Weg herumstehen. Steve rauft sich die Haare und versucht gerade, meine Mutter vom Auspacken abzuhalten. »Eins nach dem anderen, Darling!«, wehrt er sie ab. »Erst müssen die Zimmer doch noch gestrichen werden! So lange bleiben die Möbel schön in ihrem Karton!«

Doch die Möbelpacker haben den Auftrag, die Möbel zusammenzubauen.

»Steve, das müssen sie doch an Ort und Stelle tun! Oder möchtest du etwa die ganzen Sachen nach oben tragen? Mit *deinem* Rücken?«

Sie hat recht. Aber was nun?

»Shit!«, schimpft Steve. »Warum kommen die Möbel ausgerechnet heute?«

»Keine Panik!«, beruhigt Mama ihn. »Lass die Jungs die Möbel doch zusammenbauen! Wir schieben sie einfach in die Mitte des Raums und decken sie ordentlich ab, während ihr die Wände streicht. Das ist immer noch besser, als die schweren Teile wieder die Treppe hochzuhieven.«

»Hier ist die Farbe«, mache ich mich bemerkbar. »Wir helfen alle mit, dann geht das doch ruck-zuck!«

»Wo ist eigentlich dein Mann?«, fragt mich Steve. »Wir könnten ein paar Hände zusätzlich gerade sehr gut gebrauchen!« Steve ist überhaupt nicht gut drauf. Ich habe den Eindruck, er ist gerade total überfordert und fragt sich, ob das Ganze wirklich so eine gute Idee war.

»Christian kann erst am Wochenende aus Stuttgart weg, er hat wichtige Termine«, verteidige ich ihn.

»Schatz, er ist doch noch berufstätig«, nimmt auch meine Mutter Christian in Schutz.

»Ich habe euch aber eine andere Hilfe mitgebracht!«

Nini kommt grinsend herein und fällt ihrer Oma um den Hals.

»Na dann kann ja nichts mehr schief gehen«, sagt Steve seufzend und setzt hinzu: »Maja, hast du alles eingekauft? Auch das adhesive tape?

»Ähhh … ich habe die Farbe und die Pinsel, zwei Farbrollen, aber was bitte ist ein adhesive tape?«

»Oh Mann! Sag nicht, du hast es vergessen? Das ist wichtig zum Abkleben von …« Steve fallen die deutschen Wörter nicht dafür ein, und darum zeigt er auf Fußleisten, Fensterrahmen und Steckdosen.

»Ach, herrje! Das ist ja wirklich wichtig«, sage ich zerknirscht. »Ich fahr gleich noch mal los.«

»Warte«, hält mich meine Mutter zurück. »Ich habe mir neulich mal das ganze Haus angesehen und dabei so etwas wie einen Hobbykeller entdeckt. Vielleicht hat Hermann ja auch selbst etwas gestrichen und die Utensilien dazu aufbewahrt? Sieh doch einfach mal nach. Vielleicht findest du auch noch etwas, das wir als Abdeckplane für die Möbel benützen können. Den Fußboden können wir ja mit den Kartons der ausgepackten Möbel abdecken.«

Verflixt! Eigentlich wollte ich gleich wieder zurück in der *Butterblume* sein. Die arme Ruth kommt überhaupt nicht mehr nach Hause.

Ich stöbere ein wenig im Keller herum und finde tatsächlich Hermanns Hobbyraum. Er hat sich eine richtige kleine Werkstatt eingerichtet mit allem Werkzeug, was dazugehört. Eine Werkbank, eine große Werkzeugkiste, eine Bohrmaschine und viele andere Dinge stehen hier gut verwahrt herum.

Ob es so etwas heute noch gibt? Welcher Mann verbringt heute noch seine Freizeit damit, am Haus oder im Garten herumzuwerkeln, frage ich mich. Sicher hat Hermann früher alles selbst repariert, was am und im Haus so anfiel. Während Frieda oben ihre Rosen geschnitten oder Kissen bestickt hat. Wenn ich an dieses kleine beschauliche Glück denke, werde ich auf einmal neidisch. Die beiden wussten, wo ihr Platz ist und wo sie hingehören!

Leider findet sich in diesem wirklich gut ausgestatteten Hobbyraum jedoch kein Kreppband. Ich sehe mich schon wieder in den Baumarkt fahren, forste jedoch auch noch die Wandregale durch, in denen jede Menge Krimskrams, aber auch alte Aktenordner fein säuberlich gelagert sind. Als ich neugierig einen der Ordner mit der Beschriftung ›Zeugnisse‹ aus dem Regal nehme, fallen die anderen um und verursachen ein einziges Durcheinander. Stück für Stück muss ich nun fluchend aus dem Regal nehmen und alles wieder ordentlich einordnen. So ein Mist! Dabei wollte ich doch nur ein wenig in den Zeugnissen von Hermann herumschnüffeln. Komisch – nun, da ein Fach des Regals leer ist, fällt mir auf einmal etwas auf. In der Wand dahinter ist ein Mauerstein lose, und zwar nicht nur ein bisschen. Er ist überhaupt nicht mit den anderen verbunden und lässt sich mühelos herausnehmen. Was ist das? Ein Loch in der Wand? Ein Geheimversteck! Ich fasse mit der Hand hinein und fühle tatsächlich einen Gegenstand. Was ist das? Ich hole den Gegenstand heraus und bin so erstaunt, dass ich mich erst einmal setzen muss. Es ist eine wunderschöne alte Schmuckschatulle aus Holz, ganz kunstvoll gearbeitet. Es scheint eine Spieluhr zu sein, denn an der Seite ist ein goldenes kleines Rädchen. In der Mitte steht eine kleine Ballerina, die sich lächelnd zum Tanz bewegt, als ich die Uhr aufdrehe. Das Spielwerk ist noch vollkommen intakt, und es ertönt ganz leise die Melodie »You are my sunshine, my only sunshine, you make me happy when skies are grey …« Ich kenne das Lied und summe leise die Melodie mit. Wer in aller Welt versteckt hier unten so etwas Wunderschönes? Es ist etwas, das in einer Vitrine stehen und von anderen bewundert werden sollte! Ich drehe die Schatulle um und entdecke ein silbernes Plättchen, in das einige Worte eingraviert sind: ›Für mein Maiglöckchen Lily, in Liebe Hermann‹, lese ich.

In Liebe Hermann? Für mein Maiglöckchen Lily? Das ist mehr als seltsam. Hermanns Liebe war doch Frieda. Sie waren glücklich bis an ihr Lebensende, das hat Frieda mir so oft erzählt.

Vielleicht war Lily seine Jugendliebe, ja, so muss es sein. Doch warum hat er diese Spieluhr dann hier unten in der Mauer versteckt? Wenn Lily Hermanns Jugendliebe war, dann war das doch sicher vor Friedas Zeit, und Frieda hätte keinen Grund gehabt, darauf eifersüchtig zu sein. Die Spieluhr hätte oben auf dem antiken Sekretär oder in der Vitrine stehen können, wo sie wirklich gut hingepasst hätte. Aber warum ist die Spieluhr überhaupt hier, an diesem Ort? So wie es aussieht und die Gravur vermuten lässt, sollte sie doch offensichtlich ein Geschenk für diese Lily sein. Müsste sie dann nicht in deren Besitz und nicht hier versteckt im Keller sein?

Das ist alles sehr merkwürdig. Ich öffne die Schatulle, obwohl ich mir unsicher bin, ob ich das überhaupt darf. Ach was, denke ich, Hermann und Frieda sind doch längst tot. Ich nehme doch niemandem etwas weg! Der Inhalt ist sehr überschaubar. Hatte ich vielleicht antiken Schmuck erwartet, so werde ich enttäuscht. Lediglich ein altes Schwarz-Weiß-Foto liegt darin und ein Brief. Das Bild zeigt zwei Kinder, die einen altmodischen Schulranzen und eine Schultüte tragen und sich an den Händen halten. Der Junge hat glattes Haar und einen strengen Scheitel, das Mädchen lange blonde Zöpfe. Ganz offensichtlich ist das Foto uralt und stammt von einer Einschulung. Gerade, als ich den Brief öffnen und lesen will, höre ich:

»Majaaaaaaa? Wo bleibst du denn? Komm mal schnell nach oben, wir brauchen deine Hilfe!«

Schnell stelle ich die Spieluhr zurück in das Versteck in der Wand, schiebe die Ordner wieder davor und stopfe den Brief in die Tasche, wo er eine ganze Weile lang bleiben soll.

Meine Mutter hat im letzten Moment noch einmal alles umgeworfen und das Zimmer mit dem tollen Seeblick in *Seezimmer* und das Zimmer mit dem Blick in den Garten in *Rosenzimmer* umbenannt. Genau genommen hatte Steve das von Anfang an so gewollt, aber nun hat sie das Gefühl, dass sie es entschieden hat. Mit vereinten Kräften kommen wir gut voran. Nachdem alle fehlenden Dinge organisiert sind und alle die Ärmel aufgekrempelt haben, sind die Zimmer nach wenigen Tagen hellgelb, hellblau, hellorange und rosenrot gestrichen. Die Möbel sind ausgepackt und ergeben zusammen mit den hellen Parkettböden ein freundliches Gesicht. Die Betten und Schränke sind, wie Emily es vorgeschlagen hatte, alle weiß, ebenso wie ein kleiner Tisch. Lediglich ein gemütlicher Sessel findet sich in der Wandfarbe wieder. Mit der allergrößten Ruhe hat Steve uns gezeigt, wie wir abkleben und streichen sollen. Stolz sind wir auf uns und geben zu, dass diese Arbeit auch noch außerordentlich Spaß gemacht hat.

Während ich mich anschließend wieder um mein Café kümmere, hilft Nini Emily beim Nähen der Kissen und Vorhänge. Am Wochenende wollen wir eine kleine Einweihungsparty feiern, zu der sich auch Emily, Tom und seine Band Lake-Boys angesagt haben. Selbst Christian kann sich endlich einmal aus der Kanzlei loseisen und hilft sofort Steve beim Kauf der kleinen Fernsehgeräte, die auch in den Zimmern vorhanden sein sollen. Ruth und Meine Mutter haben für unsere kleine Party allerlei Salate, Antipasti sowie viele weitere köstliche Kleinigkeiten gezaubert, und ich habe mich notgedrungen bereit erklärt, das ganze Haus noch einmal schön sauber zu putzen. Außerdem habe ich eine Mitarbeiterin vom Fremdenverkehrsamt und den Lokalreporter vom Südkurier eingeladen, um uns ein wenig bekannt zu machen. Was uns noch fehlt, ist ein Internet-Auftritt, denn ich habe mir sagen lassen, dass heute die meisten Gäste über das Internet buchen. Allerdings hoffen wir natürlich auch auf Gäste, die hier in der Seestraße zu Fuß oder mit dem Rad vorbeikommen und sich spontan über eine Übernachtungsmöglichkeit freuen.

Staunend gehe ich durch die Räume und bewundere, was aus den alten Zimmern geworden ist. Ich kann kaum fassen, was wir in der letzten Woche alles geschafft haben! Noch vor ein paar Tagen war das Haus eine totale Großbaustelle, und nun sieht die alte Villa tatsächlich wie eine richtige Pension aus! Im hell gestrichenen, freundlichen Eingangsbereich erwartet die Gäste der Empfang in Form von Friedas schönem antiken Schreibtisch, der mit all den notwendigen Dingen wie Telefon, Computer, Reservierungsbuch und dergleichen ausgestattet ist. In der Mitte des Raumes hängt der Kronleuchter, der zuvor in Friedas Wohnzimmer wundervoll warmes und einladendes Licht verbreitete. Darüber hinaus stehen zwei alte Ohrensessel, die Emily mit wunderschönem Millefleur-Stoff bezogen hat, vor einem Tisch, auf dem außer Zeitschriften auch Prospekte über die Sehenswürdigkeiten der Region zu finden sind.

Außer dem Frühstücksraum gibt es im unteren Stockwerk noch eine Gästetoilette sowie die große Küche, die wir im Großen und Ganzen so gelassen haben, da sie mit dem alten Küchenschrank und dem großen Tisch nicht nur beste Vorbereitungsmöglichkeiten für das Frühstück bietet, sondern auch wunderbar nostalgischen Charme verbreitet. Lediglich zwei neue große Kühlschränke wurden von Steve angeschafft, um stets genug Lebensmittel für die Frühstücksgäste lagern zu können.

In der oberen Etage wurde ebenso wie auch im Flur und in den Gästezimmern der gleiche pflegeleichte helle Laminatfußboden verlegt. Auf den ersten Blick sieht er aus wie das teure Parkett im ehemaligen Wohnzimmer, ist jedoch sehr viel pflegeleichter. Das große Zimmer zur Seeseite haben wir *Seezimmer* genannt. Mit seinen weißen Möbeln, den hellblauen Wänden sowie den weißen Vorhängen, die mit blauen Fischen bedruckt sind und den beiden kleinen weißen Holz-Segelbooten auf der Kommode sieht dieses Zimmer wirklich nach See aus.

Meine Mutter hat das ganze Haus mit ihren selbst

gemalten Bildern bestückt, und so findet sich in diesem Raum der blaue Bodensee mit weißen Segelbooten und Möwen auf einem Bild über dem Bett wieder. Ein kleiner hellblau gestreifter Clubsessel neben dem Tisch, auf dem ein weißes Windlicht steht, und ein weißer Schaukelstuhl sowie zu den Vorhängen passende Kissen runden das harmonische Bild ab.

Im *Rosenzimmer* finden sich natürlich die schönsten Rosenmotive auf allen Stoffen ebenso wie auf dem über dem Bett hängenden Bild. Mit seiner korallenfarbenen Wand, dem Sessel in derselben Farbe, den vielen Kissen und Rosen-Accessoires ist dies der romantischste Raum der Pension geworden, in dem sich sowohl alleinreisende Frauen als auch ein verliebtes Pärchen wohlfühlen werden.

Im *Apfelzimmer*, welches hellgrün gestrichen ist, wirken die weißen Möbel besonders frisch. Da es in der Bodenseeregion viele Obstbäume, vor allem Äpfel, gibt und Emily einen wundervollen Vorhangstoff in grün-rotem Apfeldessin aufgetrieben hat, passt auch diese Dekoration ganz wunderbar nicht nur in dieses Haus, sondern in die ganze Gegend.

Zu guter Letzt gibt es noch unser Dachstübchen, einen Raum, der wesentlich kleiner als die anderen ist und über reichlich Dachschrägen verfügt, die ihm allerdings eine anheimelnde Gemütlichkeit verleihen. Da durch das Fenster besonders schön die Sonne scheint und der Raum nicht allzu groß ist, haben wir ihn hellgelb gestrichen. Emily und Nini haben Vorhänge und Kissen mit großen gelbschwarzen Sonnenblumen genäht, und weil die Ausstrahlung dieses Zimmers so ausgesprochen sonnig geworden ist, ist dies unser *Sonnenzimmer*.

Um alles perfekt zu machen, haben wir selbstverständlich alle Hand- und Duschtücher sowie die kleinen Badevorleger in den Farben des jeweiligen Zimmers ausgesucht.

Ich gehe nach unten und finde meine Mutter im zukünftigen Frühstücksraum wieder, der mit seinen Tischen und Stühlen aus hellem Holz sowie seiner ebenfalls gelben Wandfarbe (wir hatten vom Streichen des kleinen Dachstübchens noch jede Menge Farbe übrig) und den farbenfrohen Gemälden meiner Mutter über eine überaus sonnige und positive Ausstrahlung verfügt. In diesem vom Licht durchfluteten Raum lässt es sich mit dem traumhaften Blick auf den See bestimmt sehr gut in den Tag starten!

Meine Mutter trägt ein hellgrünes Kleid und hat vor lauter Aufregung ganz rote Wangen.

»Du bist ja noch gar nicht umgezogen!«, schimpft sie mit mir.

»Im Gegensatz zu dir!«, lache ich sie an. »Passend zur Pension *Maiglöckchen* in hellem Grün – das ist meine Mutter!«

»Wir haben alle Farben so wunderbar aufeinander abgestimmt, da kann ich doch nicht in Schwarz erscheinen!« Stolz lächelt sie mich an. »Danke, Maja!«, sagt sie und nimmt mich fest in die Arme.

»Danke? Wofür denn? Das habt *ihr* doch alles gemacht.« Und bezahlt, denke ich im Stillen.

»Aber ohne dich wäre es nicht möglich gewesen, Maja, das weißt du genau. Ist es nicht wundervoll geworden?«

»Oh ja, das finde ich auch«, stimme ich ihr zu. »Aber ich muss mich jetzt sputen, Mamilein, um wenigstens einigermaßen mit dir mithalten zu können. Sonst sehe ich noch aus wie die Putzfrau.«

»Apropos Putzfrau. Kennst du jemand, der das übernehmen würde? Ich kann mich ja nun wirklich um viel kümmern, aber für die Zimmerreinigung bin ich doch nun wirklich zu alt.«

Alt ist sie zwar weiß Gott nicht, wie sie da so vor mir steht in ihrem grünen Kleid. Aber das mit dem Putzen muss wirklich nicht mehr sein. Ich werde am besten am Montag gleich einmal beim Arbeitsamt anrufen.

Steve hat so ganz nebenbei den Garten auf Vordermann gebracht, den Rasen gemäht und die Büsche geschnitten. Pünktlich zur Einweihung blühen im Garten nicht nur der Flieder, Vergissmeinnicht, Margeriten und Pfingstrosen, auch Dutzende von duftenden Maiglöckchen recken ihre weißen Köpfchen in das helle Licht. In diesem Jahr ist der Mai besonders sonnig und warm, und es kommt mir beinahe so vor, als wolle uns die Natur für die vielen kalten Tage in diesem Frühjahr entschädigen. Vielleicht empfindet man das Glück eines warmen, sonnigen Tages aber auch umso mehr, wenn man so viele kalte Tage hinter sich hat. Im Grunde kann man das ja auch auf das ganze Leben übertragen. Erst wenn wir auch die dunklen Stunden kennen, wissen wir die hellen wieder umso mehr zu schätzen.

Die Einweihungsparty wird ein voller Erfolg. Viele Nachbarn und Freunde sind gekommen, um mit uns zu feiern. Emily, in einem Traum von einer Tunika aus hellblauer Seide, überreicht als Einweihungsgeschenk »statt Blumen« ein selbstgestaltetes Schild mit der Aufschrift ›Pension Maiglöckchen‹, das Christian sofort über der Tür anbringt. Auch er sieht heute wieder ausgesprochen gut aus, er trägt ein weißes Hemd und ein schwarzes Sakko, dazu lässige Jeans.

Es ist schön, zu sehen, wie glücklich Emily und Tom sind. Ganz offensichtlich freuen sie sich sehr auf ihr Baby, denn Tom streicht ihr immer wieder zärtlich über den Bauch. Es versetzt mir einen Stich, auch wenn ich mich wirklich von Herzen für die beiden freue. Nach dem, was sie im letzen Jahr durchgemacht haben, ist dies ein großes Geschenk. Es stimmt wohl doch, dass Gott zwar manchmal eine Tür schließt, dafür ein Fenster öffnet.

Unter den ganzen hübschen Gästen komme ich mir in meinem grünen Kleid, das ja auch nicht mehr das Neueste ist, reichlich langweilig vor. Immerhin trage ich die tollen grünen Ohrringe, die Emily einmal selbst hergestellt und mir zu Weihnachten geschenkt hat. Auch Nini hat sich in ein Maiglöckchen verwandelt und trägt zu ihrem hellgrünen Top weiße Jeans.

Toms Freunde, die Lake-Boys, unterhalten uns mit mitreißender Musik, und wir genießen die vielen Leckereien, die meine Mutter mithilfe von Ruth und Nini gezaubert hat. Viel später am Abend, als fast alle Gäste gegangen sind, sitzen wir noch gemütlich bei einem Gläschen Wein zusammen und stoßen auf unser gemeinsames Werk an. Alle Gäste heute haben uns begeistert zu unserem Vorhaben gratuliert und viel Erfolg gewünscht. Als die Lake-Boys das letzte Lied »Safe the last dance for me« anstimmen, zieht mich Christian auf einmal auf die Terrasse. Ganz alleine sind wir hier, der See glitzert im Mondschein, und wir wiegen uns im Takt der Musik. Ich genieße den Moment, gerade weil er so kostbar ist, denn schon morgen fährt Christian zurück nach Stuttgart.

»Warum siehst du mich so an?«, frage ich ihn lächelnd.

»Weil deine Augen heute Abend heller strahlen als die Sterne da oben!«, antwortet Christian zärtlich. »Es gibt ein arabisches Sprichwort: Jeder Stern am Himmel ist ein Ort der Liebe«, sagt er und blickt zum Himmel. Ob er auch gerade an unser kleines Sternchen denkt? Sanft zieht Christian meine Hand zu seinem Herzen und sieht mir tief in die Augen. In seinem Blick sehe ich alles, was ich brauche, um die Welt um mich herum zu vergessen. Auch meine Traurigkeit, die die ganzen letzten Wochen mein ständiger Begleiter war. Es scheint, als ob nicht nur die Zeit, sondern auch viel Arbeit, aber vor allem die Liebe imstande ist, alle Wunden zu heilen.

7. KAPITEL
»BED & BREAKFAST«

Kaum haben wir die beiden Schilder, die wir mit der Hand mit ›Bed & Breakfast‹ und ›Zimmer frei‹ beschriftet haben, vor dem Haus aufgestellt, kommen bereits die ersten Gäste zur Tür herein. Nini ist gerade dabei, die Pension bei verschiedenen Internet-Portalen anzumelden und Fotos einzustellen, die Steve vom Haus und den Zimmern gemacht hat. Im Frühstücksraum haben wir dazu ein wenig improvisiert und sitzen für das Foto selbst an den Tischen und tun so, als würden wir uns das Frühstück aus den bunten, getupften Tassen und Tellern schmecken lassen. Ich komme gerade vom Fremdenverkehrsamt zurück, wo ich die Pension ebenfalls angemeldet habe und wo ich nicht nur jede Menge Meldescheine mitbekommen habe, die die Gäste aufgrund des Meldegesetzes ausfüllen müssen, sondern mir auch versprochen wurde, dass Zimmeranfragen sehr gerne an uns weitergeleitet würden. Doch wie es aussieht, werden wir das eine oder andere Zimmer auch so vermieten können. Bei diesem schönen Wetter kommen viele Leute direkt am Haus vorbei und werden durch den einladenden Garten auf die Pension aufmerksam.

Die ersten Gäste sind ein holländisches älteres Ehepaar, das mit dem Fahrrad unterwegs ist und offenbar den Bodensee umradeln will. »Puuh … das ist ja ganz schön anstrengend!«, lacht die Holländerin meine Mutter an und entblößt dabei ein riesiges Pferdegebiss. Sie ist groß gewachsen, doch ihre Hüften sind ganz schön breit, und ich frage mich gerade, wie der ebenfalls nicht gerade zierliche Hintern auf dem kleinen Sattel Platz gefunden hat.

»Das sind ja ganz schön hohe Berge hier, die man bezwingen muss! Da ist das Radfahren nicht so einfach wie bei uns in den Niederlanden!« Die Radlerin hat einen hochroten Kopf und braucht ihren eigenen Worten zufolge dringend eine Pause. Ich bin überrascht, wie gut das Paar Deutsch spricht, aber das ist in Holland wohl keine Seltenheit.

Meine Mutter ist voll in ihrem Element und zeigt den beiden voller Stolz alle Zimmer und erzählt, dass wir gerade erst eröffnet haben. Voller Freude füllt das Ehepaar mit dem Namen de Boer den Meldeschein aus. Sie sind begeistert vom *Rosenzimmer*, dem herrlichen Garten und der tollen Lage am See. Meine Mutter gibt den de Boers einen Sonderpreis für die Übernachtung, weil sie die ersten Gäste sind, was ihnen natürlich ziemlich gut gefällt, sodass sie spontan beschließen, nicht nur eine Nacht, sondern gleich ein paar Tage zu bleiben und von hier aus die schöne Gegend zu erkunden. Ich bin davon überzeugt, dass meine Mutter sie sogar kostenlos übernachten lassen würde, weil sie so eine Art Versuchsobjekt darstellen.

Frau de Boer ist wirklich ziemlich erschöpft und fragt, wo man denn hier in der Gegend eine gute Tasse Kaffee und ein Stück Kuchen bekommen könne. Meine Mutter empfiehlt ihnen daraufhin sofort das Café *Butterblume*, das nur ein paar Häuser entfernt ist und wo »es den besten Apfelkuchen und Cappuccino« gibt! Ich muss schmunzeln – so kann es weitergehen!

Doch auch ohne die de Boers ist in der *Butterblume* gerade unglaublich viel los, und Ruth macht ein erleichtertes Gesicht, als ich endlich zurück bin.

Das liegt vor allem an den BBP-Ladys, die gerade auf der Terrasse sitzen und einen Eisbecher verspeisen und dabei wieder den neuesten Klatsch durchhecheln. Auch Jutta ist wieder mit von der Partie, die offensichtlich von ihrer Kreuzfahrt zurückgekehrt ist und gerade angeberisch von dem tollen Leben in den Arabischen Emiraten und 1000 und einer Nacht berichtet.

»Ihr könnt euch it vorstelle, wie reich die dort sind! Die Fraue ganget in dene Malls von einer Luxusboutique in die näckscht und gebet das Geld vo ihre Männer aus!«

»Und was nutzt ihne des?«, sagt Veronika Möhrle, während sie gerade einen Riesenlöffel Sahne auf ihr Eis schaufelt. »Die rennet doch rum wie die Vogelscheuche! Total verhüllt, da sieht ma doch gar it, ob des Kleid drunter vo Yves Saint Laurent oder H&M isch!«

»Do hosch recht«, stimmt ihr Monika Besser zu.

»Aber wenn die dohom sind und de Schleier lüftet, denn kriegt der Mann ebbes zu sehe!«, sagt Jutta.

»Des Recht hot halt bloß der Ma dort, des verstandet ihr it. Der will sei Weible für sich allonig, und auf die Weis ka sie koim andere schöne Auge mache und de Kopf verdrehe!«

So geht es eine Weile hin und her, doch die Frauen sind sich im Grunde einig: Was nützen die ganzen Luxusklamotten, wenn sie niemand außerhalb der eigenen Haustür zu sehen bekommt? Das ist für die BBP-Ladys absolut unvorstellbar, da sich ihr Gedankenradius ja permanent um Shopping und gesellschaftliche Verpflichtungen dreht, wo die neu erworbenen Stücke zur Schau gestellt werden.

Ruth steht in der Küche und überlässt mir die Runde, was ich gut verstehen kann. Sie hat keine Lust, mehr als nötig von dieser Traumreise zu erfahren. Ich sehe es ihr an und brauche darum auch gar nicht zu fragen, wie es ihr geht.

Den Rest des Nachmittags haben wir alle Hände voll zu tun. Als es endlich ruhiger wird, geht die Tür auf, und Eva schneit herein.

»Sorry, Süße, dass ich es zu eurer Einweihungsparty nicht geschafft habe!«, entschuldigt sie sich und drückt mir eine Topfpflanze in die Hand.

»Aber ich hatte eine wichtige Kundin in Ravensburg, die das volle Programm von mir wollte:

Frisurberatung, schneiden, färben und so weiter. Bis ich zu Hause war, war ich total platt. Aber du weißt ja, ich bin jetzt alleinerziehend und muss für mich selber sorgen!«

Wie es aussieht, scheint keine Versöhnung mit Tim in Sicht zu sein.

Ich biete ihr einen Cappuccino und ein Erdbeer-Seehupferl an, doch Eva möchte lieber einen Prosecco mit mir trinken, weil sie mir etwas »unglaublich Wichtiges« erzählen muss. Sie blickt sich misstrauisch um, als wolle sie nicht, dass uns jemand zuhört. Aber außer Ruth und mir ist niemand mehr da.

»Stell dir vor, Jörg will sich mit mir treffen!«, jubelt sie.

»Jörg?«, frage ich, obwohl ich schon weiß, dass es der Typ aus dem Internet sein muss.

»Jörg von *Seensucht* … ich habe dir doch von ihm erzählt!«

Wusste ich's doch. Dabei hatte ich irgendwie gehofft, das Ganze sei inzwischen im Sande verlaufen.

»Du glaubst nicht, was er mir alles schreibt! Ich habe das Gefühl, als ob wir uns schon ewig kennen! Und dabei haben wir uns noch nicht einmal gesehen.« Eva ist total begeistert. Ich bin skeptisch, auch wenn das Beispiel meiner Mutter gezeigt hat, dass man sich wohl in einen völlig fremden Menschen nur anhand seiner geschriebenen Gedanken und Worte verlieben kann.

»Ja? Was schreibt er denn so?«, interessiere ich mich.

»Ach Maja, … sooo schöne Dinge. Zum Beispiel, dass er lange alleine war und bei mir endlich das Gefühl hat, dass er wieder Vertrauen haben und mir alles sagen kann.«

Nun ja, da mag ja was dran sein. Vielleicht öffnet man sich auch gerade dann ein wenig mehr und erzählt von sich, wenn man die Person nicht direkt vor sich sitzen hat.

»Er hat ja schon einige Frauen kennengelernt, aber die waren wohl alle ziemlich oberflächlich und wollten nur ausgeführt oder einfach versorgt werden. Aber bei mir hat er das Gefühl, dass ich mich wirklich für ihn als Mensch interessiere. Er schreibt mir zum Beispiel, dass es ihm so vorkommt, als könne ich ›auf den Grund seiner Seele blicken‹. Ist das nicht wunderschön?«, schwärmt Eva weiter.

»Und nun wollt ihr euch endlich persönlich kennenlernen?«, kürze ich ab, denn so langsam muss ich wieder was tun.

»Ja, so bald wie möglich! Sobald er es schafft, von Köln an den Bodensee zu kommen.«

»Er ist aus Köln? Ich dachte, *Seensucht* sei für Leute aus der Bodenseeregion?«

»Ja, eigentlich schon. Aber er war wohl mal hier am See und hat sich derart in unsere zauberhafte Landschaft verliebt, dass er dachte, es wäre auch schön, jemanden von hier kennenzulernen! Er meinte, langfristig könne er sich durchaus einen Ortswechsel an den schönen Bodensee vorstellen. Zumal er ja ohnehin beruflich viel unterwegs ist. Da ist es ja egal, von wo aus er startet.«

»Nun mach mal halblang, Eva! Du wirst ihm doch wohl hoffentlich nicht ein Plätzchen in deinem Kämmerchen angeboten haben? Du hast den Mann ja noch nicht einmal gesehen!«

»Nein, keine Sorge, Maja! Ich lass das alles schön langsam angehen. Ich treffe ihn jetzt erst einmal und dabei schaue ich ihn mir in Ruhe an. Dann werden wir weitersehen. Aber ich bin so aufgeregt! Wenn du wüsstest, wie mein Herz klopft, wenn ich eine E-Mail von ihm in meinem Postfach sehe!«

Eva scheint richtig verliebt zu sein. In einen Wildfremden! Aber ich will ihr die Freude nicht nehmen, sondern nehme sie in die Arme und sage: »So machst du es. Aber sag mir bitte Bescheid, wo und wann ihr euch trefft, ja? Und nimm am besten ein Handy mit.«

»Oder ich treffe mich gleich mit ihm in der *Butterblume*?«, lacht Eva. »Er könnte ja sogar im *Maiglöckchen* wohnen, dann müsste er abends nicht mehr zurückfahren und er weiß auch gleich, dass er nicht sofort bei mir schlafen darf. Darf ich ihm das vorschlagen?«

»Natürlich!« Dann kann ich ihn auch gleich ein wenig unter die Lupe nehmen, denke ich im Stillen.

Zum Abschied umarme ich Eva noch einmal herzlich. Obwohl sie so strahlt, habe ich irgendwie trotzdem kein gutes Gefühl bei der Sache.

Als alle Gäste weg sind, räumen Ruth und ich noch ein wenig auf. Natürlich interessiert mich, ob Hubert sich schon bei Ruth gemeldet hat, seit er aus Dubai zurück ist.

»Das ist ja das Schlimme!«, sagt sie. »Er hat mich gleich vom Flughafen aus angerufen, als seine liebe Ehefrau vermutlich gerade auf dem Klo war. Um mir zu sagen, wie sehr er mich vermisst hat und wie gerne er diese Reise eigentlich mit mir gemacht hätte. Das ist doch die Höhe, oder nicht?«, ereifert sich Ruth.

Wenn ich mir die besserwisserische und selbstgefällige Jutta auf der Terrasse so ansehe, kann ich Hubert zwar beinahe verstehen, sage aber trotzdem zu Ruth: »Ich finde das auch ganz schön dreist. Wie hast du reagiert? Du wirst doch nicht so weitermachen wie bisher und ihn wieder großzügig in dein Herz und in dein Bett lassen?«

»Nein, das habe ich nicht vor!«, sagt Ruth wütend, geht auf den Balkon und steckt sich eine Zigarette an.

»Hör mit der Raucherei auf, das bringt doch nix!«, schimpfe ich mit ihr, als ich ihr nachgehe, wohl wissend, dass es für sie allerdings gerade ein Ventil für ihre Wut ist und ich immer noch froh sein kann, dass sie kein Porzellan zerschlägt.

»Ach Maja, ich nehme mir das doch jedes Mal vor! Zuletzt, als er mich an Weihnachten versetzt hat. Aber wenn er dann wieder einfach vor meiner Tür steht, dann lasse ich ihn doch wieder herein«, seufzt sie. »Weil das Alleinsein einfach noch viel schlimmer ist!«

Auch das kann ich sehr gut verstehen. Wie oft habe ich mich schon einsam gefühlt, als Nini in Mannheim war und sich mein Liebster gerade in Stuttgart oder Kanada aufhielt. Und das, obwohl ich doch weiß, dass einer von beiden immer wieder kommt, während Ruth ganz alleine ist.

»Dann musst du vielleicht versuchen, damit irgendwie klarzukommen … bis ein anderer auftaucht!«

»Ach Maja, das Thema hatten wir doch schon! Obwohl … was ist das mit dieser *Seensucht*-Sache, von der deine Freundin vorhin erzählt hat? Vielleicht könnte ich mich dort ja auch einmal umsehen?«, fragt Ruth.

Mir war nicht bewusst, dass Ruth unsere Unterhaltung mitbekommen hat. Ich erzähle ihr in groben Zügen, was ich von Eva über *Seensucht* weiß, und Ruth hat es auf einmal eilig, nach Hause zu kommen und sich über diese Sache im Internet zu informieren. Auch wenn ich von diesen ganzen Internet-Flirt-Portalen nicht allzu viel halte, scheinen sie doch so manchem Single Hoffnung zu geben, dass irgendwo da draußen jemand ist, der genauso alleine ist und es nicht länger bleiben möchte, den man auf normale Weise vermutlich nie kennenlernen würde, weil auch er allein zu Hause auf dem Sofa sitzt. Einen Menschen, der zu einem passt und der die Einsamkeit vertreibt.

Auch wenn ich nicht gerade glücklich darüber bin, dass Nini das Studium abgebrochen hat, sind wir doch sehr froh über ihre Hilfe. Sie springt ein, wo es nötig ist, backt Unmengen von Seehupferl, kreiert neue Sorten der Nussdorfer Küsschen, bedient lächelnd die Gäste, räumt unermüdlich die Spülmaschine ein und aus und hilft sogar beim Zimmer-Saubermachen, da wir immer noch keine Putzfrau haben. Obwohl das *Maiglöckchen* erst wenige Tage geöffnet hat, sind bereits alle Zimmer belegt. Die de Boers wollen weiterradeln, was Steve sehr bedauert, da er sich bereits daran gewöhnt hatte, mit Herrn de Boer abends ein Bierchen auf der Terrasse zu trinken und sich nett mit ihm zu unterhalten. Doch das Zimmer wird gleich an das Ehepaar Becker aus Hessen weitervermietet, das auf der Durchreise nach Italien ist.

»Du liebe Güte, jetzt haben wir den Salat!«, schimpft meine Mutter gerade, als ich mit dem Korb voller Bettwäsche und Handtücher, die ich bei mir gewaschen und getrocknet habe, in die Pension komme. Vermutlich ist jetzt kein allzu guter Zeitpunkt, um ihr zu sagen, dass wir vielleicht besser eine eigene Waschmaschine und einen Trockner für das *Maiglöckchen* anschaffen sollten. Die Hin- und Herschlepperei der Wäsche ist nämlich ganz schön anstrengend.

»Was ist los?«, frage ich daher. Eigentlich kann mich heute nichts mehr erschrecken, denn Ruth hat sich krankgemeldet, was erstaunlich ist, da es so gut wie nie vorkommt.

»Jetzt kommt doch gerade eine Buchung für ein Zimmer herein, dabei habe ich das letzte Zimmer gerade an den netten Herrn da draußen vermietet!«, sagt sie seufzend.

Mein Blick fällt auf einen attraktiven Mann um die 50, der sich gerade angeregt mit Steve auf der Terrasse unterhält. »Steve ist hier wohl der Entertainer der Gäste geworden?«, frage ich gereizt.

»Was? Ach, es ist doch gut, wenn die Gäste einen Ansprechpartner haben.« Meine Mutter sieht wohl an meinem Blick, dass ich einen Amerikaner, der sich hier in der Gegend nicht allzu gut auskennt, nicht wirklich geeignet als Ansprechpartner für touristische Belange sehe.

»Außerdem ist es gut für ihn, um sein Deutsch zu verbessern. Aber das ist doch jetzt gar nicht das Thema, Maja! Was machen wir denn jetzt mit dem Zimmer?«

Seufzend stelle ich die Wäsche ab. Eigentlich hatte ich mich auf den Feierabend gefreut und wollte selbst noch ein bisschen den schönen Abend genießen und mit Jojo am See spazieren gehen.

»Wie wurde denn gebucht?«, frage ich in der leisen Hoffnung, dass man vielleicht noch etwas rückgängig machen kann.

»Über das Hotel-Portal im Internet. Ich habe vergessen, das Zimmer zu sperren, nachdem ich es an den netten Herrn vermietet hatte. Die Buchung kam eben per Fax herein. Ach Maja, was machen wir denn jetzt? Die Leute heißen Schmid und sind vermutlich schon auf dem Weg hierher!«

Meine Mutter macht ein verzweifeltes Gesicht. Ich denke daran, wie oft uns Nini eingebleut hat, dass wir die Zimmer sofort im Internet sperren müssen, sobald wir sie vermietet haben. Weil die Leute ansonsten online buchen und plötzlich vor der Tür stehen können. Aber ich behalte meinen Kommentar für mich. Es macht die Sache ja nun nicht rückgängig, und wir müssen uns dringend etwas einfallen lassen.

»Entweder du redest noch einmal mit dem Herrn da draußen und sagst ihm, dass wir nun doch kein Zimmer für ihn haben …«

»Aber nein, das geht doch nicht! Er hat doch schon ausgepackt!«, unterbricht sie mich.

»Oder wir müssen den Leuten ein anderes Zimmer suchen.« Ich melde mich im Internet an und suche nach Hotels und Pensionen in der Nähe. Dann beginne ich, überall anzurufen, erkläre unsere Situation und frage nach einem freien Zimmer. Wir haben Glück, der *Goldene Ochsen* hat noch ein Doppelzimmer frei, und ich bitte darum, es für die Schmids zu reservieren. Die sind natürlich alles andere als begeistert, als sie wenig später eintreffen und erfahren, dass wir gar kein Zimmer für sie haben, und sie wieder ins Auto steigen sollen. Zum Trost biete ich ihnen an, in den nächsten Tagen in der *Butterblume* vorbeizukommen, wo sie von mir gratis zu Kaffee und Kuchen eingeladen werden.

Gerettet!

»Wie gut, dass du gekommen bist, Maja!«, sagt meine Mutter dankbar. Sie sieht gestresst aus. Aber sie hat ja auch einen langen Tag hinter sich, denn sie ist schon sehr früh aufgestanden, um das Frühstück für die Gäste zuzubereiten. Vor lauter Aufregung hat sie ganz rote Wangen, und ich frage mich zum ersten Mal, ob sie der ganzen Sache hier wirklich gewachsen sein wird.

Am nächsten Tag hänge ich im Garten wieder einmal Wäsche auf, als ich eine laute Stimme meinen Namen rufen höre. Ich denke gerade, was für ein wundervoller Monat der Mai doch ist! Es ist schon herrlich sonnig und wunderbar warm, aber noch nicht so heiß wie im Sommer.

Ruth hat die Terrasse der *Butterblume* schön eingedeckt, unsere Strohsonnenschirme aufgespannt und stellt gerade auf jeden Tisch eine Vase mit einer Pfingstrose aus unserem Garten. Die ersten Gäste genießen schon ihren Cappuccino mit dem wundervollen Blick aufs Wasser und die weißen Segel der Boote, die vorüberziehen.

Es scheint ein wundervoller Tag zu werden.

»Majaaaaaaaa?«, höre ich noch einmal die Stimme, die mir irgendwie seltsam vertraut vorkommt. Neugierig gehe ich um die Ecke zum Eingang.

»Irma! Wie schön, dich zu sehen!«, freue ich mich, als ich die Dame erkenne, die mir erwartungsfroh entgegen lächelt. Irma war meine russische Kollegin in der Immobilienagentur Aschenbrenner, bis ich den Mut fasste, mich mit der *Butterblume* selbstständig zu machen. »Was machst du denn hier?«

Wir umarmen uns herzlich.

Irma sieht absolut fantastisch aus. Sie trägt ein rotes, tief ausgeschnittenes Sommerkleid, das ihre üppige Oberweite prächtig zur Schau stellt. Dazu weiße Sandaletten mit mindestens zehn Zentimeter Absatz und eine passende Handtasche. Ihre Haare sind zur Abwechslung einmal hellblond gefärbt und glatt geföhnt. Irmas Markenzeichen waren ihre ständig wechselnden Haarfarben und die hochhackigen Schuhe, ohne die sie ihren eigenen Worten zufolge »nicht einmal zum Mülleimer« ging. Daran scheint sich offensichtlich nicht allzu viel geändert zu haben!

Sie strahlt mich an: »Hi, Maja, wie geht's, wie steht's?«, und sagt dann mit einem Blick auf den Wäschekorb und meine alten Jeans: »Oh, ich sehe schon! Hast du denn kein Personal?«

Ich muss kichern. Irma ist irgendwie immer noch dieselbe. Wir haben richtig lustige Zeiten miteinander im Büro verbracht, auch wenn unser Chef, Herr Aschenbrenner, oft ein echter Kotzbrocken war.

»Und bei dir?«, gebe ich zurück. »Was macht der alte Sklaventreiber?«

Irma sieht mich verständnislos an. »Wen meinst du? Ach du meinst Josef, den alten Vollpfosten!«, lacht sie.

Unser Chef wechselte seine damaligen Freundinnen schneller als seine Oberhemden und nannte diese der Einfachheit halber alle »Püppi«, damit er nicht durcheinander kam. Auch Irma wurde zu seiner »Püppi«, jedoch hatte es den Anschein, dass es etwas Ernsteres war mit den beiden. Doch offenbar habe ich mich getäuscht, denn Irma erzählt, dass es bereits eine neue Püppi gäbe, die im Büro und auch gleich in der Wohnung des guten Herrn Aschenbrenner Einzug gehalten habe.

»Nicht möglich! Dieser alte Schwerenöter!«, schimpfe ich.

»Ach was, ich bin froh, dass ich ihn los bin!«, lacht sie. »Er hatte so eine Wahnsinnseinbildung. Dabei: Was ist er schon? Ein ältlicher Mann mit einem dicken Bauch! Und wenn er den Püppis nicht hin und wieder ein teures Abendessen mit Champagner spendieren und sie in seinem Porsche abholen würde, wären die schneller weg, als er ›piep‹ sagen kann!«

»Du scheinst ja wirklich nicht sehr unter der Trennung zu leiden, Irma«, lache ich.

»Leiden? Aber nein! Ich habe eine supertolle neue Stelle in Friedrichshafen gefunden, ebenfalls in einem Immobilienbüro. Ich bin dort sozusagen die rechte Hand des Chefs, kann sogar Besichtigungstermine selbst wahrnehmen und verdiene viel mehr als hier«, antwortet sie stolz.

»Das freut mich für dich, Irma. Und was macht die Liebe? Gibt es ein neues Herzblatt?«

»Sagen wir mal so, es könnte sich da etwas entwickeln!«, lächelt sie geheimnisvoll. »Ich habe da jemanden kennengelernt, im Internet!«

»Oh nein, sag nicht bei *Seensucht*«, seufze ich.

»Bist du etwa auch da?«, fragt Irma verwundert. »Ich dachte, du wärst happy mit diesem … diesem … wie hieß er noch gleich?«

»Christian. Ja, wir sind immer noch zusammen. Und nein, ich bin nicht bei *Seensucht* angemeldet, aber ich habe schon davon gehört. Das scheint ja zurzeit in aller Munde zu sein.«

»Das hast du ja auch nicht nötig, Maja. Bei diesem Traummann! Soso, Christian heißt er also … ein toller Bursche, wenn ich ihn richtig in Erinnerung habe.« Sie greift nach meiner rechten Hand. »Oh oh, aber noch kein Ehering? Wann läuten denn die Hochzeitsglocken?«, fragt sie verschmitzt.

»Ach Irma! Da denken wir überhaupt nicht daran. Wir sind auch ohne Trauschein glücklich.«

»Wirklich?«, fragt Irma misstrauisch, und ich schlage vor, um von diesem Thema abzulenken: »Aber warum stehen wir denn hier herum? Was ist, möchtest du nicht hereinkommen und einen Cappuccino bei mir trinken? Wir haben superleckere Mandelhörnchen, die ganz frisch aus dem Ofen kommen!«

»Ach Maja, ich würde liebend gerne noch ein wenig mit dir plaudern. Wir haben uns so lange nicht gesehen! Aber ich muss leider zur Arbeit. Ich bin auch nur gekommen, weil ich dich etwas fragen wollte. Ich habe in der Zeitung gelesen, dass deine Mutti und du eine Pension aufgemacht habt. Glückwunsch! Ich wollte dich fragen, ob du vielleicht jemand brauchen kannst, der dir, beziehungsweise euch, ein bisschen zur Hand geht ... mit dem Putzen und so.«

Mit diesen Worten geht sie auf ihren kleinen roten Fiat zu und ich erkenne erst jetzt, dass dort noch ein junges Mädchen sitzt. »Das ist meine Nichte Olga. Sie ist gerade mit ihrer Familie aus Russland gekommen und sucht Arbeit. Sie kann noch nicht gut Deutsch, ist aber sehr fleißig und kann gut putzen!« Irma zieht ein junges Mädchen am Ärmel aus dem Auto.

Irgendwie sieht es mir nicht unbedingt danach aus, als ob die junge Dame selbst Arbeit suchen würde. Diese Idee scheint eher auf Irmas Mist gewachsen zu sein, die vermutlich ihren Verwandten versprochen hat, sie irgendwo unterzubringen. Olga ist ungefähr in Ninis Alter und hat lange dunkelbraune Haare, die sie zu einem sauberen Zopf geflochten trägt. Schüchtern lächelt sie mich an. Nicht nur, weil ich Irma gern behilflich sein möchte, sondern weil meine Mutter dringend Unterstützung braucht und Nini auch nicht jeden Tag zwischen Kuchenbacken und Zimmermachen hin und her hetzen kann, sage ich zu den beiden: »Schön. Olga kann morgen vorbeikommen, am besten gleich direkt im *Maiglöckchen*. Wir finden schon eine Arbeit für sie!«

Irma umarmt mich dankbar und übersetzt dann meine Worte. Die kleine Olga streckt mir artig die Hand hin. Na, wunderbar! Ob sie überhaupt verstehen wird, was sie zu tun hat? Andererseits ist das ja nicht so schwer. Ein Bad putzen und Betten beziehen wird sie doch wohl können. Am besten, ich gehe gleich zum *Maiglöckchen* herüber, um meiner Mutter die frohe Neuigkeit zu überbringen. Nach der gestrigen Aufregung wird sie hocherfreut sein, dass zumindest dieses Problem gelöst ist.

Von Weitem sehe ich bereits neue Gäste, die an ihrem Auto stehen und Koffer ausladen. Mutter wird sicher dankbar für die neue Hilfe sein. Doch ich komme vorerst nicht dazu, mit ihr zu sprechen. Sie steht an ihrem Schreibtisch in der Diele und redet gerade mit einer hübschen dunkelhaarigen Frau etwa Ende 40, während das Telefon unaufhörlich klingelt. Also nehme ich ab, obwohl ich keine Ahnung habe, ob und wann welche Zimmer überhaupt frei sind. Es sind die Beckers, die auf der Rückfahrt von Italien in zwei Wochen gerne noch einmal eine Nacht im *Rosenzimmer* übernachten möchten, bevor sie die Heimreise nach Hessen antreten. Ich notiere eifrig den Termin und verspreche, sie baldmöglichst zurückzurufen. Doch meine Mutter ist immer noch mitten im Gespräch mit der schicken und überaus gepflegten Dunkelhaarigen. Auch sie möchte im *Rosenzimmer* übernachten und sagt gerade: »Wie himmlisch ruhig es doch hier ist! Sie aaaahnen ja nicht, wie ausgebrannt ich bin!«

Eigentlich sieht sie gar nicht so aus. Sie ist sonnengebräunt, und das zu dieser Jahreszeit, als hätte sie entweder gerade einen längeren Urlaub in sonnigen Gefilden hinter sich oder würde sich viel auf dem Golf- oder Tennisplatz aufhalten.

»Ich brauche dringend eine Auszeit … von allem … hauptsächlich von der Ehe!« Sie verdreht theatralisch die Augen. »Männer können ja so anstrengend sein, nicht wahr? Ich muss mich unbedingt einmal richtig erholen.«

»Da sind Sie genau richtig bei uns! Der Bodensee ist um diese Jahreszeit einfach bezaubernd«, schwärmt meine Mutter.

»Ja, das finde ich auch! Und das schöne *Rosenzimmer* … soo romantisch und … einfach zauberhaft!«, jubelt die Dame mit dem Namen Sonja Schnorr, wie ich mit einem verstohlenen Blick dem Meldeschein entnehmen kann. »Wissen Sie, manchmal muss man einfach mal etwas für sich tun, nicht wahr? Ich bin ja immer für meinen Mann da und betüddele ihn von vorne bis hinten. Aber seitdem er in Rente ist, habe ich auf einmal überhaupt keine Zeit mehr für mich. Ständig will er was von mir, und ich soll nur noch für ihn da sein! Ich kann nicht einmal mehr alleine zum Friseur gehen, mich einmal mit einer Freundin treffen oder alleine einkaufen gehen. Mir wurde das alles zu viel, und ich bin einfach abgehauen. Wissen Sie, was ich gesagt habe? Ich habe gesagt, mir fehlt die Luft zum Atmen, und ich brauche ein paar Tage Zeit für mich. Und dann habe ich ihm erklärt, wie man die Waschmaschine bedient und wo der Supermarkt ist.«

»Das haben Sie vollkommen richtig gemacht«, lobt meine Mutter.

»Ich sehe schon, Sie verstehen mich! Ihr Mann ist wohl auch in Rente, dann wissen Sie sicher, was ich meine.«

Meine Mutter lächelt sie freundlich an, obwohl sie sich vermutlich nicht wirklich in die Dame hineinversetzen kann, da sie selbst in einer ganz anderen Lebenssituation ist. »Hier können Sie sich wunderbar erholen. Wir haben Liegestühle im Garten aufgestellt, da können Sie sich ausruhen und dabei auf den See schauen!«

Sonjas Blick fällt auf den attraktiven Mann, der in einem der Liegestühle gerade Zeitung liest.

»Ich sehe schon, das wird mir hier gefallen«, lächelt sie. »Wobei … ganz so ruhig braucht es eigentlich gar nicht zu werden!« Sie schaut noch einmal hinaus in den Garten und zwinkert meiner Mutter zu. »Sie haben ja attraktive Gäste hier, das muss ich schon sagen!«

»Ja, nicht wahr?«, lächelt meine Mutter. »Das ist ein Geschäftsmann aus Hamburg … und der andere Herr … das ist mein Mann!«

Steve ist ebenfalls im Garten und gerade mit der Heckenschere unterwegs, um die Hecke ein wenig zu stutzen.

»Jedenfalls ist dieses Haus ganz wunderbar. Irgendwie ist hier so eine besondere Energie, das Chi ist im Fluss, wenn Sie verstehen, was ich meine. Das muss an diesen vielen herrlichen Farben liegen, von denen man hier umgeben ist. Sie tragen übrigens eine wundervolle Bluse«, macht diese Sonja meiner Mutter ein Kompliment.

Mutter trägt heute eine weiße Tunika, die mit einem Papagei und Fantasieblumen in leuchtenden Farben bedruckt ist.

»Verraten Sie mir, wo Sie die erstanden haben?«, fragt Sonja. »Das sieht mir ganz nach einer tollen Boutique aus. Gibt es die etwa hier in Überlingen?«

»Es gibt in unserem schönen Städtchen ganz reizende Boutiquen, die sich bestimmt über Ihren Besuch freuen werden! Aber meine Bluse ist nicht von hier, sie ist aus Amerika«, antwortet meine Mutter erfreut.

»Aus Amerika? Ach, was Sie nicht sagen. Die tragen doch nur Jeans und Turnschuhe dort!«, antwortet Sonja entrüstet.

»Nicht überall!«, klärt Meine Mutter sie auf. »Die schöne Bluse habe ich in Florida gekauft, auf unserer Hochzeitsreise.«

»Und dann passt sie Ihnen noch?« Sonja kann das kaum glauben, da ihre eigene Hochzeitsreise offenbar schon länger zurückliegt und sie seitdem sicher ein paar Pfündchen zugelegt hat.

»Das war im letzten Jahr«, verrät meine Mutter mit leuchtenden Augen.

»Im letzten Jahr? Donnerwetter! Was haben Sie für ein Glück! Da sind Sie beide ja immer noch in den Flitterwochen!«, erkundigt sich Sonja neugierig.

Meine Güte, es sieht wirklich so aus, als würden die beiden sich hier festquatschen. Dabei muss ich dringend zurück in die *Butterblume* und wollte meiner Mutter doch nur von Olga erzählen, damit sie diese morgen gleich ein wenig in ihre neue Tätigkeit einweisen kann.

Meine Mutter sieht wohl meine Ungeduld und sagt darum zu mir: »Maja-Schatz, wärst du wohl so lieb, der Dame den Koffer nach oben zu bringen? Steve würde das sicher gerne tun, aber er ist gerade im Garten beschäftigt und du weißt ja … mein Rücken.«

Sie lächelt mich so herzerwärmend an, dass ich ihr die Bitte unmöglich abschlagen kann.

Wobei ich das sogleich bitter bereue, denn es sieht so aus, als hätte die gute Sonja ein paar Zentner Steine in ihren großen Koffer gepackt. Ein paar Tage Auszeit? Der Inhalt dieses Koffers würde problemlos für ein Jahr Auszeit reichen, und mir kommen langsam Zweifel, ob die Beckers in zwei Wochen ein geräumtes und sauber geputztes *Rosenzimmer* vorfinden werden.

8. KAPITEL
»DIE EINLADUNG«

Ein ganz klein wenig riecht die Luft schon nach Sommer. Nach dieser unwiderstehlichen Mischung aus 1000 Blüten, Eiscreme, Sonnenmilch und frisch gemähtem Gras. Jetzt sollte man es sich im Liegestuhl mit einem schönen Buch gemütlich machen können wie die Gäste im *Maiglöckchen*, denke ich. Obwohl mir für diese Dinge leider überhaupt keine Zeit bleibt, bin ich doch glücklich, dass unser Bed & Breakfast-Projekt so gut angelaufen ist und von den Gästen begeistert angenommen wird. Ähnlich wie das Café *Butterblume* war es doch ein Wagnis, sozusagen ein Sprung ins kalte Wasser. Wenn ich jedoch sehe, wie gerne die Gäste kommen und sich über die schönen Zimmer freuen, geht mir das Herz auf. Auch meine Mutter scheint total in ihrem Element zu sein. Mit Freude bereitet sie das Frühstück für die Gäste zu und steht den ganzen Tag mit Rat und Tat für jeden zur Verfügung. Sie gibt unermüdlich Ausflugtipps, verteilt Getränke und Zeitungen an die Gäste im Liegestuhl … oder auch einmal eine Kopfschmerztablette oder ein Pflaster. Sie hört sich geduldig die Eheprobleme der ach so gestressten Sonja an und organisiert eine Radfahrkarte für den netten Geschäftsmann Peter, der schon das dritte Mal im *Maiglöckchen* zu Gast ist und nach seinen Geschäftsterminen mit Freude wandern oder Rad fahren geht. Zum Dank dafür macht er reizende Komplimente und erzählt jedem neu eingetroffenen Gast, wie wunderbar man hier doch aufgehoben sei. Doch seine Komplimente gelten nicht nur dem *Maiglöckchen* oder meiner Mutter, auch Sonja und alle anderen weiblichen Gäste dürfen sich hin und wieder über ein nettes Wort aus seinem Mund freuen. Sehr zum Unwillen von Steve, der die charmante Art von Peter offensichtlich nicht so sehr zu schätzen weiß wie die Damenwelt.

»Er ist ein Schleimer!«, sagt er gerade zu mir, als er sieht, wie Peter für Sonja den Liegestuhl zurechtrückt, damit es sich diese in ihrem neu in Überlingen erworbenen Einteiler darauf gemütlich machen kann, was von ihr mit einem koketten Lachen gedankt wird. Ich vermute, dass Steve nur eifersüchtig ist, weil dieser Peter bei der Damenwelt so gut ankommt. Männer haben ja mit anderen charmanten Männern oft ein Konkurrenzproblem.

»Was macht er denn eigentlich sonst so?«, frage ich Steve neugierig.

»Keine Ahnung! Mit mir spricht dieser Herr Hansen ja nicht!«, antwortet Steve trotzig. »Ich weiß nur, dass er aus Hamburg kommt und hier in der Bodenseeregion viele Geschäftstermine hat.«

In diesem Moment kommt meine Mutter aus der Pension und bringt den beiden Gästen eine Apfelschorle, »weil es heute so warm ist«, worüber die sich natürlich sehr freuen.

»Steve, kannst du bitte zum Supermarkt fahren und fürs Frühstück einkaufen?«, ruft sie zu uns herüber. »Und um eine Waschmaschine wolltest du dich doch auch kümmern!«

»Siehst du?«, sagt Steve zu mir. »Ich bin hier nur der Hausmeister.« Er lacht zwar dabei, aber ich bin nicht sicher, ob er wirklich so glücklich mit dem Ganzen hier ist.

Im Briefkasten der *Butterblume* erwartet mich eine Überraschung. Ein Briefumschlag aus schwerem Büttenpapier, adressiert an ›Maja Winter und Begleitung‹ mit dem Absender Weingut Römfeld liegt darin.

»Ruth, war Leon vielleicht hier?«, frage ich meine liebe Freundin. Ruth kennt meine alte Liebe Leon, da er uns des Öfteren mit Wein beliefert hat oder auch so vorbeigekommen ist, und verneint meine Frage. Der Brief hat allerdings keine Marke, also muss ihn jemand eingeworfen haben. Aber Leon hätte ihn sicher persönlich abgegeben, wir sind doch befreundet, wundere ich mich. Auf der schlichten cremefarbenen Karte aus Büttenpapier steht vorne nur ein Wort: ›Einladung‹. Klappt man die Karte auf, sind auf der linken Seite zwei goldene Weinbecher zu sehen. Darunter steht: ›Von nun an werden wir nicht nur unseren Wein miteinander teilen!‹

Auf der rechten Seite ist, natürlich ebenfalls in goldenen Buchstaben, zu lesen:

Leon Römfeld und Beatrice Schwarz freuen sich,
ihre Vermählung bekannt zu geben
und würden sich freuen, Sie mit Begleitung am
Samstag, dem 3. Juli 2014 auf dem Weingut Römfeld
zum Polterabend begrüßen zu dürfen!
U.A.w.g. bis 15. Juni 2014

Zwei Unterschriften, wobei eine ganz offensichtlich Leon und die andere wohl seiner Braut gehört. Ich muss mich setzen. Leon wird heiraten! Und das erfahre ich so, auf einer zugegebenermaßen edlen Karte, aber nicht persönlich. Ich bin geschockt. Gut, wir haben uns ein paar Wochen, es können auch Monate sein, nicht gesehen. Aber ich wusste nicht einmal, dass er eine Freundin hat. Und nun will er gleich heiraten? Enttäuscht greife ich zum Telefonhörer. Hätte mir nicht Emily darüber berichten können? Immerhin haben wir uns in der letzten Zeit doch öfter gesehen, und sie als seine Schwester wird sicher davon gewusst haben. Wir sind doch Freundinnen, aber sie hat mir nicht nur ihre Schwangerschaft, sondern auch offenbar Leons Verlobung verheimlicht. Ich bin enttäuscht. Dabei waren wir uns vor Kurzem unter dem Magnolienbaum noch so nah.

»Maja, wie schön, dass du anrufst!«, begrüßt sie mich freundlich. »Was machen die Maiglöckchen und die Butterblümchen? Hattet ihr einen guten Start? Gefallen die Zimmer?«

»Alles bestens, Emily, danke der Nachfrage! Und wie geht es dir? Was macht dein Würmchen?«

Sie lacht. »Dank deiner großzügigen Unterstützung haben wir ja jetzt schon ein schönes Kinderzimmer. Mir geht es gut, obwohl im Laden ganz schön viel los ist. Du weißt ja, in Konstanz ist immer viel Trubel, und jetzt kommen die ganzen Touristen noch dazu. Aber so wollte ich es ja haben!«

»Das ist schön«, sage ich freundlich, obwohl ich eigentlich wütend auf sie bin. »Hör mal, Emily, warum ich anrufe …« Ich mache eine Pause und schaue mir noch einmal die schlichte und beinahe ein wenig unpersönliche Einladung an.

»Ich kann mir schon denken, warum du anrufst«, unterbricht Emily meine Gedanken. »Es ist wegen Leon, stimmt's?«

»Genau. Du kannst dir nicht vorstellen, wie überrascht ich war, heute diese Einladung im Briefkasten zu finden! Warum hast du mir nichts davon gesagt, Emily?«

»Ach Maja, es ergab sich irgendwie nie der richtige Moment. Ich weiß doch, dass du in der letzten Zeit viel durchgemacht hast. Ich dachte, wenn … wenn …« Emily gerät ins Stocken. Offenbar ist es ihr unangenehm, darüber zu reden.

»Du dachtest, du würdest mir wehtun, wenn du mir erzählst, dass du schwanger bist? Dass ich traurig sein könnte, weil dein Bruder heiratet? Weil ich mit deinem Bruder mal zusammen war?«, frage ich sie.

»Ja, so in etwa … ich dachte … du warst so traurig … und wenn dann alle um dich herum auf einmal glücklich sind, würdest du vielleicht noch trauriger sein … und das wollte ich auf gar keinen Fall! Ich dachte, Leon würde es dir sicher gerne selbst erzählen und wusste doch nicht, dass die beiden so schnell Ernst machen«, sagt Emily unsicher.

»Schon gut, Emily! Ich weiß doch, dass du es nur gut gemeint hast. Ich war nur enttäuscht, dass du mir nichts davon erzählt hast. Doch ich wäre ja wohl eine schöne Freundin, wenn ich mich nicht über dein Glück freuen würde! Hast du das wirklich von mir geglaubt? Und was Leon angeht – wir sind doch schon lange kein Paar mehr, und ich bin mit Christian zusammen. Ich freue mich auch für ihn, wenn er sein Glück gefunden hat. Offenbar scheint es ja die Richtige zu sein für Leon, denn es ging ja wirklich schnell mit den beiden!«

»Ja, da hast du wohl recht!«, gibt Emily zu, offensichtlich erfreut, dass ich ihr nicht böse bin.

»Wir haben uns das auch schon gefragt, warum sie es so eilig mit der Hochzeit haben. Aber anscheinend sind die beiden sich sicher, also ist es wohl auch das Richtige.«

»Und wie ist sie so, diese Beatrice?«, erkundige ich mich neugierig.

»Na ja, du kennst ja Leon. Im Grunde ist sie nicht wirklich *nett*. Mehr so der *aufregende* Typ. Stell dir vor: Sie springt Fallschirm! Und natürlich ist sie bildschön, klug und zudem auch noch wohlhabend.«

»Also das genaue Gegenteil von mir!«, lache ich.

»Maja, das ist doch Blödsinn. Aber du weißt schon, Leon steht ein bisschen auf diese kapriziösen Schönheiten, während du mehr so … der natürliche Typ bist. Deswegen hat es zwischen euch ja auch nicht so geklappt, vermute ich mal. Jedenfalls versteht sich Beatrice blendend mit meiner Mutter und geht schon mit ihr golfen. Das sagt doch wohl alles!«

»Oha! Dann kann ich mir gut vorstellen, dass sie in eure Familie passt. Tja, da wünsche ich den beiden von Herzen viel Glück.«

»Wirst du denn zum Polterabend kommen?«, fragt Emily.

»Ich weiß nicht, Emily. Ich glaube, das passt irgendwie nicht so. Ich bin doch immerhin seine Ex«, wende ich ein.

»Maja, irgendwie bist du ihm immer noch sehr wichtig. Eine Vertraute, die mit beiden Beinen auf dem Boden steht, was er in diesem ganzen Zirkus manchmal dringend braucht. Beatrice hat natürlich Theater gemacht deshalb. Schon allein deshalb musst du einfach kommen! Bitte, Maja!«, kichert Emily.

»Ich überlege es mir. Bis bald, liebe Freundin!«, verabschiede ich mich.

Seine Vertraute. Das war ich einmal. Aber bin ich es wirklich noch immer? Ein Teil meines Herzens möchte auf keinen Fall diesem Schickimicki-Fest beiwohnen. Der andere Teil hängt immer noch an Leon, schließlich war er immer, auch nach der Trennung, für mich da.

Irgendwie schmerzt es mich auf einmal doch, dass eine andere an seiner Seite vor dem Traualtar stehen wird. Warum eigentlich? Wir sind doch schon lange auseinander! Und ich habe mich doch von ihm getrennt! Außerdem bin ich glücklich mit Christian. Oder ist es vielleicht das? Dass die beiden sich nach so kurzer Zeit schon offiziell zueinander bekennen, während Christian und ich noch immer »nur befreundet« sind, obwohl wir nun schon zwei Jahre eine Beziehung führen? Meine Gefühle fahren Achterbahn, und ich verstehe mich gerade selbst nicht. Ich rufe Christian an, doch wie üblich erwische ich ihn gerade zwischen Tür und Angel auf dem Weg zum Gericht.

»Wann soll das sein? Im Juli? Hmm … da muss ich mal in den Terminkalender sehen, Maja. Wenn ich da bin, komme ich natürlich sehr gerne mit dir zu diesem Polterabend. Aber das kann ich jetzt noch nicht versprechen. Du weißt ja, wir haben im Moment viel mit dieser Firmengründung in Kanada zu tun. Das kostet Zeit und Nerven, sag ich dir! Ich kann leider noch nicht sagen, ob ich an diesem Juliwochenende am See sein kann. Ist das denn so wichtig?«, sagt er.

»Bitte, Christian! Ich möchte da nicht alleine hingehen.«

»Musst du da denn überhaupt hingehen? Immerhin ist das doch dein Exfreund, und nicht dein Bruder!«

Ich kann mir schon denken, dass Christian nicht allzu begeistert ist von der Vorstellung, mit mir zum Polterabend meines ehemaligen Freundes zu gehen, der schließlich auch mich einmal heiraten wollte.

»Mir liegt das irgendwie am Herzen, Christian. Immerhin war ich ja ein paar Jahre so etwas wie ein Teil dieser Familie, wenn auch nur ein winzig kleiner. Es wäre mir wichtig, wenn du mich begleiten würdest«, bitte ich ihn noch einmal.

»Nun, ich will es versuchen. Aber versprechen kann ich es nicht! Notfalls nimmst du eben Nini mit. Emily wird ja auch dort sein, also wäre das ja nicht so schlimm.«

Irgendetwas tief in mir drin sagt mir, dass Christian jetzt schon weiß, dass er nicht dabei sein wird. Und das macht mich noch trauriger als die Einladung selbst.

»Hi, Mami! Das ist Freddy«, sagt Nini und hüpft in weißen Shorts und einem grasgrünen T-Shirt die Stufen zu unserer Terrasse herauf, wo ich gerade dabei bin, die Schirme zusammenzuklappen.

»Freddy?«, frage ich und sehe erstaunt auf Ninis Begleitung.

Der junge Mann ist ungefähr in Ninis Alter und hat kurzes, leicht strubbeliges blondes Haar. Er trägt eine Lederjacke, Jeans und T-Shirt und lächelt mich freundlich an, während er mir die Hand hinstreckt.

»Hallo, Frau Winter. Kann ich behilflich sein?«, sagt er freundlich. Ohne ein weiteres Wort packt er einfach mit an, und im Nu haben wir gemeinsam die Schirme geschlossen.

»Freddy und ich waren gemeinsam auf dem Gymmi. Stell dir vor, wir haben uns neulich wiedergetroffen, als wir nebeneinander an der Eisdiele standen. Was für ein Zufall!«, lacht Nini fröhlich.

Angesichts der Tatsache, dass Überlingen nicht gerade Berlin ist, ist der Zufall nicht gerade riesengroß. Aber ich sage nichts, denn Nini scheint ausgesprochen glücklich zu sein, den alten Freund wieder getroffen zu haben.

»Und was machst du so, Freddy?«, frage ich ihn. »Studierst du in Konstanz?«

»Äääh … Freddy ist gerade in der … Orientierungsphase, so wie ich!«, antwortet Nini für ihn.

»Er hat eine Ausbildung angefangen im Hotelfach, aber die komischen Arbeitszeiten und so – das war nicht so sein Ding.«

Ach nein! Er hat also auch seine Ausbildung abgebrochen. Na super! Ob er der geeignete Freund sein wird, der Nini einen Rat geben kann, was sie in Zukunft machen soll? Ich habe meine Zweifel. Vermutlich ist er auch einer derjenigen, die nach ihrer Orientierungsphase erst einmal durch Australien trampen. Ich hoffe nur, er bringt Nini nicht auf eine solche Schnapsidee.

»Alles in Ordnung, Mami?«, unterbricht Nini meine besorgten Gedanken.

»Klar. Es war nur wieder einmal ein langer Tag!«, antworte ich.

Die Pensionsgäste im *Maiglöckchen*, das genervte Gesicht von Steve, die Einladung zu Leons Polterabend, zu dem mich Christian offenbar nicht begleiten will, und Ninis Orientierung suchender Freund Freddy – das alles geht mir im Kopf herum. Ich tue das, was ich immer tue, wenn ich Trost und Ruhe brauche: Ich nehme die Hundeleine, rufe Jojo und gehe mit ihr eine Runde spazieren. Obwohl sich dunkle Wolken über dem See aufgetürmt haben, die Sturmwarnung schon von Weitem hell leuchtet und die Wellen hoch ans Ufer schlagen, fühle ich mich sofort viel besser.

»Überraschung!«, flüstert mir zärtlich jemand ins Ohr. Starke Arme umfassen meine Taille und drehen mich um. Ich habe gerade beide Hände in der Teigschüssel vergraben und kann die Umarmung daher nicht erwidern, da ich Christian ansonsten total mit Teig beschmieren würde.

»Ich dachte, bei diesem schönen Wetter wird es höchste Zeit für einen kleinen Törn mit der *Sommerwind* auf dem See, findest du nicht auch?«, lacht Christian mich an.

Ich freue mich riesig. Jedes Mal, wenn er mich in den Armen hält, sind all meine Zweifel und Unsicherheiten vergessen.

»Was hast du vor?«, frage ich ihn und klopfe ihm auf die Finger, als er Teig naschen will.

»Mit dir chillen! Und zwar auf dem See. Das haben wir beide uns doch redlich verdient, nicht wahr?«, lacht er.

Christian hat alles perfekt vorbereitet. Sobald die letzten Gäste gegangen sind, schlüpfe ich in Shorts und eine weiße Bluse, packe aber zur Sicherheit noch einen Pullover und eine lange Hose ein, falls wir länger unterwegs sein sollten. Christian hat mit Ninis Hilfe einen Korb mit Käse, Wein, Baguette und Trauben gepackt und will mit mir ein romantisches Mondschein-Picknick an Bord abhalten. Endlich haben wir wieder einmal Zeit für uns. Auch Christian sieht abgespannt aus, er arbeitet einfach viel zu viel.

Schon nach kurzer Zeit segeln wir in der Abendstimmung über den Überlinger See. Es ist einfach herrlich, auf dem Wasser zu sein! Gerade jetzt, wo die Sonne bald untergehen wird und goldenes Licht auf dem Wasser tanzt. Manchmal braucht man nur wenig, um glücklich zu sein! Das plätschernde Wasser unter mir, die immer noch warmen Sonnenstrahlen auf der Haut und der Anblick von Christian, der an der Ruderpinne sitzt und mir zulächelt, genügen, dass ich diesen Augenblick für alle Ewigkeit festhalten möchte. Wir segeln an Überlingen und Sipplingen vorbei bis nach Ludwigshafen, von dort nach Bodman und auf der anderen Seite wieder zurück Richtung Wallhausen. Es ist schon beinahe dunkel, da werfen wir den Anker und genießen unser vorbereitetes Picknick. Der Wind hat nachgelassen, die Luft ist ganz mild, und über uns leuchten die Sterne.

Christian zieht sein Hemd aus und gibt den Blick auf seinen muskulösen Oberkörper frei.

Dann zieht er langsam seine Jeans aus und sagt: »Lass uns eine Runde schwimmen, Liebling.«

»Ich habe meinen Bikini vergessen«, gebe ich zu. Den Pullover und die lange Hose dagegen hätte ich ruhig zu Hause lassen können.

»Das macht doch nichts! Wir schwimmen einfach nackt im Mondschein!«

Er küsst mich sanft.

»Gut. Aber … später!«

Ich ziehe ihn zu mir herunter, und auf einmal gibt es nur noch uns, das kleine schaukelnde Boot und den Mondschein. Als wir viel später, nachdem wir unsere erhitzten Körper tatsächlich im kalten Bodensee abgekühlt haben, aneinandergekuschelt einschlafen, fühle ich mich so glücklich wie schon lange nicht mehr. Am nächsten Morgen jedoch wache ich früh auf, weil mich Sonnenstrahlen auf der Nase kitzeln. Mir ist nach einem Kaffee, und dabei fällt mir ein, dass ich dringend zurück muss, um das Café zu öffnen. Ruth hat heute frei, und da Samstag ist, wird erfahrungsgemäß wieder viel los sein.

»Schade, mein Butterblümchen!«, sagt Christian zärtlich und zieht mich an sich. »Ich könnte mich an das faule Leben mit dir gewöhnen! Vielleicht sollten wir einfach aussteigen – aus allem! Und in einer kleinen Nussschale um die Welt segeln!«

»Du Spinner!«, lache ich. »Gerade du würdest doch sterben ohne deinen Terminkalender und deine ganzen Gerichtstermine!«

»Da wäre ich mir nicht so sicher, Maja. Ich habe in der letzten Zeit viel nachgedacht. Man sollte sich eigentlich viel mehr Zeit nehmen für die Dinge und Menschen, die einem wichtig sind. Sonst ist es vielleicht irgendwann zu spät dafür! Schließlich werden wir nicht jünger, Liebste. Auch wenn du natürlich noch ein junges Huhn bist«, setzt er hinzu.

Das stimmt nicht. Ich bin alt. Ich kann keine Kinder mehr bekommen. Warum muss ich gerade jetzt daran denken? Weil dieser Gedanke tief in mir drin immer da ist und ich nur täglich versuche, ihn mit Arbeit zu überdecken, denkt eine hässliche Stimme in mir.

Arm in Arm segeln wir zurück Richtung Nussdorf.

»Christian … warum durften wir unser Baby nicht behalten?«, frage ich auf einmal und sehe ihn dabei direkt an. Ich weiß nicht, warum ich gerade jetzt damit anfange. Es wäre doch so einfach, diesen wundervollen Tag nur zu genießen. Aber es liegt mir so sehr auf der Seele, ich habe das Gefühl, die Worte wollen heraus aus mir. Gerade, weil wir uns in der letzten Nacht so nahe waren wie schon lange nicht mehr.

Wir haben doch nie richtig über dieses Thema gesprochen. Wahrscheinlich, weil es einfach zu weh tat und es immer einfacher ist, alles unter den Teppich zu kehren, als sich den Dingen zu stellen.

»Das kann ich dir nicht sagen, Maja. Aber ich bin sicher, es gab einen Grund dafür«, sagt Christian ernst.

»Liebling, was habe ich nur falsch gemacht?«, bricht es plötzlich aus mir heraus.

»Du hast überhaupt nichts falsch gemacht, Maja. Solche Dinge passieren im Leben, ob wir das nun wollen oder nicht. Es liegt eben nicht alles in unserer Hand. Aber wer weiß, vielleicht haben wir ja heute Nacht …«

Liebevoll nimmt Christian meine Hand.

Mir kommen die Tränen.

»Ach Maja, ich habe wirklich gedacht, du wärst langsam über den Berg! Du warst in der letzten Zeit so anders … als in den ganzen letzten Monaten … seit …«

»Sprich es nur aus. Du meinst, seitdem ich das Baby verloren habe?«

»Ja, ich dachte, die neue Aufgabe mit der Pension würde dir guttun. Und du würdest so langsam darüber hinwegkommen.«

»Nein Christian, ich werde nie darüber hinwegkommen. Über so etwas kommt man nicht so hinweg! Das ist kein Job, den man verliert, oder eine zerbrochene Liebesbeziehung …«

»Was meinst du damit: eine zerbrochene Liebesbeziehung? Heißt das, du könntest mich leichter vergessen?«, fragt er und lässt meine Hand auf einmal los.

Plötzlich ist die Stimmung zwischen uns seltsam verändert.

»So habe ich das doch gar nicht gemeint, Christian!«

»Aber …«

Ich möchte ihm sagen, dass es für eine Frau mit zum Schlimmsten gehört, wenn sie ihr Kind verliert.

»Weißt du, Maja, manchmal frage ich mich schon, wie wichtig *ich* dir eigentlich bin. Was *ich* dir bedeute.«

Wir sind inzwischen an der *Butterblume* angekommen, und Christian macht das Boot am Steg fest. Wie kann er mir eine solche Frage überhaupt stellen? Er muss doch wissen, was er mir bedeutet! Dass er alles für mich ist – alles, was ich je wollte, und alles, was ich in Zukunft will. Ich möchte es ihm so gerne sagen, doch meine Stimme bleibt stumm. Die Worte sind da, sie sind in meinem Kopf und in meinem Herzen, aber ich kann sie nicht sagen. Wieder ist zwischen uns diese Wand, und das Schlimmste ist, dass ich sie aufgestellt habe.

Wortlos geht Christian mit dem Picknick-Korb ins Haus. Ich halte ihn nicht auf, sondern bleibe noch einen winzigen Moment sitzen, allein mit meinen Gedanken. Ich bin wütend auf mich, ich hätte einfach den Mund halten sollen. Wieder einmal habe ich einen glücklichen Moment zwischen uns zerstört und damit auch die Erinnerung an diesen wundervollen Ausflug. Ich höre, wie Christian geräuschvoll die Eingangstür hinter sich ins Schloss wirft, und dann ist auf einmal nichts mehr außer dem leisen Plätschern des Wassers und dem Wind in den Bäumen zu hören.

9. KAPITEL
»DAS ENDE?«

»Maja, ich muss dir etwas zeigen!«

Atemlos stürmt Eva auf die Terrasse der *Butterblume* und lässt sich auf einen der gemütlichen Korbstühle fallen.

»Hallo erst mal!«, sage ich lachend und biete ihr einen Cappuccino an. Dafür, dass wir uns fast ein Jahr gar nicht gesehen haben, kommt sie in letzter Zeit ganz schön häufig vorbei. Ich vermute, sie steht gerade an einem Punkt im Leben, an dem sie etwas Rat und Unterstützung braucht, den sie bei ihren Kindern nicht finden kann. Ob ich allerdings dafür die geeignete Person bin, halte ich für äußerst fragwürdig. Schließlich habe ich selbst gerade meinen Liebsten vergrault, der wieder zurück nach Stuttgart gefahren ist, da er offensichtlich lieber arbeiten geht, als mit mir Probleme zu wälzen.

»Lass mich raten, du hast neue Schuhe gekauft!«, grinse ich. Ich weiß natürlich, dass das nicht der Fall ist und sie mir von ihrer Internet-Bekanntschaft erzählen möchte.

»Schuhe? Nein, viel besser: Amore!«, lacht sie.

»Sag bloß, du hast jetzt einen Italiener aufgerissen?«, frage ich sie und verdrehe die Augen.

»Aber nein, obwohl so ein bisschen Gelati und Spaghetti und Vino nicht unbedingt das Schlechteste wären, nicht wahr?«, lacht Eva weiter. »Aber es geht um etwas anderes. Ich habe dir doch von Jörg erzählt.«

»Dem Kölner?«

»Dem Kölner. Ich muss dir unbedingt zeigen, was er mir geschrieben hat.« Sie zieht ein Blatt Papier aus der Handtasche, offensichtlich hat sie den Text aus dem Computer ausgedruckt:

›Meine liebe Eva, ich kann dir gar nicht sagen, wie sehr das, was du schreibst, mein Herz und meine Seele berühren. Noch nie habe ich mich einem Menschen so nahe gefühlt, und das, obwohl wir uns noch nicht einmal gesehen haben. Aber eigentlich müsste ich das gar nicht, weiß ich auch jetzt schon, dass du meine absolute Traumfrau bist. Und doch sehne ich mich mit jeder Faser meines Herzens danach, endlich einmal in deine wunderschönen Augen zu schauen und deine Hand zu berühren. Bevor ich schlafen gehe, betrachte ich das Bild mit deinem lieben Gesicht und deinem reizenden Lächeln, damit meine Träume von dir wieder so süß werden wie die Nacht zuvor.‹

»Oh la la! Da ist aber jemand ein Romantiker!«, sage ich, ein bisschen neidisch. Hat Christian mir auch schon einmal so etwas Schönes geschrieben? Nein, aber dafür hat er dir mehr als einmal seine Liebe gezeigt und das ist ja wohl viel wichtiger, sagt meine innere Stimme.

»Das allein kann es aber nicht sein, was du mir unbedingt berichten musst, oder?«, frage ich Eva, die gerade träumerisch auf den See hinausblickt.

»Lies weiter«, sagt sie mit einem Blick auf den Brief:

›Ich wünsche mir schon so lange, dich zu sehen, liebste Eva. Aber du weißt ja, ich bin beruflich sehr viel unterwegs. Und ich gebe offen zu, ich habe auch ein wenig Angst vor unserem ersten Treffen. Was, wenn du mich vielleicht gar nicht so toll findest wie ich dich? Dann ist mein Traum geplatzt, und ich werde nie wieder deine wundervollen Worte lesen können.‹

Ich lasse den Brief sinken.

»Er hat Angst, mich zu sehen?«, wundert sich Eva. »Ehrlich gesagt, habe ich das auch … denn auch ich weiß ja nicht, ob er mich in Wirklichkeit ebenso hübsch und nett finden wird wie auf dem Foto und in meinen E-Mails.«

»Tja, Eva, also ich weiß nicht«, antworte ich zögernd. »Ich bin ja nicht so vertraut mit dieser Internetsache. Aber ist es nicht eigentlich so, dass ein Mann, wenn er Interesse an einer Frau hat, diese so schnell wie möglich sehen will? Gerade, um sich davon zu überzeugen, dass sie ihm nicht etwas vorgeflunkert hat und zum Beispiel das Foto von ihrer Freundin oder Schwester oder wem auch immer geschickt hat. Irgendwie kommt mir dieses Verhalten unlogisch vor.«

»Maja, man merkt, dass du wirklich keine Ahnung von diesen Dating-Seiten im Internet hast. Natürlich könnte man da mogeln, was das Alter und das Aussehen betrifft. Aber das wäre doch Blödsinn! Spätestens beim ersten Treffen würde das doch herauskommen.«

Eva stutzt, denn sie merkt, dass ich ja nichts anderes gerade gesagt habe. Also lese ich weiter, weil ich sie nicht noch mehr aufregen will:

›Lass uns noch ein ganz klein wenig weiterträumen, liebe Eva. Und uns noch ein bisschen besser kennenlernen. Außerdem habe ich noch ein paar Zahnarzttermine. Um ehrlich zu sein, wollte ich so attraktiv wie möglich für dich sein und habe mich einer kostspieligen Zahnkorrektur unterzogen. Offen gestanden, erwartet mich eine ordentliche Summe, die mich doch recht fordert.‹

»Oh nein, sag jetzt nicht, er will dich anpumpen!«, entrüste ich mich.

Eva verdreht die Augen. »Maja, wie kannst du nur so

etwas denken?« Wütend nimmt sie den Brief und stopft ihn in ihre Handtasche zurück.

»Entschuldige, Eva.« Ich nehme ihre Hand, denn ich kann sehen, dass sie meine Reaktion auf den Brief verstört hat. »Ich mache mir doch nur Sorgen um dich! Du bist meine Freundin, und ich möchte nicht, dass du enttäuscht wirst. Man hört doch so viel über diese Internetgeschichten.«

»Klar, das weiß ich doch! Ich bin ja nicht blöd, Maja. Aber Jörg ist anders, das … spüre ich irgendwie. Alles, was er schreibt, ist so gefühlvoll. Ich glaube, er ist ein sehr sensibler Mann. Auch er hat eine böse Trennung hinter sich, bei der ihm sehr wehgetan wurde, weißt du. Und nun ist er eben vorsichtig! Das verstehe ich doch. Wir haben uns eben beide ineinander verliebt und nun wissen wir nicht, wie wir damit umgehen sollen.«

»Das kann ja alles sein«, antworte ich, wenn auch wenig überzeugt. »Trotzdem denke ich, ihr solltet euch so bald wie möglich treffen. Um herauszufinden, ob wirklich *Liebe* dahintersteckt! Ich begleite dich gerne, wenn du möchtest«, setze ich hinzu.

»Danke, Maja. Ich wusste, dass gerade du mich verstehen würdest.«

Dankbar umarmt mich Eva und braust mit ihrem roten VW-Golf davon.

»Haben Sie keine laktosefreie Milch?«, höre ich eine nörgelnde Stimme aus dem Frühstücksraum, als ich das *Maiglöckchen* betrete, um frisch gebackene Croissants zu bringen. Meine Mutter versucht indes gerade, neu angereiste Gäste zu beschwichtigen, die um zehn Uhr morgens bereits ihr gebuchtes Zimmer beziehen wollen und partout nicht verstehen können, dass dieses noch nicht fertig ist.

»Des isch ja schrecklich!«, schimpft die Frau. »Mir wolltet doch heut noch auf die Mainau!«

»Aber das können Sie doch!«, sagt meine Mutter gerade und holt schnell den Prospekt mit den Abfahrtzeiten des kleinen Schiffes, das direkt von Überlingen aus zur Insel Mainau startet.

»Ich schlage vor, dass Sie sich erst einmal bei einer guten Tasse Kaffee und einem Croissant auf unserer Terrasse stärken. Dann fahren Sie nach Überlingen und überqueren von dort aus den See zur Mainau. Wenn Sie wiederkommen, ist Ihr Zimmer picobello für Sie vorbereitet.«

»Aber ich wollte mich doch noch richten!«, schimpft die Frau.

Ich sehe meiner Mutter an, dass sie genervt ist und sich vermutlich gerade fragt, warum die Frau, die aus Reutlingen kommt und noch nicht einmal zwei Stunden Fahrtzeit hinter sich hat, sich einer kosmetischen Generalüberholung unterziehen muss.

»Gerne können Sie Ihr Gepäck hier bei mir abstellen und unsere Gästetoilette benutzen«, sagt sie dennoch mit einem Lächeln, bevor sie den Kopf in die Küche steckt und »Schatz, kannst du bitte schnell zum Supermarkt fahren und laktosefreie Milch holen?«, ruft.

Ich sehe dem gerade Zeitung lesenden »Schatz« Steve an, dass er alles andere als Lust verspürt, dieser Bitte Folge zu leisten, sich jedoch nichtsdestotrotz seine Schuhe anzieht und pflichtbewusst auf den Weg macht. Ich nehme die duftenden Croissants und lege sie im Frühstücksraum in einen Korb auf dem von meiner Mutter liebevoll gestalteten Buffet. Sie muss jeden Tag sehr früh aufstehen, um das alles so schön vorzubereiten.

»Ist das nicht ein herrlicher Tag?«, höre ich eine angenehme Stimme hinter mir. Es ist der Geschäftsmann Peter Hansen, der auch wieder einmal zu Gast ist.

»Oh ja, eigentlich viel zu schön, um zu arbeiten!«, antworte ich lächelnd.

Er sieht wirklich ausgesprochen gut aus mit seinen dunklen Haaren, durch die sich bereits einige graue Strähnchen ziehen, den dunklen Augen und der sportlichen Figur.

»Zum Glück habe ich heute nur zwei Termine!«, lacht er zurück. »Dadurch kann ich am Nachmittag noch ein wenig die Gegend erkunden. Ich habe vor, wandern zu gehen. Es ist das beste Mittel, um ein wenig herunterzukommen, und die Natur hier ist einfach bezaubernd. Was ist, kommen Sie mit?«, fragt er freundlich.

»Oh, vielen Dank, Herr Hansen. Aber ich kann leider nicht aus dem Café weg«, antworte ich mit einem Lächeln.

»Die drei *Maiglöckchen*-Damen … nicht nur so schön wie die Morgenröte, sondern auch immer fleißig wie die Bienchen! Ich sehe Sie hier alle immer nur herumwuseln. Vergessen Sie nicht, nicht nur an die Gäste, sondern hin und wieder auch einmal an sich selbst zu denken! Ach, und übrigens, nennen Sie mich doch Peter und nicht *Herr Hansen*, einverstanden?« Mit diesen Worten nimmt er seinen Kaffee und geht nach draußen auf die Terrasse und schaut auf die beiden Bikini-Girls, die das *Sonnenzimmer* bewohnen und ihre jungen, wohlgeformten Körper nach einem Bad im See gerade mit großen Handtüchern abtrocknen.

»Ein charmanter Mann, dieser Herr Hansen, nicht wahr?«, schwärmt meine Mutter.

»Er ist ja nun schon das dritte Mal hier, und ich habe mich schon einige Male mit ihm unterhalten. Herr Hansen ist in Hamburg selbstständig und vertreibt Fahrrad-Zubehör. Nach verschiedenen anderen Bundesländern versucht er gerade, den Süden Deutschlands für seine Produkte zu erschließen. Dadurch hat er sehr viele Termine in unserer Gegend und ist froh, dass er im *Maiglöckchen* so ein schönes zweites Zuhause gefunden hat.«

»Für meinen Geschmack ist er ein bisschen *zu* charming, der Bursche!«, schimpft Steve, der gerade mit der laktosefreien Milch und dem Käse zurückkommt, welche meine Mutter sofort an den Tisch der Dame bringt, die sich noch vor zehn Minuten lauthals beschwerte, nun aber mit den Worten »Jetzt sind wir schon fertig mit frühstücken!« vom Tisch aufsteht und die Rechnung fordert.

»Was meinst du, ob Nini heute vielleicht die Zimmer putzen könnte?«, bittet meine Mutter. »Olga hat sich krankgemeldet.«

»Was? Die hat doch erst vor zwei Wochen angefangen!«, entrüste ich mich.

Eigentlich brauche ich Nini heute in der *Butterblume*, um neue Erdbeer-Seehupferl sowie Schokoladen-Cheese-Cake und Mandel-Küsschen zu backen. Doch manche Probleme lösen sich schneller, als man denkt. Als ich zur *Butterblume* zurückkehre, sind bereits alle Schirme aufgespannt sowie sämtliche Tische gedeckt und alle Gäste bestens versorgt. Und das, obwohl Ruth gerade erst gekommen zu sein scheint.

In der Küche steht jedoch Nini und holt die ersten Mandel-Küsschen aus dem Ofen, während Freddy am Spültisch steht und zwei große Körbe Erdbeeren säubert. Als ich erzähle, dass Olga sich krankgemeldet hat, schlägt

Freddy spontan vor: »Die Zimmer kann ich doch sauber machen.«

»Du?«, wundere ich mich.

Immerhin ist er doch ein Junge beziehungsweise mit seinen breiten Schultern und den muskulösen Beinen, die in Bermudashorts stecken, unübersehbar ein Mann.

»Ja, ich habe doch im Hotel gearbeitet! Der erste Teil meiner Ausbildung war auf den Zimmern. Ich kann das alles, sogar Bad und Toiletten putzen, glauben Sie mir!«

Wir können es ja versuchen, denke ich, und so geht Freddy schon kurze Zeit später mit mir zum *Maiglöckchen*, um das erkrankte Zimmermädchen zu ersetzen. Meine Mutter macht natürlich noch größere Augen als ich, aber da sie weder Zeit noch Lust hat, diese Arbeit selbst zu verrichten, drückt sie Freddy den Staubsauger sowie alle weiteren Putzmaterialien in die Hand und erklärt ihm, was er zu tun hat.

Als wir später heimlich misstrauisch die Zimmer überprüfen, stellen wir fest, dass die Zimmer alle picobello sauber und frisch gelüftet sind. Freddy hat sogar die Fenster geputzt und insgesamt bessere Arbeit als Olga oder wir selbst geleistet.

»Donnerwetter, da soll noch mal einer sagen, dass Männer nicht putzen können!«, lacht meine Mutter.

Es scheint zu den großen Geheimnissen des Lebens zu gehören, dass immer dann, wenn gerade alles gut läuft, eine Katastrophe über einen hereinbricht. Meist ohne Vorwarnung, wenn wir an nichts Böses denken. Gerade noch haben wir uns über das schöne Sommerwetter und die vielen Gästen gefreut und alle damit verbundenen Aufgaben bestens verteilt, da steht schon das nächste Problem vor der Tür. Nichtsahnend finde ich nur wenige Tage, nachdem uns Freddy so wertvolle Putzhilfe geleistet hat, das *Maiglöckchen* verwaist vor. Das Frühstücksbuffet ist ebenso wie die Tische noch nicht abgeräumt, und das Telefon in der Diele klingelt unaufhörlich. Nanu, wo sind denn meine Mutter und Steve? Die Gäste sind offenbar abgereist, nur Herr Hansen kommt gerade, mit Handy und Laptop bewaffnet, die Treppe herunter.

»Haben Sie meine Mutter gesehen?«, frage ich ihn.

»Nein, leider nicht«, antwortet er lächelnd. »Vielleicht ist sie beim Arzt? Sie sah heute Morgen beim Frühstück sehr blass aus.«

Eine eiskalte Hand greift nach meinem Herzen. Meine Mutter ist herzkrank und hatte bereits im letzten Jahr einen Schwächeanfall. Vielleicht war alles zu viel für sie? Die letzten Wochen und Monate waren doch sehr aufregend und anstrengend mit den ganzen Renovierungsarbeiten, der Pensionseröffnung und den teilweise doch recht schwierigen Gästen.

»Herr Hansen, ich hoffe, Sie wollen uns noch nicht verlassen! Ich weiß nämlich ehrlich gesagt nicht, wie man das Rechnungsprogramm am Computer bedient«, gebe ich offen zu.

»Aber nein, ich bleibe noch bis zum Wochenende! Aber Sie wollten doch *Peter* zu mir sagen, nicht wahr? Ich hoffe, das Wetter hält, und wir können unsere Wanderung in den nächsten Tagen einmal nachholen. Bis später, Maja!«, verabschiedet sich der freundliche Mann.

Ich räume die Tische und das Buffet ab und öffne die Terrassentür weit, um frische Luft hereinzulassen … und plötzlich sehe ich sie. Sie sitzt auf einem der schönen Deckchairs aus Holz, die auf der Gänseblümchen-Wiese stehen, und blickt regungslos auf den blauen See, auf dem auch heute wieder viele weiße Segelboote und kleine Touristendampfer mit fröhlichen Urlaubern an Bord vorüberziehen. Ich eile hinaus – was, wenn sie eine Herzattacke hatte und niemand es bemerkte? Wo ist nur Steve?

»Er ist weg«, sagt meine Mutter, als sie mich kommen sieht, als könne sie meine Gedanken lesen. Eine Träne läuft ihre Wange hinunter.

»Wie? Wer ist weg?«, frage ich verständnislos.

»Steve ist weg, wer sonst?«, antwortet sie leise. »Es ist alles meine Schuld. Ich habe ihm gesagt, dass er heute den Rasen mähen soll, weil alles so ungepflegt aussieht. Da meinte er, die Gänseblümchen seien doch viel schöner, und so ging es los ... und dann ... und dann ...«

Auf einmal fängt sie hemmungslos an zu weinen. »Ach Maja, das war alles ein riesengroßer Fehler! Wir hätten das nicht machen sollen mit der Pension. Das war einfach alles viel zu viel für uns, wir haben uns übernommen!«

»Mama, jetzt beruhige dich doch erst mal.«

Ich nehme sie in die Arme und lasse sie eine ganze Weile lang weinen.

»Wir wollten doch nur glücklich sein, hier bei dir ... und mit dir ... hier am See«, schnieft sie an meiner Schulter. »Wir dachten ... nein, ich dachte, das mit der Pension sei eine gute Idee! Wir hätten auch eine Aufgabe und wären in deiner Nähe ... aber ...«

Ich unterbreche sie nicht, sondern lasse sie sich alles von der Seele reden. »Ich habe nicht gemerkt, dass Steve überhaupt nicht glücklich ist. Er hat gesagt, das alles sei nur meine Idee gewesen und er sei hier nur der Hausmeister, der zum Rasenmähen und Einholen gebraucht würde. Ist das so, Maja? Habe ich ihm das Gefühl gegeben?«

Wenn ich ehrlich bin, kann ich diese Frage nicht verneinen. Jedes Mal, wenn ich auch nur ein paar Minuten im *Maiglöckchen* war, wurde Steve gerade mit irgendeiner Aufgabe betraut. Ich erinnere mich an viele Momente, in denen er die Augen verdrehte oder einsam vor seiner Zeitung saß, während meine Mutter im Haus herumwirbelte oder mit den Gästen plauderte.

»Er hat gesagt, so hätte er sich seine Ehe und seinen Lebensabend mit mir nicht vorgestellt.

Er hätte davon geträumt, mit mir am See spazieren zu gehen oder in einem Biergarten zu sitzen. Stattdessen würde ich mich nur noch um fremde Leute kümmern und abends todmüde auf dem Sofa einschlafen. Er würde sich vollkommen überflüssig vorkommen, und ich würde ihn kein bisschen brauchen und wahrscheinlich schon gar nicht vermissen, wenn er nicht da wäre. Dann hat er … seinen Koffer gepackt … und gesagt, er will zurück in seine Heimat.«

»Und du hast nicht ihn zurückgehalten?«, frage ich erstaunt.

»Doch, natürlich habe ich das versucht! Ich fragte ihn, was er denn dort machen wolle? Dem Gras beim Wachsen zusehen? Oder bei Mac Doof einen Burger nach dem anderen essen? Aber er hörte nicht auf mich und sagte nur, er wisse nicht, wie es weiterginge … doch auf diese Weise könne und wolle er auf keinen Fall weitermachen. Er sagte, er brauche *Abstand* … Maja, was heißt das denn jetzt? Ist unsere Ehe etwa kaputt?«

Selten habe ich meine ansonsten immer fröhliche Mutter derart verzweifelt erlebt. Dabei waren die beiden doch so glücklich, sich in ihrem Alter noch gefunden zu haben. Ich hatte geglaubt, dass diese gemeinsame Aufgabe sie eher noch stärker zusammenschweißen würde. Aber ich kann auch Steve verstehen. Er hatte sich das alles wohl nicht ganz so arbeitsintensiv vorgestellt und wollte viel lieber mit seiner Frau das Leben genießen, als der Handlanger für irgendwelche Leute zu sein, die er gar nicht kennt und die ihm nichts bedeuten.

»Was soll ich denn jetzt tun, Maja?«, fragt meine Mutter mit hängenden Schultern.

»Ach Mama, es tut mir so leid, aber das kann ich dir auch nicht sagen. Ich möchte dir nur gerne den Rat geben, den Frieda mir damals mit auf meinen Weg gegeben hat. Er ist der einzige, der wirklich hilft: Höre auf dein Herz! Was *möchtest* du denn tun?«, frage ich sie, obwohl ich die Antwort bereits kenne.

»Ich möchte bei ihm sein. Er fehlt mir jetzt schon so sehr. Maja, ich liebe Steve von ganzem Herzen und ich kann mir nicht vorstellen, ohne ihn zu leben. Ich will um jeden Preis meine Ehe retten!«

»Dann gibt es nur einen Weg.«

»Ja, ich weiß. Aber ich weiß auch, dass ich dich dann hier mit allem im Stich lassen muss. Das kann ich doch nicht machen!«

»Oh doch, Mama, das musst du sogar! Was ist schon eine Pension gegen eine Ehe?«

»Ach mein liebes, kluges Kind. Wenn du wüsstest, wie sehr ich dich liebe … aber …«, schnieft sie.

»Aber du liebst auch Steve. Und er ist dein Mann und dein Leben. Das weiß ich doch, Mama! Gerade deshalb gibt es keinen anderen Weg, als ihm nachzureisen.«

»Maja, ich habe eine Idee: Wir hängen ein Schild an die

Tür: ›Vorübergehend geschlossen!‹, und dann überlegen wir in Ruhe, was mit dem *Maiglöckchen* geschehen soll. Vielleicht kannst du die Pension ja verpachten? Bestimmt wird sich sehr schnell jemand finden, der das *Maiglöckchen* gerne weiter betreiben würde!«

Auf einmal ist meine Mutter ganz aufgeregt. Doch ich sehe ihr an, dass es ihr das Herz bricht. Wir haben so viele Gedanken, Arbeit und Zeit in die Sache gesteckt. Von Geld ganz zu schweigen! Und nun, da alles so schön geworden ist und sich erste Erfolge einstellen, sollen wir die Pension in fremde Hände geben? Mein Herz ist dagegen, auch wenn ich mir gerade nicht vorstellen kann, die Pension neben meinem Café auch noch selbst zu betreiben.

»Das wäre auf jeden Fall besser für dich, Maja!«, sagt meine Mutter bestimmt. »Du könntest sicher eine anständige Pacht dafür verlangen.«

»Sicher könnte ich das«, antworte ich traurig. Wie fröhlich wir noch vor Kurzem bei der Einweihung waren! Und wie stolz auf unser gemeinsames *Maiglöckchen*-Projekt! Und nun soll alles zu Ende sein? »Mach dir mal darüber keine Gedanken!«, beruhige ich meine Mutter.

»Du rettest jetzt erst einmal deine Ehe! Wir kommen hier schon fürs Erste zurecht. Und dann überlegen wir in aller Ruhe, ob und wie es weitergehen soll.« Auch wenn ich gerade nicht die leiseste Ahnung habe, wie wir ohne die beiden klarkommen sollen.

Einige Stunden später sitze ich am Empfang am Computer und versuche, mit dem mir von meiner Mutter gezeigten Buchungsprogramm zurechtzukommen. Glücklicherweise bekam sie noch einen Flug am Nachmittag von Zürich nach Detroit. Weil ich hier nicht weg kann, haben sich Nini und Freddy bereit erklärt, sie nach unserem tränenreichen Abschied zum Flughafen zu bringen.

»Drück mir die Daumen, dass ich das mit Steve klären kann! Dann komme ich bald wieder, vielleicht sogar mit ihm!«, hatte meine Mutter zum Abschied gesagt.

Obwohl ich nicht recht daran glauben kann, dass sie tatsächlich beide wiederkommen werden, habe ich sie noch einmal bestärkt, um ihre Liebe und ihre Ehe zu kämpfen. Ich weiß, wie viel Steve ihr bedeutet, und dass ein Leben ohne ihn für sie sinnlos wäre, auch wenn ihr Herz gerade schwer ist, weil sie uns und den See verlassen muss. Wieder einmal denke ich, was es doch für ein Segen war, dass Nini gerade jetzt das Studium hingeworfen hat. Ohne sie würde ich im Moment überhaupt nicht über die Runden kommen. Allerdings sollte sie sich auch langsam Gedanken machen, wie es im Herbst für sie weitergehen wird. Sie kann schließlich ihre Zukunft nicht in einem Café und einer Pension verbringen!

»Oha, da ist aber jemand geschafft!«, begrüßt mich Peter, der von seinen heutigen Geschäftsterminen zurückkehrt und mich freundlich anlächelt. Zum Glück ist er der einzige Gast heute, die anderen Gäste reisen erst morgen an. »Das war wohl ein harter Tag, das sehe ich Ihnen an!«, sagt er mitfühlend.

»Ein harter Tag? Ich glaube, das ist die Untertreibung des Jahrhunderts!«, antworte ich mit einem schwachen Lächeln. Mir ist nach einem heißen Bad und einem großen Glas Rotwein.

Doch Peter hat eine bessere Idee.

»Ich hatte auch einen harten Tag. Was halten Sie davon, wenn wir beide eine kleine Wanderung machen? Wie gesagt, nichts hilft bei Stress so gut wie Bewegung!«, schlägt er freundlich vor.

»Eine Wanderung? Ich weiß nicht recht … ich bin eigentlich sehr müde«, antworte ich ausweichend. Andererseits ist mir selbst auch nach frischer Luft. Und die kleine Jojo war auch noch nicht draußen.

»Ach kommen Sie schon, Maja. Einmal muss Feierabend sein! Ziehen Sie sich die Turnschuhe an und lassen Sie uns ein wenig den Hödinger Tobel und die Churfirsten erkunden!«

Wenn ich ehrlich bin, klingt es verlockend. Beides kenne ich zwar aus Erzählungen, doch obwohl ich hier lebe, bin ich selbst noch nicht da gewesen. »Überredet!«, sage ich, mache den Computer aus und stelle das Telefon auf Anrufbeantworter um. »Geben Sie mir zehn Minuten, um zur *Butterblume* zu gehen und meine Turnschuhe, meine Jacke und den Hund zu holen.«

10. KAPITEL
»DER HÖDINGER TOBEL«

Die Sonne steht bereits reichlich tief, als wir uns auf den Weg machen. Wir stellen Peters Auto in dem idyllischen kleinen Ort Hödingen, der oberhalb von Überlingen liegt, ab und stiefeln los. Wie gut die frische Luft nach diesem Tag doch tut! Zum Glück überlässt mich Peter meinen Gedanken und sagt nur hin und wieder etwas über die wunderschöne Landschaft, in der ich doch zu Hause sein darf. Ich bin überrascht, wie anders die Gegend hier doch aussieht als in den kleinen Städtchen am Bodenseeufer. Hier im Hinterland des Bodensees finden sich blühende Wiesen, lichte Wälder und viele Obstgärten. An der Fidelishöhe bleiben wir kurz stehen. Von hier hat man einen traumhaften Blick auf den Bodensee. Allerdings geht es auch ganz schön steil in die Tiefe. Weit unten sieht man ganz klein die Richtung Sipplingen vorbeifahrenden Autos. Gerne möchte ich mich einen Augenblick auf eine der kleinen Bänke setzen, um diesen Blick zu genießen und ein wenig meinen Gedanken nachzuhängen.

Doch Peter sagt: »Keine Müdigkeit vorschützen! Für eine Rast ist später noch genug Zeit. Wir müssen uns beeilen, bevor es dunkel wird!«

Ich wusste, dass die Sache mit der Wanderung keine gute Idee war! Viel lieber würde ich hier gemütlich herumschlendern und die wundervolle Gegend in mich aufnehmen, statt hier herumzuhetzen. Ich nehme mir daher vor, ein andermal mit Christian wiederzukommen und ein kleines romantisches Picknick mit ihm hier abzuhalten. Der Gedanke an ihn versetzt mir einen kleinen Stich. Wie blöd ich mich doch bei unserem Segeltörn verhalten habe! Dabei wollte er mir doch nur eine Freude machen.

Wir gehen ein Stück in den Wald hinein, und auf einmal sehe ich ihn, den Hödinger Tobel.

Der Tobel ist nichts anderes als eine Schlucht, die durch Bäche entstanden ist, die sich im Lauf von Jahrtausenden in das weiche Molassegestein gegraben haben. Steil geht es auf einem schmalen Wanderweg durch die tiefe Schlucht nach unten, und ich muss aufpassen, dass ich nicht ausrutsche, denn der Weg ist teilweise nass und glitschig. Jojo ist voll in ihrem Element und schnüffelt mit der Nase am Boden entlang, was die ganze Angelegenheit nicht gerade einfacher macht. Peter geht voraus, offenbar scheint er sich hier auszukennen und ist im Gegensatz zu mir nicht zum ersten Male hier. Was für eine unglaubliche Gegend! Steile Felsen, und Grün so weit das Auge reicht. Und eine unfassbare Ruhe, lediglich »gestört« durch das Zwitschern der Vögel und das Plätschern des Baches. Peter hatte recht, der Stress fällt von Minute zu Minute mehr von mir ab. Ich muss nur darauf achten, dass ich auf dem Weg bleibe und Jojo sich nicht losreißt und womöglich in die Schlucht hinunter stürzt. Die tief stehende Sonne zaubert ein ganz eigenes Licht und strahlt auf die vielen verschiedenen Grüntöne um mich herum. Ich würde mich nicht wundern, wenn gleich eine kleine Elfe aus dem Farn gehüpft käme, und muss schmunzeln.

»Alles in Ordnung?«, fragt Peter, als er sich umdreht.

»Klar!«, sage ich lächelnd. Viel zu schnell sind wir wieder auf dem normalen Waldweg angekommen, doch Peter hat noch eine weitere Besonderheit für mich parat, die sieben Churfirsten.

»Dafür, dass Sie hier leben, kennen Sie sich aber nicht allzu gut aus!«, wundert er sich.

Leider hat er recht. Hier bin ich tatsächlich noch nie gewesen, und das ist wirklich eine Schande. Etwas abseits und ein bisschen versteckt im Wald finden wir sie, die Churfirsten. Es sind sieben schlanke, säulenförmige Felsen aus Sandstein, die in der Nacheiszeit durch Erosion von Regen und Wind geformt worden sind, wie Peter mich aufklärt. Sie sind bis zu sieben Meter hoch und haben eine Art Steinmütze auf.

»Unglaublich!«, sage ich, denn ich kann nicht fassen, dass dieses Kunstwerk tatsächlich von der Natur und nicht von Künstlerhand geformt wurde. »Diese Felsen stehen hier einfach so versteckt im Wald herum!«, wundere ich mich. Ich betrachte die Felssäulen aus der Nähe. Viele Liebespaare haben sich hier in den Felsen verewigt, was ich angesichts dieses romantischen Orts durchaus verstehen kann. Das Licht der langsam untergehenden Sonne lässt die Gegend allerdings auch ein wenig dunkel und geheimnisvoll wirken, und ich bin froh, dass Peter erneut zum Aufbruch drängt. Irgendwie ist auch er geheimnisvoll, denn was weiß ich schon von ihm? Nichts außer den Dingen, die meine Mutter über ihn erzählt hat. Mir fällt ihr unglückliches Gesicht von heute Morgen ein, und ich hoffe, dass es ihr gelingen wird, ihre Ehe zu retten.

Sind wir eben durch den Tobel immer schön nach unten gelaufen, geht es auf dem Rückweg zum Teil steil bergauf, und ich komme ordentlich aus der Puste. Belohnt werden wir jedoch für diese Mühe mit einem wundervollen Ausblick von der Fidelishöhe auf den See.

»Danke«, sage ich zu Peter, der ebenso schweigend wie ich die zauberhafte Stimmung genießt. Diesmal haben wir uns allerdings auf die Bank gesetzt.

»Wofür?«, fragt er und lächelt sympathisch.

»Dass Sie mir das alles gezeigt haben! Es war heute so ein furchtbarer Tag …«

»Das habe ich gemerkt. Aber wollen wir uns nicht duzen, Maja? Ich meine, nach dieser Wanderung sind wir doch Wanderfreunde, oder etwa nicht?« Wieder lächelt er mich aufmunternd an.

Er ist schon ein sehr gut aussehender Mann, das stelle ich wieder einmal fest. Ob Steve wohl eifersüchtig auf ihn war? Statt einer Antwort nicke ich ihm freundlich zu.

»Wunderbar! Was meinst du, Maja, haben wir uns nicht eine Dinnele und einen Schoppen Wein nach dieser Anstrengung verdient?«

Peter gibt mir die Hand und zieht mich hoch. Zum Glück ist es nicht mehr weit zum Hofcafé Vogler, die freitags immer frische hausgebackene Dinnele, eine Art Flammkuchen, in verschiedenen Variationen anbieten. Peter wählt die klassische Variante mit Schinken, Sauerrahm und Zwiebeln, und ich entscheide mich für die vegetarische Variante. Dazu trinken wir beide ein Gläschen Spätburgunder.

»Möchtest du mir erzählen, was dich bedrückt?«, fragt Peter einfühlsam.

Ich weiß nicht, ob es der Spätburgunder ist, von dem ich bereits das zweite Glas trinke, oder die Wanderung, die uns irgendwie zu Kameraden zusammengeschweißt hat, aber ich erzähle Peter von meinem Kummer über die plötzliche Abreise von Steve und meiner Mutter und dass ich nun nicht weiß, wie es weitergehen soll.

»Es heißt, sich Sorgen zu machen ist wie ein Schaukelstuhl. Man ist zwar beschäftigt, aber man kommt nicht weiter«, sagt Peter und lächelt mich aufmunternd an.

»Was meinst du damit?«, frage ich ihn.

»Ich meine damit, dass deine Mutter zwar eine absolut umwerfende und tolle Person ist, aber das bist du auch, Maja! Und du hast nicht nur eine bildhübsche, sondern auch äußerst fleißige und tatkräftige Tochter. Ich bin sicher, gemeinsam werdet ihr diese Aufgabe meistern!«

»Ein Café betreiben *und* eine Pension? Mit einer Angestellten?« Olga rechne ich mal lieber nicht mit ein, unzuverlässig, wie sie ist.

»Einer äußerst fähigen Angestellten«, ergänzt Peter. Er hat Ruth bereits kennengelernt, als er einmal einen Cappuccino in der *Butterblume* auf der Terrasse genossen hat. »Außerdem gibt es da ja noch den Freund deiner Tochter.«

»Freddy? Das ist doch nicht Ninis Freund!«, sage ich entrüstet.

»Bist du sicher? Hast du mal gesehen, wie er sie ansieht? Ich bin überzeugt, er würde euch liebend gerne helfen!«

Freddy soll Ninis neuer Freund sein? Das hätte sie mir doch gesagt! Andererseits: wann denn auch? Wir sind doch alle immer viel zu beschäftigt. Und er ist schon verdammt häufig bei uns, wie mir jetzt auffällt.

»Vielleicht kennt Nini noch eine Studentin, die sich während der Hauptsaison auch gerne etwas dazu verdienen möchte? Sie könnte sowohl in der *Butterblume* als auch beim Frühstück im *Maiglöckchen* aushelfen. Nini könnte weiterhin das Backen übernehmen, das ist ja – so wie du sagst – einfach ihr Ding. Und du könntest dich um den Empfang und die Betreuung der Gäste kümmern, die Buchungen verwalten und die Organisation des Ganzen überwachen.«

Alles klingt so einfach, wie er es sagt. Zum ersten Mal, seitdem meine Mutter heute Morgen abgereist ist, geht es mir etwas besser.

»Es ist nur ein Vorschlag, Maja. Aber die Pension ist wirklich wunderschön und so liebevoll gestaltet. Ich denke, es wäre eine Schande, sie in fremde Hände zu geben. Wie gesagt, Maja, ich halte sowohl dich als auch die beiden anderen Damen für äußerst tüchtig. Weißt du, was die Chinesen sagen? ›Wie wird man mutig? Indem man so tut, als ob man mutig wäre!‹ Sei mutig, Maja! Ich glaube fest daran, dass ihr es schaffen werdet!«

Als ich viel später zu Hause ankomme und müde von der langen Wanderung und vom Rotwein im Bett liege, fällt mir ein, dass wir die ganze Zeit nur über mich gesprochen haben. Und ich praktisch immer noch nichts von Peter weiß.

Am nächsten Morgen halte ich gleich eine Krisensitzung mit Nini und Ruth ab. Beide sind einhellig der Meinung, dass wir zumindest versuchen sollten, die Pension zu behalten.

»Lass uns doch die Saison abwarten, Mama!«, sagt Nini. »Noch bin ich ja da! Außerdem kann uns doch Freddy helfen. Du weißt, wie toll er die Zimmer gereinigt hat. Er hat noch viel mehr im Hotelfach gelernt, das uns von Nutzen sein kann. Und er hat Zeit!«

Jetzt ist nicht die richtige Gelegenheit, darüber zu reden, warum in aller Welt er seine Hotelausbildung hingeworfen hat.

Ruth nickt mir aufmunternd zu. »Mach dir keine Sorgen, Maja! Ich kann doch auch viel tun. Zum Beispiel könnte ich das Frühstück im *Maiglöckchen* übernehmen, während Nini in der *Butterblume* ist. Das erspart mir schon die BBP-Ladys. Apropos … ich habe mich endlich von Hubert getrennt! Du siehst, ich habe den ganzen Sommer lang Zeit.«

Fragend ziehe ich eine Augenbraue hoch. Auch für dieses Gespräch ist jetzt nicht der richtige Zeitpunkt, aber ich nehme mir vor, Ruth später auf Hubert und ihre unglückliche Liebe zu ihm anzusprechen.

»Lass es uns versuchen, Maja! Gemeinsam schaffen wir es!«

Obwohl ich immer noch ein ungutes Gefühl in der Magengegend habe, geben wir uns die Hand darauf, dass wir der Sache eine Chance geben wollen. Wir geben uns diesen Sommer Zeit, sowohl das Café als auch die Pension parallel zu betreiben. Sollte es uns nicht gelingen, wollen wir im Winter einen Pächter für das *Maiglöckchen* ab dem kommenden Jahr suchen.

»Na gut, dann tun wir eben so, als ob wir mutig wären!«, sage ich in Erinnerung an den gestrigen Abend.

Verständnislos sehen die beiden Damen mich an, freuen sich aber über meinen Entschluss.

Zu einem Prosecco kommen wir jedoch nicht, da auf jede von uns neue Aufgaben warten.

»Wo steckst du eigentlich, Maja?«

Es ist Christian, der mich endlich auf dem Handy erreicht. Offenbar hatte er wohl schon mehrere Male, auch gestern Abend, angerufen, wie ich gerade feststelle. Todmüde, wie ich gestern war, hatte ich gar nicht mehr auf mein Handy geschaut, sondern mich in die Federn gekuschelt und war sofort mit der schnarchenden Jojo im Körbchen zu meinen Füßen eingeschlafen.

»Oh Christian, wie schön, deine Stimme zu hören!«, freue ich mich.

In wenigen Worten erzähle ich ihm vom gestrigen Tag und meinem Problem mit der Pension.

Doch statt mir Mut zu machen wie Peter, ist er nur fürchterlich sauer, dass ich eine Wanderung mit einem wildfremden Mann gemacht habe.

»Wenn du vielleicht öfter am See wärst, könnte ich natürlich so eine Wanderung einmal mit dir statt mit einem Fremden unternehmen!«, verteidige ich mich. »Oder warst du vielleicht schon einmal mit mir im Hödinger Tobel? Oder auf der Fidelishöhe oder bei den Churfirsten?«

»Die Churfirsten – sind die nicht in der Schweiz?«, wundert sich Christian. »Und überhaupt – ich bin sehr gerne bereit, mit dir eine Wanderung zu unternehmen. Verrate mir doch nur bitte, wann? Jedes Mal, wenn ich nämlich am See bin, backst du gerade Kuchen oder bedienst irgendwelche Gäste. Und nun willst du statt weniger auch noch mehr arbeiten und nebenbei auch noch eine Pension führen?«, sagt Christian ziemlich erbost.

Vielleicht ist es ganz gut, dass wir unser Gespräch nicht fortsetzen können, weil neue Gäste vor mir stehen, die ein paar Tage am Bodensee verbringen möchten. Es ist eine überaus attraktive Frau Ende 40 mit einem ziemlich jungen Mann an ihrer Seite, den ich zunächst für ihren Sohn halte. Ihrem verliebten Gekicher nach zu urteilen und aufgrund der Tatsache, dass sie ihn immer wieder in seinen äußerst sehenswerten Allerwertesten kneift, entnehme ich jedoch, dass der junge Mann wohl eher eine Art Lover sein dürfte. Diese Vermutung bestätigt sich noch, als sie ihren Namen mit ›Hopsch‹ und seinen mit ›Müller‹ auf dem Meldeschein einträgt. Die beiden verschwinden im

Rosenzimmer und nehmen gleich eine Flasche Bodenseewein mit nach oben.

Seufzend kümmere ich mich um die anderen Gäste. Welche Freude, dass ein überaus gut gelaunter Peter mir sofort zur Hand geht, um die Liegestühle draußen auf der Wiese zu verteilen. Wieder einmal erwartet uns ein wunderschöner Sommertag, und die blühenden Rosen erfreuen ebenso mein Herz wie das Bild von dem auf dem See vorbeiziehenden Schwanenpaar.

»Du strahlst ja heute mit der Sonne um die Wette!«, macht Peter mir ein Kompliment.

Wenn er wüsste, dass ich mich gerade noch mit meinem Liebsten am Telefon gestritten habe. Dabei hatte ich Christian doch sagen wollen, dass ich ihn gerade gestern besonders vermisst habe!

»Hmmmm … you are my sunshine, my only sunshine, you make me happy when skies are grey …«, summt Peter vor sich hin, während er die Sonnenschirme aufklappt. Es ist so ansteckend, dass ich spontan mitsinge. Doch Moment, diese Melodie kommt mir irgendwie bekannt vor! Ich habe sie erst kürzlich gehört … aber wo? Es will mir partout nicht einfallen, dabei bekomme ich die Melodie nicht mehr aus meinem Kopf.

»Bis heute Abend, Sonnenschein!«, ruft Peter mir fröhlich zu, bevor er wieder in seinen BMW mit Hamburger Kennzeichen steigt. Er kehrt noch einmal um und fragt: »Ich will heute zum Haldenhof wandern, kommst du mit?«

»Danke, Peter, aber heute besser nicht! Ich hab viel zu tun. Ein andermal gerne wieder.«

Was noch nicht sicher ist, da ich Christian wirklich nicht verärgern möchte.

»You are my sunshine, my only sunshine …«, summe ich weiter, während ich das Frühstücksbuffet abräume.

Und auf einmal dämmert es mir: Es ist die Melodie der Spieluhr, die ich kürzlich in Hermanns Hobbykeller gefunden habe. Dabei waren ein altes Foto und ein Brief, den ich achtlos in die Tasche meiner Cordhose gesteckt hatte. Ich gehe nach unten und nehme die Spieluhr noch einmal in die Hand. Es ist wirklich ein überaus schönes Stück und sicher sehr wertvoll. Noch nie habe ich ein solches Exemplar gesehen. Eigentlich ist sie viel zu schade, um hier unten in der Wand ein verstecktes Dasein zu fristen. Ich nehme sie mit nach oben und stelle sie zu den schönen, filigranen Moser-Kristallgläsern in die Vitrine. Voilà: Das sieht wirklich toll aus! Ich nehme mir vor, am Abend gleich einmal nach dem Brief zu sehen, der wohl immer noch in der Hosentasche der Cordhose im Schrank steckt. Seitdem es so warm ist, habe ich diese nicht mehr getragen, darum ist mir der Brief auch nicht wieder aufgefallen. Bei den vielen Dingen, die in der Zwischenzeit passiert sind, ist es allerdings auch kein Wunder, dass ich nicht mehr an ihn gedacht habe. Außerdem nehme ich mir vor, heute Abend noch einmal mit Christian zu telefonieren, um die Sache mit der Wanderung zu erklären. Eigentlich ist es ja ganz süß von ihm, eifersüchtig zu sein!

»Hallo?«, höre ich auf einmal eine donnernde Stimme. Im Flur steht ein ziemlich korpulenter Mann circa Ende 50, der mir sehr ernst entgegenblickt. »Mein Name ist Hopsch, ich möchte zu meiner Frau!«, sagt er in forschem Ton.

Ich weiß sofort, wer er ist, tue jedoch so, als müsste ich erst einmal nachsehen, ob seine Frau überhaupt schon angereist ist. Ich muss Zeit gewinnen, ist mir doch bewusst, dass Frau Hopsch sich gerade im *Rosenzimmer* mit Bodenseewein und einem knackigen Jüngling vergnügt. Also tue ich so, als müsste ich erst einmal im Computer nachsehen.

»Natürlich ist sie da, ihr Cabrio steht doch draußen! Sie muss heute Morgen angereist sein, und so viele Zimmer haben Sie ja nicht!«, herrscht er mich an.

»Ja, aber ich bin gerade erst gekommen … ehrlich gesagt … weiß ich nicht, in welchem Zimmer ihre Frau eingebucht ist …«, versuche ich, mich herauszureden.

Herrn Hopschs Blick verrät mir, dass er mich für geistig minderbemittelt und für diesen Job völlig ungeeignet hält. Ich bin geneigt, ihm recht zu geben. Auf eine solche Situation war ich beim besten Willen nicht vorbereitet.

»Bitte warten Sie eine Sekunde! Ich bin sofort zurück!«, flöte ich und weise einladend auf den geblümten Sessel. Dann eile ich ins obere Stockwerk und höre bereits im Flur eindeutige Geräusche aus dem *Rosenzimmer*. Oh Gott, was mache ich denn, wenn Herr Hopsch mir gefolgt ist? Das gibt ein Fiasko, er scheint mir nicht gerade zimperlich zu sein. Und eifersüchtige Ehemänner sollte man nicht unterschätzen! Ich klopfe zaghaft an die Tür, jedoch ohne Ergebnis, da die beiden da drinnen zu sehr mit sich selbst beschäftigt sind. Deshalb verstärke ich mein Klopfen und hoffe, dass Herr Hopsch dadurch nicht aufmerksam und nach oben kommen wird.

»Frau Hopsch?«, sage ich so leise wie möglich und doch laut genug, dass man mich drinnen hören kann.

Auf einmal hören die Geräusche im Zimmer auf und eine unwirsche Stimme ertönt:

»Ja, was ist denn?«

»Frau Hopsch, Ihr Mann ist da und wartet unten«, gebe ich bekannt, mache mich sofort wieder auf den Weg nach unten und verwickle Herrn Hopsch eifrig in ein Gespräch.

Ich erzähle ihm, seine Frau sei gerade unter der Dusche, würde aber gleich herunterkommen. Ob er in der Zwischenzeit vielleicht einen Kaffee trinken wolle und ob er eine gute Anreise hatte und noch mehr banale Dinge. Doch Herr Hopsch erklärt mir unwillig, er habe seine Frau schon öfter nackt unter der Dusche gesehen und welches Zimmer es denn jetzt bitteschön wäre.

Er steht bereits an der Treppe, und mir wird klar, dass ich handeln muss. Und zwar sofort!

Ich seufze und sage: »Mir wird auf einmal so schwindelig!«, und dann lasse ich mich fallen.

Es hat geklappt! Sofort ist Herr Hopsch an meiner Seite, ruft laut »Hallo« und kneift mich in die Wange. Ich schlage die Augen auf und hauche: »Oh! Was war das denn? Bin ich etwa wieder umgefallen?«

»Du liebe Zeit! Passiert Ihnen das öfter?«, fragt Herr Hopsch besorgt und hilft mir auf.

»Erst seitdem ich ... nun ... Sie wissen schon ...«, lächele ich vielsagend und bedanke mich für seine Hilfe. »Aber es geht schon wieder, vielen Dank!«

Zum Glück kommt Frau Hopsch gerade in einem Hauch von Negligé die Treppe herunter, sodass mir weitere Theaterauftritte erspart bleiben.

»Liebling, welche Freude! Du bist ja schon da! Du wolltest doch erst morgen kommen!«, begrüßt sie ihn überschwänglich.

»Ein Termin ist geplatzt und da dachte ich, ich überrasche dich«, sagt Herr Hopsch, während seine Gattin ihn umarmt.

»Wie schön!«, lügt sie dreist. »Da haben wir mehr Zeit für uns. Ist es nicht zauberhaft hier? Du wirst das Haus lieben und das Zimmer erst!«

Ich blicke aus dem Fenster und sehe aus dem Augenwinkel (zum Glück nur ich), wie ein Koffer aus dem oberen Stockwerk in den Garten fällt … Und noch während sich das Ehepaar Hopsch auf den Weg nach oben macht, sehe ich einen nackten jungen Mann die Regenrinne herunterklettern und mit dem Koffer in der Hand durch den Garten rennen.

»Also du glaubst nicht, was ich gerade gesehen habe!«, begrüßt mich Ruth, die gerade mit einem Wäschekorb voller Handtücher zur Tür hereinkommt.

»Einen nackten Popo und einen Koffer?«, frage ich sie und dann lachen wir, bis uns die Tränen kommen.

11. KAPITEL
»DER BRIEF«

In diesem Sommer zeigt sich der Bodensee von seiner schönsten Seite. Tausende von Booten sind auf dem See, und alle Cafés und Hotels freuen sich über die vielen Touristen, die unsere schöne Region besuchen. Auch wir können nicht über mangelnde Gäste und zu wenig Abwechslung klagen, doch wider Erwarten läuft alles gut. Mit vereinten Kräften gelingt es uns, beide Betriebe mehr oder weniger reibungslos am Laufen zu halten. Zum Glück sind Freddys tatkräftige und starke Hände eine unverzichtbare Hilfe ebenso wie Ruths unermüdlicher Einsatz. Zusätzlich haben wir ja auch noch Olga, auch wenn sie ziemlich unzuverlässig ist, und Ninis Freundin Franziska, die sich als Aushilfe in der *Butterblume* ein wenig das Taschengeld aufbessert. Ruth hat sich tatsächlich von Hubert getrennt, nachdem dieser mehrere Verabredungen in letzter Minute wegen seiner Frau platzen ließ. Ruth vermutet, dass diese vielleicht etwas ahnte und mit allen Mitteln um ihren Mann zu kämpfen bereit war. Auch Ruth hatte ihn zu einer Entscheidung gedrängt, weil sie beim besten Willen nicht mehr als »Zweitfrau«, die sich immer verstecken musste, weitermachen wollte. Da sich Hubert jedoch beim besten Willen nicht für eine der beiden Damen entscheiden wollte oder konnte, traf Ruth die Entscheidung für ihn und machte Schluss, auch wenn es ihr sehr weh tat. Hatte sie doch gehofft, seine Liebe zu ihr sei groß genug, sich von seiner Vergangenheit zu lösen und zu ihr zu bekennen. Spät, doch nicht zu spät, erkannte sie, dass offenbar nur sie von einer Zukunft und einem gemeinsamen Lebensabend geträumt hatte, während er es sich mit den beiden Damen ganz gemütlich eingerichtet hatte.

Obwohl mir Ruth natürlich sehr leidtut, weil ihre Träume zerplatzten wie Seifenblasen und sie nun wieder alleine ist, bin ich doch der Meinung, dass sie die richtige Entscheidung getroffen hat. Meiner Meinung nach hat sie etwas Besseres verdient, als nur die zweite Geige zu spielen, und ich bin überzeugt, dass irgendwo jemand auf sie wartet, der ebenso alleine ist wie sie und der sie glücklich machen möchte, weil sie für ihn die Einzige ist! Ob sie diesen allerdings im Internet-Portal *Seensucht*, bei dem auch sie sich jetzt angemeldet hat, finden wird, erscheint mir fraglich. Im Moment hat sie jedoch eigenen Aussagen zufolge ohnehin die Nase voll von den Männern und lenkt sich mit viel Arbeit ab.

Auch Nini behauptet, im Moment keine Lust auf Beziehungsstress zu haben, doch ich kenne meine Tochter und bemerke sehr wohl, dass sie ständig lacht, wenn Freddy in ihrer Nähe ist und seine verliebten Blicke erwidert.

Nach dem nervenaufreibenden Zwischenfall mit den Hopschs erleben wir glücklicherweise in dieser Hinsicht keine weiteren Aufregungen. Die meisten Gäste, die uns besuchen, sind nett und angenehm und freuen sich über die schöne Bodenseeregion. Manche von ihnen verbringen ihren ganzen Urlaub hier und fragen nach Ausflugstipps, andere wieder machen nur einen kleinen Zwischenstopp auf ihrer Weiterfahrt Richtung Süden in die Schweiz, nach Österreich oder Italien. Der Einzige, der regelmäßig bei uns wohnt und ein richtig treuer Stammgast geworden ist,

ist Peter. Er ist praktisch jede Woche mehrere Tage bei uns und bewohnt am liebsten das *Sonnenzimmer*. Zu jedem weiblichen Wesen ist er überaus charmant und immer hilfsbereit, sobald er mich mit Einkaufstaschen oder im Einsatz mit den schweren Gartenmöbeln sieht.

»Hello, is this Bed & Breakfast *Maiglöckschen*?«, fragt gerade eine hübsche rothaarige Frau ungefähr Mitte 40 auf Englisch.

»Yes, it is … welcome to our *Maiglöckchen*! Do you have a reservation?«, frage ich zurück.

»Oh ja, einen Moment!«, antwortet sie plötzlich auf Deutsch. Sie zieht ein Blatt Papier aus ihrer Tasche und ich lese, dass das Ehepaar Cook aus Australien für die nächsten zwei Wochen das *Seezimmer* gebucht hat. Wir plaudern ein wenig, und ich mache ihr ein Kompliment über ihre guten Deutschkenntnisse, die sie, wie sie mir verrät, von ihrer deutschen Mutter gelehrt bekommen hat. Mr. Cook lädt gerade fluchend das Gepäck aus dem Mietwagen und bestellt beim Hereinkommen gleich ein Bier. Erst einmal füllen die beiden jedoch den Meldeschein aus, und ich stelle fest, dass er John Cook heißt und ihr Name Nora O'Reilly ist.

Wieder einmal frage ich mich, wie so eine hübsche und freundliche Frau an einen solch miesepetrigen Kerl geraten kann. Er fährt sie an, wo er nur kann, und denkt wahrscheinlich, mein Englisch sei nicht gut genug, um zu bemerken, dass er sie ständig »blöde Kuh« nennt oder Dinge sagt wie »Du bist ja zu allem zu dumm!«. Nora lächelt die ganze Zeit freundlich und lässt sich nicht anmerken, wenn die Bemerkungen ihres Mannes sie verletzen. Sie trägt Jeans, die sie lässig nach oben gekrempelt hat, dazu eine hellgrüne Sommerbluse, die ganz hervorragend zu ihrem roten lockigen Haar passt.

»Was für ein hübscher Name: *Maiglöckchen*!«, sagt sie gerade. »Wie sind sie auf diesen Namen gekommen?«

»Oh, Sie sollten einmal im Mai hier sein, dann würden Sie diese Frage nicht stellen!«, erkläre ich lachend. »Die Hälfte des Gartens ist übersät mit diesen wunderhübschen Blumen. Offenbar hatte die Familie, die früher hier gelebt hat, eine Schwäche für Maiglöckchen.«

»Die Familie, die früher hier gelebt hat?«, fragt Nora neugierig. »War das nicht Ihre Familie?«

»Leider nein.«

Ich erzähle in kurzen Worten von meiner wunderbaren Freundschaft zu Frieda und dass diese mir das Haus nach ihrem Tod vererbt hat. »Leider hatten Hermann und Frieda keine eigenen Kinder«, erkläre ich bedauernd.

»Soso. Das war ja dann ein großes Glück für Sie, nicht wahr?« Irgendetwas an ihrem Ton deutet auf Missfallen hin. So, als hätte ich mir dieses Erbe irgendwie erschlichen.

Es mag sich Außenstehenden vielleicht wirklich ein wenig befremdlich anmuten, dass ich das Haus geerbt habe. Niemand weiß ja, wie nahe wir uns wirklich standen, und dass Frieda nach Hermanns Tod praktisch mutterseelenallein auf der Welt war. Ich sehe jedoch nicht ein, dass ich mich vor dieser Nora oder überhaupt irgendjemandem dafür zu rechtfertigen habe, und sage daher: »Sie entschuldigen mich bitte! Ich muss leider weiterarbeiten. Sollten Sie weitere Fragen haben, können Sie sich gerne jederzeit an mich wenden. Ach ja, Frühstück gibt es morgen übrigens ab sieben bis elf Uhr!«

Nach der langen Anreise schlafen die beiden Australier am nächsten Morgen lange aus, und ich bin schon fast so weit, das Buffet abzuräumen, als sie endlich die Treppe herunterkommen.

»Coffee black«, ruft er mir zur Begrüßung zu und geht erst einmal nach draußen, um eine zu rauchen. Nora dagegen ist die Liebenswürdigkeit in Person und erzählt, sie habe so gut geschlafen wie noch nie in ihrem ganzen Leben. Sie findet einfach alles schön hier – nicht nur das *Seezimmer* und die ganze Pension, auch den wundervollen Garten und natürlich den blauen See. Sie macht mehrere Komplimente über die Einrichtung, und ich erzähle ihr ein wenig von unserem Familienprojekt. Auf einmal fällt ihr Blick auf die alte Spieluhr in der Vitrine.

»Oh, this is wonderful! What is it? Can I have a look at it?«, fragt sie plötzlich auf Englisch.

Ehrlich gesagt bin ich nicht bereit, die Spieluhr aus der Vitrine zu nehmen, denn eigentlich gehört sie mir ja gar nicht. Ich erzähle ihr lediglich, dass es sich bei dem guten Stück um eine Spieluhr handle.

»Eine Spieluhr?«, fragt sie neugierig. »Welche Melodie spielt sie denn?«

Als ich es ihr sage, lächelt sie und antwortet: »Wie romantisch! Das hätte meiner Mutter gefallen! Wissen Sie, sie sammelte Spieluhren. Sie hatte nie viel Geld und immer viele Wünsche. Aber wenn sie etwas Geld gespart hatte, dann leistete sie sich eine Spieluhr davon. So eine schöne wie diese gab es allerdings leider nicht in ihrem Besitz.«

Doch dann erscheint der grobe Klotz von ihrem Mann, und sie beendet unser Gespräch ziemlich abrupt. Durch die Spieluhr fällt mir jedoch der Brief wieder ein, den ich immer noch nicht gelesen habe. Nachdem alle Gäste versorgt sind, laufe ich daher schnell zur *Butterblume* hinüber und hole ihn. Ich setze mich an den Schreibtisch und lese:

›Meine liebe Lily,

Ich kann es nicht glauben, was uns passiert ist. Nach so vielen Jahren haben wir uns wiedergesehen. Weißt du, dass du in gewisser Weise immer noch so aussiehst wie meine kleine Nachbarin Lily, mit der ich in der Sandkiste saß? Oder die mit der Katze von der alten Frau Müller spielte? Du hast dich kein bisschen verändert in all den Jahren, bist immer noch so lebendig und abenteuerlustig. Als du auf einmal vor der Tür standest und ich in deine Augen sah, kam es mir vor, als wären nur zehn Minuten seit unserer Trennung vergangen und nicht so viele Jahre. In den letzten beiden Wochen schien es, als wären wir beide wieder die zwei unbeschwerten Kinder, die wir waren, bevor du mit deinen Eltern fortgingst.

Aber das sind wir nicht mehr. Auch wenn mich die wenigen Stunden, die ich mit dir auf wundersame Weise noch einmal geschenkt bekam, sehr glücklich gemacht haben, so ist mir doch bewusst, dass wir beide einem anderen Partner gehören. Unser Glück war nur gestohlen und darum nicht von Dauer. Du wirst morgen zu deinem Mann zurückkehren, und ich werde nächste Woche meine Frieda vom Bahnhof abholen. Wahrscheinlich werden wir uns nicht wiedersehen und auch, wenn mir dieser Gedanke das Herz bricht, weiß ich tief in meinem Inneren, dass es richtig so ist. Wir würden zwei Menschen, die uns über alles lieben, unglücklich machen, und damit könnten wir nicht leben. Ich werde dich und unser Bad im Mondschein nie vergessen, kleine Lily. Als Erinnerung daran und an mich schenke ich dir diese Spieluhr. Sie ist für deine Sammlung! Immer, wenn du traurig bist, höre das Lied:

»You are my sunshine, my only sunshine …«
In Liebe, dein Hermann‹

Fassungslos lasse ich den Brief sinken. Also stimmt es doch: Hermann, der Friedas große Liebe war, hatte eine geheime Affäre! Wie konnte er nur! Frieda hatte alles für ihn aufgegeben, ihre Heimat in Ostfriesland, ihre Familie und ihre Freunde! Und er hatte nichts Besseres zu tun, als mit einer anderen im Mondschein zu baden? Mir fällt das Mondschein-Bad von Christian und mir wieder ein und vor allem, was danach geschehen ist. Ob das bei Hermann und Lily auch so war? Ich bin entsetzt. Allerdings scheinen sie sich nicht wiedergesehen zu haben, denn die Spieluhr ist ja offenkundig noch hier. Hätte er sie mitsamt dem Brief und dem Foto dieser Lily gegeben, hätte ich sie viele Jahre später wohl kaum im Keller entdecken können. Das Ganze ist wirklich äußerst rätselhaft, und ich kann nur hoffen, dass Frieda nichts davon bemerkt hat.

»Oh wie wundervoll!«, ruft Nora begeistert aus, als sie von der gemeinsamen Radtour mit Peter zurückkehrt. Ihr Mann John scheint nicht ganz so begeistert zu sein, denn mit einem lauten »damned mountains« lässt er sich erschöpft in einen der Sessel im Flur fallen. Peter und sie scheinen sich dagegen prächtig amüsiert zu haben. Bereits in den letzten beiden Tagen fiel mir auf, dass sie sich sehr zum Missfallen von John gut zu unterhalten schienen. Aber das ist ja bei Peter auch wirklich kein Problem. Er ist ein aufmerksamer Zuhörer und nebenbei äußerst charmant. Welche Frau hört nicht gerne einmal ein Kompliment? Offenbar haben die drei eine schöne Radtour am See entlang bis Meersburg gemacht, haben mit der Fähre nach Konstanz übergesetzt und sind auf der anderen Seeseite an der Mainau vorbei nach Wallhausen geradelt, um von dort aus noch einmal den See nach Überlingen zu überqueren.

»Ich wusste ja gar nicht, dass die Gegend hier so grün ist!«, erzählt Nora gerade mit leuchtenden Augen. Sie trägt heute eine hautenge pinkfarbene Radlerhose und ein schwarzes T-Shirt, was ihre hübsche Figur sehr vorteilhaft betont.

»I will take a shower«, verabschiedet sich John missmutig und geht die Treppe hinauf.

»Ich glaube, das brauche ich jetzt auch!«, verabschiedet sich Peter und lässt uns beide allein.

»Die Gegend ist absolut zauberhaft und fast so grün wie in meiner Heimat«, wiederholt Nora.

Ich wundere mich. Grün soll es in Australien sein? Nun, ich war ja noch nicht dort, sicher ist dieses Land sehr vielseitig.

Als habe sie meine Gedanken erraten, ergänzt Nora lächelnd: »In meiner Heimat Irland.«

»Oh, Sie sind aus Irland! Das muss ja ein ganz zauberhaftes Land sein«, sage ich und gieße uns beiden erst einmal ein großes Glas Eistee ein.

»Ja, das ist es. Die Natur in Irland ist absolut großartig«, erzählt Nora und trinkt dankbar einen großen Schluck aus dem dargebotenen Glas. »Ich vermisse Irland sehr oft. Die gute Luft, die grünen Hügel, das weite Meer!«

»Was hat Sie denn nach Australien verschlagen, wenn ich fragen darf?«

»Sie dürfen. Aber wollen wir nicht ›du‹ sagen? Bei uns

ist das so normal, dass ich es immer merkwürdig finde, dass sich hier alle siezen.«

»Gerne! Setzen wir uns einen Augenblick auf die Terrasse?«

Die Luft ist lau und wir stoßen mit unserem Eistee auf »du« an. Nora ist eine wirklich nette und lustige Gesprächspartnerin, ihre lebendige Fröhlichkeit wirkt regelrecht ansteckend auf mich nach diesem langen Tag.

»Wie es mich nach Australien verschlagen hat? Aus Liebe natürlich!«, lacht sie.

Es fällt mir ehrlich gesagt ein wenig schwer zu glauben, dass sie der komische John mit seiner unfreundlichen Art auf diesen weit entfernten Kontinent gelockt haben soll.

»Nun, zuerst war es nicht Liebe. Ich war jung, ich war abenteuerlustig, ich wollte weg von zu Hause … am liebsten ganz weit weg!«, erzählt sie. Wieder nimmt sie einen großen Schluck aus ihrem Glas. »Puhh, das ist aber ganz schön heiß hier bei euch! Nun, wo war ich stehen geblieben? Ich wollte weg von Irland. Es kam mir alles so langweilig und spießig vor, Jobs gab es sowieso keine und da dachte ich: Warum soll ich nicht in ein Land gehen, das so ganz anders als Irland ist? Ich entschied mich für Australien, jobbte dort ein bisschen und verliebte mich in meinen Chef. Das gab für mich den Ausschlag, zu bleiben!«

Irgendwie kann ich mir John immer noch nicht als Grund für Noras Entschluss, in Australien zu bleiben, vorstellen.

»Es war nicht John«, erklärt Nora, als habe sie meine Gedanken erraten. »Er hieß Patrick, was mich an zu Hause erinnerte. Patrick heißen in Irland nämlich sehr viele Männer, musst du wissen. Und Patrick war … meine ganz große Liebe. Wir lebten zusammen, arbeiteten zusammen und waren einfach nur glücklich. Er handelte mit Blumen, ich bin Floristin, also waren wir wohl füreinander bestimmt, nicht wahr? Ich werde diese wundervolle Zeit nie vergessen. Wir wollten heiraten, doch dann … wurde Patrick eines Tages, als er neue Pflanzen einkaufen wollte, von einer hochgiftigen Schlange gebissen. Er starb in meinen Armen.«

Eine Träne läuft Noras Gesicht herunter, und ich drücke ihre Hand.

»Wie furchtbar!«, sage ich mitfühlend.

»Wir waren ja noch nicht verheiratet, also erbte sein Bruder das Geschäft. Er bot mir zwar an, weiter für ihn zu arbeiten, aber das konnte ich nicht. Alles dort hätte mich an Patrick erinnert. Ich ging nach Sydney und suchte mir dort einen Job. Weil ich als Floristin nichts fand, fing ich als Kellnerin in Johns Bar an.«

»John hat eine Bar?«

»Nicht mehr. Es war auch nicht wirklich eine Bar. Mehr eine Kneipe. Aber John ist kein Geschäftsmann, er lud die meisten Gäste zum Trinken ein. Irgendwann konnte er die Miete nicht mehr zahlen. Es kam, wie es kommen musste: Er verlor den Laden, und ich suchte mir einen neuen Job, diesmal in einem Supermarkt.«

»Und John? Was macht er jetzt?«

»Nichts. Er macht dumme Sprüche, hat große Pläne, die zu nichts führen, und fährt inzwischen sinnlos in der Gegend auf seinem Motorrad herum. Nun … er war vielleicht nicht immer so … unausgeglichen wie jetzt im Moment«, entschuldigt sie ihn.

Insgeheim wundere ich mich, wie sich ein Arbeitsloser und eine Supermarktangestellte eine solch teure Reise nach Deutschland leisten können.

Als könne sie meine Gedanken lesen, klärt Nora mich auf: »Als meine Mutter im Sterben lag, flogen wir gemeinsam in meine Heimat, nach Irland. Sie erzählte mir etwas und ...«, Nora macht eine kleine Pause und trinkt einen Schluck Eistee, »... das war so wichtig für mich, dass ich sofort an den Bodensee kommen musste.«

»Was war das denn Wichtiges, das sie dir erzählt hat?«, erkundige ich mich neugierig.

»Das erzähle ich dir ein andermal!« Nora steht unvermittelt auf. »Jetzt ist John sicher fertig mit seiner Dusche, und ich bin dran mit Hübschmachen.«

Kommt es mir nur so vor, oder wird Nora auf einmal nervös?

»Ich darf nicht trödeln, sonst wird John böse«, erklärt sie mir. »Wir wollen heute Abend noch ein wenig in die *Vinogreth* im historischen Greth-Gebäude am Überlinger Landungsplatz. Ich stehe so gerne an einem der Weinfässer, besonders an einem so zauberhaften Abend wie heute. Die Atmosphäre dort ist ungezwungen, man trinkt ein Gläschen Wein und schaut dabei auf den See, die Boote und die auf der Promenade vorbeiflanierenden Leute. Hin und wieder ergibt sich auch ein nettes Gespräch mit den Fass-Nachbarn oder sogar ein kleiner Flirt. Möchtest du vielleicht mitkommen? Vielleicht kommt Peter ja auch?«, schlägt Nora vor.

Sie ist wirklich nett. Eine zarte, zurückhaltende und freundliche Frau, die irgendwie geheimnisvoll wirkt.

»Danke, ein andermal gerne«, lehne ich jedoch ab. Heute Abend habe ich nämlich etwas Besseres vor: Christian hat mir versprochen, nicht allzu spät am See zu sein, und ich habe mir vorgenommen, noch eine kleine Radtour mit ihm zu unternehmen. Ich möchte gerne mit ihm nach Meersburg radeln und oben in der Gutsschänke des Spital-Weinguts eine Kleinigkeit essen und ein Gläschen Wein trinken. Von der malerischen Terrasse hat man nämlich einen fantastischen Ausblick auf die Unterstadt, den Hafen, den See und, wenn man Glück hat, auf die Schweizer Berge.

Leider soll es jedoch nicht dazu kommen. Ruth empfängt mich völlig aufgelöst in der *Butterblume* mit den Worten: »Eine Katastrophe! Der Backofen ist kaputt! Kein Kuchen, keine Seehupferl, keine Küsschen … nichts!« Sie ist völlig durch den Wind, dabei hat sie heute ihr erstes Date mit einem *Seensucht*-Mann. Eigentlich wollte sie ja vorerst keinen Mann in ihr Leben lassen, aber dieser Karl habe ihr sooo nett geschrieben, dass sie zumindest auf ein Eis mit ihm gehen wollte.

»Nun hau schon ab!«, sage ich.

Wo soll ich denn jetzt einen neuen Backofen herbekommen? Der Anruf beim örtlichen Elektrogeschäft ist jedoch erfolgreich. Der nette Inhaber verspricht, heute Abend noch vorbeizukommen und den Ofen gleich einzubauen, damit ich wenigstens ein bisschen etwas für morgen backen kann. Wo gibt es heute noch einen solchen Service? Im Elektro-Großmarkt wäre sicher keiner auf die Idee gekommen, heute Abend noch zu liefern.

Aber die »Kleinen« freuen sich eben über jedes Geschäft, und ob es nun ein paar Euro teurer ist oder nicht, ist mir im Augenblick piepegal. Zum Glück kann ich heute Abend wenigstens noch die Schoko-Mango-Seehupferl und die Himbeer-Küsschen backen, die Ruth vorbereitet hat. Christian nimmt es gelassen und verschwindet mit Jojo im Schlepptau, einer Zeitung und einem Bier in den Garten. Ehrlich gesagt sieht er ziemlich erschöpft aus, sodass ihm ein wenig Ruhe sicher gut tun wird.

Als ich viel später in Christians Arm auf einer Decke im Gras liege und wir beide den Sternenhimmel über uns betrachten, geht es mir trotz des langen und aufregenden Tages richtig gut. Christian streicht mir zärtlich übers Haar und murmelt leise Worte der Liebe in mein Ohr. Ich lächle, küsse seine Hand, weil ich endlich wieder einmal spüre, wie viel Christian mir doch bedeutet. Doch gerade, als ich es ihm sagen will, kommen Nora und John lautstark um die Ecke. Sie haben den Schlüssel zur Pension im Zimmer liegenlassen und sind reichlich angesäuselt. Natürlich ist Nora wieder einmal an allem schuld und muss sich allerhand Unflätigkeiten von ihrem Mann anhören. Ich versuche, die Situation zu entschärfen, indem ich ihm erkläre, dass so etwas ziemlich häufig vorkommt. Aber seine Laune ist derart übel, dass ich befürchte, dass die arme Nora sicher noch etwas zu hören bekommt. Ich beeile mich, zurück zu meinem Plätzchen im Garten und zu meinem Liebsten und dem Sternenhimmel zu kommen, doch als ich dort eintreffe, ist sein Platz auf der Decke leer.

12. KAPITEL
»SEENSUCHT«

»Vielen Dank, Maja, dass du uns gestern so spät noch hereingelassen hast«, sagt Nora freundlich, als ich ihr beim Frühstück am nächsten Morgen den Kaffee bringe.

»Schon gut!«, antworte ich und winke ab.

Nora sieht heute in ihrer weißen Bluse zwar ein wenig blass, aber sehr hübsch und mit dem Pferdeschwanz dazu sehr jung aus.

»Was ist denn das für eine hübsche Kette?«, frage ich sie.

»Kette? Ach, die. Der Anhänger ist das Keltenkreuz, das gibt es in Irland oft. Habe ich von meiner Mutter bekommen, bevor sie starb. Es soll mir Glück bringen, sagte sie. Na ja, es hat einmal ihr gehört, darum trage ich es. Auch wenn es ihr nicht allzu viel Glück brachte!«, antwortet Nora traurig.

»Wann wirst du es ihr endlich sagen?«, herrscht John Nora plötzlich auf Englisch an, und sie wird rot.

»Later …«, weicht sie ihm aus und blickt mich nervös an.

»Wie war es denn gestern bei den Fässern?«, frage ich, um abzulenken, da ich merke, dass ihr das Gespräch auf einmal unangenehm ist. »War Peter auch dabei?«

»Pah, Peter!«, schnaubt John abfällig.

»Nein, Peter war nicht dabei. Er wollte noch ein bisschen am See entlang radeln, hat er gesagt«, erzählt Nora und schaut dabei auf ihren Teller. Irgendwie ist sie heute durcheinander, was vielleicht an dem durchzechten Abend gestern liegen mag. Wo ist Peter eigentlich? Nora und John sind normalerweise immer die Letzten beim Frühstück, und Peter hat sich noch nicht sehen lassen. Seltsam, sonst ist er immer bei den ersten Gästen. Ich sehe nach draußen, sein Auto steht nicht auf dem Hof. Nur sein Fahrrad lehnt am Schuppen im Garten. Ob er vielleicht schon einen frühen Termin hatte? Aber dann hätte er doch wie sonst wenigstens eine Tasse Kaffee vor dem Losfahren getrunken.

Wenig später kommt Olga von oben und berichtet, dass das Bett im *Sonnenzimmer* in der letzten Nacht nicht benutzt worden ist, die Sachen aber alle noch im Zimmer seien. Ich überlege, ob ich gestern Abend, als ich die Cooks in die Pension brachte, seinen BMW im Hof habe stehen sehen. Ich glaube nicht. Merkwürdig, dann ist Peter wohl heute Nacht gar nicht im Haus gewesen. Ob er eine Liebschaft in der Gegend hat? Möglich wäre es ja schon, dass er jemanden kennengelernt hat. Er kommt ja schon einige Wochen an den See und ist nach Feierabend immer unterwegs. Ja, so wird es sein: Unser »charming boy« scheint tatsächlich eine Eroberung gemacht zu haben! Nun, ich gönne es ihm von Herzen. Peter ist wirklich ein netter Kerl, und seine freundliche und aufmerksame Art hat sicher einer netten Dame ganz besonders gut gefallen.

Als er jedoch am darauffolgenden Tag immer noch nicht zurück ist, wundere ich mich schon ein wenig. Schließlich steht das Wochenende vor der Tür, und da fährt Peter normalerweise immer nach Hamburg zurück. Das *Sonnenzimmer* ist jedoch immer noch so, wie Peter es vor zwei Tagen verlassen hat, berichtet Olga. Sowohl von ihm als auch von seinem Auto fehlt jede Spur. So langsam mache ich mir Sorgen. Ich rufe daher auf der Handynummer an, die er auf dem Meldeschein angegeben hat, doch er ist nicht erreichbar. Ich spreche auf die Mailbox, dass er sich doch bitte melden soll, wenn er mich hört, da wir nicht wissen, ob er das Zimmer noch länger mieten möchte. Doch es kommt den ganzen Tag kein Rückruf. Seltsam, das passt gar nicht zu Peter. Ich gehe in das *Sonnenzimmer*, das mit dem Licht der tief stehenden Sonne gerade seinem Namen alle Ehre macht, und sehe mich um. Alles ist ordentlich aufgeräumt und das Bett sauber gemacht. Gute Arbeit, Olga! *Wenn* sie da ist, dann macht sie alles richtig. Peters Kleidung hängt ordentlich im Schrank, auch der Anzug, den er bei seinen Geschäftsterminen immer trägt, ebenso wie mehrere Business-Hemden. Seine Schuhe stehen fein säuberlich neben dem Schrank. Die einzige kleine Unordnung findet sich auf dem Tisch. Um seinen Laptop herum sind verschiedene Landkarten ausgebreitet, daneben liegt jede Menge Papier. Ob er hier abends noch Geschäftsberichte schreibt? Neugierig sehe ich die Blätter durch, auch wenn ich weiß, dass ich das eigentlich nicht tun sollte. Aber vielleicht finde ich ja einen Hinweis darauf, wo er sich aufhält!

Doch was ich lese, hat mit Geschäftsberichten nicht das Geringste zu tun:

›Meine liebe Susanne, ich kann dir gar nicht sagen, wie sehr das, was du schreibst, mein Herz und meine Seele berührt. Noch nie habe ich mich einem Menschen so nahe gefühlt, und das, obwohl wir uns noch nicht einmal gesehen haben. Aber eigentlich müsste ich das gar nicht, ich weiß auch jetzt schon, dass du meine absolute Traumfrau bist. Und doch sehne ich mich mit jeder Faser meines Herzens danach, endlich einmal in deine wunderschönen Augen zu schauen und deine Hand zu berühren. Bevor ich schlafen gehe, betrachte ich das Bild mit deinem lieben Gesicht und deinem reizenden Lächeln, damit meine Träume von dir wieder so süß werden wie die Nacht zuvor.‹

Ich kann es nicht glauben. Genau diesen Text habe ich schon einmal gelesen. Und zwar wortwörtlich, bis auf die Anrede. In dem Text, den ich lesen durfte, stand nämlich nicht ›Meine liebe Susanne‹, sondern ›Meine liebe Eva‹.

Das ist wirklich unfassbar. Peter hat offenbar mehreren Frauen den gleichen Text geschickt. Das heißt, er ist auch bei *Seensucht* angemeldet und treibt ein doppeltes oder vielleicht sogar ein mehrfaches Spiel. Ich muss Eva warnen! Ganz offensichtlich ist Peter ein sehr charmanter Mann, der seinen Charme jedoch bei mehreren Frauen einsetzt. Dieser Mistkerl! Wie kann er nur? Beide Frauen machen sich doch Hoffnungen! Doch halt: Hat Eva mir nicht von einem Jörg aus Köln erzählt? Dies ist doch das Zimmer von Peter aus Hamburg! Vielleicht hat er ihr einen falschen Namen genannt? Doch warum?

Ich muss Eva treffen, jetzt, sofort. Ich rufe sie an und erkläre ihr, dass sie bitte sofort in die Weinstube *Weinstein* kommen soll, ich habe Neuigkeiten für sie. Leider keine guten. Den Brief stecke ich vorsichtshalber ein und bitte sie, den Brief von diesem Jörg, den sie mir vor Kurzem zeigte, auch mitzubringen.

Kurze Zeit später sitzen Eva und ich uns im gemütlichen *Weinstein* gegenüber, vor uns ein Gläschen Spätburgunder. Da Eva noch nichts gegessen hat, bestellt sie erst einmal einen Flammkuchen, den wir uns teilen wollen. Sofort fallen mir Peter und unsere gemeinsame Wandertour mit anschließendem Dinnele-Essen wieder ein.

»Was gibt's denn so Wichtiges, dass du mich noch vor dem Abendbrot aus dem Haus locken musstest?«, grinst Eva.

»Sag mal, hast du diesen Jörg schon einmal getroffen?«, falle ich gleich mit der Tür ins Haus.

»Warum fragst du so komisch?«, will Eva darauf natürlich wissen.

»Hast du oder hast du nicht?«, frage ich sie ernst.

»Wir haben uns letzte Woche einmal in Konstanz am Hafen auf ein Eis getroffen«, berichtet Eva. »Du glaubst ja nicht, wie nett er ist!«

Eva bekommt glänzende Augen.

»Oh doch, das glaube ich dir gern«, antworte ich ausweichend. Wenn Jörg die gleiche Person wie Peter ist, dann ist er mehr als nur nett.

»Er ist ja soo charmant! Du weißt schon, er hält einem die Tür auf, hilft einem aus der Jacke … und die Rechnung hat natürlich auch er bezahlt. Wo gibt es das denn heute noch?«, schwärmt Eva.

»Wie sieht er denn aus, dein Jörg?«, frage ich neugierig.

»Sehr gut!«, schwärmt Eva. »Groß, schlank, dunkelhaarig mit ein paar grauen Strähnen. Und soo schlecht sind seine Zähne gar nicht!«, lacht Eva. »Allerdings war er ja auch gerade erst beim Zahnarzt. Aber warum fragst du so merkwürdig, Maja? Spuck es doch endlich aus!«

»Weil ich glaube, dass … dass dein Jörg in Wirklichkeit Peter heißt … und zu Gast bei mir im *Maiglöckchen* ist«, verrate ich.

»Was???« Vor Schreck fällt Eva der Flammkuchen aus der Hand.

»Zeig mir doch bitte noch einmal den Brief, den du neulich dabei hattest«, bitte ich sie und lege meinerseits ihr den Brief hin, den ich in Peters Zimmer auf dem Tisch gefunden habe.

Es ist in der Tat genau derselbe, bis auf die Anrede. Eva wird leichenblass.

»Das glaube ich jetzt nicht«, stammelt sie. »Zu mir hat er gesagt, dass er nur mir und keiner anderen bei *Seensucht* geschrieben hat.«

»Nur noch einer gewissen Susanne«, sage ich.

Eva atmet tief durch. »Na gut. Dann hat er eben noch einer anderen geschrieben. Aber ich glaube trotzdem, dass es zwischen uns etwas ganz Besonderes ist.«

Irgendwie habe ich das Gefühl, dass Eva einfach nicht wahrhaben will, dass der Mann, in den sie sich verliebt hat, in Wirklichkeit offenbar ein ganz anderer ist.

»Eva, er heißt Peter Hansen und kommt aus Hamburg, nicht Jörg Schulz aus Köln!«, kläre ich sie auf.

»Sag mal, Maja, kann es sein, dass du einfach nur gegen diese Verbindung bist? Gut, vielleicht hat er ja auch einer anderen geschrieben, aber das heißt doch noch lange nicht, dass er ein Betrüger ist!«, ereifert sich Eva plötzlich.

»Mensch, Eva, denk doch mal nach! Er belügt dich nicht nur, was andere Frauen angeht, sondern auch, was seinen Namen und seinen Wohnort betrifft! Ich dachte, du würdest durch diesen Brief endlich aufwachen?«, hake ich nach.

»Aufwachen … ich? Das sagst gerade du? Wer ist denn hier permanent allein und heult mir die Ohren voll, weil sein Liebster nie da ist? Weißt du, ob er nicht gerade mit seiner Exfrau oder Sekretärin oder einer Mandantin schläft?«

»Ach Eva, was hat denn jetzt Christian damit zu tun? Es geht doch jetzt gar nicht um mich, sondern …«

»Sondern um mich? Weißt du eigentlich, wie es sich

anfühlt, wenn der Partner immer nur andere Frauen im Kopf hat? Wie man sich fühlt, wenn im Fernsehen eine Liebesszene läuft und man hinterher nicht einschlafen kann, weil man sich selbst so sehr danach sehnt, auch einmal in den Arm genommen zu werden? Nein, vermutlich nicht!« Eva wird richtig wütend.

»Das verstehe ich doch. Aber ich mache mir einfach Sorgen, du könntest vor lauter Sehnsucht an den Falschen geraten! An jemanden, der ein falsches Spiel mit dir treibt«, sage ich betont leise, da die Leute an den Nachbartischen bereits zu uns herübersehen.

»So, du machst dir also Sorgen? Was geht dich das eigentlich an, Maja? Hast du nicht genug eigene Probleme? Ich glaube, du bist nur neidisch, weil ich im Gegensatz zu dir vielleicht glücklich werden könnte. Und nun willst du mir alles kaputtmachen! Ich wünschte, ich hätte dir nicht von Jörg erzählt.« Eva wird auf einmal richtig laut.

»Ach Eva, ich wollte doch nur …«, versuche ich, sie zu beschwichtigen.

»Was wolltest du nur? Mir die Augen öffnen? Weil ich blind vor Liebe bin? Kümmere dich um deinen eigenen Kram, Maja!«

Wütend wirft Eva einen Zehneuroschein auf den Tisch, nimmt ihre Jacke und verlässt das Lokal. Die Leute an den anderen Tischen sehen mich merkwürdig an. Ich bin vollkommen durcheinander. Vielleicht hätte ich Eva wirklich nicht den Brief zeigen sollen, den ich im *Sonnenzimmer* fand. Aber als ich haargenau den gleichen Text las, wurde ich eben misstrauisch. Natürlich wünsche ich mir für meine Freundin, dass sie glücklich wird. Wie kann sie nur glauben, ich würde ihr ein neues Liebesglück missgönnen? Ich will doch nur, dass sie keinem Betrüger aufsitzt, und habe es nur gut gemeint. Nun aber habe ich ein schlechtes Gefühl, weil ich sie jetzt erst recht unglücklich gemacht habe. Ich frage mich, ob ich mich wirklich richtig verhalten habe. Die ganze Sache ist aber doch mehr als seltsam.

Zwei Tage später ist Peter nämlich immer noch nicht zurück und sein Zimmer unberührt.

So langsam mache ich mir wirklich Sorgen. Was, wenn er wieder eine Wandertour unternommen hat und abgestürzt ist? Ich erinnere mich an die schmalen Wege im Hödinger Tobel, da kann man leicht einmal daneben treten. Oder er ist an den Churfirsten herumgeklettert, ist gestürzt und hat sich den Kopf aufgeschlagen? In meiner Fantasie sehe ich ihn blutüberströmt am Boden liegen, unfähig, Hilfe zu holen. Christian, dem ich am Telefon meine Besorgnis schildere, rät mir, unbedingt die Polizei zu informieren. Selbst wenn Peter nichts zugestoßen ist, ist sein Verschwinden doch mehr als rätselhaft. Auch wenn er nur nach Hause gefahren sein sollte, müssen wir doch wissen, ob und wann er wieder kommt oder ob wir das Zimmer an jemand anderen vermieten können. Natürlich hat er recht. Ich rufe sofort Michael an, denn es gibt keinen Besseren, der mir in dieser Situation helfen kann! Ich habe den Kriminalkommissar Michael Harter im letzten Jahr kennengelernt, als er Ermittlungen um das Verschwinden einer jungen Frau in der *Butterblume* anstellte. Dabei haben wir uns ein wenig angefreundet. Leider haben wir uns in den letzten Monaten nicht gesehen, bestimmt hatte er ebenso wie ich sehr viel um die Ohren.

Michael freut sich sehr über meinen Anruf, verspricht, gleich vorbeizukommen, und steht tatsächlich schon kurze Zeit später im Eingang des *Maiglöckchens*.

»Wow! Offensichtlich haben wir uns seeehr lange nicht gesehen«, sagt er lachend zur Begrüßung. Michael sieht gut aus, wie ich feststelle. In seinem braun gebrannten, markanten Gesicht strahlen seine blauen Augen umso heller, sein blondes Haar ist kurz geschnitten und sein Körper durchtrainiert wie immer. Er trägt Jeans, ein hellblaues Hemd und die dunkelbraune Wildlederjacke, die ihm so gut steht.

»Michael, wie schön, dich zu sehen!«, freue ich mich. Erst jetzt bemerke ich, dass ich seine angenehme und wohltuende Art sehr vermisst habe. Eigentlich hätte ich mich doch schon viel früher einmal bei ihm melden können, auch ohne einen Grund wie das Vermissen eines Pensionsgastes zu haben.

»So, wie du aussiehst, scheint es dir sehr gut zu gehen«, mache ich ihm ein Kompliment.

»Dafür bist du ein bisschen blass um die Nase, meine Liebe«, neckt er mich und nimmt mich in den Arm. »Aber das ist ja auch kein Wunder, wenn ich mich hier so umsehe. Du bist ja eine richtige Geschäftsfrau geworden. Wann hast du denn das alles hier auf die Beine gestellt?«

»Komm mit auf die Terrasse, ich erzähle es dir.« In wenigen Sätzen erzähle ich Michael von den vergangenen Wochen, der Eröffnung der Pension und der Rückkehr von meiner Mutter und Steve in die USA.

»Und seitdem schmeißt du hier alleine den Laden? Was ist mit der *Butterblume*?«, fragt Michael.

»Oh nein, nicht alleine! Nini ist wieder da. Leider hat sie ihr Studium abgebrochen. Sie sagt, es sei nicht das Richtige für sie. Natürlich gefällt mir das ganz und gar nicht. Im Moment ist es allerdings ein Segen für mich, sie hilft mir wirklich viel. Du weißt ja, wie gut sie backen kann. Außerdem hilft uns noch ein Freund von ihr, Freddy, bei den ganzen ›Männerarbeiten‹ wie Rasenmähen, Koffer schleppen, Getränke kaufen und so weiter. Und dann haben wir noch Olga, unser russisches Zimmermädchen und, last but not least, meine unersetzbare Ruth, die ihr freundliches Wesen und ihre wundervollen Fähigkeiten praktisch überall einsetzt«, lache ich.

»Donnerwetter, das ist ja ein richtiger Großbetrieb«, sagt Michael anerkennend. »Also diese Ruth mit den wundervollen Fähigkeiten musst du mir unbedingt bei Gelegenheit einmal vorstellen!«

»Soso, muss ich das?«, lache ich. »Nun, du wirst sie sicher bald kennenlernen. Du musst nur wieder öfter vorbeikommen, hast dich ja ganz schön rargemacht.«

»Ach Maja, du weißt doch, wie das ist. Man nimmt sich immer so viel vor. Aber man hat seinen Job, geht zum Sport, einkaufen und all diese Dinge – und ehe man sich versieht, ist die Woche schon wieder um!«

»Wem sagst du das«, bestätige ich. »Hast du denn wieder eine Freundin?«, erkundige ich mich neugierig.

Michael war nach dem plötzlichen Krebstod seiner Frau lange Zeit sehr traurig und wollte sich nicht recht auf eine neue Beziehung einlassen. Nun aber sagt er: »Sagen wir mal so: Ich wünsche mir, noch einmal ein wenig Glück mit einer Frau an meiner Seite zu finden. Weißt du, Maja, das Alleinsein ist nicht gut. Tagsüber geht es ja, da habe ich immer viel zu tun. Aber die Abende sind schon lang und einsam, und ich fühle mich oft so alleine vor dem Fernseher. Ich würde mich so gerne wieder einmal verlieben!«

Also diesen Satz habe ich doch erst vor Kurzem gehört! Von Eva. Der Gedanke an meine Freundin, die jetzt böse auf mich ist, versetzt mir einen Stich.

»Das glaube ich dir, Michael. Du bist auch viel zu jung, um alleine zu bleiben«, sage ich und das meine ich auch so. »Und viel zu nett!«, setze ich hinzu, worauf er mir ein Lächeln schenkt. »Aber du lernst doch sicher viele Frauen kennen?«, frage ich ihn.

»Wo meinst du? In meinem Job? Nicht wirklich, Maja. Trifft man mal eine tolle Frau, ist sie, wie du, vergeben!«

Ich schenke ihm ein Lächeln, denn sein Kompliment tut mir gut.

»Also habe ich mich jetzt im Internet angemeldet. Vielleicht wartet ja irgendwo eine süße Maus auf mich, die ebenso einsam ist wie ich«, gibt er zu.

»Oh nein, sag jetzt nicht bei *Seensucht*?«, frage ich seufzend.

»Warum denn nicht? Woher kennst du das überhaupt?«, fragt Michael zurück und sieht mich ernst an.

»Weil da offenbar gerade jeder angemeldet ist. Außer mir natürlich«, setze ich hinzu.

»Ach weißt du, Maja, es ist in der Tat gar keine schlechte Möglichkeit, jemanden kennenzulernen«, sagt er, »und zwar ganz unverbindlich. Wenn einem jemand sympathisch ist, verabredet man sich auf einen Kaffee. Vielleicht wird mehr daraus – und wenn nicht? Dann ist doch auch nichts dabei.«

Ich denke an Peter und warum ich Michael eigentlich angerufen habe. In wenigen Sätzen berichte ich von unserem charmanten Pensionsgast, der seine Wirkung offenbar bei mehreren Frauen im Portal *Seensucht* ausprobiert hat und seit ein paar Tagen von uns vermisst wird.

»Maja, du darfst das nicht so eng sehen«, klärt Michael mich auf. »Ich habe auch mehreren Frauen geschrieben. Man will doch ein bisschen Auswahl haben, oder nicht?

Die Tatsache, dass man unter verschiedenen Kandidatinnen auswählen kann, ist doch gerade der Sinn dabei. Das gilt ja auch umgekehrt. Wenn es nicht die Richtige ist, und das ist es doch meist nicht beim ersten Mal, dann trifft man sich eben mit einer anderen. Da ist doch nichts dabei. Es heißt ja nicht, dass man gleich jeder ein Eheversprechen gibt!«

»Michael, du bist ja einer!«, wundere ich mich. »Du machst doch den Frauen Hoffnungen, wenn du dich mit ihnen verabredest!«

»Hoffnungen worauf?«, fragt er.

»Auf eine Partnerschaft! Darauf, dass du es ehrlich meinst und …«

»Ich meine es doch ehrlich! Aber ich kann ja auch nicht gleich jede heiraten! Schließlich mache ich keiner etwas vor. Wenn ich mich mit einer netten Dame treffe, und es funkt zum Beispiel nicht, tja, dann bezahle ich den Kaffee, begleite sie zu ihrem Auto oder zur Bahn, und wir verabschieden uns. Meist wissen wir beide, dass wir uns nicht wiedersehen werden. Auch die Frauen dort treffen übrigens mehrere Männer, bevor sie sich auf einen festlegen«, grinst Michael.

»Wie viele hast du denn schon von *Seensucht* getroffen?«, frage ich neugierig.

»Ach, schon ein paar!«, lächelt Michael vielsagend.

»Und die Richtige war nicht dabei?«, will ich wissen.

»Bis jetzt noch nicht. Aber wer weiß? Irgendwo ist sie, das spüre ich«, antwortet er.

»Ich würde es dir wirklich wünschen, Michael.« Ich drücke seine Hand. Er ist so ein guter Mensch und hätte es wirklich verdient, glücklich zu werden.

»Weißt du, Maja, einmal dachte ich, ich hätte sie gefunden«, gesteht Michael plötzlich. »Aber nicht bei *Seensucht*, sondern in meinem Fitness-Klub. Eine richtig tolle Frau, bei der so ein alter Hase wie ich noch einmal so etwas wie Herzklopfen bekam!«

»Das hört sich doch gut an! Was wurde daraus? Wenn du sagst, du dachtest, du hättest die Richtige gefunden, dann war es wohl nicht so?«

»Leider nein. Ihr Name ist Marlene, und sie ist eine wirklich äußerst attraktive und gebildete Frau …«

»Aber?«

»Maja, du solltest bei der Kriminalpolizei arbeiten, so viel, wie du fragst«, lacht Michael.

»Ich interessiere mich eben für dich«, antworte ich lächelnd. »Nun erzähl schon, was war mit dieser Marlene?«

»Sie war irgendwie merkwürdig. Dabei fühlte es sich am Anfang richtig gut an. Wir trafen uns im Fitnessstudio, dann gingen wir zusammen laufen, schließlich lud ich sie zum Essen ein. Wir verstanden uns blendend, in allen Bereichen, wenn du verstehst, was ich meine?«

»Oh ja, ich verstehe. Aber erzähl weiter!«, bitte ich ihn. Bis jetzt hört sich das alles doch nach dem Beginn einer neuen Liebe an.

»Nun, wir verbrachten immer mehr Zeit zusammen, gingen nicht nur essen oder zum Sport, sondern auch ins Kino, zu Vernissagen, Konzerten und ins Theater. Und lernten uns dadurch immer besser kennen. Obwohl wir uns gut verstanden, merkte ich auf einmal, dass sie irgendwie … seltsam war.«

»Was meinst du damit?«

Michael macht eine kurze Pause.

»Wie gesagt, wir verbrachten viel Zeit miteinander. Sehr

viel Zeit. Doch irgendwann spürte ich, dass mir das Ganze ein bisschen zu viel wurde …«

»Du meinst, sie wollte eine engere Bindung als du?« Das ist ja wieder einmal typisch Mann, denke ich.

»Oh nein, so war das nicht! Es war nur so, dass Marlene ständig wissen wollte, wo ich war und wann ich nach Hause gekommen war und solche Dinge. Nannte ich ihr eine Uhrzeit, dann sagte sie, das könne gar nicht sein, da hätte ja noch kein Licht bei mir gebrannt. Also musste sie vor dem Haus gewesen sein. Anfänglich fand ich das ja noch irgendwie süß von ihr, dass sie offenbar ein derart starkes Interesse an mir hatte! Aber dann ertappte ich sie eines Tages dabei, dass sie meine Handy-Nachrichten las. Ich sagte ihr, dass ich so etwas gar nicht leiden könne, und sie entschuldigte sich. Aber Marlene hörte nicht auf, mich zu kontrollieren … und zwar ständig! Im Dienst, zu Hause, sogar beim Sport. Ständig klingelte mein Telefon oder sie schickte mir SMS: wo ich sei, was ich tun würde, wann ich wieder zu Hause wäre. Wenn ich keine Zeit für sie hatte, durfte ich auch keine für andere Leute haben! Alles, was ich ohne sie tat, endete in einem Drama, mit Vorwürfen, Tränen und Streit. Mir wurde das einfach zu viel, Maja! Eines Tages fehlte das Foto von meiner Frau, das im Wohnzimmer auf dem Schrank gestanden hatte. Marlene behauptete, sie habe es nicht genommen, das müsse wohl die Putzfrau gewesen sein. Aber ich habe gar keine Putzfrau, Maja!«

»Oje, ich kann mir denken, dass dir das zu viel war«, gebe ich zu.

»Dann war plötzlich mein Handy verschwunden. Natürlich stritt Marlene es ab, es an sich genommen zu haben. Sie meinte, ich hätte es sicher ›irgendwo liegen gelassen‹. Aber mir war von diesem Tag an die Sache nicht mehr geheuer. Ich fühlte mich nur noch überwacht und kontrolliert, ich konnte einfach nicht mehr frei atmen! Schließlich fasste ich mir ein Herz und machte Schluss.«

»So leid es mir tut, aber das war wohl die richtige Entscheidung«, sage ich mitfühlend. Was es doch für Frauen gibt!

»Ja, das denke ich auch. Leider ließ Marlene mich nicht in Ruhe. Sie rief immer wieder an und heulte mir etwas vor … dass ich ihr eine gemeinsame Zukunft versprochen und nun ihr Leben zerstört hätte und sie sich umbringen wollte und solche Sachen. Sie sagte, sie wollte mich heiraten und alles würde gut werden, wenn wir nur zusammenleben würden. Dieser Meinung war ich jedoch ganz und gar nicht. Am Ende ging ich gar nicht mehr ans Telefon. Ich wechselte das Fitnessstudio und mied alle Orte, die wir gemeinsam besucht hatten. Ich meldete mich bei *Seensucht* an und traf mich eines Tages mit einer Frau in Meersburg. Allerdings hatte ich nicht bemerkt, dass Marlene mir gefolgt war. Auf einmal sprang sie aus dem Gebüsch, nannte mich einen Betrüger und erzählte der Frau, ich hätte ihr die Ehe versprochen. Oh Mann, das war vielleicht eine harte Zeit!« Michael atmet tief durch.

»Puh … das glaube ich dir gern, Michael.«

»Aber es kommt noch besser: Eines Abends kam ich nach Hause, da brannte bereits Licht im Schlafzimmer. Die Dekokissen auf dem Bett lagen kreuz und quer durcheinander, und es roch nach Rosen … Marlenes Parfum! Aber was das Seltsamste war: Das Foto meiner Frau stand wieder auf seinem Platz.«

Ich bekomme eine Gänsehaut. Wie gestört kann man denn sein?

»Natürlich stritt Marlene alles ab. Ich aber sagte ihr, ich

würde sie anzeigen, wenn sie mit dem Unfug nicht augenblicklich aufhören würde! Das zog, schließlich weiß sie ja, dass ich bei der Polizei bin. Trotzdem habe ich mich danach noch viele Wochen weiter beobachtet gefühlt.«

»Was macht Marlene jetzt? Hast du sie einmal wiedergesehen?«, frage ich. Seine Geschichte hat mich ganz schön aufgewühlt.

»Nein, zum Glück nicht! Seitdem lässt sie mich in Ruhe. Vielleicht hat sie ja ein neues Herzblatt gefunden, von dem sie glaubt, dass er sie glücklich zu machen hat. Beneiden tue ich ihn allerdings nicht!«

»Na da hast du ganz schön was mitgemacht! Kein Wunder hast du dich so rar gemacht!«, sage ich.

»Tja, man kann schon was erleben, wenn man auf Freiersfüßen wandelt«, lacht Michael. »Aber nun zurück zu diesem Peter. Erzähl mir noch mal genau, seit wann ihr ihn vermisst!«

Ich zeige Michael den Meldeschein und natürlich das *Sonnenzimmer*, außerdem erzähle ich ihm alles, was ich über Peter weiß. Was ja nicht viel ist. Außer, dass er gerne radelt, wandert und ansonsten ein Geschäftsmann aus Hamburg ist.

»Weißt du denn das Kennzeichen von seinem Auto?«, fragt Michael.

»Es ist ein dunkler BMW, ein Kombi. Ich kann mich aber leider nur an das ›HH‹ für Hamburg erinnern«, berichte ich.

»Das ist ja leider nicht viel. Aber vielleicht können wir etwas damit anfangen. Möglicherweise ist er ja nur bei irgendeiner holden Maid versumpft und taucht die nächsten Tage wieder auf«, mutmaßt Michael.

»Nein, das kann ich irgendwie nicht glauben. Ich denke,

dann hätte er sich doch in der Pension gemeldet!« Ich erzähle Michael von Nora und ihrem eifersüchtigen Mann John, mit denen Peter noch an dem Tag, an dem ich ihn zuletzt gesehen habe, eine Radtour gemacht hat.

»Dieser John ist ein ganz komischer Geselle! Irgendwie hat er etwas Zwielichtiges an sich. Er wird Peter doch nicht umgebracht haben … aus Eifersucht?«

»Ach, meine kleine Miss Marple«, neckt mich Michael und nimmt mich in den Arm. Dabei fällt sein Blick auf Friedas alte Vitrine im Frühstücksraum. »Oh, was für hübsche Gläser! Das ist Moser-Kristall, nicht wahr? Stammen die von Frieda? Und was ist denn das Schönes?«

»Eine Spieluhr«, sage ich und nehme das schöne Stück aus dem Schrank. Ich ziehe sie auf und die Melodie ertönt: »You are my sunshine, my only sunshine …«

»You make me happy, when skies are grey …«, singt Michael auf einmal mit. »Was für ein wunderschönes Stück! Woher hast du sie?«, fragt er.

»Sie lag achtlos im Keller«, erzähle ich und verzichte darauf, zu erwähnen, dass ich die Spieluhr in einer Art Versteck in der Wand zufällig gefunden habe. »Da ich das Haus mitsamt dem Inventar geerbt habe, gehört die Spieluhr doch mir, nicht wahr? Ich dachte, hier oben ist sie besser aufgehoben. Ich weiß nur nicht, ob die Vitrine der geeignete Aufbewahrungsort dafür ist. Was meinst du, ob sie wertvoll ist?«

»Hm, ich weiß nicht«, sagt Michael. »Das kommt ganz darauf an. Solche Dinge haben oft einen Sammlerwert. Ich kenne mich in diesen Dingen nicht so aus. Aber ich habe einen guten Freund in Lindau, der mit Antiquitäten handelt. Ich frage ihn öfter um Rat, wenn wir zum Beispiel dienstlich mit einem Kunstraub zu tun haben. Sollen wir ihn nächste Woche einmal besuchen und die Spieluhr schätzen lassen?«

»Ach das zauberhafte Lindau! So gerne würde ich mit dir dorthin fahren, Michael. Aber ich kann hier unmöglich weg!«

»Komm schon, wir fahren gegen Abend. Sicher kann Nini dich ein paar Stündchen hier vertreten!«

Wie auf ein Stichwort kommt diese gerade hereingestürmt. »Mama, ich muss dir was zeigen!«

Michael verabschiedet sich und verspricht, sich ein wenig umzuhören, was Peter Hansen betrifft. Außerdem verabreden wir uns für den kommenden Montag, um Michaels Antiquitäten-Freund in Lindau zu besuchen.

»Schau mal, Mami!« Nini zeigt mir stolz eine tolle Spiegelreflex-Kamera, die sie offenbar neu hat.

»Ich glaube, du verdienst zu viel!«, sage ich lachend.

»Ach Quatsch! Die hab ich von Freddy. Er hat sie sich im letzten Jahr gekauft, als er noch in der Ausbildung war. Und dann hat er entdeckt, dass Fotografieren eigentlich gar nicht sein Ding ist. Meins aber schon. Schau dir mal die tollen Bilder an, die ich heute auf dem See gemacht habe.«

Nini war mit Freddy und dem Ehepaar Meier mit der *Sommerwind* auf dem Wasser gewesen. Christian hatte ihnen die Erlaubnis erteilt, nachdem er erfahren hatte, dass Freddy über das Bodensee-Schifferpatent verfügt. Er war der Meinung, dass das Segelboot viel zu schade sei, um am Steg zu liegen, und dass Freddy es durchaus jederzeit nutzen dürfe. Unsere Gäste im *Seezimmer*, das Ehepaar Meier aus Saarbrücken, hatten gefragt, ob sie mit auf den See dürften, und waren anscheinend begeistert von dem kleinen Segeltörn.

Ninis Bilder sind wirklich wunderschön und ich bin

beeindruckt. Sie hat es geschafft, die vielen Boote auf dem See, die nahen Berge und das Blau des Himmels ganz zauberhaft einzufangen.

»Herr Meier hat gesagt, ich hätte ein Auge zum Fotografieren!«, erzählt sie gerade stolz.

»Da hat er nicht unrecht, meine Süße«, gebe ich zu. »Aber sag mal, diese Kamera … die ist doch garantiert sehr teuer gewesen. Darfst du die denn einfach so benutzen?« Ich bin misstrauisch. Wahrscheinlich hat Freddy wirklich ein Auge auf Nini geworfen?

»Klar. Freddy sagte, ich könne ihm ja beim nächsten Lohn 50 Euro dafür geben. Er würde die Kamera doch sowieso nicht nutzen.«

»50 Euro? Die ist doch viel mehr wert! Wahrscheinlich würde ihm ein anderer das Zehnfache dafür geben!«, sage ich.

»Kann sein. Aber ich bin eben nicht irgendjemand für ihn«, lacht Nini und zwinkert mir zu.

13. KAPITEL
»DAS KELTISCHE KREUZ«

»Lindau ist ja so romantisch!«, schwärme ich Ruth vor, als ich am Dienstag die Aprikosen-Vanille-Seehupferl aus dem Ofen nehme.

»Ja, das finde ich auch. Oh, du warst ja gestern mit diesem Michael unterwegs! Ein sehr gut aussehender Typ übrigens!«, lacht sie. »Ich habe euch zusammen wegfahren sehen.«

»Das ist er. Und nett ist er obendrein! Weißt du, es hat richtig gut getan, mal rauszukommen! Lindau ist absolut zauberhaft. Eigentlich ist es sehr schade, dass wir so wenig Zeit für unsere schöne Bodenseeregion haben. Ich beneide die ganzen Touristen, die in Ruhe ein Eis oder einen Apfelstrudel in einem der Cafés am Hafen essen und dabei auf den Löwen und den Leuchtturm schauen können, die die Lindauer Hafeneinfahrt säumen. Ich dagegen habe gedacht, so einen Apfelstrudel könnten wir doch auch auf unsere Speisekarte setzen«, lache ich.

»Ganz die Geschäftsfrau! Du kannst nicht einmal in Ruhe einen Kaffee trinken gehen, ohne an dein eigenes Café zu denken! Wie war es denn bei dem Antiquitätenhändler?«, erkundigt sich Ruth.

»Interessant! Dieser Harry ist ein echt cooler Kerl mit Lederhose und Pferdeschwanz. Gar nicht der Typ, den man für einen Antiquitätenhändler halten könnte, eher für einen Motorradfahrer. Er hat echt Ahnung und verkauft wunderschöne Dinge in seinem Geschäft. Laut Michael ist er ein echter Experte und kennt sich sehr gut aus in den verschiedenen Stilrichtungen.«

»Was hat er zu der Spieluhr gesagt?«, fragt Ruth und setzt gerade eine Himbeere auf jedes einzelne der frischgebackenen Seehupferl.

»Nun, auf den ersten Blick meinte er nur, dass es eine kleine Rarität und in Sammlerkreisen bestimmt auch ein bisschen was wert sei. Aber ich habe sie dort gelassen. Er will sie sich noch ein wenig besser ansehen und vielleicht noch einen Kollegen dazu befragen. – Aber schau mal, was ich mir in Lindau gekauft habe!« Ich laufe schnell nach oben, um Ruth das Kleid zu zeigen, das ich in einer kleinen Seitengasse in Lindau gefunden habe. Es ist sonnengelb und ganz aus Häkelspitze, natürlich mit einem Unterkleid in der gleichen Farbe. Mit meinen dunklen Locken sah es bei der Anprobe richtig edel aus.

»Wow!«, sagt Ruth. »Das ist ja der Hammer! Wen willst du denn mit diesem Ausschnitt beeindrucken?«, fragt sie lachend.

»Ich habe es für Leons Polterabend gekauft«, gestehe ich.

»Nun, dann wird er sich fragen, ob er die richtige Frau ehelichen wird. Allerdings solltest du noch ein wenig Selbstbräunungscreme auf den Brustansatz schmieren, meine Liebe, du siehst, mit Verlaub, noch etwas käsig aus!«, lacht sie. »Aber das Kleid ist wirklich wunderschön, es ist wie für dich gemacht«, setzt sie mit einem Lächeln hinzu.

»Ja, das fand Michael auch. Er hat mich beraten!«, erzähle ich.

»Soso … das ist ja interessant!« Sie zwinkert mir vielsagend zu.

»Aber nein, Ruth, das ist es überhaupt nicht. Es war einfach nur ein schöner Tag, der noch die Krönung erhielt, indem ich dieses tolle Kleid entdeckte. Wann komme ich denn schon mal dazu, in Ruhe zu bummeln?«

»Du willst dir das also wirklich antun und zu diesem Polterabend gehen?«, fragt Ruth und bindet sich eine neue Schürze um.

»Emily meinte, Leon würde es sich wünschen!«, gebe ich zu. »Außerdem bin ich auch ein wenig neugierig auf diese Beatrice!«, gestehe ich weiter. »Aber ich gehe nur hin, wenn Christian mitkommt. Sonst komme ich mir blöd vor!«

»Warum denn? Ich denke, du und Leon, ihr seid inzwischen gute Freunde?«, fragt Ruth.

»Ja, Ruth, das sind wir wirklich. Aber es ist komisch, ein bisschen wehmütig ist mir doch ums Herz, wenn ich daran denke, dass es auch *ich* sein könnte, die vor dem Altar stehen wird. Das fühlt sich irgendwie komisch an. Ist das denn normal? Ich meine, ich habe doch diese Entscheidung selbst getroffen … mich von Leon zu trennen.«

»Nicht immer ist alles, was unserem Verstand richtig erscheint, auch richtig in unserem Herzen«, antwortet Ruth, und ich ahne, dass sie auch Hubert damit meint. »Immerhin wart ihr doch einige Jahre zusammen, und du hast damals sicher geglaubt, dass eure Beziehung für immer halten würde. Und nun steht der Mann, den du einst geliebt hast, schon bald mit einer anderen vor dem Traualtar. Das ist doch klar, dass dir das wehtut.«

»Ja? Ist es das wirklich? Ach Ruth, ich verstehe mich gerade selbst nicht!«

Ruth setzt sich einen Moment zu mir, sieht auf das gelbe Kleid, das ich immer noch auf dem Schoß habe, und nimmt meine Hand.

»Mein Rat an dich, liebe Maja: Geh zu dem Polterabend! Sei freundlich und lächle, sonst denken alle, du bereust deinen Entschluss und hättest Leon gern zurück. Aber so ist es doch gar nicht, oder? Gratuliere ihm, auch wenn ein Wehmutstränchen in deinen Augen schimmert. Ihm wird es sicher nicht viel anders gehen, sonst würde er sich nicht wünschen, dass du dabei bist. Und vergiss nicht: Auch Freundschaft ist viel wert im Leben, Maja! Wer weiß, wie lang diese Ehe hält! Aber eure Freundschaft kann wirklich für immer sein. Mach das nicht durch falsche Sentimentalitäten kaputt.«

»Du bist so schlau, Ruth. Ich danke dir! Aber was ist eigentlich mit Hubert?«

»Ach, Hubert! Natürlich vermisse ich ihn. Aber wenn ich an unseren letzten Abend denke, werde ich wütend. Seitdem weiß ich endlich, dass ich nichts verloren habe!«

»Was genau ist denn passiert?« frage ich neugierig, da Ruth über dieses Thema bis jetzt so hartnäckig geschwiegen hat.

»Maja, ist dir noch gar nicht aufgefallen, dass die BBP-Ladys gar nicht mehr kommen?«

Das habe ich vor lauter Stress in der letzten Zeit tatsächlich nicht bemerkt.

»Irgendjemand hat wohl Hubert und mich zusammen auf dem Promenadenfest gesehen. Dabei war es schon sehr spät am Abend und an den ganzen kleinen Buden so gut wie nichts mehr los. Jutta war wohl schon nach Hause gegangen und Hubert entdeckte mich, wie ich alleine die romantisch beleuchtete Uferpromenade entlangging. Maja, wir haben nur ein einziges kleines Tänzchen gewagt... aber es war so romantisch und … na ja auf einmal zog mich Hubert plötzlich zum Lenk-Brunnen und küsste mich dort leidenschaftlich! Und genau *das* muss jemand gesehen und natürlich prompt seiner Frau einen ›unauffälligen Wink‹ gegeben haben. Daraufhin gab es wohl einen Riesenstreit …«

»Und dann?«

»Natürlich gab er überhaupt nichts zu! Laut seinen eigenen Aussagen hatte er seiner Frau erklärt, dass er mich ja nur durch sie kannte und zufällig auf dem Promenadenfest gesehen … und quasi aus Mitleid eine Runde mit mir getanzt hätte… weil ich so alleine dort war!«

»Das ist ja der Gipfel!«, ereifere ich mich. »Und das hat er dir einfach so gesagt?«

»Ja, er hat mich quasi verleugnet. Was soll ich bitteschön mit so einem Mann? Nicht nur, dass er sich wohl nie für mich entschieden hätte, offensichtlich hatte er auch nicht genug Eier in der Hose, unsere … sagen wir mal Affäre zu gestehen, ganz zu schweigen, ihr zu sagen, dass er sich in mich verliebt hätte. Entschuldige bitte meine harten Worte, aber dieses Verhalten war einfach so feige! Maja, du weißt, das ist sonst nicht meine Art …«

»Ach, das weiß ich doch, Ruth!«, sage ich und nehme sie in den Arm. »Ich hab doch immer gesagt: Auf dich wartet noch etwas Besseres! Apropos: Wie war denn dein Date mit diesem *Seensucht*-Mann?«

»Hör mir bloß mit dem auf! Wir waren ja nur ein Eis essen, aber er hat die ganze Zeit nur von sich gesprochen, und wie gemein doch die Frauen sind und dass sie die Männer nur ausnehmen wollten und so weiter. Das Eis musste ich auch selbst bezahlen! Ich hab mich nicht mehr mit ihm getroffen und vermisse auch nichts. Es gab da zwar noch einen anderen … aber … momentan habe ich sowieso keine

Zeit für die Liebe!« Mit diesen Worten entschwindet sie mit einem freundlichen Lächeln auf die Terrasse, um neue Gäste zu begrüßen.

»Deine Rosen im Garten sind einfach wunderschön!«, sagt Nora, als ich später das Frühstücksbuffet abräume. »Was meinst du, darf ich ein paar abschneiden und sie auf die Tische stellen?«, fragt sie.

»Wenn du das tun möchtest, gerne! Aber nur, wenn es dir Freude macht. Du hast doch Urlaub!«, antworte ich.

»Vergiss nicht, ich bin Floristin, Maja. Wenn ich keine Freude an Blumen hätte, hätte ich sicher einen anderen Beruf gewählt.« Zaghaft lächelt sie mich an. Gerade heute Morgen habe ich wieder laute Stimmen aus dem *Rosenzimmer* gehört. Ihr John ist wirklich ein Blödmann! Ich finde, dass er sie überhaupt nicht gut behandelt. Hübsch, wie sie ist, sollte sie ihn in den Wind schießen. Aber vielleicht hält sie die Angst vor dem Alleinsein davon ab. Schließlich hat die Ärmste gerade ihre Mutter beerdigt, da wird es ihr ohnehin schwer ums Herz sein. Statt ihr Trost zu spenden, schikaniert John sie jedoch, wo er nur kann.

Im Nu hat Nora die pfirsichfarbenen Duftrosen geschnitten und daraus zusammen mit Margeriten kleine Sträuße gebunden. Es sieht zauberhaft aus, als sie diese auf die Tische stellt.

»Danke, Nora, das hast du wunderschön gemacht!«, lobe ich sie. »Du hast neulich angedeutet, deine Mutter habe dir kurz vor ihrem Tod etwas erzählt, was dich bewog, sofort an den Bodensee zu reisen? Möchtest du es mir vielleicht jetzt erzählen?«, frage ich sie.

Verlegen reibt Nora die Hände an ihren Jeans. Sie sieht ziemlich nervös aus und sieht sich immer wieder um, als befürchte sie, John könne gleich auftauchen.

»Weißt du Maja, die Sache ist die …«, beginnt sie. »In Wirklichkeit bin ich … gehört mir …«

In diesem Moment erscheint John in der Tür und sieht sie strafend an. Sein Blick ist ernst, seine Lippen schmal. Sofort verstummt Nora und fragt mich verlegen, ob ich ihr einen Tee machen könne.

»Sag es ihr!«, herrscht er Nora an.

»Was sollst du mir sagen?«, frage ich. Ich bekomme eine Gänsehaut. Irgendetwas in meinem Inneren verrät mir, dass es gleich Ärger geben wird.

»John meint …« Ängstlich schaut Nora zu dem grobschlächtigen Klotz in der Tür. »John meint … wir meinen … dass eigentlich …«, stammelt sie.

»Dass eigentlich was?«, hake ich nach.

»Dass eigentlich *ich* die rechtmäßige Erbin dieses Hauses bin!« Noras Stimme ist auf einmal ganz leise, fast, als wäre es ihr peinlich, das zu sagen.

»Wie bitte?« Ich glaube, ich habe mich verhört.

»Ähmm … es ist so, dass Hermann Peeger, dem dieses Haus ja einmal gehörte, mein Vater ist!« Sie macht eine Pause und atmet tief durch.

»Aha!«, sage ich, um Zeit zu gewinnen. »Hör mal, wenn das ein Scherz sein soll, dann ist es ganz sicher ein schlechter!«

»Es ist kein Scherz … ich …«, stammelt Nora hilflos unter den wütenden Blicken ihres Freundes herum.

»Zufälligerweise war Hermanns Ehefrau Frieda meine

beste Freundin«, kläre ich die beiden auf. »Vermutlich hätte sie mir erzählt, wenn sie eine Tochter gehabt hätte, nicht wahr? Außerdem hätte sie dann wohl kaum mir, ihrer Freundin, ihr Haus vermacht, wenn sie selbst eine Tochter gehabt hätte«, setze ich hinzu. Warum rechtfertige ich mich vor diesen Leuten? Es kann unmöglich ihr Ernst sein, was sie da erzählen! Trotzdem kann ich nicht verhindern, dass mein Herz klopft. Das könnte allerdings auch an dem unangenehmen John liegen, der mich aus listigen Augen misstrauisch mustert.

»Frag sie, ob sie es beweisen kann, dass sie das Haus rechtmäßig geerbt hat!«, herrscht er Nora auf Englisch an.

Sie braucht nicht zu übersetzen, ich antworte ihm direkt selbst auf Englisch. Zum Glück habe ich in der letzten Zeit durch Steve und seine Familie genug Gelegenheit gehabt, meine Englischkenntnisse zu verbessern. »Hören Sie, ich muss überhaupt nichts beweisen! Wie kommen Sie überhaupt zu einer solch ungeheuren Behauptung? Wenn hier jemand einen Erbanspruch beweisen muss, dann doch wohl Sie!«

Glücklicherweise kommen gerade die beiden jungen Mädchen zum Frühstück, die im *Seezimmer* wohnen, und bestellen erst einmal eine heiße Schokolade. Das wird mir Gelegenheit geben, mich ein klein wenig abzuregen. Doch während ich in der Küche den heißen Kakao zubereite, höre ich eine heisere Stimme hinter der offenstehenden Tür: »This is not your house anymore! It belongs to Nora! You better believe it.« Ich drehe mich um und sehe John und Nora im Flur stehen. John macht ein Furcht einflößendes Gesicht und packt Nora unsanft am Arm. »Let's go.«

Die beiden verschwinden nach draußen und lassen mich aufgewühlt und mit Herzklopfen zurück. Auch wenn die ganze Sache ja noch nicht einmal richtig bewiesen ist, habe ich nun doch Angst. Was, wenn sie mir das *Maiglöckchen* tatsächlich wegnehmen können?

Langsam zieht das kleine Schiff, das von Überlingen aus zur Insel Mainau fährt, auf dem See vorbei. Der Himmel ist grau und trüb, passend zu meinen Gedanken. Wie kann es sein, dass Nora behauptet, sie hätte einen Anspruch auf dieses Haus? Nora ist etwa Mitte 40, es kann also nicht sein, dass sie aus einer Verbindung vor Hermanns und Friedas Ehe stammt. Wenn es wahr ist, was die beiden behaupten, und Nora wirklich Hermanns Tochter ist, dann bedeutet das nichts anderes, als dass Hermann Frieda betrogen hat. Ich denke an Frieda, an ihre leuchtend blauen Augen, wenn sie von ihrem geliebten Hermann sprach. An die Briefe, die er ihr geschrieben hatte und die mit Seidenband liebevoll zusammengebunden in ihrem Nachtschrank verwahrt wurden. Ich erinnere mich auch an viele ihrer Worte, wenn wir zusammen im Garten saßen und ich Zweifel an der Liebe hatte. Wie oft hatte sie mir einen lebensklugen Rat gegeben und mich gebeten, immer auf mein Herz zu hören. Sie hatte mich ermutigt, meinen Weg zu gehen, auch wenn es nicht immer einfach wäre. War vielleicht auch ihr Weg nicht immer einfach? Gab es auch in ihrem Leben dunkle Stunden, Kummer und Schmerz? Ob Hermann sie wirklich betrogen und sie davon gewusst hat? Irgendwie kann ich das nicht richtig glauben. Doch dann fällt mir die Spieluhr ein und der geheimnisvolle Brief an diese Lily. Ob es einen Zusammenhang gibt?

Mir ist immer noch ganz flau im Magen, wenn ich an das Gespräch mit Nora und John denke, auch wenn Christian mich beruhigt, als wir am Telefon darüber reden.

»Diese Nora muss erst einmal beweisen, dass Hermann ihr leiblicher Vater ist! Das wird nicht einfach sein, da er ja schon viele Jahre tot ist«, sagt er.

»Ach Christian, dieser John macht mir einfach Angst. Er hat so etwas Drohendes an sich. Ich glaube, er will einfach mit aller Macht an Geld kommen, weil er sonst nichts auf die Reihe kriegt. Und das *Maiglöckchen* ist ja auch besonders hübsch, nicht wahr? Meinst du, sie können es mir wegnehmen?«

»Weißt du, was Mark Twain gesagt hat? ›Es gab in meinem Leben viele Katastrophen. Einige davon sind sogar passiert.‹«, sagt Christian lachend und setzt hinzu: »Entspann dich, meine Süße! So leicht geht das nicht mit dem Wegnehmen. Wie gesagt, sie müssen erst einmal einen Anspruch geltend machen und diesen auch beweisen. Sonst könnte ja jeder kommen und mit einer wilden Geschichte auf einmal ein Haus beanspruchen!«, beruhigt Christian mich.

»Trotzdem, mir ist die Sache nicht geheuer!«, sage ich ängstlich.

»Du kleiner Schisshase, du vergisst wohl, dass du mit einem Anwalt zusammen bist?«, sagt er zärtlich. »Keine Sorge, ich beschütze dich schon!«, setzt er hinzu.

»Du bist doch nie da, Christian! Apropos – am nächsten Wochenende ist Leons Polterabend. Du kommst doch, oder?«, sage ich und versuche, ganz viel Liebe in diese Bitte zu legen. Es nützt nichts.

»Maja, das wird schwierig. Wir haben Freitag früh noch

einen wichtigen Termin bei Gericht. Selbst wenn ich noch einen Flug bekommen sollte, würde ich doch erst spätabends in Stuttgart landen, und dann bin ich ja noch nicht am See! Ist dieser Abend dir denn so wichtig?«

»Ja, das ist er! Bitte versuche es!«, probiere ich es noch einmal.

»Maja, ich verstehe beim besten Willen nicht, warum du unbedingt zum Polterabend deines Exfreundes möchtest. Sonst sind dir diese gesellschaftlichen Dinge doch auch ein Gräuel, und du beschwerst dich immer, dass du so viel arbeiten musst. Mach es dir stattdessen doch einfach zu Hause gemütlich, und wir unternehmen dafür am Samstagabend etwas Schönes zusammen!«

Ich habe den Eindruck, dass er mich auf gar keinen Fall zu diesem Event begleiten möchte, und verstehe nicht, warum er mir partout diese Freude nicht machen will. »Christian, ich würde schon sehr gerne auf das Fest gehen. Aber mit dir!«

»Ich glaube, das wird nichts«, wiederholt Christian noch einmal seine Absage. »Wenn es dir so wichtig ist, dann kann dich doch entweder Eva oder Nini begleiten!«, sagt er mit Nachdruck, damit ich auch ja nicht noch einmal damit anfange.

Ach – Eva! Wenn er wüsste, dass seit unserem gemeinsamen Abend im *Weinstein* Funkstille zwischen uns herrscht. Außerdem ist es doch nicht dasselbe, zu einem solchen Ereignis mit einer Freundin aufzutauchen!

Die ganze Woche über spricht Christian am Telefon nicht mehr über dieses Thema, und ich mag ihn nicht noch einmal darum bitten, auch wenn es mir wichtig ist. Doch dann geschieht etwas, das die Gedanken an den Polterabend in den Hintergrund rücken lässt.

Weil ich beim besten Willen keine Lust auf Nora und John habe, macht Ruth heute Frühstücksdienst im *Maiglöckchen*. Freddy muss schon wieder unsere russische Perle Olga auf den Zimmern ersetzen, weil die sich wieder einmal krankgemeldet hat. In der *Butterblume* packen Nini und ihre Freundin Franziska gerade eine bunte Auswahl von Nussdorfer Küsschen ein. Es sind dunkelbraune Schoko-, rosafarbene Himbeer-Rhabarber- und hellgrüne Pistazie-Vanilleküsschen, die die beiden in Seidenpapier wickeln und anschließend in kleine Schachteln legen, auf die eine Butterblume gedruckt ist.

»Das sieht ja toll aus!«, lobe ich die beiden.

»Gute Idee, Mami, oder?«, freut sich Nini. »Viele Gäste wollten uns die Küsschen abkaufen und sie mit nach Hause nehmen! Da kamen wir auf die Idee, sie hier im Café mit zu verkaufen. Bei der Überlegung, wie wir sie am besten verpacken könnten, hat uns Emily ein wenig unterstützt!«, lacht Nini.

»Ach, Emily – sie ist und bleibt einfach die Beste!«, sage ich und nehme staunend die kleine Schachtel in die Hand.

»Sie hat einfach das Logo von unseren Visitenkarten übernommen und es auf diese kleinen Schächtelchen übertragen. Sie meinte, sie könnte das natürlich auch noch mit anderen Dingen tun.«

»Mit anderen Dingen?«, frage ich neugierig.

Nini und Franziska sehen sich an. »Was hältst du davon, wenn wir noch mehr Butterblumen-Artikel verkaufen würden? Wir könnten zum Beispiel Kissen, T-Shirts, Frühstücksbrettchen und so weiter anbieten? So was wie Fanartikel! Das gibt es doch heutzutage mit vielen Dingen.« Nini ist voll in ihrem Element. »Das Gleiche könnten wir auch mit den Maiglöckchen machen!

Und wenn es gut läuft, auch gleich einen Online-Shop eröffnen.«

»Jetzt mach mal halblang, Nini. Wir haben doch schon mehr als genug Arbeit!«, bremse ich sie aus.

»Ja, im Sommer! Aber wir müssen auch an den Winter denken«, sagt sie geschäftstüchtig.

»Mir wäre lieber, du würdest dich endlich einmal entscheiden, was du ab dem kommenden Herbst studieren möchtest! Musst du dich nicht langsam an einer Uni einschreiben? Oder gehst du doch nach Mannheim zurück?«

Enttäuscht zieht Nini eine Schnute. Ich sehe ihr an, dass sie lieber Butterblumen- und Maiglöckchen-Fanartikel verkaufen möchte, am liebsten noch online, dann könnte sie hier am See bleiben. Offenbar war der Ausflug in die »weite Welt« nach Mannheim doch nicht das Richtige für sie, und sie hat ihre Heimat ganz neu schätzen gelernt. Doch dieser Sommer, auch wenn er noch so schön ist, wird zu Ende gehen, und es ist mir wichtig, dass Nini ihren Weg findet. Und dieser kann nicht aus Törtchen und Butterblümchen bestehen!

Inzwischen haben fünf flotte Radlerinnen auf der Terrasse Platz genommen und bestellen Cappuccino, Eis und Apfelschorle. Die Damen sind ziemlich erhitzt, was allerdings nicht nur an ihrer Fahrradtour liegen dürfte. »Meine Güte, so etwas habe ich noch nicht erlebt!«, sagt die eine gerade. »So viel Polizei! Und was für ein Menschenauflauf … meine Güte! Man kam ja gar nicht mehr durch.«

»Polizei? Ist etwas passiert?«, frage ich neugierig.

»Ja, haben Sie denn das noch nicht gehört? Sie sind doch hier in Nussdorf!«, antwortet eine der Damen bereitwillig. »Am Ortsausgang, dort, wo der Radweg Richtung

Unteruhldingen geht, hat man am See einen Toten gefunden! Es wurde alles abgesperrt, und wir kamen nirgendwo durch. Wir mussten ganz außen herum fahren. Puh – und das bei dieser Hitze!«

»Einen Toten? Gab es denn einen Unfall?«

»Wir wissen es nicht. Aber da war ein richtiger Menschenauflauf und jede Menge Polizei. Wir haben nur aufgeschnappt, was die Leute vor uns erzählt haben. Dass ein Jogger heute früh einen Toten am Ufer entdeckt hat!«

»Oh nein!«, sage ich erschrocken. »Er ist vermutlich ertrunken, nicht wahr?«

»Hmmm … das könnte sein. Aber das Komische ist: Er soll nackt gewesen sein!«

Ich bekomme eine Gänsehaut. Ein Toter? Es wird doch nicht etwa Peter sein? Vielleicht hatte er ja wirklich bei einer seiner sportlichen Aktivitäten einen Unfall. Aber nackt? Ich rufe Michael auf dem Handy an, und er bestätigt indirekt meinen Verdacht. Die Beschreibung des Toten könnte in der Tat auf Peter passen.

»Maja, das hier ist eine ganz ungewöhnliche Sache. Wir müssen den Toten zum Gerichtsmedizinischen Institut der Universität Freiburg bringen, weil der Verdacht auf einen unnatürlichen Tod vorliegt und wir die Leiche obduzieren müssen. Könntest du herkommen, damit wir feststellen können, ob es sich dabei vielleicht um deinen vermissten Pensionsgast handelt?«

»Oh Gott, das ist ja schrecklich, Michael!«, antworte ich entsetzt und schlage die Hand vor den Mund. »Wohin soll ich denn kommen?«

»Direkt zum Fundort am Ortsende von Nussdorf. Komm bitte gleich, bevor die Leiche abtransportiert wird!«

Ich mache mich sofort auf den Weg, auch wenn mir auf einmal ganz schlecht ist.

»Maja, es tut mir so leid, dass ich dich um diesen Gefallen bitten muss«, sagt Michael, als er mich nur wenige Minuten später an der Polizei-Absperrung empfängt.

Viele Schaulustige haben sich hier am Ende der Straße eingefunden, um einen Blick auf die Leiche zu erhaschen oder etwas zu erfahren, das sie zu Hause erzählen können. Ich sehe die Wasserschutzpolizei auf dem Wasser und mehrere Einsatzwagen und Polizisten.

»Aber die ganze Sache ist wirklich äußerst rätselhaft. Wie ich dir ja bereits am Telefon geschildert habe, hat ein Jogger heute früh einen männlichen unbekleideten Toten am Seeufer entdeckt. Ich musste natürlich sofort an deinen vermissten Pensionsgast denken, weil die Beschreibung, die du mir von diesem Peter gegeben hattest, einigermaßen auf den Toten passt. Auch wenn man berücksichtigen muss, dass er wohl ein paar Tage im Wasser gelegen haben muss, was man an der sogenannten ›Waschhautbildung‹ an Händen und Füßen erkennen kann. Ich vermute, dass er wohl vor ungefähr fünf Tagen gestorben ist. Da hier kaum Strömung und das Wasser flach und warm ist, gehe ich davon aus, dass er hier ganz in der Nähe umgekommen sein muss. Wir haben natürlich sofort erste Ermittlungen bei dem Toten angestellt. Es sieht so aus, als sei der Tote nicht ertrunken, sondern erschlagen worden, Maja. Er hat eine schwere Kopfverletzung oberhalb der Hutkrempe, wie es bei uns so schön heißt, was darauf hinweisen könnte, dass er einen schweren Schlag auf den Kopf bekommen hat«, erzählt Michael auf dem Weg zum Seeufer.

»Das bedeutet ... Mord!«, sage ich erschrocken. »Könnte es nicht auch ein Unfall gewesen sein?«, frage ich ängstlich.

»Eher nicht. Kopfverletzungen dieser Art stammen meist von einem Schlag auf den Kopf. Bei Unfällen sind die Verletzungen meist woanders, seitlich oder hinten am Kopf. Außerdem hat der Tote noch eine seltsame Verletzung an der Hand. Diese könnte eine Abwehrverletzung sein und von Messerstichen stammen!«, klärt Michael mich auf. Plötzlich bleibt er stehen und sieht mich an: »Maja, da ist noch etwas, das ich dir sagen muss: Diesen Peter Hansen gibt es in Hamburg gar nicht. Jedenfalls nicht unter der auf dem Meldeschein angegebenen Adresse. Es gibt drei Peter Hansen, aber alle drei erfreuen sich bester Gesundheit und befinden sich im Moment in Hamburg. Sie sind noch nie oder zumindest nicht in den letzten Jahren am Bodensee gewesen. Der eine ist Rentner, der zweite Student und der dritte ein 35-jähriger Familienvater, dessen Frau gerade das dritte Kind bekommen hat.«

Mir ist jetzt schon schlecht, auch wenn ich den Toten noch gar nicht gesehen habe. Der nette Peter, der allen Frauen so reizende Komplimente machte, der immer hilfsbereit war und stets mit anpackte, ohne darum gebeten worden zu sein … schließlich der Kamerad Peter, der mit mir die Wanderung durch den Hödinger Tobel machte und sich so aufmerksam meine Probleme anhörte … Wer war er wirklich? Der Geschäftsmann Jörg aus Köln, der meiner Freundin Eva so liebevolle E-Mails schrieb und sie von einer neuen Liebe träumen ließ? Oder vielleicht ein ganz anderer?

»Bist du in Ordnung, Maja?«, fragt Michael besorgt.

Ich nicke.

»Meinst du, du kannst dir den Toten jetzt ansehen? Ich würde dich nicht fragen, wenn ich einen anderen Anhaltspunkt hätte, Maja.«

Ich bekomme einen Riesenschreck. Der Tote, der in einem Plastiksack darauf wartet, in die Uniklinik abtransportiert zu werden, sieht ziemlich gruselig aus. Er hat eine blassbläuliche Gesichtsfarbe und schrumplige Haut. Doch es ist eindeutig unser Peter Hansen, oder wie auch immer sein Name sein mag.

»Ist er es, Maja?«, fragt Michael sanft und nimmt mich in den Arm.

Ich nicke. Und dann werden meine Knie weich.

Kurz darauf treffen Michaels Kollegen von der Spurensicherung ein und untersuchen das *Sonnenzimmer*. Nachdem Michael mich mit einem starken Tee, dem er reichlich Zucker und einen kleinen Schluck Rum zugefügt hat, versorgt hat, geht auch er noch einmal ins *Sonnenzimmer* und nimmt die persönlichen Sachen des Toten an sich. Er hofft, dadurch irgendeinen Anhaltspunkt auf Peters wahre Identität zu finden. Freddy hilft ihm dabei, die Sachen ins Auto zu tragen, und fragt neugierig nach allen Einzelheiten.

Mir ist immer noch schlecht. Das war aber auch alles ein bisschen viel in der letzten Zeit! Erst reist meine Mutter ab und lässt mich mit der ganzen Arbeit im Stich, dann taucht diese Irin Nora auf und meldet einen Erbanspruch auf die alte Villa an … und nun gibt es auch noch einen Toten, der in unserer heimeligen Pension zu Gast war! So langsam frage ich mich, ob unser *Maiglöckchen*-Projekt wirklich eine so gute Idee war. Vielleicht sollte ich es kampflos aufgeben und Nora sich damit herumärgern lassen. Und weiterhin in der *Butterblume* meine Törtchen backen! Und kleine Butterblümchen auf Sofakissen sticken lassen und auf dem Sofa liegend einen Online-Shop damit betreiben …

»Geht es wieder?«, fragt Michael besorgt.

»Hör mal, du kennst mich doch!«, antworte ich resolut. So schnell haut mich doch nichts aus der Kurve!

»Leg dich ein bisschen hin!«, rät Michael, als er sich verabschiedet. Er weiß ja nicht, dass Arbeit meine beste Therapie ist und mir grundsätzlich gegen alles hilft. Zum Abschied nimmt mich Michael in den Arm und verspricht, mich auf dem Laufenden zu halten und natürlich zu informieren, sobald es etwas Neues gibt. »Sag mal, Maja, ist dieser Freddy etwa der neue Freund deiner Tochter?«, fragt er noch, ehe er zu seinem Auto geht.

»Ich weiß nicht. Sie nennt ihn schon ›Freund‹, aber ich glaube, sie meint damit eher ›Kumpel‹. Allerdings ist er schon ziemlich häufig hier bei uns! Was ja ein Segen ist, da er uns wirklich unglaublich viel hilft. Möglicherweise ist ja doch ein wenig mehr als Freundschaft im Spiel«, sage ich lächelnd. »Warum fragst du?«

»Weil ich ihn kenne. Beziehungsweise seine Familie«, antwortet Michael ernst.

»Was? Oh nein, sag jetzt nicht, dass Freddy polizeiauffällig wurde!« So langsam reicht mir das mit den schlechten Neuigkeiten für heute!

»Aber nein, Maja! Freddy ist nicht polizeibekannt. Aber er kommt, sagen wir mal, nicht gerade aus den besten Verhältnissen. Sein Vater ist über alle Berge, seine Mutter säuft, und sein Bruder war schon ein paar Mal wegen Drogendelikten im Knast. Daher kenne ich die Familie. Es gibt noch eine kleine Schwester, so viel ich weiß.«

»Ach du liebe Güte … das hab ich ja gar nicht gewusst!«, sage ich bestürzt.

»Nun ja, das erzählt man ja auch nicht so unbedingt beim Abendbrot, nicht wahr? Wie gesagt, mit Freddy hatten wir noch nichts zu tun. Er scheint ja ganz nett zu sein.«

»Trotzdem!«, sage ich bedrückt. »Das ist doch eigentlich kein Umgang für Nini, Michael!« Ich bin ehrlich besorgt. Da hatte sie so einen netten Freund, Ben, aber nein, der war ihr zu langweilig! Muss sie sich denn jetzt so einen anlachen?

»Ach Maja, nun mach dir doch nicht gleich wieder Gedanken. Er kommt vielleicht nicht aus allzu gutem Haus, aber das heißt doch nicht, dass er ein schlechter Kerl ist. Da gibt es ganz andere!«, versucht Michael, mich zu beruhigen.

Andere? Schul- oder Ausbildungs-Abbrecher zum Beispiel? Mir bleibt doch wirklich nichts erspart!

»Einen Moment noch, Maja. Beinahe hätte ich etwas vergessen«, sagt Michael und geht zu seinem Auto.

»Die Spieluhr!«

»Harry hat sie mir wiedergegeben. Seine Recherchen haben jedoch leider nicht allzu viel ergeben. Er meint, es sei zwar ein altes, seltenes und vor allem gut erhaltenes Stück, für das Sammler sicher ein paar Hundert Euro springen lassen würden. Aber er hat keinen Hinweis darauf gefunden, wo die Spieluhr hergestellt oder erworben sein könnte.«

Nachdenklich stelle ich sie zurück in den Schrank.

»You are my sunshine, my only sunshine …«, summe ich dabei.

Ich denke daran, dass auch Peter dieses Lied an einem schönen Sommertag vor sich hin gesungen hat. Und nicht nur das: Als ich den Toten identifiziert habe, ist mir etwas Wichtiges aufgefallen. Etwas, das ich Michael noch gar nicht erzählt habe. Der tote Mann war nicht nur nackt, sondern hatte eine Tätowierung auf dem rechten Oberarm. Ein Kreuz. Aber nicht irgendein Kreuz. Sondern das keltische Kreuz. Genau so ein Kreuz, wie es Nora vor Kurzem als Anhänger getragen hat.

14. KAPITEL
»DER POLTERABEND«

Das Schlimme an Katastrophen ist, dass man ja eigentlich immer genau spürt, dass sie passieren werden. Oft ist es nur ein kleines, merkwürdiges Ziehen im Bauch oder ein nervöses Augenflackern, das einem zeigt, das man auf seine innere Stimme hören sollte. Doch man ignoriert diese Zeichen oder deutet sie falsch. Manchmal lässt man sich allerdings auch von anderen beraten.

»Natürlich gehst du da hin!«, sagt Ruth gerade, als ich ihr verrate, dass ich lieber zu Hause bleiben, als zu Leons Polterabend gehen möchte.

Ich habe mich noch immer nicht von dem Schock der letzten Woche erholt.

»Doch, jetzt gerade! Du brauchst dringend etwas positive Abwechslung. Musik und Tanz, Wein, eine laue Sommernacht. Und du in diesem Wahnsinnskleid …!«

»… und ohne Christian, hast du noch vergessen, zu erwähnen!«, antworte ich lustlos.

»Papperlapapp! Als ob da nicht auch noch andere Tänzer sein werden. Christian ist selbst schuld, wenn er eine so schöne junge Frau alleine zu einer solchen Veranstaltung gehen lässt. Noch dazu zu ihrem Exfreund!«

»Dann komm du doch mit, wenn du denkst, dass da auch noch andere Tänzer sind?«, necke ich sie.

»Nein, Maja, ich kenne da niemanden. Du aber hast doch deine Freundin Emily dort. Bestimmt freut sie sich schon sehr auf dich. Und wahrscheinlich triffst du auch noch jede Menge andere Leute, die du kennst.«

»Die mich alle auf den Toten in Nussdorf anquatschen!«, erwidere ich.

»Ach was, das weiß doch keiner, dass er bei uns gewohnt hat. Im Südkurier stand doch nur etwas von einer unbekannten männlichen Leiche, und dass die Todesursache noch nicht geklärt ist. Nun lenk dich doch einmal ein bisschen ab, Maja!«

Vielleicht hat sie ja recht, und dieser Abend wird mich ein wenig auf andere Gedanken bringen. Fröhlich winkt mir Ruth zum Abschied zu und ich fahre los. Ich öffne beide Autofenster, um die laue Abendluft hereinzulassen. Wie schön die Klosterkirche Birnau im Sonnenlicht liegt. Ich möchte anhalten und diese wundervolle Stimmung in meinem Herzen aufnehmen. Aber ich bin schon spät dran, weil ich so lange gezögert habe, wirklich hinzugehen.

Ich bin schon fast in Hagnau, da fällt mir ein, dass ich das Geschenk vergessen habe. So ein Mist aber auch! Wir haben alle zusammen gelegt und zwei Karten für die Bregenzer Festspiele gekauft. In diesem Jahr wird die *Zauberflöte* auf der Seebühne aufgeführt, und es wird sicher wie in jedem Jahr eine beeindruckende Veranstaltung. Und nun stehe ich mit leeren Händen da! Wo habe ich nur meinen Kopf?

Zum Glück ist mein Mini wirklich mini, er passt haargenau in die winzige Parklücke zwischen zwei Autos. Der ganze Hof und selbst die Auffahrt stehen voller Autos, die meisten sind natürlich die gängigen Limousinen von Audi, BMW und Mercedes ebenso wie Porsche, dazu Dutzende von dunklen Geländewagen. Es müssen Hunderte von Gästen hier sein.

Ich möchte nicht aussteigen. Was mache ich eigentlich hier? Mein Exfreund will heiraten. Na und? Was soll ich dabei? Was für eine Schnapsidee es doch war, hierher zu fahren! Bei so vielen Menschen, wie hier sind, hätte Leon mich doch gar nicht vermisst.

Gerade, als ich den Schlüssel umdrehen und wieder losfahren möchte, klopft jemand an die Scheibe. »Maja? Wartest du auf jemanden?« Es ist Emily, die mir entgegenstrahlt.

»Du siehst umwerfend aus, Emily!«, sage ich zu Begrüßung und meine es auch so. Emily trägt ein kurzes Hängerkleid aus türkisfarbener Seide mit den dazu passenden Ohrringen, dazu Sandalen in genau dem gleichen Farbton. Ihr langes blondes Haar hat sie zu einem Chignon gesteckt, was ihr Gesicht nicht nur schön, sondern besonders edel erscheinen lässt.

»Du hast dich aber auch ganz schön in Schale geworfen!«, lacht sie mich an. »Wow! Dieses Dekolleté habe ich nicht einmal in der Schwangerschaft! Obwohl meine Brüste von Tag zu Tag größer werden.«

Nun muss ich doch aussteigen. »Emily, ich bin so ein Idiot! Ich habe das Geschenk vergessen«, sage ich zerknirscht.

»Ach was, als ob das heute Abend überhaupt jemand merkt. Mein Gott, bin ich froh, dass du da bist! Ich habe jetzt schon keine Lust mehr auf diese Leute«, seufzt sie. »Komm mit, ich stelle dich den anderen vor.«

»Wie willst du mich denn vorstellen – als Ex des Bräutigams?«, frage ich.

»Nein. Als meine Freundin, was denn sonst?« Emily zieht mich durch das Gedränge, und wir nicken nach links und nach rechts, machen hier und da ein wenig Small Talk und zwinkern uns gegenseitig immer wieder verschwörerisch zu. Heute Abend ist natürlich alles hier, was in der Region Rang und Namen hat. Außer der Römfeld-Familie selbst sowie ihren ganzen Freunden und Verwandten hat sich offenbar die gesamte Gastro-Szene des Bodensees eingefunden, ebenso wie viele weitere Geschäftsleute und Kommunalpolitiker und die Lokalpresse. Es ist aber auch ein zauberhafter Sommerabend. Die langsam untergehende Abendsonne wirft warmes Licht auf den wunderschönen parkähnlichen Garten des Weinguts. Endlich können die geladenen Damen einmal ihre neuen tollen Sommerkleider zur Schau stellen und sich gegenseitig auszustechen versuchen. Die meisten der Ladys haben sich offensichtlich an der Vogue oder einer anderen Style-Bibel orientiert und tragen mehr oder weniger die gleichen Designer-Sonnenbrillen und -Handtaschen. Zwei der Damen tragen dasselbe Missonikleid, lediglich in einer anderen Farbkombination. Besonders glücklich sehen sie nicht dabei aus, wobei es den Herren der Schöpfung vermutlich nicht einmal auffallen wird. Einige der Damen haben sich für den Diane-von-Fürstenberg-Wickelkleid-Klassiker entschieden, der immer und zu jeder Gelegenheit eine gute Wahl ist und an wirklich jeder Figur gut aussieht. Ich bin deshalb so gut informiert, weil des Öfteren ein weiblicher Pensionsgast eine der genannten Zeitschriften liegen lässt, in die ich dann, während ich auf die Gäste warte, einen Blick werfen kann. Ich entdecke eine attraktive blonde Frau mit unglücklichem Gesicht, jedoch in einem schlichten Jil-Sander-Kleid, das ich kürzlich im Schaufenster einer Überlinger Boutique für fast tausend Euro bewundert habe, und sehe Emily fragend an.

»Das ist Silvia Rosen. Sie war anscheinend mal Schauspielerin und ist verheiratet mit dem großen *Auto-Rosen*«, klärt Emily mich auf.

»Sie scheint vermögend zu sein. Das Kleid ist nicht gerade von C&A«, lache ich.

»Nun ja, es sei ihr gegönnt … als kleine Entschädigung dafür, dass die ganze Society über das Verhältnis ihres Mannes auf dem Golfplatz munkelt«, lacht Emily zurück.

Ich selbst komme mir ein wenig langweilig vor in meinem gelben Kleid, das ich noch zu Hause als das schönste der Welt empfand.

Das Weingut ist traumhaft illuminiert, und überall stehen weiße Zelte, in denen kulinarische Köstlichkeiten, Cocktails und der leckere Römfeld-Wein gereicht werden. Eine Sechs-Mann-Band spielt gerade »The last waltz«, und dabei denke ich an Christian. Zu diesem Lied haben wir bei der Eröffnung des *Maiglöckchens* getanzt! Es kommt mir vor, als wären Jahre seitdem vergangen und nicht nur wenige Wochen. Wie schön wäre es, wenn er jetzt bei mir wäre und meine Hand halten würde! Trotz Emily fühle ich mich gar nicht gut zwischen all den Menschen. Dann sehe ich das Brautpaar. Leon zieht eine etwas blasse, aber sehr groß gewachsene blonde Schönheit auf die Tanzfläche. Sie trägt einen hautengen schwarzen Overall, der vorne hochgeschlossen, dafür aber hinten bis zum Po-Ansatz ausgeschnitten ist. Leon streicht sanft über ihren nackten Rücken und flüstert ihr zärtlich etwas ins Ohr. Ich weiß nicht warum, aber diese Szene tut mir auf einmal weh. Wir sind doch schon lange nicht mehr zusammen, und ich bin ja auch glücklich mit Christian, warum fühle ich mich denn jetzt so?

Weil er sich 100-prozentig für eine neue Frau entschieden hat. Zu ihr steht, sie heiratet und mit ihr leben will. Das alles hätte ich auch haben können! Stattdessen habe ich mich für Christian entschieden, der permanent unterwegs ist und mich in wirklich jeder Situation im Stich lässt.

»Wie findest du sie?«, fragt Emily und sieht mich lächelnd an.

»Schön …«, sage ich ausweichend. »Dünn.« Ich möchte sagen: »An ihr ist nichts bemerkenswert! Sie sieht aus wie hunderttausend andere Frauen! Models allerdings.« Doch meine Lippen bleiben stumm und ich lächle stattdessen nur zurück.

»Ich finde ja, sie ist ein bisschen laaaaa… Tom, was soll das?«

Tom hat sich von hinten angeschlichen und küsst Emily zärtlich aufs Haar. Nachdem er mich begrüßt hat, zieht er sie auf die Tanzfläche.

»Das ist ja eine Überraschung! Guten Abend, Maja. Ich hätte nicht gedacht, dich heute Abend hier zu sehen«, sagt auf einmal jemand zu mir. Es ist Katharina, die mich von oben bis unten mustert. Leons Mutter trägt heute Abend einen cremefarbenen Hosenanzug und ist wie üblich tadellos frisiert. Doch ihr Blick ist trotz des warmen Sommerabends kalt, und ihr Lächeln kommt nicht aus dem Herzen.

»Guten Abend, Katharina. Ich habe mich über *Leons*«, das betone ich besonders stark, »Einladung sehr gefreut!«

»Das glaube ich. Wie schön, dass du unsere *Beatrice* auch kennenlernen wirst. Wir sind ja so glücklich, dass die beiden heiraten werden. Und bald wird unser Glück ja durch ein Kind vollkommen sein!«

Ihre Worte bohren sich wie ein Messer in mein Herz.

Mit einem weiteren kühlen Lächeln und den Worten: »Ich wünsche dir einen schönen Abend, Maja«, wendet sie sich anderen Gästen zu. Deutlicher hätte sie mir nicht zeigen können, dass ich nicht dazugehöre. Ich wusste, dass es ein Fehler war, herzukommen! Ich merke, dass mir vor Wut auf diese arrogante Frau die Tränen aufsteigen. Ich kann froh sein, dass sie nicht meine Schwiegermutter geworden ist! In einem Zug leere ich das Weinglas. Ich muss hier fort, und zwar schnell. Doch da entdeckt mich Leon plötzlich und kommt herüber, um seine Braut vorzustellen.

»Maja, wie schön, dass du kommen konntest!«, sagt er und küsst mich links und rechts auf die Wange. »Darf ich dir meine Braut Beatrice vorstellen? Beatrice, das ist …«

»Maja. Ich weiß, wer sie ist«, lächelt Beatrice honigsüß, doch ich erkenne an ihren Augen, dass sie mich sonst wohin wünscht.

»Maja betreibt das Café *Butterblume* und hat jetzt auch noch eine Pension eröffnet. Wie schaffst du das nur alles, Maja? Du siehst großartig aus!«, sagt Leon und strahlt mich an.

»Das ist ja unglaublich«, sagt Beatrice und sieht dabei demonstrativ auf die Uhr.

»Ich freue mich, dich kennenzulernen, Beatrice! Was …«, beginne ich einen Satz, Leons Kompliment ignorierend, obwohl ich es ihm zu gerne zurückgeben möchte, denn er sieht wirklich großartig aus in seinen schwarzen Jeans, dem weißen Hemd und dem dunklen Jackett.

»Schatz, ich glaube, wir sollten jetzt die Ansprache halten. Die Gäste warten schon«, unterbricht Beatrice mich und sieht wieder demonstrativ auf ihre Rolex. Sie lächelt mir mit schmalen Lippen zu und sagt: »War nett, dich kennenzulernen, Maja.«

Womit sie eindeutig meint: Das wird auch das einzige Mal sein, dass du eingeladen warst.

Leon lächelt mir noch einmal zu, und dann verschwinden die beiden in der Menge. Na dann viel Glück, Leon Römfeld! Nachdenklich sehe ich den beiden nach.

»Glücklich ist, wer vergisst, was nicht mehr zu ändern ist …! «Eine männliche Stimme hinter mir singt leise diese Melodie aus der *Fledermaus*.

Ich drehe mich um. »Michael! Was machst du denn hier?« Ich bin so glücklich, endlich einen normalen und netten Menschen zu treffen, dass ich ihm spontan um den Hals falle.

»Du dachtest wohl, du bist die Einzige, die Kontakt zu den Schönen und Reichen hat, was?«, lacht er mich an. »Der Bruder von Beatrice ist ein Freund aus dem Tennisklub«, klärt er mich auf. »Wenn ich gewusst hätte, dass du auch kommst, hätten wir gemeinsam fahren können. Aber ich habe nicht damit gerechnet, dass du tatsächlich an dieser Veranstaltung teilnehmen würdest«, sagt er lächelnd.

»Fang du auch noch damit an!«, sage ich ärgerlich.

»Ist Christian auch da?«, fragt Michael und sieht sich um.

Statt einer Antwort schüttle ich den Kopf. Das Schöne an Michael ist, dass man ihm nie etwas erklären muss. Er sieht mir auch so an, was los ist. Das muss an seinem Beruf liegen!

Um abzulenken, frage ich: »Michael, gibt es denn etwas Neues von Peter? Habt ihr etwas herausgefunden?«

»Ich fürchte, nicht allzu viel. Offensichtlich war der Gute nicht polizeibekannt. Wir haben Fingerabdrücke von dem Toten und von seinen Sachen genommen, aber es findet sich kein Hinweis, dass er bei der Polizei registriert ist. Somit scheint er wenigstens kein Verbrecher zu sein! Der Südkurier hat zwar über die Sache ausführlich berichtet und ein Foto mit den Worten ›Wer kennt diesen Mann?‹ veröffentlicht, aber bis jetzt haben wir noch nicht viel, was uns weiterhilft. Wenn wir wenigstens das Auto hätten! Dann könnten wir über das Kennzeichen seinen richtigen Namen herausfinden. Aber so haben wir so gut wie keinen Anhaltspunkt. Die Auswertung seines Laptops hat lediglich ergeben, dass er offensichtlich zu vielen Frauen Kontakt hatte. Zu sehr vielen, um genau zu sein!«

»Zu sehr vielen?«, frage ich verwundert.

»Anscheinend war er wohl auch Mitglied in diesem Dating-Portal *Seensucht*. Aber er hat ständig andere Namen benutzt und sich nicht nur mit ein paar Frauen getroffen, sondern gleich mit Dutzenden! Im Vertrauen, Maja, wenn du diese E-Mails lesen würdest, würdest du mit den Ohren schlackern!«

»Was meinst du damit?« Ich denke an Eva, die nur auf der Suche nach ein bisschen Liebe war, erzähle Michael aber noch nichts von ihr.

»Sagen wir mal so: Viele Frauen waren offenbar bereit, ihm nicht nur ihren Körper und ihr Herz, sondern auch noch andere Dinge zu schenken! Materielle Dinge! Das Interessante ist, dass er die abenteuerlichsten Geschichten erzählte und sich entweder als Unternehmer oder Architekt ausgab. Es ist offensichtlich, dass er sich mit mehreren Frauen gleichzeitig traf. Damit das nicht auffiel und um eine Ausrede zu haben, warum er nicht ständig zur Verfügung stand, erzählte er von aufwendigen Bauprojekten in Dubai oder komplizierten Umbaumaßnahmen einer neuen Großbaustelle in Hamburg und solchen Dingen. Es ist erstaunlich, auf was erwachsene Frauen so hereinfallen, wenn sie ein wenig Romantik geboten bekommen, Maja! Teilweise log er sie dreist an und schrieb, er könne nicht von Dubai zurückfliegen, weil der Scheich sein Gehalt noch nicht auf sein Konto überwiesen hätte und er den Flug nicht zahlen könne. Daraufhin opferte eine der Damen, genauer gesagt *Lovely Lady* bereitwillig ihr Erspartes und überwies mal schnell 1000 Euro, damit Peter First Class zurück nach Deutschland fliegen konnte. Darauf tauchte er mal wieder kurz bei ihr auf, um sich dann wieder wochenlang gar nicht zu melden. *Lovely Lady* fand das, wie einige der anderen Damen, nicht wirklich lustig! Es finden sich daher auch ein paar bitterböse E-Mails von Frauen, die irgendwann merkten, dass die versprochene große Liebe nur in ihren Träumen existierte. Nachdem diese zerplatzten, schickten sie ihm wütende Briefe, sogar mit wilden Drohungen versehen!«

»Oh nein … ob eine von denen ihn umgebracht hat?«

»Noch wissen wir ja gar nicht, ob er überhaupt umgebracht wurde, Maja. Vielleicht war es ja wirklich nur ein Unfall.«

Ob er das nur sagt, um mich zu beruhigen? Jedenfalls erzählt er weiter von den Damen, mit denen Peter Kontakt hatte.

»Es sind allerdings auch einige Damen dabei, die anscheinend nur nach einem Schäferstündchen suchten, weil sie bereits verheiratet sind. Jede Einzelne von ihnen hatte jedoch Sehnsucht und ein einsames Herz, das einfach nur ein wenig nach …«

»… Liebe suchte?«, ergänze ich seinen Satz.

»Genau! Mensch Maja, das eine muss man dem Typen ja lassen: Er hat es doch bei jeder geschafft, dass sie sich in ihn verknallt hat! Irgendetwas konnte er den Weibern offenbar geben. Da könnte man ja glatt neidisch werden.

Na ja … angesichts seiner momentanen Lage aber dann doch wohl eher nicht.«

»Ich kannte ihn ja kaum …«, erzähle ich, »… aber es stimmt schon: Er konnte den Frauen wirklich etwas geben! Aufmerksamkeit. Das fehlt den meisten heutzutage. Wir Frauen sollen alle perfekt funktionieren und dabei in jeder Lage super aussehen. Und werden – sowieso ab einem gewissen Alter – irgendwann von der Männerwelt gar nicht mehr zur Kenntnis genommen. Ich glaube schon, dass viele das Gefühl, begehrenswert zu sein, vermissen. Dieses Gefühl konnte Peter den Frauen geben! Er fand an jeder Frau etwas schön oder zumindest besonders. Und was noch viel wichtiger ist: Er hörte zu. Er machte sich nicht wichtig, sondern gab der Frau das Gefühl, wichtig zu sein. Egal, wie alt, dick oder dünn sie war.«

Ich denke an die Damen im *Maiglöckchen* … meine Mutter … Nora … Ruth oder die weiblichen Pensionsgäste, die er allesamt mit seinem Charme begeisterte. Sogar mich, als wir gemeinsam die Wanderung machten und er sich geduldig meine Sorgen anhörte.

»Es ist mir ein Rätsel«, sagt Michael. »Das muss ihn doch überfordert haben! Mir haben ja schon die paar Dates gereicht, die ich über *Seensucht* hatte. Das war ganz schön anstrengend, immer herumzubalzen, Komplimente zu machen und auf die Frauen einzugehen!«

Während wir so plaudern und noch ein Gläschen Wein trinken, ist es inzwischen dunkel geworden, und Tausende von Lichtern hüllen den verwunschenen Garten in ein Lichtermeer.

Die Band spielt »Halt dich an mir fest« von Revolverheld, und ich denke an die vielen Frauen, die niemand hatten, an dem sie sich festhalten konnten, sondern alleine und einsam waren. Und glaubten, dass Peter wieder ein wenig Glück und Liebe in ihr Leben bringen würde. Aber an wem halte ich mich eigentlich fest? Mir fallen Katharinas Worte wieder ein, und ich bekomme sofort einen Stich im Herzen. Ob Beatrice schwanger ist? Ich denke an meine kleine Lavie und werde plötzlich entsetzlich traurig. Es sieht so aus, als brächte ich wirklich überhaupt nichts zustande. Ich konnte das Baby nicht behalten, und Christian arbeitet lieber, als mit mir zusammen zu sein … falls er überhaupt arbeitet. Nicht einmal das erscheint mir noch sicher. Das *Maiglöckchen*-Projekt entgleitet mir immer mehr, und damit sind Nora und der zwielichtige John noch nicht einmal gemeint. Und Nini hat sich in einen totalen Loser verliebt. Wirklich alles läuft im Moment falsch!

»Sie hat ein Kleid aus Sonnenschein und traut sich nicht, es anzuziehn«, singt Michael auf einmal und sieht mich dabei an, »… und nur heimlich, wenn es keiner merkt, sieht man sie darin spazieren gehen. Wenn andre froh sind, ist sie traurig, und ihre Freundin ist die Nacht …«, singt er weiter.

»Das ist schön, was ist das für ein Lied?«, frage ich.

»›Josie‹ von Peter Maffay. Das war einmal mein Lieblingslied! Aber Maja, sag mal, was macht dich soo traurig? Ist es wegen Leon? Liebst du ihn noch?«

Ich schüttle den Kopf und schlucke, aber die Tränen kommen trotzdem.

Michael nimmt mich in die Arme. »Ach, Maja …«

Wie gut es auf einmal tut, in seinen Armen zu sein.

»Halt dich an mir fest.« Manchmal braucht man keinen klugen Rat. Sondern nur eine Schulter, an die man sich anlehnen kann.

»So ist das also!« Es ist Christian, der plötzlich vor uns steht und sieht, wie wir uns in den Armen liegen!

15. KAPITEL
»DAS BOOTSHAUS«

Man sagt, drei Dinge kommen nicht zurück: das unbedacht gesprochene Wort, das vergangene Leben und die versäumte Zeit. Und doch wollen die Worte manchmal aus uns heraus, auch wenn wir sie vorher nicht bedacht haben. Vor allem, wenn wir wütend sind.

Und Christian ist wütend. Sogar sehr wütend, als ich ihm an seinem alten Volvo gegenüberstehe. Zwischen all den Nobelkarossen sieht der Volvo fast ein wenig schäbig aus.

»Christian ... es ist nicht so ...«

»... wie ich denke?«, fragt er und sieht mich wütend an. »Was für ein intelligenter Satz! Wenn es nicht so ist, wie ich denke, wie ist es denn dann? Erst willst du unbedingt zum Polterabend deiner vergangenen Liebe, warum auch immer. Schon allein das muss man nicht verstehen, oder? Du bittest mich inständig, und zwar mehrfach, dich zu begleiten. Ich reiße mir den Arsch auf, kürze eine wichtige Verhandlung ab und bezahle einen gnadenlos überteuerten Flug, nur, um bei dir zu sein. Ich fahre viel zu schnell auf der Autobahn und werfe mich zu Hause in meinen schwarzen Anzug, stelle fest, dass das einzige weiße Hemd, das ich hier habe, total verknittert ist, ziehe es trotzdem an und fahre wieder los ...«

Tatsächlich, jetzt sehe ich es. Das weiße Hemd, das Christian trägt, ist wirklich total zerknittert. Er sieht trotzdem unwiderstehlich aus.

»… komme hier total abgehetzt an, um dich in den Armen eines anderen zu finden! Aber nein, es ist nicht so, wie ich denke, nicht wahr?«

Er will einsteigen, doch ich halte ihn auf.

»Christian, ich wusste doch nicht, dass du doch kommen kannst. Warum hast du denn nicht angerufen?« Ich habe etwas Falsches gesagt, aber das bemerke ich zu spät.

»Oh ja, das sehe ich, dass du es nicht wusstest! Weißt du was, ich bin froh, dass ich dich überraschen wollte! Dadurch weiß ich jetzt, was du so treibst, wenn ich nicht da bin!«

»Was ich so treibe? Hör mal, Christian, das ist nun wirklich Blödsinn!«

»Ach ja? Nicht nur, dass dieser Michael ständig bei dir herumhängt, einmal wegen einer Spieluhr, einmal wegen eines Toten … nun begleitet er dich sogar schon zu diesem Event, das dir ja so wichtig ist!«

»Michael hat mich nicht begleitet. Er war zufällig auch hier! Es war so seltsam, ich habe mich gar nicht wohlgefühlt … und da hat er …«

»Du brauchst es mir nicht zu sagen, Maja, ich habe gesehen, was er getan hat!«

»Er hat überhaupt nichts getan, Christian!« So langsam werde auch ich wütend. »Michael hat mich nur in den Arm genommen, weil ich traurig war. Weil ich immer alleine bin, und du nie hier bist!«, werfe ich ihm vor.

»So, ich bin also nie hier? Und wenn ich hier bin, und mit dir segeln oder etwas anderes mit dir unternehmen möchte, hast du doch nie Zeit! Du bist ständig im Café oder in der Pension und am Abend schläfst du im Stehen ein! Hast du mich einmal gefragt, wie ich das finde?«, schleudert er mir entgegen.

»Hast du mich denn gefragt, wie ich es finde, dass du immer nur arbeitest, und zwar in Stuttgart oder Kanada? Ach, aber bei dir ist das ja etwas ganz anderes, nicht wahr? Das ist ja alles suuuper wichtig, im Gegensatz zu meinem kleinen Kaffeehaus-Hobby! Du hast mich doch in der letzten Zeit immer im Stich gelassen!« Vor Wut kommen mir die Tränen.

»Wenn ich hier war, Maja, hattest du entweder keine Zeit für mich oder miese Laune, so ist das nun einmal. Ich kam mir ständig überflüssig vor!«

»Miese Laune? Das ist doch die Höhe! Miese Laune? Weil ich unser Baby verloren habe? Und du nicht einmal dann für mich da warst?« Da sind sie, die bösen Worte, die ich die ganze Zeit unter Verschluss gehalten habe, tief drin in meinem Herzen. Und die ich ihm nie sagen wollte! »Ich … und das Baby waren dir doch total egal. Da habe ich es eben verloren, na und? Das hat dich doch gar nicht interessiert! Schnell wieder zum nächsten Termin, alles kein Problem, sie wird es schon überwinden.«

»Das stimmt nicht, Maja. Ja, ich war nicht da, als du das Baby verloren hast, und das tut mir von Herzen leid. Aber ich habe dir schon hunderttausend Mal gesagt, dass ich dafür nichts kann. Ich war in Kanada und wusste nicht einmal, dass du im Krankenhaus bist! Ich habe dich zig Mal angerufen und dich nicht erreicht. Als ich es von Ruth erfahren habe, bin ich sofort an deine Seite geeilt, aber der Weg von Kanada ist eben nicht gerade kurz. Ich weiß nicht, wie lange du mir das noch vorhalten willst!« Christian rauft sich wütend seine Locken. Wie leicht er es sich doch macht! Er hat ja keine Ahnung, wie ich mich gefühlt habe, als ich alleine im Krankenhaus lag.

»Wer weiß, warum ich das Baby überhaupt verloren

habe, es war doch immer alles zu viel für dich«, sage ich daher, obwohl ich auch diese Worte nie aussprechen wollte.

»So denkst du also von mir, Maja?«

Ich sehe, dass ich ihn verletzt habe. Christian sieht mich kalt an.

»Du glaubst, ich hätte dich absichtlich im Stich gelassen? Und du hättest deswegen das Baby verloren? Das würde ja dein Freund Michael sicher nie tun, nicht wahr? Geh zu ihm und flüchte in seine Arme, er hat sicher Verständnis für dich. Im Gegensatz zu mir!«

Ich schnappe nach Luft. Wie kann er nur so etwas sagen! »So ist es doch gar nicht, Christian«, versuche ich, mich zu verteidigen. »Michael und ich haben uns zufällig hier getroffen. Und … ja … ich habe mich darüber gefreut. Weil du dir wieder einmal keine Zeit nehmen wolltest für mich!«

»Maja, weißt du, was dein Problem ist? Du denkst immer nur an dich! *Dein* Problem mit dem Café, *dein* Problem mit dem Baby … dass ich vielleicht auch Sorgen und Kummer haben könnte, daran denkst du doch nicht im Traum. Es geht immer nur um dich! Weißt du was? Mir ist das langsam zu blöd! Geh zurück zu deinem Polizei-Fuzzi und lass mich in Ruhe!«

Christian steigt ein und fährt davon.

Und ich tue nichts, um ihn aufzuhalten.

»Nun, wie war es bei den Schönen und Reichen?«, fragt Nini grinsend, während sie gerade Raffaelo-Seehupferl mit Kokos-Frischkäse-Topping zubereitet.

»Ach hör auf!«, sage ich seufzend und nehme mir eines der gerade fertig gewordenen Teilchen. Das braucht meine

Seele heute Morgen! Am liebsten möchte ich den gestrigen Abend ganz schnell vergessen. Wäre ich doch nur nicht zu diesem blöden Polterabend gegangen! Auf diese arrogante Beatrice und Katharinas herablassendes Verhalten hätte ich gut verzichten können. Außerdem verursacht der Gedanke, dass es mit Christian vielleicht wirklich zu Ende sein könnte, einen furchtbaren Schmerz in meiner Magengrube, den nicht einmal das köstliche Seehupferl zu heilen vermag. Ob ich ihn anrufen soll? Ich habe die ganze Nacht nicht geschlafen und mich gefragt, ob ich vielleicht gestern zu weit gegangen bin. Aber ich war so wütend, und all das, was ich die ganze Zeit mit mir herumgetragen habe, wollte plötzlich aus mir heraus.

»Einen wunderschönen guten Morgen!« Oh nein, es ist Michael. So sehr ich mich sonst freue, ihn zu sehen – heute wäre ich froh, ich könnte ihm aus dem Weg gehen. Dabei kann er doch gar nichts dafür, dass Christian und ich uns so heftig gestritten haben. Mir fällt gerade ein, dass ich mich gestern nicht einmal richtig von Michael verabschiedet habe. Emily hatte mich tränenüberströmt auf dem Parkplatz entdeckt und nach Hause gefahren. Christian war natürlich nicht mehr da. Sicher war er noch in der Nacht zurück nach Stuttgart gefahren.

»Ob es hier vielleicht eine Tasse Kaffee für mich gibt?«, fragt Michael lachend, verändert jedoch seine Miene, als er mein unglückliches Gesicht sieht. Wir setzen uns auf die Terrasse. Es scheint wieder ein wunderschöner Sommertag zu werden, und die ersten Boote auf dem See ziehen mit ihren weißen Segeln an uns vorüber.

»Kommt sofort!«, ruft Nini.

Ich bin froh, dass Ruth auch heute wieder den Frühstücksdienst im *Maiglöckchen* übernimmt. Nora und diesen blöden John kann ich heute beim besten Willen nicht auch noch ertragen. Ob sie ihre Drohung wahr machen und tatsächlich das ihnen ihrer Meinung nach zustehende Erbe einfordern? Ich wünschte, sie würden endlich wieder abreisen! Zum Glück bleiben sie nur noch ein paar Tage, die werde ich schon irgendwie herumbekommen.

»Alles in Ordnung, Maja?«, fragt Michael fürsorglich.

»Ja, ich habe nur nicht gut geschlafen«, antworte ich und wische nebenbei gedankenverloren die Tische ab.

»Das glaube ich dir. Ich hoffe, Christian hat das gestern mit uns nicht missverstanden?«

»Ach Michael, lass uns das Thema wechseln.« Ich möchte jetzt nicht darüber reden.

»Gut. Eigentlich bin ich sowieso gekommen, um dir etwas Wichtiges zu erzählen! Setz dich doch einen Moment zu mir«, bittet er mich.

»Gibt es denn etwas Neues von Peter?«, frage ich neugierig.

»Sozusagen! Die Untersuchung in Freiburg ist allerdings noch nicht abgeschlossen. Es steht jetzt fest, dass er nicht ertrunken, sondern an seiner schweren Kopfverletzung gestorben ist. Und da diese, wie ich dir ja bereits erzählte, sich oberhalb der Hutkrempe befand, kann man ziemlich sicher von einem Fremdverschulden ausgehen.«

»Das heißt … er wurde wirklich ermordet!« Entsetzt schlage ich die Hand vor den Mund.

»Das steht noch nicht sicher fest, Maja! Aber es gibt einen Hinweis darauf, dass er in den letzten Minuten vor seinem Tod nicht allein gewesen ist.«

»Nicht alleine? Wie meinst du das?«

»Es sieht ganz so aus, als hätte Peter beziehungsweise

Volker ein Schäferstündchen gehabt, bevor er ums Leben kam!« Michael trinkt einen Schluck heißen Kaffee.

»Volker? Du kennst seinen richtigen Namen?«

»Ja. Volker Gebhard aus Stuttgart.«

Ich sehe Michael fragend an.

»Stell dir vor: Heute Morgen hat sich eine Frau Schindler gemeldet, die gar nicht weit von hier, aber auch nicht weit vom Fundort der Leiche, ein wunderschönes Haus am See besitzt. Zu diesem Haus gehört auch ein kleines Bootshaus mit einem Steg. Als sie heute früh von ihrer Kur in Bayern nach Hause zurückkehrte, fiel ihr etwas äußerst Merkwürdiges auf: Ihr Namensschild am Eingang war überklebt, und es stand der Name ›Dr. Schulz‹ darauf! Auch im Haus stellte sie einige Veränderungen fest. Ihre kostbare Kaschmirdecke war nicht mehr da, in der Küche waren Brotkrümel, und der Kunststoffbehälter für Eiswürfel lag nicht mehr im Gefrierfach, sondern auf dem Tisch. Als sie sich weiter umsah, entdeckte sie draußen auf dem Steg zwei ihrer wertvollen Gläser, einen Weinkühler mit einer leeren Flasche Wein und ein spitzes Messer. Jemand musste in ihrer Abwesenheit sowohl in ihrem Haus als auch im Bootshaus und auf dem Steg gewesen sein! Sie fand Spuren eines Picknicks, ein altes Baguette, Schokolade, eine Flasche Wein und zwei Gläser, außerdem mehrere Kleidungsstücke. Sie dachte natürlich sofort an einen Einbruch und rief die Polizei. Das Seltsame an der Geschichte war jedoch, dass es keinerlei Spuren eines Einbruchs gegeben hatte. Wie waren die Leute auf ihr Grundstück und ins Haus gelangt? Es gibt eine hohe Mauer und nur ein Eingangstor, zu dem man einen Schlüssel braucht. Ob sie vom See gekommen waren? Aber wer würde so etwas tun? Wenn jemand ein Boot hat, dann nutzt er doch dieses für ein romantisches Picknick, nicht wahr?«

Ich denke an Christian und unseren letzten Segeltörn mit der *Sommerwind*, und es tut schon wieder weh in meiner Magengrube. »Erzähle weiter«, bitte ich darum Michael.

»Ich fragte sie natürlich als Erstes, ob etwas fehlen würde. Doch sie verneinte. Es wurde nichts zerwühlt, und es fehlt nichts, obwohl sich im Haus einige wertvolle Antiquitäten und Bilder befinden. Nun, wir untersuchten die Sachen, die die ›Einbrecher‹ bei ihrem eiligen Aufbruch liegen ließen. An einem der beiden Gläser befand sich Lippenstift, sodass wir davon ausgehen können, dass eine Frau dabei war. Interessant ist, dass der Mann sich offenbar total entkleidet hat, denn wir fanden ein Herrenhemd, Jeans, Socken und eine Unterhose. Allerdings keine Damenkleidung, bis auf einen … Spitzenslip! Sagt dir die Marke Victoria's Secret etwas?«, fragt er.

»Michael, normalerweise müsste der Name auch dir als Mann etwas sagen, denn diese amerikanische Unterwäschenfirma veranstaltet doch jedes Jahr eine aufsehenerregende Modenschau mit den weltweit schönsten und teuersten Topmodels, den Victoria's Secret Angels!«

Diese Wäsche ist in der Tat sehr verführerisch. Ich selbst habe mir auch im letzten Jahr einen BH und einen Slip gegönnt, als ich meine Mutter in Detroit besuchte. Ich glaube aber, dass es in Deutschland keinen Victoria's Secret-Shop gibt, jedenfalls nicht, so viel ich weiß. In London habe ich einmal einen gesehen, und vielleicht gibt es ja auch einen in Australien?

Ob der Slip Nora gehört hat, und John Peter beziehungsweise Volker aus Eifersucht getötet hat?

Michael erzählt weiter: »Wir haben auch einen Korkenzieher und eine fast leere Flasche Wein gefunden, an der Blutspuren waren.«

Oh Gott, es sieht ganz danach aus, als sei der arme Peter (ich kann mich immer noch nicht an Volker gewöhnen!) ermordet worden. Beim Gedanken an den gruseligen Toten, den ich neulich identifizieren musste, bekomme ich eine Gänsehaut. Mir fällt wieder die Tätowierung ein, das Keltenkreuz!

»Michael, ich habe ganz vergessen, dir etwas zu erzählen«, gestehe ich. »Als ich den toten Peter, nein Volker natürlich, neulich sah, fiel mir etwas auf: seine Tätowierung! Genauso ein Kreuz hatte ich kürzlich erst gesehen!«

»Ja wirklich?«

»Ja! Die Irin Nora, von der ich dir erzählte, die auch im *Maiglöckchen* logiert, trägt genauso ein Kreuz an einer Halskette! Sie hat behauptet, ihre Mutter habe es ihr kurz vor ihrem Tod geschenkt. Aber vielleicht gibt es ja auch eine Verbindung zu … Volker. Und dieser Spitzenslip! Victoria's Secret gibt es nicht in Deutschland, aber in England und damit bestimmt auch in Irland und Australien! Außerdem haben Nora und Volker an dem Tag, an dem er abends verschwunden ist, noch eine Radtour gemacht, nach welcher ihr Ehemann sehr missgestimmt und eifersüchtig war. Es könnte doch sein, dass er ihn aus Eifersucht umgebracht hat, nicht wahr? Nora und dieser Brutalo John kamen nämlich an diesem Abend seeehr spät und seeehr angetrunken nach Hause«, sage ich bedeutungsvoll. »Das weiß ich, weil ich sie ja noch ins Haus lassen musste.«

Michael lacht: »Ach, du kleine Miss Marple! Das hast du in der Tat sehr gut kombiniert. Es wäre wirklich möglich, und ich werde der Sache nachgehen. Es ist jedoch sehr merkwürdig an der ganzen Sache, dass wir drei Schlüssel bei den Kleidungsstücken fanden. Der eine davon ist interessanterweise der Universalschlüssel des Hauses, in dem angeblich eingebrochen wurde! Wie kam das Liebespärchen an diesen Schlüssel? War es vielleicht die Hausbesitzerin selbst, die mit Volker ein kleines romantisches Liebes-Picknick veranstaltete?«

»Das ist doch unlogisch, Michael! Warum sollte sie dann die Polizei rufen und einen Einbruch melden?«, frage ich.

»Vielleicht aus Angst, dass sie jemand beobachtet haben könnte! Und um zu verschleiern, dass sie sich heimlich mit ihrem Liebhaber getroffen hat. Die Gute ist nämlich verheiratet und ihr Mann auf Geschäftsreise.«

»Aber ich dachte, sie sei zur Kur gewesen?«

»Ja, in Bayern! Genauer gesagt, in Oberstaufen. Das sind nur eineinhalb Stunden von hier. Sie könnte ganz bequem nach Hause gefahren sein, um sich hier mit ihrem Liebhaber zu treffen. Mit der Kur hat sie doch ein perfektes Alibi!«

»Aber warum sollte sie ihn töten? Das macht doch keinen Sinn!«

»Es ist in der Tat vieles sehr merkwürdig an diesem Fall. Aber wir werden es schon herausfinden. Jedenfalls werden wir die Angaben der Dame genau überprüfen, ebenso wie den Schlüssel, mit dem das Pärchen hereingekommen sein muss!«

»Was ist mit dem Spitzenslip?«, frage ich.

»Ich glaube kaum, dass er ihr gehört haben dürfte. Sie war in Oberstaufen, um abzuspecken, ist aber immer noch eine ziemlich mollige Frau. Der Spitzenslip dagegen ist winzig klein! Den dürfte sie kaum über ihren doch etwas ausladenden Allerwertesten bekommen haben!«, lacht er.

»Michael, du hast von drei Schlüsseln gesprochen. Was war mit den beiden anderen?«

»Nun, der eine davon hat eine Sonne als Schlüsselanhänger und dürfte somit der Zimmerschlüssel zum *Sonnenzimmer* im *Maiglöckchen* sein … und der dritte war ein BMW-Schlüssel!«

»Volkers Auto?«

»Ganz genau! Es hat eine Zeit gedauert, dieses zu finden, denn natürlich hatte er nicht direkt vor dem Haus geparkt. Ein paar Straßen weiter jedoch entdeckte ich einen BMW mit Hamburger Kennzeichen, der mit Drücken auf den Schlüssel sofort aufging!«

»Habt ihr Papiere darin gefunden, oder woher kennst du jetzt Volkers richtigen Namen?«

»Ganz genau! Im Handschuhfach lagen sowohl der Führerschein und der Personalausweis von einem Volker Gebhard. Und wir haben noch etwas im Auto gefunden: sein Handy! Auch das wird uns sicher weiterhelfen. Vielleicht können wir dadurch herausfinden, mit wem Volker sich an diesem Abend getroffen hat.«

»Und damit, wer sein Mörder war …«, sage ich leise.

»Maja, es ist immer noch nicht erwiesen, dass es Mord war! Ich möchte dich bitten, das nicht an die große Glocke zu hängen. Du weißt ja, wie die Lokalpresse ist. Ich möchte erst, dass etwas davon in der Zeitung steht, wenn wir sichere Beweise haben! Das verstehst du doch?«

»Natürlich! Von mir erfährt niemand etwas!«, verspreche ich.

»Nun werde ich erst einmal ein kleines Gespräch mit Nora und John führen. Sie sind noch im *Maiglöckchen*?«

Ich nicke.

»Ist diese Nora vielleicht zufällig blond und fährt ein rotes Auto?«, fragt Michael beim Hinausgehen.

»Nein, sie ist rothaarig, und die beiden haben einen schwarzen Mietwagen«, antworte ich.

»Warum fragst du?«

»Nun, es gab heute natürlich wieder einen kleinen Menschenauflauf, als die Polizei in der Villa und im Bootshaus der Schindlers Ermittlungen anstellte. Ich fragte ein paar herumstehende Nachbarn, ob sie vielleicht an dem Abend, als Volker verschwand, etwas Verdächtiges beobachtet hatten. Und tatsächlich hatten gleich mehrere Leute etwas bemerkt!

Eine ältere Dame, die ihr Hundchen noch zu später Stunde Gassi führte, hatte, ebenso wie ein Mann, der auf dem Balkon eine Zigarette rauchte, eine Frau gesehen. Eine blonde Frau, die aus dem Garten der Schindlers stürmte. Sie sei regelrecht in Panik gewesen, ihre Bluse hing schief aus dem Rock, die Schuhe trug sie in der Hand. Sie sei zu einem roten kleinen Auto gerannt und dann mit quietschenden Reifen davongebraust. Die Automarke hätten sie nicht erkannt, nur dass es ein roter Kleinwagen gewesen sei, mit FN-Kennzeichen. Wenn Nora nicht blond ist und kein rotes Auto fährt, dann kann sie es nicht gewesen sein. Maja, ich glaube, wir müssen diese Frau finden. Ich glaube, dass sie der Schlüssel zu dem Ganzen ist!«

Mir wird kalt. Eva ist blond und fährt einen roten Opel Corsa. Doch auch Ruth ist blond und fährt einen roten VW-Polo. Und Irma ist blond und nennt einen roten Fiat ihr eigen. Alle drei Damen sind schlank, könnten also einen winzigen Spitzenslip tragen … und sind bei *Seensucht* angemeldet!

16. KAPITEL
»DIE VERSCHWUNDENE PERLENKETTE«

»Es tut mir ja so leid!«, sagen Eva und ich wie aus einem Munde, als wir uns am *Molencafé* am Radolfzeller Hafen treffen.

»Puh! Ist das eine Hitze!« Eva nimmt den Helm vom Kopf und schüttelt ihr blondes Haar. Sie verbringt den heutigen Tag mit den beiden Mädels im idyllisch gelegenen Strandbad auf der Halbinsel Mettnau und kommt mit ihrem kleinen Motorroller herübergedüst, weil ich sie dringend sprechen wollte. »Maja, ich habe dir unrecht getan!«, sagt Eva und bestellt einen Cappuccino. »Ich weiß, du hast es nur gut gemeint! Als du bemerkt hast, dass dieser Peter bei euch in der Pension anderen Frauen die gleichen romantischen Mails schreibt wie mir, dachtest du, er würde ein doppeltes Spiel mit mir treiben! Du wolltest mich nur vor einer Enttäuschung bewahren, und zum Dank dafür habe ich dich so angezickt! Es tut mir so leid, ich habe dich für neidisch und missgünstig gehalten … dabei kenne ich dich doch mein halbes Leben und weiß, wie du bist!« Sie sieht wirklich schuldbewusst aus.

»Vielleicht habe ich es ja auch etwas ungeschickt angefangen«, gebe ich zu. »Ich habe dich ja praktisch völlig unvorbereitet mit dieser Neuigkeit konfrontiert. Natürlich hat es mich gekränkt, dass du mich für neidisch gehalten hast. Aber noch mehr als das habe ich mir Sorgen um dich gemacht. Eva, ich wollte dich einfach nur warnen.«

»Das weiß ich doch, Maja. Aber ich war so verknallt, ich wollte deine Warnung einfach nicht hören. Heute weiß ich, dass du recht hattest! Du, ich habe mich ja nur einmal mit diesem Jörg … oder vielmehr Peter … getroffen. Und weißt du was? Seitdem hat er sich nicht mehr bei mir gemeldet! Ich habe ihm noch einmal geschrieben, ob ich etwas falsch gemacht hätte. Aber es kam keine Antwort – bis heute nicht! Das ist doch auch keine Art! Er hätte doch anstandshalber irgendeinen Grund nennen können, warum er mich nicht wiedersehen will. Wahrscheinlich war ich ihm nicht hübsch oder reich genug, und er hat etwas Besseres als mich gefunden!«

»Nein, das ist nicht der Grund, warum er sich nicht mehr bei dir gemeldet hat, Eva«, sage ich ernst und nehme ihre Hand. »Er konnte es nicht. Er ist nämlich … tot!«, berichte ich.

»Was sagst du da?« Eva wird auf einmal leichenblass.

»Es stimmt leider. Man fand seine Leiche am Ufer des Sees. Er wurde an Land getrieben, ganz in der Nähe der *Butterblume*.«

»Oh nein, das ist ja furchtbar!« Eva ist ehrlich entsetzt. »Er ist ertrunken?«

»Das weiß man noch nicht genau«, sage ich und nehme einen Schluck von meiner Apfelschorle.

»Oh warte … jetzt, wo du es sagst! Ich habe von diesem Toten in der Zeitung gelesen! Und dass es sein kann, dass er ermordet wurde! Aber ich wusste doch nicht, dass es Jörg … vielmehr Peter … ist … oder vielmehr war.« Eva ist ganz durcheinander.

»Er heißt Volker, Eva. Weder Peter noch Jörg, sondern

Volker. Und noch weiß man gar nicht, wie genau er ums Leben gekommen ist. Er befindet sich in der Uniklinik in Freiburg zur Obduktion. Sicher ist nur eines, Eva: dass er sehr, sehr viele Kontakte zu Frauen hatte.«

»Oh Maja, ich schäme mich ja so! Warum musste ich mich nur mit ihm einlassen?« Eva fängt an zu weinen.

»Das ist doch Quatsch, Eva! Es gibt nicht den geringsten Grund, sich zu schämen. Ich kannte Volker ja auch ein wenig und weiß doch, wie charmant er war! Man konnte sich sehr leicht in ihn verlieben. Und du warst einfach so ausgehungert nach ein bisschen Aufmerksamkeit und Zärtlichkeit. Du dachtest, du würdest diese Dinge bei ihm finden, weil er sie dir mit seinen lieben und romantischen Worten versprach. Aber leider nicht nur dir! Es gab wohl noch sehr viel mehr Frauen, die ebenso einsam waren wie du und Sehnsucht nach Liebe hatten.«

»Ja, Sehnsucht … das ist das richtige Wort. Deshalb hab ich mich doch überhaupt bei *Seensucht* angemeldet, verstehst du, Maja? Und als er mich dann anschrieb und mir Komplimente machte, hat das so unglaublich gut getan. Endlich habe ich mich wieder begehrenswert gefühlt, dieses Gefühl hatte ich schon so lange bei Tim vermisst. Aber nun ärgere ich mich: Wie konnte ich nur so dumm sein?«, schnieft sie.

»Du bist kein bisschen dumm, Eva! Nur ausgehungert. Und das ist mehr als verständlich. Ich bin sicher, du findest jemanden, der dir dieses Gefühl wieder geben wird. Und zwar nur dir alleine und nicht noch Dutzenden von anderen Frauen«, versuche ich, Eva zu trösten.

»Ach Maja, im Moment habe ich einfach so genug von den Männern. Dieses Erlebnis reicht mir für den Rest meines Lebens!«

»Es sind doch nicht alle Männer so, Eva. Was ist denn mit Tim? Denkst du nicht, es könnte noch einmal eine Versöhnung zwischen euch geben? Eure Trennung tut ihm bestimmt auch sehr weh, da bin ich ganz sicher.« Ich kann mir immer noch nicht vorstellen, dass die beiden nie mehr zusammenkommen. Andererseits gibt es ja schon seit Längerem einen riesengroßen Riss in ihrer Beziehung.

»Ich weiß nicht, Maja. Im Augenblick weiß ich gar nichts mehr. Ich fühle mich verloren, noch viel schlimmer als vor der Begegnung mit Jörg … ich meine mit Volker. Dabei habe ich wirklich geglaubt, dass ich noch einmal ein bisschen Liebe und Glück gefunden hätte. Und was war? Nichts. Dass er tot sein soll, kann ich immer noch nicht recht glauben.« Eva sieht gedankenverloren auf den kleinen Yachthafen, in dem so viele hübsche Boote liegen. »Das ist alles so schrecklich, nicht wahr, Maja?«

»Das finde ich auch. Egal, wie dieser Volker war und wie viele Frauen er enttäuscht haben mag, ein solches Ende hat er meiner Meinung nach nicht verdient.«

»Ich hoffe, die Polizei findet heraus, wer das getan hat!«, sagt Eva auf einmal laut.

»Die Ermittlungen sind in vollem Gange. Übrigens kann es sein, dass Michael bald einmal bei dir vorbeischauen wird!«, informiere ich Eva.

»Bei mir? Ermittlungen? Was soll das denn jetzt, Maja? Was habe ich denn mit der ganzen Sache zu tun?«, fragt Eva auf einmal ganz aufgeregt.

»Nun, du standest immerhin in Verbindung mit Volker und hast dich mit ihm getroffen. Habt ihr auch SMS oder WhatsApp geschrieben auf dem Handy?«

»Na klar!«, sagt Eva betrübt.

»Dann wird die Polizei deine Handynummer finden und dir sicher einige Fragen stellen. Sie haben nämlich sein Handy gefunden.« Ich erzähle Eva von dem Bootshaus, und dass an dem Abend, an dem Volker verschwand, eine blonde Frau in einen roten Kleinwagen stieg und in großer Hast davonbrauste. »Wie es aussieht, ist sie die Letzte, die Volker lebend gesehen hat, und damit für die Polizei natürlich hochinteressant.«

»Ja, und vermutlich die Tatverdächtige. Na super!«, seufzt Eva. »Maja, du musst mir glauben, ich habe diesen Volker nur ein einziges Mal gesehen, beim harmlosen Eisessen in Konstanz. Ich weiß weder von einem Bootshaus noch habe ich überhaupt jemals ein anderes Treffen mit ihm gehabt!« Sie sieht mir fest in die Augen. »Ich war zwar stinksauer auf den Typen, aber ich würde ihn doch nicht umbringen!«

»Ich glaube dir, Eva.« Ich drücke fest ihre Hand. »Und ich bin sicher, Michael wird herausfinden, was an dem Abend wirklich geschah!«

»Schau mal, Mami!« Stolz zeigt Nini mir wunderschöne Fotos, die sie gestern Abend vom Sonnenuntergang am See geknipst und nun auf den PC überspielt hat.

»Wow! Die sehen ja fantastisch aus!«, lobe ich sie. »Kannst du mir das hier vergrößern?«

Die tief stehende Sonne taucht den See auf dem Bild in goldenes Licht, die Konturen des anderen Ufers sind nur zu erahnen. Ein Schwanenpaar zieht majestätisch in der Abendsonne über das Wasser, im Vordergrund liegt ein kleines Segelboot wie die *Sommerwind*. Das Bild hat etwas unglaublich Melancholisches, ohne jedoch in irgendeiner Weise traurig zu wirken.

»Ich würde es gerne hier im Flur aufhängen, weil es so schön unsere Bodenseestimmung einfängt!«, sage ich.

»Wirklich?«, freut sich Nini.

Sie hat wirklich ein Auge für gute Fotomotive, das sehe ich jetzt auch.

»Meine Perlenkette … sie ist weg!«, kreischt auf einmal Frau Döbler aus Sachsen, die gerade mit hochrotem Kopf die Treppe im *Maiglöckchen* herunterkommt.

Nini blickt ihr verständnislos entgegen.

»Meine Perlenkette! Sie ist verschwunden. Im *Seezimmer*! Können Sie mir das bitte irgendwie erklären?«, fragt sie wütend.

Da ich sehe, dass Nini mit dieser Unterhaltung gnadenlos überfordert ist, schalte ich mich ein.

»Was meinen Sie? Welche Perlenkette?«

»Meine wertvolle Perlenkette, die ich von meinem Mann zur Silberhochzeit bekommen habe. Gestern habe ich sie noch getragen, heute ist sie weg! Was sagen Sie dazu?« Vor lauter Aufregung stehen ihr Schweißtropfen auf der Stirn.

Ich erinnere mich in der Tat, dass ich die verschwundene Perlenkette am Hals von Frau Döbler schon gesehen hatte. »Wo haben Sie sie denn abgelegt?«, frage ich ruhig.

»Im Zimmer natürlich, wo sonst?«, herrscht sie mich an.

»Haben Sie denn überall nachgesehen?«, frage ich freundlich.

»Halten Sie mich für blöd?«, fragt sie mürrisch. »Ich habe das ganze Zimmer auf den Kopf gestellt, aber sie ist nirgends!«

»Wo hatten Sie sie denn zuletzt? Manchmal legt man ja etwas gedankenverloren irgendwohin, wo es nicht hingehört, zum Beispiel in die Minibar.«

»Ich glaube, sie wollen mich veräppeln! Ich lege doch keine wertvolle Perlenkette in die Minibar! Nein, ich habe sie auf den Nachttisch gelegt wie meine Uhr und meine Ringe auch. Das tue ich jeden Abend. Warum haben Sie eigentlich keinen Safe in den Zimmern? Das ist doch heutzutage üblich!« Frau Döbler ist wirklich sehr aufgeregt.

»Immer mit der Ruhe, Frau Döbler«, sage ich, um die Situation zu entschärfen. »Wollen wir vielleicht gemeinsam noch einmal nachsehen?«

»Wenn Sie meinen, dass das etwas bringt! Sie dürfen mir schon glauben, dass ich wirklich überall nachgeschaut habe!«

Trotzdem gehen wir gemeinsam in das *Seezimmer*. Wie schön das Zimmer doch ist! Mit seinem direkten Blick auf den See und den weißen Möbeln mit den frischen blauen Accessoires ist es der ideale Ort, um seinen Urlaub zu verbringen, denke ich. Das Zimmer ist blitzblank geputzt und ordentlich aufgeräumt. Aus dem Fenster sehe ich Nora, die mit traurigem Gesicht im Garten wieder Rosen schneidet. Eigentlich schade, dass wir uns so entzweit haben, denke ich. Mit ihrer Liebe zu den Blumen und ihrer zurückhaltenden und humorvollen Art war sie mir wirklich sympathisch. Ganz im Gegensatz zu Frau Döbler, die jetzt hektisch im Zimmer umhergeht und nach der verschwundenen Perlenkette sucht.

»Wie sah sie denn aus, die Kette?«, frage ich sie.

»Hören Sie, das ist doch vollkommen ohne Belang. Wenn Sie jetzt in diesem Zimmer eine Perlenkette finden, dann ist das zweifelsfrei meine!«

Ich sehe überall nach: im Bad, im Kleiderschrank, sogar unter dem Bett und in der Minibar, doch es findet sich tatsächlich nicht die Spur einer Perlenkette. Seufzend zucke ich die Schultern. »Sind Sie sicher, dass Sie sie hier zuletzt hatten? Vielleicht haben Sie sie ja unterwegs verloren?«, frage ich unsicher. »Könnte es sein, dass die Kette aufgegangen ist oder Sie sie abgenommen haben? Ich habe zum Beispiel einmal eine Kette in einer Umkleidekabine vergessen, die ich abnahm, weil sie nicht zu dem Kleid, das ich probieren wollte, passte.«

»Die Kette hatte einen Sicherheitsverschluss!«, gibt Frau Döbler bekannt. »Sie ist mir noch nie von alleine aufgegangen. Und abgenommen habe ich sie schon gar nicht!« Frau Döbler ist wirklich sehr aufgeregt. »Dieses russische Mädchen, das hier immer saubermacht, kam mir gleich so komisch vor. Die kann einem ja nicht in die Augen gucken! Solche Leute haben immer etwas zu verbergen.«

»Moment! Frau Döbler, Sie wollen damit doch nicht andeuten, dass Olga Ihre Perlenkette gestohlen hat? Für mein Personal lege ich die Hand ins Feuer!«, erwidere ich aufgebracht.

»Ich will überhaupt nichts andeuten. Tatsache ist, dass ich meine wertvolle Kette in diesem Zimmer zuletzt hatte und sie nun nicht mehr da ist!« Frau Döbler wird laut. »Und das eine kann ich Ihnen sagen: Sie können Ihrer Olga einen schönen Gruß ausrichten. Wenn die Kette nicht bis morgen an ihrem Platz zurück ist, dann rufe ich die Polizei. Sie können mir die Rechnung schon fertigmachen, ich reise morgen ab!«

Das kann doch nicht wahr sein … als ob wir nicht schon genug Aufregungen hätten! Ich kann kaum noch meinen Atem kontrollieren.

»Weißt du, wo Olga ist?«, frage ich Nini.

»Olga? Die ist doch schon seit zwei Tagen krank!«, antwortet Nini und verdreht die Augen.

»Was? Wer hat denn dann die Zimmer gemacht?«, frage ich, obwohl ich die Antwort schon kenne.

»Na, wer schon? Freddy natürlich!«, sagt sie.

Freddy hat die Zimmer geputzt? Das würde ja bedeuten, dass er – möglicherweise – die Kette genommen hat! Mir fällt ein, was mir Michael über Freddys Familie berichtet hat. Anscheinend kommt er ja nicht gerade aus den besten Verhältnissen! Aber er wird doch kein Dieb sein? Und dann fällt mir noch etwas auf. Der Platz in der Vitrine, auf dem die alte Spieluhr stand, ist ebenfalls leer. Jemand muss sie genommen haben, genau wie die Perlenkette! Dass Ruth und Nini es nicht waren, steht außer Frage. Bleibt nur Freddy! Ob er die Dinge an sich genommen hat, um sie zu Geld zu machen? Michael hat gesagt, dass die Spieluhr unter Sammlern sicher ein paar Hundert Euro wert wäre. Und Frau Döbler hat immer von ihrer wertvollen Perlenkette gesprochen.

Aber ist dies nicht ein unglaublicher Verdacht? Wenn ich jetzt zu Freddy gehe und ihm einen Diebstahl unterstelle, dann wird er sicher böse, vor allem, wenn er es nicht war! Von Nini ganz zu schweigen. Aber hat er ihr nicht diesen teuren Fotoapparat gegeben? Wo hat er diesen her? Er hat seine Ausbildung abgebrochen, da wird er eher in Geldnöten sein. Ob er ihn auch gestohlen hat? Vielleicht sogar in dem Hotel, in dem er gearbeitet hat? Womöglich hat Freddy die Ausbildung ja gar nicht abgebrochen, sondern wurde gefeuert, weil er geklaut hat! Was hat Nini mir noch einmal erzählt, wo er gearbeitet hat? Im Hotel *Immengarten* in Ludwigshafen! Ich ringe ungefähr eine

Stunde mit mir, dann rufe ich dort an. Wenn Freddy wirklich ein Dieb ist, dann muss ich mit ihm reden. Bevor morgen die Polizei kommt! Er muss die Perlenkette zurücklegen, sonst gibt es hier einen Riesenwirbel. Und den kann ich beim besten Willen nicht noch zusätzlich brauchen!

»Bodenseehotel *Immengarten*, einen schönen guten Abend!«, sagt die freundliche Rezeptionistin.

Ich verlange jemanden aus der Geschäftsleitung und werde sofort verbunden. Eine freundliche männliche Stimme, die sich als Herr Roth vorstellt, fragt, was sie für mich tun kann, und ich komme sofort zur Sache.

»Herr Roth, mein Anruf ist ein wenig ungewöhnlich! Es geht um einen ihrer ehemaligen Auszubildenden, Freddy Fischer.«

»So? Und um was geht es Ihnen da speziell?«, fragt er freundlich.

»Sehen Sie, mir gehört die Pension *Maiglöckchen* in Überlingen-Nussdorf, und Freddy jobbt seit ein paar Wochen bei mir.«

»Das ist ja schön für Sie!«, antwortet Herr Roth.

»Finden Sie? Erlauben Sie mir die Frage: Warum hat Freddy denn bei Ihnen aufgehört?«

»Erlauben Sie mir die Frage: Warum interessiert sie das?«

»Weil … hier in der Pension etwas passiert ist. Ich muss wissen, ob sich etwas Ähnliches auch bei Ihnen zugetragen hat und Freddy etwas damit zu tun hatte.«

»Das hört sich aber spannend an! Was meinen Sie denn konkret?«

»Nun, es sind hier gleich mehrere wertvolle Dinge verschwunden, und ich wollte wissen, ob das bei Ihnen auch vorkam, als Freddy …«, stammle ich hilflos.

»Sie wollen wissen, ob Freddy bei uns geklaut hat? Frau Winter, die Antwort lautet: Nein!«

Herr Roth macht eine kurze Pause. »Ich weiß nicht, was da genau bei Ihnen passiert ist. So ein Vorfall ist immer mehr als ärgerlich! Vor allem, wenn es die Gäste betrifft. Ich weiß natürlich nicht, was sie sonst für Personal beschäftigen. Aber ich bin mir ziemlich, um nicht zu sagen 100-prozentig sicher, dass Freddy kein Dieb ist!«

»Aber warum hat er denn dann bei Ihnen aufgehört?«, frage ich neugierig.

»Ich will Ihnen etwas sagen, Frau Winter! Freddy war einer unserer besten Auszubildenden, die wir je hatten, und ich bedaure zutiefst, dass er uns auf eigenen Wunsch verlassen hat. Das Problem bei Freddy waren seine Fehlzeiten. Anfangs dachten wir, er sei einfach ein wenig unzuverlässig. Denn dass er nicht faul war, stellte er, wenn er im Hotel war, stets unter Beweis. Irgendwann kamen wir dahinter, warum er so oft fehlte, vor allem in der Berufsschule. Freddy hat noch eine kleine Schwester, die gerade in die Grundschule gekommen ist. Einen Vater gibt es wohl nicht, und die Mutter ist, so wie es den Anschein hat, Alkoholikerin. Jedenfalls scheint sie selten zu Hause zu sein und wenn, dann vermutlich nicht wirklich imstande, sich um den Haushalt oder das kleine Mädchen zu kümmern. Ich glaube, dass Freddy diese Verantwortung nach und nach immer mehr übernommen und dafür gesorgt hat, dass sie zur Schule ging, etwas zu essen hatte, wenn sie nach Hause kam und so weiter. Solange er im Hotel war, klappte das ganz gut, da wir ja im Schichtdienst arbeiten. Aber den Blockunterricht der Berufsschule, der immer mehrere Wochen dauert und in Villingen-Schwenningen im Schwarzwald stattfindet, nahm er fast nie wahr. Die Schule sah sich das natürlich nur eine gewisse Zeit mit an und legte uns ein Gespräch mit ihm nahe. Ich fuhr zu ihm nach Hause und sprach mehrfach mit ihm. Deshalb bin ich auch so gut über seine familiären Verhältnisse im Bilde. Freddy war das Ganze so peinlich, dass er entschied, seine Ausbildung abzubrechen. Glauben Sie mir, ich habe mit Engelszungen geredet, um ihn umzustimmen. Vergeblich! Sie können sich glücklich schätzen, dass er für Sie arbeitet. Gute Arbeitskräfte sind in unserer Branche ja eine seltene Perle, wie Sie sicher wissen!«

Perle? Obwohl mir Herr Roth sehr geholfen hat, weiß ich immer noch nicht, wer die Kette gestohlen hat!

»Es wäre natürlich auf jeden Fall wünschenswert, wenn Freddy seine Ausbildung doch noch zu Ende machen würde. Reden Sie doch noch einmal mit ihm, Frau Winter! Ich bin gerne bereit, ihn wieder einzustellen, und setze mich auch gerne für ihn bei der Schule ein«, sagt Herr Roth und setzt hinzu: »Ich hoffe, ich konnte Ihnen mit dieser Information weiterhelfen!«

»Sie denken also wirklich nicht, dass es Freddy gewesen sein könnte? Vielleicht aus finanziellen Nöten, weil die Familie Geld braucht?«, hake ich noch einmal nach.

»Das kann ich mir beim besten Willen nicht vorstellen«, sagt Herr Roth. »Außerdem verdient er doch sicher etwas Geld bei Ihnen? Das würde Freddy nicht aufs Spiel setzen!« ergänzt er.

Natürlich hat er recht. Schon wegen der freundschaftlichen Verbindung zu Nini würde Freddy doch nichts bei uns stehlen. Wie konnte ich nur etwas anderes glauben? Ich schäme mich für mein schlimmes Vorurteil und verabschiede mich von Herrn Roth.

Aber wer hat denn nun wirklich die Perlenkette und die Spieluhr an sich genommen … und vor allem, aus welchem Grund? In Gedanken versunken mache ich noch einen kleinen Abendspaziergang mit Jojo am See. Der Wind hat aufgefrischt, und Himmel und See sind so dunkelgrau wie meine Gedanken. Ob es ein Gewitter geben wird? Denkbar wäre es. Es war heute fürchterlich schwül, und für die Pflanzen im Garten wäre ein wenig Regen ein wahrer Segen. Das Wasser ist ganz rau, und somit wirkt der See ganz anders als auf Ninis romantischem Sonnenuntergangs-Foto. Wie hübsch es im Flur des *Maiglöckchens* aussehen wird!

Jojo und ich schaffen es gerade noch rechtzeitig nach Hause, bevor der Sturm losbricht. Doch es ist keine Freude, heimzukommen, denn es klebt ein Blatt Papier an der Tür, beklebt mit Buchstaben, die aus einer Zeitung ausgeschnitten sind: »Hau ab, Schlampe!«

Darunter klebt ein Bild von einem gruseligen Totenkopf.

17. KAPITEL
»DER SCHLÜSSEL«

Auf jedem der Tische im Frühstücksraum steht eine frische Rose aus unserem Garten. Nora muss sie am Abend noch spät auf die Tische gestellt haben. Ob sie glaubt, sie hätte Erfolg mit ihrem Erbanspruch auf das *Maiglöckchen* und sich hier bereits als neue Chefin sieht?

Nun, eines ist sicher: Kampflos werde ich die Sache nicht aufgeben! Dafür habe ich hier viel zu viel Arbeit hineingesteckt. Außerdem bin ich es Frieda schuldig. Sollte Nora tatsächlich die Tochter von Hermann sein, was ja noch gar nicht sicher ist, muss sie das erst einmal beweisen. Ich bin immer noch misstrauisch, ob das alles nicht nur ein Versuch von Nora und John ist, um an Geld zu kommen. Aber auch wenn die Geschichte stimmt, glaube ich nicht, dass Frieda etwas von der Untreue ihres geliebten Mannes ahnte. Wenn sie von Hermann sprach, dann leuchteten ihre Augen. Er war einfach alles für sie! Deshalb kann ich mir nicht vorstellen, dass sie jemals auch nur den klitzekleinen Verdacht hegte, eine andere Frau könne für ihren Hermann wichtig gewesen sein. Und das war gut so! So nahm sie die Gewissheit mit ins Grab, dass ihre Entscheidung, die Heimat zu verlassen, richtig war. Weil sie den Mann ihrer Liebe geheiratet und mit ihm ihr Glück am Bodensee gefunden hatte.

Nora sieht unglücklich aus, und in diesem Moment tut sie mir fast ein bisschen leid. Sie hat erst kürzlich ihre Mutter verloren … aber das Schlimmste ist, dass sie mit einem absolut unerträglich dummen und hoch aggressiven Mann zusammen ist, der sie auch noch schlecht behandelt! Was nicht heißt, dass ich die Sache mit den Rosen jetzt überbewerten und eine Heidididеidi-Freundschaft mit ihr anfangen werde! Dafür hat sie mich schon genug Nerven gekostet. Ich bin froh, dass die beiden bald abreisen. Christian sagt, sie solle erst einmal rechtskräftig beweisen, dass Hermann ihr Vater war! Und das von Australien aus, das wird sicher nicht so einfach werden.

Ob sie diesen hässlichen anonymen Brief geschrieben hat? Irgendwie traue ich es ihr allerdings nicht zu. Auch John nicht, außerdem kann er sowieso kein Deutsch. Aber wer könnte es sonst gewesen sein? Ich gebe zu, dass mich nicht nur das wieder eine schlaflose Nacht gekostet hat. Auch die Sache mit der Perlenkette liegt mir im Magen. Ich bereite deshalb heute selbst das Frühstück im *Maiglöckchen* zu, obwohl Ruth eigentlich dafür eingeteilt war. Wenn ich nur wüsste, was ich Frau Döbler sagen soll! Sie wird die Polizei holen, wenn die Perlenkette nicht bis nach dem Frühstück aufgetaucht ist. Jedenfalls hat sie das gestern deutlich angekündigt.

Wie auf das Stichwort »Polizei« schneit Michael auf einmal zur Tür herein. »Nanu? Du bist hier? Wo ist der flotte Käfer, mit dem ich neulich sprach? Ich hatte mit ihr ausgemacht, dass sie mir heute ein paar Fragen beantworten sollte.«

»Welcher flotte Käfer?«, frage ich lachend. »Meinst du Nora?«

»Nein, nicht diese Irin. Das ist doch kein Käfer, eher ein Mäuschen! Ich habe mit ihr gesprochen, angeblich hatte sie mit Volker nicht allzu viel zu tun. Sie haben sich nur manchmal beim Frühstück oder im Garten unterhalten, sagt sie. Und einmal eine Radtour zusammen gemacht.«

»Aber was ist mit dem Slip? Und dem keltischen Kreuz?«, frage ich ihn.

»Die Eigentümerin des Slips konnten wir leider noch nicht ausfindig machen. Aber das werden wir schon noch, keine Sorge! Es dauert natürlich seine Zeit, bis wir Volkers Handy komplett ausgewertet und alle gespeicherten Nummern überprüft haben. Was das keltische Kreuz angeht: Nun, wir haben ein wenig die Wohnung von diesem Volker unter die Lupe genommen und dabei ein paar Kleinigkeiten herausgefunden. Er war anscheinend ein großer Irlandfan und hat dort mehrere Urlaube verbracht. Das hat auch Nora bestätigt, die ganz begeistert war, am Bodensee einen Menschen zu treffen, der ihre Heimat ebenso liebt wie sie. Anscheinend haben sie sich gerade darüber sehr oft und gerne unterhalten. Tja, so wie es aussieht, scheint uns die Tätowierung nicht wirklich weiterzuhelfen, Maja.«

»Was ist mit John?«

»Es gibt mehrere Zeugen, die die beiden am Abend von Volkers Tod an den Fässern in der *Vinogreth* am See gesehen haben. Auch du hast ja bestätigt, dass die beiden spätabends ziemlich angetrunken nach Hause gekommen sind.«

»Könnte nicht einer von beiden noch einmal das Haus verlassen haben?«, frage ich.

»Das ist natürlich möglich, Maja. Nora hätte natürlich, nachdem ihr betrunkener Mann endlich eingeschlafen war, noch einmal das Haus verlassen und sich mit Volker treffen können. Aber warum in dem Bootshaus? Ein romantisches Treffen wäre doch am späten Abend auch woanders problemlos möglich gewesen. Dazu musste er nicht den Großgrundbesitzer spielen. Außerdem haben die Nachbarn eine blonde Frau wegfahren sehen. Und Nora ist rothaarig! Nein Maja, ich denke ehrlich gesagt nicht, dass Nora das geheimnisvolle Date von Volker war, John den beiden heimlich gefolgt ist und diesen aus Eifersucht getötet hat«, antwortet Michael.

Schade, ein gewisser Teil meines Herzens hätte sich gewünscht, dass Nora und John hinter der ganzen Sache stecken. Gleichzeitig schäme ich mich dafür, dass ich sie auf diese Weise loswerden wollte.

»Dafür habe ich noch einmal mit Frau Schindler gesprochen«, spricht Michael weiter.

»Frau Schindler? Ist das die Frau mit dem tollen Bootshaus?«, frage ich.

»Ganz genau!«, sagt Michael bedeutungsvoll. »Ehrlich gesagt kam mir die Sache mit dem fremden Namensschild an der Tür seltsam vor. Auch, dass es keinerlei Einbruchsspuren gab und nicht das Geringste gestohlen wurde. Wie es scheint, kannte sich Volker in der Villa ganz gut aus und wusste, dass es dort auch noch ein romantisches Bootshaus gibt. Ganz zu schweigen davon, dass er ja offenbar mit einem Schlüssel hereingekommen sein muss!«

»Und was schließt du nun daraus?«, frage ich neugierig.

»Nun, zum einen haben wir herausgefunden, dass es sich bei dem Schlüssel, den wir bei den Kleidungsstücken fanden, keineswegs um einen Originalschlüssel, sondern um einen nachgemachten handelt. Hierbei ergeben sich zwei Möglichkeiten: Entweder hat Frau Schindler Volker einen Schlüssel nachmachen lassen, was sie bestreitet. Falls doch, stellt sich die Frage: Warum? Es liegt nahe, dass sie selbst ein Verhältnis mit Volker hatte, was auch erklären würde, dass er sich dort so gut auskannte! Dann könnten wir ja annehmen, dass sie möglicherweise selbst die Dame war, mit der er auf dem Steg ein Rendezvous hatte!«

»Hmmm … ich weiß nicht, Michael! Dann hätte sie doch nicht die Polizei gerufen und diese Geschichte mit dem Namensschild an der Tür erzählt, sondern hätte die Kleidungsstücke sowie die Weinflasche und alle weiteren verräterischen Spuren beseitigt«, überlege ich.

»Außerdem ist da ja noch der winzige Victoria's Secret-Slip. Du sagst doch selbst, dass er Frau Schindler kaum passen dürfte!«

»Stimmt, Maja. Frau Schindler und der rote Spitzenslip … das ergibt für mich irgendwie kein sexy Bild!«, grinst Michael. »Aber vielleicht hat sie ihn ja auch dort hingelegt, um von sich abzulenken?«, vermutet er. »Es ist alles sehr seltsam. Das Einzige, das wir mit Sicherheit sagen können, ist, dass das Blut, das an der Weinflasche haftete, eindeutig von Volker stammt. Es sieht also ganz so aus, als sei er mit der Weinflasche erschlagen worden, Maja!«, erzählt Michael weiter.

»Oh Gott!«, sage ich bestürzt. Also doch Mord! Ein Motiv scheinen ja wohl einige gehabt zu haben. Einige Damen aus verschmähter Liebe, andere, weil sie auch finanziell betrogen wurden. Aber wäre eine von ihnen wirklich zu einem solchen Verbrechen fähig? Es könnte ja auch sein, dass der Täter ein Mann war! »Was macht denn eigentlich *Herr* Schindler?«, frage ich daher.

Immerhin könnte er ja überraschend nach Hause gekommen sein!

»Herr Schindler weilt momentan in Brüssel. Er ist ein höherer Beamter bei der Europäischen Union und selten bei seiner Gattin und in seinem Haus am See.«

»Könnte es nicht sein, dass er überraschend nach Hause kam und seine Frau und Volker in flagranti ertappte? Und ihm aus enttäuschter Liebe die Weinflasche über den Kopf haute?«, rätsle ich.

»Sozusagen ein ›crime de passion‹? Maja, ich glaube, du hast den falschen Beruf! Mit deiner Fantasie solltest du eindeutig keine Törtchen backen, sondern die Kriminalpolizei unterstützen!«, lacht Michael.

»Oh, nein, mein Leben ist in der *Butterblume* und im *Maiglöckchen* weiß Gott aufregend genug!«, seufze ich.

»Maja, ich könnte mir wirklich vorstellen, dass Volker ein Verhältnis mit Frau Schindler hatte und deshalb genau wusste, dass sie zur Kur in Oberstaufen sein würde! Er machte heimlich eines Tages einen Schlüsselabdruck, ließ diesen nachmachen und nutzte die Gelegenheit, sich während Frau Schindlers Abwesenheit im Bootshaus mit anderen Frauen zu treffen. Es haben sich übrigens einige Frauen nach unserem Aufruf im Südkurier gemeldet, die meisten natürlich anonym. Aber zum großen Teil konnten wir die Telefonnummern nachverfolgen und die Adressen ausfindig machen.«

»Ach ja, und wer waren diese Frauen?«, frage ich neugierig. Ob Eva und Irma auch dabei waren?

»Das darf ich dir natürlich nicht sagen, liebe Maja, auch wenn du mich noch so lieb anlächelst! Aber ich kann dir verraten, dass sich auch einige bekannte Damen aus der High Society am Bodensee darunter befinden, die mit Sicherheit ein paar kleine Schwierigkeiten bekommen, wenn ihre geheime Liebschaft auffliegt! Du würdest Augen machen, wer sich so alles darunter befindet und Sehnsucht nach Liebe hatte!«, zwinkert Michael mir zu.

»Du bist gemein«, sage ich mit gespieltem Ernst. Ich verstehe doch, dass Michael mir keine Namen nennen darf, aber interessieren würde es mich natürlich schon, wer alles dabei ist!

»Ich hoffe sehr, dass die Frau dabei ist, die mit Volker das geheimnisvolle Schäferstündchen hatte, bei dem er den Tod fand. Die Frau, mit der er auf keinen Fall gesehen werden wollte, weil sie vielleicht auch verheiratet ist! Das würde nämlich erklären, warum sie so schnell verschwand«, sagt Michael weiter.

»Du meinst die Blondine mit dem roten Auto?«

»Genau. Wenn wir sie hätten, dann wären wir auf jeden Fall einen großen Schritt weiter! Nora ist es jedenfalls nicht. Aber da wären ja noch ein paar andere, die ich wohl alle treffen muss!«

Diesmal seufzt Michael.

»Was dir vermutlich nicht allzu schwerfallen dürfte!«, sage ich lächelnd und hoffe nur, dass Eva nicht die geheimnisvolle Unbekannte ist, mit der sich Volker in seinem letzten Stündlein getroffen hat.

»Apropos: Wen hast du denn nun mit dem flotten Käfer gemeint?«, grinse ich.

»Na diese hübsche Blonde mit der Wahnsinnsfigur, die hier neulich herumgewirbelt ist, als ich Nora und John befragte.«

»Ach, du meinst Ruth? Oh ja, sie ist wirklich ein ›flotter Käfer‹!«, lache ich. »Und nicht nur das. Sie ist auch wahnsinnig tüchtig. Sie ist heute in der *Butterblume*, weil ich hier etwas Wichtiges klären muss.« In wenigen Worten erzähle ich Michael vom Verschwinden der Perlenkette und der Spieluhr.

Ohne dass ich ihm von meinem Gespräch mit dem

Hotel *Immengarten* erzählt habe, sagt Michael dazu: »Ich glaube nicht, dass Freddy ein Dieb ist, Maja!«

»Aber du hast doch selbst gesagt, er käme ›nicht gerade aus den besten Verhältnissen‹!«, erinnere ich ihn.

»Das ist richtig. Trotzdem macht der Junge einen guten Eindruck auf mich. Ich habe einen Riecher für so etwas!«, sagt Michael auf einmal bestimmt.

»Michael, da ist noch etwas, das ich dir unbedingt erzählen muss.« Ich ziehe das Blatt Papier mit den aufgeklebten Buchstaben aus meiner Tasche.

»Woher hast du das?«, fragt Michael mit ernstem Gesicht.

»Das klebte gestern am Eingang zur *Butterblume*«, berichte ich ihm.

»Hmmm ... kann ich es mitnehmen?«, fragt er mit ernster Miene.

»Natürlich, ich bin froh, wenn ich es nicht mehr sehen muss!« Ich drücke ihm das Blatt in die Hand.

»Keine Panik, Maja. Vielleicht hat sich jemand nur einen zugegebenermaßen schlechten Scherz erlaubt.« Michael nimmt mich in den Arm. Gleich fühle ich mich besser. Seine Nähe gibt mir Kraft und Zuversicht und nimmt mir die Angst. »Du weißt, dass du immer auf mich zählen kannst, Maja! Ich bin immer für dich da, Tag und Nacht.« Mit diesen Worten verabschiedet sich Michael, um zur *Butterblume* zu gehen und dem ›flotten Käfer‹ ein paar Fragen über Volker zu stellen.

»Wie gut, dass Sie heute da sind, Frau Winter!«, ruft Frau Döbler quer durch den ganzen Frühstücksraum. Oh nein, nun bekommen alle Gäste mit, dass man ihrer Meinung nach hier beklaut wird! Nun ja, »alle Gäste« sind zwei junge Damen aus München, die im *Apfelzimmer* wohnen und morgen schon sehr früh zum Flughafen nach Zürich weiterfahren, sowie Nora und John. Mein Blick in den Garten verrät mir, dass diese beiden gerade wild gestikulierend in eine Unterhaltung verstrickt sind. Anscheinend streiten sie wieder einmal. Das *Sonnenzimmer* steht seit der Geschichte mit Volker noch immer leer, ich brachte es noch nicht fertig, es weiterzuvermieten.

»Wir können die Angelegenheit sehr gerne nach dem Frühstück vorne am Empfang besprechen!«, sage ich zu Frau Döbler in der Hoffnung, dass mir in der Zwischenzeit irgendetwas einfallen wird, um sie zu besänftigen.

»Welche Angelegenheit?«, fragt sie jedoch laut.

»Nun, die Sache mit ... ihrer Kette!«, antworte ich dagegen in leisem Ton.

»Genau darüber wollte ich auch mit Ihnen reden«, sagt Frau Dobler und schiebt sich noch einen Bissen Rührei mit Speck in den Mund.

In diesem Moment stürmt John zur Tür herein und sieht mich hasserfüllt an. Offenbar scheint ihm die Unterredung mit Nora auf den Magen geschlagen zu haben, denn frühstücken möchte er nicht. Ohne ein Wort zu sagen oder den Frühstückstisch zu beachten, geht er an uns vorbei und verschwindet im *Rosenzimmer*. Kurz darauf betritt Nora den Frühstücksraum über die Terrasse. Sie trägt ein blassrosa Sommerkleid aus Chiffon, in dem sie sehr zart aussieht.

»Guten Morgen, Maja«, sagt sie und lächelt mich unsicher an.

Ich sehe ihr an, dass sie sich unwohl fühlt, was entweder an dem Streit mit ihrem John oder an unserer letzten

Unterredung liegen dürfte, in der sie ihren Erbanspruch anmeldete.

»Guten Morgen, Nora«, sage ich und tue so, als hätte die Unterhaltung von neulich gar nicht stattgefunden, sondern biete ihr Cappuccino an, den sie so gerne trinkt.

»Sag mal, Maja, ist das deine?«, fragt sie plötzlich. Nora nimmt aus ihrer Tasche – die Perlenkette!

»Woher haben Sie die?«, kreischt Frau Döbler und springt auf.

»Ich glaube, sie gehört Frau Döbler«, sage ich, atme tief durch und hoffe, dass niemand bemerkt, wie erleichtert ich gerade bin.

»Hab ich gerade im Garten gefunden! Die lag draußen auf dem Rasen, ganz nah beim See«, berichtet Nora. »Ich dachte, sie gehört dir, Maja, und du hast sie vielleicht abgenommen, als du schwimmen gehen wolltest.«

Frau Döbler schlägt sich mit der flachen Hand gegen ihre Stirn. »Richtig! So war es. Aber es ist meine Kette! Ich habe sie in der Tat gestern Vormittag abgenommen, bevor ich für eine Runde in den See gehüpft bin. Das habe ich ja total vergessen!«, ruft sie erfreut.

Ganz abgesehen davon, dass sie sich ja zu 100 Prozent sicher war, dass sie die Kette »wie immer« auf den Nachttisch gelegt hatte. Grinsend gibt Nora Frau Döbler ihre Kette zurück.

»Hier, bitteschön. Ich dachte mir schon, dass dieses wundervolle Stück sicher sehr vermisst wird!«

»Und ob! Ist sie nicht traumhaft schön? Ach, ich bin so froh, dass ich sie wiederhabe! Sie müssen wissen, dass es ein Geschenk meines Mannes – Gott hab ihn selig – zu unserer Silberhochzeit war. Es wäre furchtbar für mich gewesen, ohne sie leben zu müssen!«

Ich kann ja verstehen, dass Frau Döbler sich freut, ihre Kette wiederzuhaben. Aber wäre nicht vielleicht ein »Dankeschön« angebracht? Es gibt auch kein Wort der Entschuldigung! Immerhin hat Frau Döbler gestern ja ein Riesenspektakel gemacht und meine Angestellten verdächtigt. Bei dem Gedanken an Freddy schäme ich mich. Wie konnte ich nur denken, er könnte die Kette genommen haben! Dabei hatte Frau Döbler nur vergessen, wo sie sie abgelegt hatte. Ich bin wütend, vor allem auf mich selbst.

»Frau Winter, Sie sagen ja gar nichts! Ist es nicht toll, dass meine Kette wieder da ist? Wissen Sie, bei diesem schönen Wetter würde ich nun doch gerne noch drei bis vier Tage bei Ihnen bleiben!«, sagt sie und legt sich dabei selbst die Kette wieder an.

»Oh, das tut mir aber leid, Frau Döbler!« Ich tue so, als würde ich meine Worte ehrlich bedauern. »Aber nachdem Sie gestern sagten, Sie wollten heute nach dem Frühstück abreisen, habe ich Ihr Zimmer gleich anschließend für die ganze Woche weitervermietet!«, lüge ich.

Natürlich stimmt das gar nicht, aber ich kann diese Frau nicht mehr sehen. Ihretwegen hatte ich eine schlaflose Nacht und habe den Freund meiner Tochter des Diebstahls verdächtigt.

Nein, lieber soll das Zimmer den Rest der Woche leer stehen bleiben!

»Wirklich? Ach, das ist aber schade«, antwortet Frau Döbler verblüfft. »Haben Sie vielleicht noch ein anderes Zimmer frei?«

»Leider nein, ich bedaure.« Ich schüttle den Kopf.

Nora zwinkert mir verschwörerisch zu. Sie weiß genau, dass das *Sonnenzimmer* frei ist. Aber ohne dass nur ein einziges Wort nötig ist, scheint sie zu wissen, was in mir vorgeht.

18. KAPITEL
»GRÜNE AUGEN«

»Maja, du kannst dir nicht vorstellen, wie toll die *Zauberflöte* war!«, schwärmt Leon am Telefon.

»Oh doch, das kann ich«, antworte ich, während ich eine Himbeere in den Mund stecke.

»Schließlich war das Wetter in den letzten Tagen ein absoluter Traum.«

»Fantastisch! Die Seebühne mit der Kulisse des Sees im Hintergrund.... Die Schiffe, die in der Abendsonne auf dem Wasser vorbeizogen und dazu die Stimme der ›Königin der Nacht‹, die in sieben Meter Höhe über dem See ihre Arie sang ... das hatte echt was.«

Leon ist begeistert.

»Dieses Bühnenbild ... die Sänger ... die ganze Inszenierung ... absolut einmalig und unvergesslich! Du musst dir die *Zauberflöte* in Bregenz unbedingt auch einmal ansehen.«

Oh ja, Leon Römfeld, wenn ich mal wieder Zeit habe! Ich versuche, mit einer Hand eine verschwitzte Haarsträhne, die sich aus meinem Zopf gelöst hat, zurückzustecken. Die letzten Tage waren einfach nur anstrengend. Ganz abgesehen von der vielen Arbeit, gab es auch wieder reichlich Aufregung. Ein neuer anonymer Brief hing an der Tür, wieder an derselben Stelle:

›Ich habe dich gewarnt! Verschwinde einfach und es wird dir nichts geschehen!‹

Wieder befindet sich ein Totenkopf hinter dem Satz. Es sieht so albern aus, dass es beinahe lächerlich wirken könnte. Wenn es mir nicht solche Angst machen würde. Natürlich habe ich gleich Michael angerufen und davon erzählt. Er hat mich beschwichtigt und hält die ganze Sache immer noch für einen dummen Scherz. Trotzdem fühle ich mich ängstlich. Wenn nur Christian hier wäre! Ich vermisse ihn so sehr. Doch er meldet sich einfach nicht mehr bei mir, und mein Stolz lässt nicht zu, dass ich den ersten Schritt mache. Auch wenn ich insgeheim weiß, dass ich nicht unschuldig daran bin, dass wir uns so entzweit haben. Aber wenn er mich und alles, was wir hatten, so leicht vergessen kann, wird er nie für mich da sein!

»Noch einmal vielen, vielen Dank für dein supertolles Geschenk«, unterbricht Leon meine Gedanken. »Damit hast du Bea und mir eine Riesenfreude gemacht!«

Ganz bestimmt. Ich kann mir gut vorstellen, wie Bea schmallippig in ihrem Designerkleidchen der Vorstellung beigewohnt hat, einzig darauf bedacht, den Rücken gerade und die Haare in Form zu halten. Sie wäre eigentlich auch eine gute Kronprinzessin geworden, denke ich. Schade, dass alle Thronanwärter in Europa schon vergeben sind, Beatrice wäre die perfekte Besetzung gewesen! Aber so ist sie nun die Königin auf dem Weingut Römfeld geworden. Jedenfalls wird sie es sein, wenn Königin Katharina eines Tages das Zepter an ihren Sohn übergeben wird. Natürlich habe ich den großen Bericht im Südkurier über ihre Hochzeitsfeier gelesen.

Da ja bereits der Polterabend im Park des Weinguts der Römfelds stattfand, hatte sich das Brautpaar zu einer spektakulären Feier an ihrem Hochzeitstag auf dem Dampfschiff *Hohentwiel* entschlossen. Ich erinnere mich, dass

Leon mich im letzten Jahr an meinem Geburtstag zu einem Candle-Light-Dinner auf dieses Schiff eingeladen hatte. Es ist ein seltsames Gefühl, dass Leon jetzt verheiratet ist. Doch wenn ich ganz ehrlich bin, dann empfinde ich keinen Neid. Ich hätte das alles ja auch haben können! Aber einmal abgesehen davon, dass mir an seiner Seite immer etwas gefehlt hat und seine ganze arrogante Familie dermaßen anstrengend war, wäre eine solche Riesenveranstaltung wie diese Hochzeit auch gar nichts für mich gewesen. In gewisser Weise glaube ich sogar, dass diese Beatrice wirklich gut für Leon ist. Mit ihr an seiner Seite wird er jedenfalls viele gesellschaftliche Verpflichtungen wahrnehmen und dadurch das Weingut noch bekannter machen können. Ich kann nur hoffen, dass ihr äußeres kühles Erscheinungsbild trügt und sich hinter dieser ganzen makellosen Fassade in Wirklichkeit ein warmherziger und gefühlvoller Mensch verbirgt, der Leon auch einmal zum Lachen bringt, und bei der er auch einmal alle Fünfe gerade sein lassen kann. Denn auch das ist eine Seite von Leon, die wirklich von Bedeutung für ihn ist. Jedenfalls wünsche ich ihm wirklich von Herzen, dass er glücklich wird.

»Maja, bist du noch dran?«, fragt er gerade. Offenbar hat er mich gerade etwas gefragt und wartet auf eine Antwort.

»Äh … ja, natürlich! Ich musste nur gerade nach meiner Waldbeeren-Biskuitrolle sehen«, entschuldige ich mich.

»Maja, Maja … du bist immer noch die Alte, immer beschäftigt!«, lacht Leon. »Ich hatte dich gerade gefragt, ob du noch genug Wein hast, oder ob ich dir mal wieder ein paar Kisten vorbeibringen soll?«

»Vielen Dank, Leon, aber so viel Wein wird bei uns gar nicht ausgeschenkt! Wir sind doch ein Café und keine Weinstube!«, lache ich.

»Na gut, ich wollte dir nur etwas Gutes tun, weil mich die Karten für die Bregenzer Festspiele so gefreut haben. Dann bringe ich dir eben einfach mal wieder privat ein Kistchen vorbei – von unserer neuen Lese!«

»Oh ja, das wäre wirklich fein, Leon.« antworte ich, doch ich bin eigentlich gar nicht mehr recht bei der Sache und überlege schon, was als Nächstes in den Ofen muss.

»Aber es wird noch ein Weilchen dauern! Erst einmal gehen wir ja auf Hochzeitsreise!« erzählt Leon vielsagend. »Wir fliegen in einen Robinson Club auf Mauritius.«

Natürlich. Dass die beiden nicht gerade in Vorarlberg wandern gehen werden, war mir klar.

»Bea hat einen traumhaften Bungalow ausgesucht… total romantisch… und direkt am Strand. Dort können wir uns von den ganzen Hochzeitsvorbereitungen erholen, meint sie.«

Ach, die arme Bea. Wie viel sie wohl gearbeitet hat für diese Traumhochzeit!

Da hat sie sich ein paar bescheidene Urlaubstage in einer Holzhütte am Strand doch wirklich verdient.

»Ja, und du kannst ein bisschen Kraft tanken, bevor es mit der Weinlese losgeht.« antworte ich.

»Ach Maja, du hast ja so recht! Ein bisschen Ruhe, mich verwöhnen lassen und im warmen Wasser schwimmen, das wird mir sicher gut tun, bevor es hier wieder hektisch wird.«

»Dann wünsche ich einen wunderschönen Urlaub!« sage ich und bemühe mich, meiner Stimme einen leichten Klang zu geben.

Wir verabschieden uns wie alte Freunde, was wir ja auch sind. Ein bisschen Wehmut ist trotzdem dabei, als ich auflege, aber das ist vermutlich normal. Schließlich standen wir uns ja einmal sehr nahe!

»Also, das glaub ich jetzt nicht!« Aufgeregt kommt Nini in die Küche gestürmt. »Hast du etwa im Hotel *Immengarten* angerufen und den Chef dort über Freddy ausgehorcht?«, fragt sie aufgebracht.

»Äh … Kann schon sein, dass ich dort angerufen habe … aber ausgehorcht? Das habe ich sicher niemanden!«, versuche ich, mich zu verteidigen. Du liebe Güte, wie hat sie denn das erfahren? Und vor allem: Wie komme ich da wieder heraus?

»Darf ich dich mal fragen, warum du das getan hast?«, fragt Nini hitzig. Sie wird ziemlich laut, aber ich kann ihre Aufregung sehr gut verstehen.

»Ähm … ich wollte einfach nur wissen, warum er seine Ausbildung abgebrochen hat, Nini! Ich meine, Freddy ist doch eigentlich ein ganz fähiger und interessierter junger Mann. Ich wollte nur wissen …«

»… du wolltest nur wissen, ob Freddy vielleicht die Gäste beklaut hat, nicht wahr? Das wolltest du herausfinden, stimmt's?« Vor Aufregung zittert Ninis Stimme und überschlägt sich beinahe. Wütend funkelt sie mich an.

»Hat Herr Roth das etwa zu Freddy gesagt?«, frage ich nervös. Mein Gott, das wird er doch wohl nicht getan haben!

»Nicht so ganz. Jedenfalls ist er bei Freddy aufgetaucht und hat ihn bekniet, seine Ausbildung doch noch fertig zu machen. Er sagte, es könne doch keine Zukunft für ihn sein, in einer kleinen Pension die Zimmer zu putzen, zumal man ihm dort offenbar nicht vertraue. Zuerst wusste ich nicht, was er damit meint, aber dann fiel mir die blöde Frau Döbler wieder ein! Mir wurde klar, dass du Freddy verdächtigt hast, die Perlenkette geklaut zu haben! Stimmt's?«

Nini fängt an zu weinen.

»Wie konntest du nur? Nachdem wir uns hier den ganzen Sommer für dich und deine *Butterblume* und dein *Maiglöckchen* den Hintern aufgerissen haben!! Hast du wirklich geglaubt, dass deine Tochter sich mit einem Typen einlässt, der es nötig hat, zu klauen?«, schleudert sie mir ins Gesicht.

»Nini, nein ... natürlich glaube ich das nicht! Aber diese blöde Frau Döbler hat mich mit ihrer Kette total unter Druck gesetzt! Weißt du, was los gewesen wäre, wenn hier die Polizei in einer Diebstahlsache ermittelt hätte? Wer will denn in einer Pension übernachten, in der geklaut wird?«

»Als ob die Polizei nicht sowieso schon die ganze Zeit hier herumhängen würde! Und zwar nicht wegen Diebstahl, sondern wegen Mord! Aber das ist natürlich ganz etwas anderes, das schadet dem Ruf unseres *Maiglöckchens* ja überhaupt nicht! Hauptsache, dieser Michael kann jeden Tag hier herumhängen und um dich herum scharwenzeln!«

»Nini, es geht mir doch nicht nur um das *Maiglöckchen*. Ich mache mir auch Sorgen um dich! Was soll denn aus dir werden? Erst wirfst du dein Studium hin und dann lässt du dich auch noch mit jemandem ein, der gar nicht zu dir passt!«, rutscht es mir heraus. Mist, das wollte ich eigentlich gar nicht sagen. Aber nun ist es zu spät!

»An deiner Stelle würde ich mich schämen, Mama. Wie kannst du nur so denken?«, antwortet Nini leise und mit kalter Verachtung in ihrer Stimme. »Weißt du was, mach deinen Mist hier in Zukunft alleine! Irgendeine Ruth oder Olga oder dieser smarte Michael werden dir schon dabei helfen! Die sind dir doch ohnehin alle wichtiger als Christian und ich.«

»Nini!«

Mit einem lauten Knall fällt erst die Küchentür und danach die Eingangstür ins Schloss. Ich setze mich hin, halte die Beeren-Biskuitrolle in der Hand und dann werfe ich sie mit Schwung an die gekachelte Wand.

Nini hat recht. Ich schäme mich. Ich habe alles kaputtgemacht und die Menschen, die mir am meisten bedeuten, furchtbar enttäuscht. Warum? Um ein funktionierendes Geschäft zu führen? Was ist es wert ohne die Menschen, die ich liebe? Niemand wird kommen, um meine Hand zu halten und meine Tränen zu trocknen. Nicht heute Abend, nicht morgen Abend. Vielleicht überhaupt nicht mehr. Wie hat Nini gesagt? »Irgendeine Ruth oder Olga oder der smarte Michael sind dir doch sowieso alle wichtiger als Christian und ich!« Sie muss doch wissen, dass niemand mir je soviel bedeuten könnte wie sie oder Christian. Und doch hat auch dieser sich vor Kurzem ganz ähnlich ausgedrückt. Habe ich die beiden wirklich so sehr vernachlässigt?

Ich spüre, wie mir die Tränen kommen, doch ich schlucke sie tapfer herunter. Mechanisch und mit wackligen Knien räume ich die Zutaten weg und mache den Backofen aus. Ich gehe hinaus in den Garten zu meinem Lieblingsplätzchen unter dem Magnolienbaum. Die Dämmerung zeichnet ein blassrosa Licht in den Himmel, so blassrosa wie Noras Kleid. Ich setze mich ins weiche Gras und schaue nach oben in die Zweige, die sich leise im Abendwind bewegen.

Hier haben Christian und ich uns zum ersten Mal gesehen. Ich nehme das kleine Windlicht in die Hand und zünde das Teelicht darin an. Vielleicht wäre alles anders gekommen, wenn wir Lavie hätten behalten können. Wir wären eine glückliche Familie geworden, in der sich auch Nini geborgen gefühlt hätte. Aber es sollte nicht sein. In meinem grenzenlosen Egoismus habe ich meine Tage mit Arbeit gefüllt, um zu vergessen. Es war ein Versuch, mit diesem unerträglichen Schmerz fertig zu werden, der noch immer mein Leben bestimmt. Der sich, sobald ich nicht mit hunderttausend Dingen beschäftigt bin, wie ein Schatten auf meine Seele legt. Ich habe versucht, ihn auszulöschen und wegzusperren, doch es ist mir nicht gelungen. Ich habe ihn nur betäubt. Solange ich in meinem Hamsterrad bin, bin ich gezwungen, an etwas anderes zu denken. Und deshalb sorge ich dafür, dass sich das Hamsterrad unermüdlich weiterdreht, trotz der ganzen Schwierigkeiten, die sich mir in den Weg stellen. Damit ich abends müde genug bin, um schlafen zu können. Lediglich in den Stunden, in denen Christian mich in seine Arme nahm, war der Schmerz erträglich. Warum hat er das so selten getan? Warum war er nie hier? Vielleicht habe ich ja nur geglaubt, dass er mich ebenso liebt wie ich ihn? Ich war mir so sicher, dass er dasselbe für mich empfindet wie ich für ihn. Ich habe geglaubt, dass er ebenso wenig ohne mich leben kann wie ich ohne ihn. Aber vielleicht nur deshalb, weil ich es glauben wollte. Es war so ein schöner Gedanke, der mir Halt und Kraft und Trost gab. Vielleicht hat er ja alles ganz anders gesehen?

Ich denke an Michael. Auch in seinem Arm habe ich mich für einen Moment gut gefühlt, getröstet und beschützt. Ich glaube, manchmal braucht man nur das. Eine Hand, die einen hält … und jemand, der einen versteht. Christian hat mir in seiner Wut an den Kopf geworfen, dass ich immer nur an mich denken würde. Was ist denn daran falsch, dass man seinen Partner braucht, wenn es einem schlecht geht? Ist Liebe nicht auch dazu da, sich gegenseitig zu stützen und Kraft zu geben? Aber habe ich das umgekehrt für ihn getan? Möglicherweise ging es ja auch ihm nicht gut … vielleicht hätte auch er mich gebraucht!

Es stimmt wohl, dass ich eine jämmerliche Egoistin bin, die nur an sich gedacht hat. Dabei habe ich übersehen, dass die ganze Zeit Menschen an meiner Seite waren, die es gut mit mir meinen. Und nun habe ich auch diese verloren … zwar nicht für immer, wie meine kleine Lavie, aber sie wollen nicht mehr mit mir zusammen sein. Und das tut fast genauso weh.

Diesmal unterdrücke ich die aufsteigenden Tränen nicht. Das habe ich schon viel zu lange getan. Ich lege mich ins Gras und weine.

»Maja?«

Eine leise Stimme ruft meinen Namen. Ich reagiere nicht. Ich will niemanden sehen und ich will auch nicht gesehen werden.

»Maja?« Da ist noch einmal diese leise, feine Stimme. Und ein schwacher Duft, nach Rosen …

Ich habe diesen Duft schon mehrmals gerochen … und versuche, mich zu erinnern. Auf einmal weiß ich, zu wem er gehört. Wortlos setzt sich Nora zu mir ins Gras.

»Was machst du denn hier, Nora?«, schniefe ich.

»Ich wollte mir dir reden, Maja. Da du nicht im *Maiglöckchen* warst, habe ich dich in der *Butterblume* gesucht, weil dort Licht brannte. Doch da warst du auch nicht, obwohl dein Auto und dein Fahrrad im Hof standen. Spazieren konntest du nicht sein, denn sonst hättest du ja wohl Jojo mitgenommen. Die hat aber im Haus gebellt. Da bin ich in den Garten gegangen und sah dieses Licht.« Sie zeigt auf das kleine Windlicht unter dem Baum.

Ich versuche, die Tränen fortzuwischen. »Ich habe dich gar nicht kommen hören«, sage ich.

»Ja, ich bin leise wie eine Elfe«, kichert sie. »Weißt du, in Irland glauben wir an solche Dinge. Elfen, Feen, kleine Kobolde … Es macht das Leben manchmal einfacher, wenn man glaubt, dass man nicht selbst schuld ist an den Dingen, die geschehen, nicht wahr?«, sagt Nora mit leiser Stimme.

Sie sieht mich durchdringend an. Dann setzt sie hinzu: »Du bist traurig, Maja.«

Ich denke an Michael und das Lied, das er gesummt hat: »Sie hat ein Kleid aus Sonnenschein und traut sich nicht, es anzuziehen …«

Nora sagt kein einziges Wort, doch sie scheint zu wissen, wie ich mich gerade fühle. Aber sie ist nicht die Richtige, um von meinem Kummer zu erzählen! Daher versuche ich ein schwaches Lächeln. »Es war alles ein bisschen viel in der letzten Zeit.«

»Ich weiß«, sagt sie und sieht mich mit ihren grünen Augen wieder durchdringend an.

Nun, vermutlich muss man keine Hellseherin sein, um zu sehen, dass es mir nicht gut geht.

»Was kann ich denn für dich tun, Nora?«, frage ich stattdessen und stehe auf.

»Vielleicht kann ich etwas für dich tun?«, kichert sie wieder. So langsam ist sie mir unheimlich mit ihrem unergründlichen Blick und dem Gekicher. »Komm mit!«, sagt sie und nimmt meine Hand.

Obwohl mir ihr Verhalten äußerst seltsam vorkommt,

stehe ich auf und lasse mich von ihr zum *Maiglöckchen* ziehen.

Wir stehen vor der Vitrine im Frühstücksraum und da sehe ich es: Die Spieluhr ist wieder da. Sie steht an ihrem Platz, als wäre sie nie fort gewesen.

Ich nehme sie heraus und ziehe sie auf: »You are my sunshine, my only sunshine … you make me happy, when skies are grey …«

»Was hat das alles zu bedeuten?«, frage ich verständnislos.

Wortlos überreicht mir Nora einen Brief.

›Mein liebes Maiglöckchen Lily!‹, lese ich. Ich muss mich setzen. Woher hat Nora diesen Brief? Dann bemerke ich, dass es gar nicht derselbe ist, den ich im Keller bei der Spieluhr fand. Ich lese weiter:

›Ich schreibe dir diesen Brief, weil ich nicht zu unserem Treffen kommen konnte. Frieda ist überraschenderweise früher, als erwartet, zurückgekehrt. Möglicherweise ahnte sie etwas, obwohl sie nichts sagte. Ich konnte sie an ihrem ersten Abend zuhause nicht gleich alleine lassen, das verstehst du doch bestimmt, nicht wahr?

Dabei wollte ich dir eigentlich etwas sagen, liebste Lily. Wie glücklich ich war, dich nach all den Jahren wiederzusehen! Wie wenig du dich verändert hast … Du hast immer noch die kleinen Grübchen, wenn du lachst. Ich glaube, ich habe dich schon geliebt, als wir noch Kinder waren und gemeinsam mit einem Kopfsprung in den See hüpften. Aber wir sind keine Kinder mehr, Lily! Leider. Wir sind inzwischen erwachsen geworden und haben beide unser Glück in einer Ehe gefunden. Wenn es auch wunderschön war, dich wiederzusehen, und ich dich und unsere gemeinsamen Stunden, besonders unser Mondscheinbad im See, niemals vergessen werde, ist mir doch bewusst, dass wir uns nicht wiedersehen dürfen. Wir würden die beiden Menschen, die uns alles bedeuten und die alles für uns tun, nur unglücklich machen. Das könnten wir uns niemals verzeihen.

Obwohl es mir sehr schwer fällt, dies zu schreiben, meine geliebte Lily, und ich dir eigentlich etwas ganz anderes sagen möchte, weiß ich doch, dass du genauso denkst. Ich wollte dir zum Abschied etwas schenken, was dich an mich erinnern und dir in dunklen Stunden etwas ›Sonnenschein‹ schenken sollte, doch da wir uns nicht treffen konnten, ist es noch hier bei mir. Aber es ist vielleicht auch besser so … dein Mann hätte sich sicher gewundert und dir unangenehme Fragen gestellt. So musst du nun, wann immer du traurig bist, kleine Lily, deine Fantasie bemühen und an unseren letzten Abend am See denken … und an das Lied, das wir sangen: »You are my sunshine, my only sunshine … you make me happy, when skies are grey.«

Ich umarme dich ein allerletztes Mal voller Liebe!

Dein Hermann‹

Ich lasse den Brief in meiner Hand sinken. »Wer ist Lily?«, frage ich, doch ich weiß die Antwort bereits.

»Meine Mutter«, sagt Nora, und Tränen laufen ihre Wangen herunter. »Sie ist in Überlingen geboren und hat ihre Kindheit hier verbracht. Lily und Hermann waren Nachbarskinder und dicke Freunde, sie wurden sogar zusammen eingeschult. Doch dann gingen Lilys Eltern nach Irland, und Lily musste mit. Anfänglich schrieben die beiden sich wohl noch, aber auch das hörte irgendwann auf. Sie wurden erwachsen, und meine Mutter heiratete Paddy, doch sie dachte noch oft an den Bodensee. Als der Pfarrer ihrer Gemeinde eine Reise für die Gemeindemitglieder organisierte, die an den Bodensee und zu den dortigen wundervollen Kirchen auf der Insel Reichenau und Birnau, Überlingen und Konstanz führen sollte, meldete sich Lily an. War es doch eine Chance, die alte Heimat wieder einmal zu besuchen. In Überlingen fand sie heraus, wo Hermann wohnte, und ging statt zur Münsterbesichtigung in die Straße, in der Hermann wohnte. Sie wollte einfach wissen, wo er jetzt lebte. Da kam er zufällig aus dem Haus. Aber es war sicher kein Zufall! Er erkannte sie sofort, obwohl viele Jahre seit ihrer Kindheit vergangen waren. Von diesem Moment an verbrachten die beiden offenbar sehr glückliche Tage zusammen. Sie verliebten sich, Maja!«

Ich kann nicht glauben, was ich da höre. Hermann war doch Friedas große Liebe!

Als könne sie meine Gedanken erraten, fährt Nora fort: »Doch Hermann war ebenso wie Lily verheiratet. Seine Frau Frieda war gerade bei ihrer Familie in Ostfriesland, das gab den beiden Gelegenheit, sich heimlich zu treffen. Meine Mutter hat mir all dies erzählt, bevor sie starb.«

Ich erinnere mich daran, dass Nora mir erzählte, ihre Mutter habe ihr auf dem Sterbebett etwas derart Wichtiges erzählt, dass sie sofort an den Bodensee reisen musste.

Nora atmet tief durch, dann gibt sie mir noch einen Brief:

›Lieber Hermann,

Ich schreibe dir diesen Brief aus Irland. Ja, ich bin gut nach Hause gekommen, voller Erinnerungen an unsere gemeinsame glückliche Zeit am Bodensee!

Zu unserem letzten Treffen kam es ja leider nicht. Ich

wartete eine ganze Weile wie verabredet an der alten Eiche am See, doch irgendwann wurde mir klar, dass du nicht kommen würdest. Ich weiß nicht, was in mir vorging, aber ich wollte dich unbedingt vor meiner Abreise noch einmal sehen! Mit dir reden über das, was geschehen war! Ob es dir genauso viel bedeutet hatte wie mir. Also schlug ich den Weg zu dir nach Hause ein. Ich wusste ja, wo du wohnst, in diesem schönen Haus in Nussdorf am See. Der Garten lag wundervoll im Abendlicht und es brannte Licht im Haus. Und dann sah ich euch … dich und deine Frau! Sie überreichte dir ein Geschenk, das sie offenbar von ihrer Reise für dich mitgebracht hatte, und du umarmtest sie glücklich. Und dann küsstet ihr euch. Du hattest mir nicht gesagt, dass sie schon zu Hause war! Dabei wusstest du doch, dass ich auf dich warten würde.

Inzwischen sind einige Wochen vergangen und ich habe festgestellt, dass ich ein Kind erwarte. Ich bin sicher, dass es dein Kind ist, Hermann, denn in all den Jahren zuvor bin ich nicht einmal von Paddy schwanger geworden. Was sollen wir denn nun tun? Soll ich es Paddy sagen? Wirst du es Frieda sagen? Kannst du nach Irland kommen? Ich bin verzweifelt, Hermann … bitte hilf mir! Melde dich.

In Liebe
dein Maiglöckchen Lily‹

»Weißt du jetzt, warum hier im Garten so viele Maiglöckchen blühen?«, fragt Nora. »Lily of the valley … das ist der englische Name für Maiglöckchen! Anscheinend waren sie für Hermann eine kleine Erinnerung an seine geheime Liebe.« Nora sieht mich durchdringend an.

Im Grunde habe ich es geahnt … Hermann hatte eine geheime Liebe, von der Frieda nichts wusste. »Wenn Lily und Hermann eine Affäre hatten, aus der auch noch ein Kind hervorging, dann …«, stelle ich Vermutungen an.

»… bin ich Hermanns Tochter, ja!«, sagt Nora und nickt.

»Ist das wirklich so? Könnte nicht auch dieser Paddy dein Vater sein? Immerhin hat Lily den letzten Brief ja offenbar nicht an Hermann abgeschickt! Sonst hätte sie ihn dir ja wohl kaum geben können.«

»Meine Eltern hatten keine gute Ehe«, erzählt Nora. »Wir waren arm, mein Vater war Vertreter für Whiskey und verdiente nicht allzu viel. Er reiste viel herum und trank selbst am meisten von dem Zeug. Wenn er zu Hause war, stritten sie die ganze Zeit. Heute weiß ich, warum. Sie hatte ihm wohl den Seitensprung gestanden, und er hat ihr nie verziehen. Für einen guten Katholiken wie ihn kam jedoch eine Scheidung nicht infrage, ebenso wenig wie für sie eine Abtreibung. Paddy löste das Problem auf seine Weise, er verschwand in der Kneipe. Was natürlich zu noch mehr Streit führte, weil wir nie Geld hatten. Eines Tages war Paddy wieder einmal an der Westküste unterwegs und stürzte in einer Kneipe ab. In seinem Suff fuhr er auf dem Heimweg gegen einen Baum. Komisch nur, dass es der einzige Baum weit und breit war! Ich glaube, er ist nie darüber hinweggekommen, dass meine Mutter ihn betrogen hatte, als sie damals ihre Heimat besuchte. Nach seinem Tod veränderte sich auch meine Mutter. Sie war früher eine sehr liebenswerte und fröhliche Frau, die gern gesungen hat, weißt du.« Tränen laufen über Noras hübsches Gesicht. »Aber sie wurde regelrecht depressiv. Wahrscheinlich machte sie sich große Vorwürfe, an Paddys Tod insgeheim schuld zu sein. Natürlich hatte er uns in keiner Weise finanziell abgesichert, und so mussten wir beide versuchen, irgendwie alleine durchzukommen. Meine Mutter hielt uns mit Putzen einigermaßen über Wasser, aber sie wurde fürchterlich ernst und streitsüchtig. Außerdem rannte sie ständig in die Kirche und betete um Vergebung ihrer Sünden. Irgendwann hielt ich es einfach nicht mehr aus und haute nach Australien ab. Ich ließ einfach alles hinter mir: mein freudloses Zuhause, die finanziellen Sorgen … einfach alles.«

»Was ich nicht verstehe, Nora: Wenn Lily doch wusste, dass Hermann der Vater ihres Kindes war, warum hat sie ihn nicht um Hilfe gebeten? Ich bin überzeugt, er hätte Verantwortung übernommen und für euch gesorgt! Lily hat ihm doch in ihrem Brief geschrieben …«

»Dazu musst du wissen, dass wir Iren ein sehr stolzes Völkchen sind, Maja!«, unterbricht Nora mich. »Lily hatte den Brief zwar geschrieben, ihn aber nie abgeschickt! Weil zuvor der Brief von Hermann eintraf, den ich dir zuerst gezeigt habe. Als sie las, wie glücklich er mit seiner Frieda im Grunde war und wie leicht er doch auf sie, Lily, verzichten konnte, brach es ihr das Herz. Sie hatte geglaubt, diese Nacht hätte ihm ebenso viel bedeutet wie ihr … und nun wurde ihr klar, dass sie für ihn nichts weiter als ein Abenteuer war, als seine Frau verreist war.«

»Das glaube ich nicht, Nora!«, sage ich und denke an die vielen Maiglöckchen und die wertvolle Spieluhr. »Ich bin sicher, dass Hermann Lily auch geliebt hat. Nur sein Verantwortungsbewusstsein und seine Liebe zu Frieda waren zu groß, um sich von ihr zu trennen.« Schließlich hatte Frieda alles für ihn aufgegeben, ihre Familie und ihre Heimat in Ostfriesland. Wie hätte er ihr da wehtun können? »Aber wenn er gewusst hätte, dass er der Vater von Lilys Baby – also von dir – ist, hätte er euch sicher unterstützt. Zumindest finanziell! Da bin ich mir sicher«, sage ich.

»Das kann schon sein. Aber meine Mutter war, wie

gesagt, sehr stolz. Und sie wollte nicht noch eine Ehe zerstören. Es genügte schon ihre eigene.«

Nachdenklich betrachte ich die Spieluhr. »Warum erzählst du mir das alles? Und wo war die die Spieluhr?«, frage ich Nora.

»Dieser Blödmann John hatte sie geklaut! Er wollte sich wichtig machen und dich unter Druck setzen. Außerdem dachte er, dass sie sowieso eigentlich Lily und damit mir gehöre. Ich habe sie in seinem Koffer gefunden, als ich seine Sachen hineinwarf. Hier ist sie wieder, Maja!«

Ich sehe sie verständnislos an.

»Sie gehört dir. Genau wie das Haus und alles hier«, sagt Nora ernst.

»Aber Nora, du hast doch gesagt, dass eigentlich du die rechtmäßige Erbin sein würdest!«

Ich bin verblüfft.

»Nein, ich habe das nicht gesagt. Das war alles Johns Idee. Er dachte, es gäbe hier etwas für uns herauszuschlagen.« Nora seufzt und lässt sich auf einen Stuhl sinken. »Aber so bin ich nicht, Maja. Ich will nichts, was mir nicht gehört und mir nicht zusteht. Es gab einen furchtbaren Streit, wie immer eigentlich. John meinte, ich müsse mir einen Anwalt nehmen und vor Gericht gehen und lauter so Zeug. Aber ich möchte das nicht. Ich mag dich, Maja! Ganz davon abgesehen, dass ich nicht das Geld für einen solchen Rechtsstreit habe, glaube ich auch nicht, dass etwas dabei herauskäme. Siehst du, Hermann hat seine Frieda geliebt, mit ihr dieses Haus gebaut und mit ihr hier gelebt. Meine Mutter war nur ein Seitensprung für ihn, nicht mehr.«

Ich denke wieder an die vielen Maiglöckchen im Garten und die wertvolle Spieluhr und bin nicht davon überzeugt, doch ich lasse sie weiterreden.

»Als Hermann starb, vermachte er Frieda, seiner Frau, dieses Haus. Und sie wiederum vererbte es nach ihrem Tod an dich, Maja. Ihr beide hattet eine sehr enge Bindung, das spüre ich! Du gehörst hierher, Maja. Es ist dein Zuhause … und das soll es auch bleiben.«

»Und du … wo ist dein Zuhause? Wo ist eigentlich John?«, frage ich.

Vermutlich wird er gleich hereinpoltern und Nora wieder Druck machen.

»Auf dem Weg nach Australien. Wir hatten wieder einen Riesenstreit, nachdem ich die Spieluhr gefunden hatte. Da sagte ich ihm, dass ich nicht die Absicht hätte, seinen Plan weiter zu verfolgen. Er wurde unglaublich wütend und meinte, das würde ich schon noch bereuen!«

Nora sieht auf einmal sehr traurig aus. »Weißt du, Maja, nach Patricks Tod war ich einfach nur froh, dass ich schnell jemanden fand, der sich um mich kümmerte. Das tat John zwar, aber er war von Anfang an sehr auf seinen eigenen Vorteil bedacht. Ich hielt es für Liebe … doch er war nicht gut zu mir!«

Ich denke an die vielen Male, an denen ich Nora in den vergangenen Tagen ängstlich und unglücklich gesehen hatte.

»Hier, in diesem alten Haus am beschaulichen Bodensee, in der Nähe von dir, Maja, deiner Tochter und deiner Freundin Ruth, fand ich zum ersten Mal wieder so etwas wie Ruhe … das habe ich so lange nicht mehr gespürt. Wenn ich in diesem schönen Garten sein durfte, war ich einfach nur glücklich … verstehst du mich, Maja?«

Ich nicke und Nora spricht weiter: »Aber John verstand mich nicht. Er sah nur das Haus und dessen Wert hier am See. Er wollte mich zu etwas drängen, was ich eigentlich gar nicht wollte. Und plötzlich spürte ich, dass ich eigentlich ihn nicht mehr wollte. Er machte mir Angst, und ich fühlte mich unwohl in seiner Nähe. Und deshalb …«, Nora macht eine kurze Pause, »… fragte ich ihn, ob er nicht erst einmal alleine nach Australien zurückkehren wolle. Er schimpfte, ich wolle ihn nur nicht an diesem ›Wahnsinns-Deal‹ beteiligen und bedrohte mich wieder einmal. Daraufhin fragte ich ihn, ob ich vielleicht den netten Kommissar anrufen solle, der mir seine Visitenkarte gegeben hatte. Bestimmt könne er seinen Kollegen in Australien ein paar kleine Tipps über Johns Drogengeschäfte dort geben. Alternativ könne er auch einfach seinen Koffer nehmen und verschwinden. Und zwar für immer. Ich habe nämlich die Nase voll von seinem Benehmen, Maja!«

»John ist weg?« Ich kann es nicht fassen.

»Ja! Und weißt du was? Ich fühle mich so erleichtert und frei wie schon seit Jahren nicht mehr!« Nora kichert wieder.

Ich kann immer noch nicht glauben, dass sie keinen Anspruch auf das Haus erheben will.

»Und was hast du jetzt vor?«, frage ich sie. »Gehst du auch nach Australien zurück?«

»Aber nein, was soll ich denn da? Mit John war ich doch schon lange nicht mehr glücklich. Und Patrick … er ist tot, Maja! Unsere schöne Zeit ist vorbei und wird nie wiederkommen. Ich muss lernen, zu vergessen. Vielleicht wäre ein Neuanfang nicht schlecht.« Gedankenverloren sieht Nora aus dem Fenster. »Ein richtiger Neuanfang. Ich glaube, ich werde erst einmal in meine alte Heimat zurückgehen«, sagt sie auf einmal bestimmt.

»Nach Irland?«

»Ja, nach Dublin! Ich muss sowieso die Wohnung meiner Mutter auflösen. Vielleicht bekomme ich dort eine Idee, was ich mit dem Rest meines Lebens anstellen kann.«

»Das ist vielleicht gar nicht so schlecht, Nora.«

Ich nehme ihre Hand. Wie mutig diese kleine, zarte Frau mit den geheimnisvollen grünen Augen doch ist! Sie hat sich gegen diesen groben Klotz John aufgelehnt und ihn in die Wüste geschickt. Ich bin sicher, sie wird ihren Weg finden, und dankbar, dass es keinen Rechtsstreit geben wird. Auch wenn Christian gesagt hat, dass sie ohnehin keine Chance hätte, wären doch nur Riesenwirbel und Stress dabei herausgekommen. Ich nehme die Spieluhr aus der Vitrine.

»Nora, vielleicht hast du damit recht, dass ich hierher gehöre. Aber diese Spieluhr nicht! Hermann hat sie vor vielen Jahren für deine Mutter gekauft. Ich bin ganz sicher, dass auch er Lily sehr geliebt hat! Unter anderen Umständen wären sie vielleicht ein Paar geworden. Wie er in seinem Brief schrieb, liebte er sie ja schon, als sie noch Kinder waren. Doch das Schicksal wollte es anders! Lilys Eltern wanderten nach Irland aus, und Hermann dachte, er würde sie nie wiedersehen. Er heiratete Frieda und wurde mit ihr glücklich in diesem Haus. Er konnte ja nicht wissen, dass Lily eines Tages eine kleine Bodenseetour mit dem Kirchenchor unternehmen würde. Auch sie war inzwischen verheiratet und liebte ihren Mann. Doch die Gefühle, die die beiden schon als Kind füreinander empfanden, waren immer noch da und flammten wieder auf. Die Sommerstimmung am See tat ihr Übriges, und sie ließen sich auf eine Affäre ein. Aber es wurde nicht mehr daraus! Obwohl sie sich stark voneinander angezogen fühlten, wollten sie ihre Ehen nicht aufs Spiel setzen. Nicht nur aus Liebe, sondern auch aus Pflichtgefühl ihren Partnern gegenüber.

Schließlich hatte Frieda ihre Heimat Ostfriesland, ihre Familie und ihre Freunde für Hermann aufgegeben. Wie du mir ja erzählt hast, wäre auch für Lily damals eine Trennung oder gar Scheidung von Paddy im streng katholischen Irland niemals infrage gekommen.

Das heißt aber nicht, dass sie nicht beide starke Gefühle füreinander hatten. Hermann wollte Lily unbedingt ein Geschenk machen, das sie an ihn erinnern sollte, sollte sie einmal traurig sein. Er wählte diese Spieluhr mit Bedacht aus und wollte sie damit erfreuen. Doch aus welchen Gründen auch immer, er konnte sie ihr nicht persönlich überreichen. Nichtsdestotrotz war sie für sie bestimmt! Und da Lily nicht mehr lebt, sollst du sie haben. Vielleicht hast du auch einmal eine dunkle Stunde und kannst dir dadurch ein wenig ›Sonnenschein‹ verschaffen!«

»Ach, Maja! Ich weiß, dass diese Spieluhr meiner Mutter sehr viel bedeutet hätte. Ist es doch ein Beweis, dass Hermann ihre Gefühle wirklich erwidert hat, woran sie ihr Leben lang zweifelte. Schade, dass ich sie ihr nicht mehr geben kann! Aber ich nehme sie sehr gerne … im Gedenken an meine Mutter … das ›Maiglöckchen Lily‹!«

Wieder laufen Nora Tränen herunter. Das ist ja heute ein schrecklicher Abend, nichts als Tränen!

»Ich glaube, es wird wirklich das Beste sein, wenn ich erst einmal nach Dublin zurückkehre. Weißt du, Maja, in Australien hatte ich oft Sehnsucht nach der Grünen Insel Irland. Es ist wirklich ganz unglaublich schön dort! Du solltest das Meer sehen und die grünen Wiesen. Wie im Märchen … kein Wunder glauben wir alle an Elfen und Kobolde!«

Auf einmal erscheint ein schwaches Lächeln auf Noras Gesicht. Dann sieht sie mich wieder mit diesem durchdringenden Blick an, als könne sie auf den Grund meiner Seele schauen.

»Maja, ich weiß nicht, was dein Schmerz ist. Aber egal, was es ist, was deinem Herz wehtut … es gibt nichts, was die großartige Natur in Irland nicht zu heilen vermag. Komm doch mit mir!«

»Wie meinst du das?«, frage ich.

»Begleite mich nach Irland. Nur für ein paar Tage, Maja! Ich bin sicher, es würde dir guttun!«

»Nora, ich kann hier doch nicht weg!«, sage ich, obwohl der Gedanke, gerade jetzt einmal alles hinter mir zu lassen, wirklich sehr verführerisch ist.

»Warum nicht?«, fragt Nora. »Du hast doch gute Leute! Diese Ruth ist eine super Kraft und deine Tochter – also die ist einfach ein Schatz. Auch ihr Freund Freddy packt doch überall mit an, wo es brennt. Ich denke schon, dass du hier ein paar Tage verschwinden könntest.«

»Ach, ich weiß nicht«, sage ich. Bei dem Gedanken an Nini und Freddy wird mir ganz anders. Wie soll ich das nur wieder gutmachen? Ich kann mir nicht vorstellen, dass sie mich nach dieser Aktion jetzt immer noch gerne in der *Butterblume* und im *Maiglöckchen* vertreten würden.

»Ich habe noch das Ticket, das eigentlich für John bestimmt war. Wir könnten es umschreiben lassen, das kostet gar nicht viel. Die Wohnung meiner Mutter ist zwar klein, aber sehr gemütlich und im Herzen von Dublin. Und ich … war zwar einige Jahre weg … aber ich glaube, ich bin immer noch die beste Fremdenführerin, die du dir denken kannst! Überlege es dir!«

19. KAPITEL
»DIE GRÜNE INSEL«

Es ist mit Abstand das Verrückteste, was ich je getan habe. Ich sitze in einem Flugzeug, um mit einer für mich eigentlich wildfremden Person in ein fremdes Land zu reisen. Schließlich handelt es sich nicht um einen Mädels-Shopping-Trip mit Freundinnen. Trotzdem fühle ich mich über den Wolken gut und seltsam befreit. Es kommt mir vor, als seien alle meine Probleme genauso weit entfernt wie die Erde unter uns. Nora blättert in einem Modemagazin, das am Flughafen auslag, und plappert ständig über die neueste Mode vor sich hin. Ich schließe die Augen und sage nur hin und wieder »Jaja«, um Interesse zu signalisieren, möchte aber am liebsten nur schlafen. Ich fühle mich erschöpft, denn vor unserer Abreise gab es noch viel zu tun! Ich meldete alle Zimmer sowohl im Internet als auch bei der Touristen-Information als belegt, damit in meiner Abwesenheit keine Buchungen hereinkommen, stellte den Anrufbeantworter an und hängte ein Schild an die Tür: »Geschlossen bis zum 14. August.«

Natürlich ist es total unvernünftig, mitten im Sommer eine gerade eröffnete Pension für drei Tage zu schließen. Aber ich kann einfach nicht mehr. Die letzten Wochen haben meine Kraftreserven komplett aufgebraucht. Umso mehr genieße ich gerade das Nichtstun. Endlich einmal muss ich mich nicht um alles kümmern. Ruth hat versprochen, mit der Unterstützung von Franziska in der

Butterblume den Laden am Laufen zu halten. Am Abend vor unserem Abflug habe ich mich mit Nini ausgesprochen und auch Freddy dazu gebeten. Ich habe mich entschuldigt und versucht, ihnen die Beweggründe für mein unüberlegtes Handeln zu erklären. Freddy reagierte ziemlich cool und meinte, er könne mein Misstrauen verstehen, immerhin ginge es um meine Existenz. Wäre die Perlenkette von dieser Frau Döbler nicht wieder aufgetaucht, hätte sie garantiert einen Riesenwirbel veranstaltet und die Polizei gerufen. Das hätte sich mit Sicherheit nicht positiv auf unsere Buchungen und schon gar nicht auf die Internet-Bewertungen der Gäste (allen voran von Frau Döbler) ausgewirkt. Ich bin gerührt und gleichzeitig beschämt über Freddys Verständnis. Hätte mir jemand hinterher geschnüffelt und einen Diebstahl zugetraut, hätte ich mit Sicherheit nicht so reagiert. Einzig Nini scheint mir nicht verziehen zu haben. Am Tag unserer Abreise nach Dublin ist sie unauffindbar, doch ich bin sicher, dass auch sie Ruth unterstützen wird.

Am Abend vor dem Abflug kam Michael auf einen Sprung vorbei, angeblich, um mir das Neueste über den rätselhaften Tod von Volker zu berichten, in Wirklichkeit jedoch, um mich noch einmal in die Arme zu nehmen und mir ein paar schöne Tage in Dublin zu wünschen.

In der Zwischenzeit konnten anhand der Nummern auf Volkers Handy einige Damen ausfindig gemacht werden, von denen angeblich nicht nur eine ein Motiv gehabt hätte, Volker zu töten. Irma war glücklicherweise gar nicht dabei, sie hatte sich nur mit den reicheren Kandidaten verabredet. Auch mit Eva hatte Michael gesprochen, die ihm unter Tränen erzählt hatte, dass sie sich eigentlich nur noch einmal verlieben wollte. Sie hatte Michael berichtet, wie einfühlsam Volker alias Jörg zu ihr gewesen sei und wie sehr sie die Aufmerksamkeit von ihm genossen hatte. Im Gegensatz zu einigen anderen Damen jedoch habe sie keine sexuelle Beziehung zu ihm gehabt und ihn nur ein einziges Mal persönlich getroffen. Das hat sie ja auch mir erzählt. Michael ist dennoch ein wenig skeptisch, da gleich mehrere Anhaltspunkte auf sie als mögliche Täterin infrage kommen. Sie ist blond, fährt einen roten Kleinwagen und ist dünn genug, um in den winzigen roten Spitzenslip zu passen.

Ich kann mir dennoch nicht vorstellen, dass Eva so ausgerastet sein soll, um Volker eine Flasche Wein über den Kopf zu hauen. Dafür kenne ich sie viel zu gut und zu lange. Doch kennen wir unsere Mitmenschen jemals richtig? Ich hätte mir auch von mir selbst nicht vorstellen können, dass ich jemals irgendjemandem hinterher schnüffle, und doch habe ich es getan, noch dazu dem Freund meiner Tochter. Wer weiß? Vielleicht hatte sich Eva tatsächlich Hoffnungen auf eine gemeinsame Zukunft mit Volker gemacht, die dann an dem betreffenden Abend, aus welchen Gründen auch immer, zunichtegemacht wurden? Ich halte es zwar immer noch für undenkbar, aber es ist natürlich auch nicht ausgeschlossen. Die nächsten drei Tage werde ich jedoch versuchen, nicht an diese Dinge zu denken. Sowohl Ruth als auch Nini und Michael werden sicher gut ohne mich zurechtkommen.

Und Christian sowieso!

Obwohl ich unglaublich traurig bin, empfinde ich auch so etwas wie Wut und Enttäuschung über sein Verhalten. Seit dem unglücklichen Zusammentreffen auf Leons Polterabend hat er sich nämlich immer noch nicht bei mir gemeldet. Nicht einmal meine SMS, die ich ihm vor ein paar Tagen schrieb und in welcher ich ihn bat, doch noch einmal mit mir zu reden, hat er beantwortet. Es ist offensichtlich, dass er nicht mehr mit mir zusammen sein möchte! Nun, dann war ich ihm wohl auch nicht wirklich wichtig, denke ich. Noch einmal melde ich mich nicht bei ihm, schließlich habe ich auch meinen Stolz! Was habe ich denn schon getan? Mich einmal von einem anderen Mann umarmen lassen. Na und? Was ist da schon dabei? Wenn ich daran denke, was mir Michael allein von den Frauen erzählte, die sich mit Peter alias Jörg alias Volker trafen … Dagegen bin ich doch eine richtige Langweilerin mit meinen Karamelltörtchen!

»Wir sind da! Das ist Dublin!«, jubelt Nora und rutscht aufgeregt wie ein kleines Kind auf ihrem Flugzeugsitz herum. Sie wirkt insgesamt viel glücklicher und entspannter, seitdem sie diesen schrecklichen John los ist. »Das da drüben sind die Wicklow Mountains!«, erklärt sie mir. »Man kann dort fantastische Wandertouren machen. Die Gegend ist einfach bezaubernd! Der höchste Berg heißt Lugnaquilla, es ist auch der zweithöchste Berg in ganz Irland. Die Wicklow Mountains haben ihre ganz eigene Schönheit, weißt du«, berichtet Nora mit leuchtenden Augen. »Als Kind war ich oft mit meinen Eltern dort, und während wir herumwanderten, erzählte mir meine Mutter von den Feen und anderen Sagengestalten, die hier in den Tälern und Hügeln, den Wäldern und den Mooren leben würden. Ich empfand die ganze Gegend deshalb als Kind immer irgendwie als magisch. Außerdem hatten sich damals die Rebellen in diese etwas wilde Gegend zurückgezogen. Dadurch konnten sie von den englischen Besatzern nicht so schnell gefunden werden«, erzählt sie weiter.

»Rebellen?«, frage ich.

»Ja, Irland hat sich seine Freiheit hart erkämpft. Aber das erzähle ich dir ein andermal!«, meint Nora, während wir aus dem Flugzeug aussteigen.

»Was heißt denn ›Failte‹?«, frage ich Nora auf dem Flughafen in Dublin. Bis jetzt hatte ich gedacht, dass ich eigentlich ganz gut Englisch kann.

»Das ist gälisch und heißt ›Willkommen‹. In Irland findet man noch ganz viel von der gälischen Sprache. Wundere dich bitte nicht, wenn du zum Beispiel die Verkehrsschilder in Englisch und Gälisch siehst!«

Vom Flughafen aus fahren wir mit dem Doppeldecker-Bus in die City, was recht schnell gehen soll.

»Jetzt weiß ich auch, warum Irland als Grüne Insel bezeichnet wird: Schon beim Landeanflug habe ich die vielen grünen Hügel und Wiesen gesehen!«, sage ich unterwegs zu Nora.

»Ja, das viele Grün und die üppige Vegetation kommen ebenso wie das doch relativ milde Klima vom Zusammenspiel zwischen dem Golfstrom und atlantischen Winden, die häufig Regen bringen. Das Wetter kann sich hier mehrmals am Tag ändern, Maja, und du erlebst manchmal Sonnenschein und Regen in derselben Minute. Das gibt wunderschöne Lichtwechsel! Ich sage ja, Irland ist ein magisches Land!«, grinst Nora.

Im Moment kann ich von der Magie, von der sie immerzu spricht, jedoch nicht allzu viel erkennen. Der Weg in die Stadt führt an vielen tristen Häusern vorbei, von denen einige sogar leer stehen.

Als habe sie meinen Blick bemerkt, sagt Nora: »Irland wurde früher als ›das Armenhaus Europas‹ bezeichnet. Dann gab es durch drastische Steuersenkungen einen enormen Wirtschaftsaufschwung. Dadurch wurden natürlich viele internationale Firmen und Konzerne nach Irland, vor allem nach Dublin, gelockt, und es entstand ein wahrer Bauboom. Arbeitslosigkeit wurde ein Fremdwort, und es gab sogar erstmals mehr Ein- als Auswanderer! Diesen rasanten Wirtschaftsaufschwung nannte man ›den keltischen Tiger‹, vielleicht hast du ja davon gehört? Am meisten machte sich der Boom in Dublin bemerkbar. Überall in der Innenstadt entstanden moderne Gebäudekomplexe. Leider kam 2008 der Absturz. Irland wurde schwer von der Wirtschaftskrise getroffen, und nun stehen Hunderttausende Häuser leer, es gibt Hunderte von Geistersiedlungen.«

Ich sehe, dass auch in der Innenstadt an vielen alten Häusern ganz massiv der Zahn der Zeit nagt und viele Gebäude ganz dringend einen neuen Anstrich nötig hätten. Wenn man aus einer solch gepflegten Gegend wie Überlingen am Bodensee kommt, fällt das jedenfalls sehr auf. Nichtsdestotrotz macht die Stadt einen überaus quirligen Eindruck, was nicht zuletzt an den vielen Geschäften, Lokalen und natürlich an den vielen Menschen liegt, die durch die Straßen eilen.

»Hier sind wir also in Dublin – mittendrin!«, sagt Nora und zeigt auf die Kulisse der Stadt, die eher klein auf mich wirkt. »Das erste Mal tauchte der Name Dublin übrigens in der irischen Schreibweise Dubh Linn auf, was so viel wie ›schwarzer Sumpf‹ heißt. Damals gründeten die Wikinger ein Dorf, das direkt an besagten Sumpf angrenzte – daher der Name. Weil Dublin im Laufe der Zeit immer weiter wuchs und auch strategisch günstig an der Ostküste von Irland an einer Bucht liegt, wurde schließlich die Hauptstadt von Irland daraus. Dublin ist gleichzeitig die größte Stadt der Republik Irland, außerdem eine sehr junge Stadt«, erzählt Nora weiter. »Knapp die Hälfte der fast 500.00 Einwohner ist unter 27!«

»Also Nora, du könntest wirklich als Fremdenführerin hier arbeiten!«, lache ich.

»Nun, ich habe einfach mein halbes Leben hier verbracht. Da lernt man doch einiges. Das Zentrum von Dublin ist zum Beispiel sehr überschaubar. Man kann fast alles bequem zu Fuß erreichen. Der Fluss Liffey, den du hier siehst, unterteilt Dublin in einen nördlichen und einen südlichen Stadtbezirk. Im etwas wohlhabenderen südlichen Teil befindet sich der Stadtteil Temple Bar mit seinen vielen Pubs, die ich dir noch genauer zeigen werde! Stell dir vor, in Dublin gibt es insgesamt um die 850 Pubs!«

»Die schaffen wir nicht alle!«, lache ich.

»Im nördlichen Teil der Stadt befindet sich die Henry Street, die absolut perfekt zum Shoppen ist. Es gibt zahlreiche Brücken, über die man den Fluss überqueren kann. Ich glaube, es sind 24 im Ganzen! Wir überqueren gerade die bedeutendste, die O'Connell Bridge! Schau mal, die Brücke ist breiter als sie lang ist!«, lacht Nora. »Hier an der neuen Uferpromenade lässt es sich zur wohl bekanntesten Brücke schlendern, der Halfpenny Bridge, genannt Ha'Penny Bridge, die ihren Namen erhielt, weil man hier bis 1919 erst einen halben, später einen ganzen Penny Wegzoll bezahlen musste.«

Wir fahren weiter mitten in das quirlige Treiben der Innenstadt hinein, und der Bus muss aufgrund des starken Verkehrs des Öfteren anhalten, was Nora Gelegenheit gibt, mir viel zu erzählen.

»Meine Güte, ist das die Rush-Hour hier?«, frage ich, weil der Verkehr kurz vor dem Zusammenbrechen ist.

»Nö, das ist hier immer so!«, lacht Nora. »Dieses historische Gebäude ist das Trinity College, die wohl bedeutendste und bekannteste Universität Irlands. Hier haben so berühmte Menschen wie Samuel Beckett, Bram Stoker, Oscar Wilde, Jonathan Swift oder Chris de Burgh studiert. Berühmt ist die Bibliothek. In dieser befindet sich das ›Book of Kells‹, ›ein Buch, so schön und aufwendig verziert, dass es das Werk von Engeln sein müsse‹. So beschrieb jedenfalls vor vielen Jahrhunderten ein Reisender das Buch der Kelten. Eines der bedeutendsten mittelalterlichen Bücher der Welt.«

»Das möchte ich mir unbedingt ansehen!«, sage ich beeindruckt.

»Oh ja, es gibt so viel, was ich dir hier zeigen möchte. Dublin hat sehr viel zu bieten, besonders was Literatur, Theater und Musik angeht.«

»Nicht zu vergessen die Pubs und die Henry Street!«, lache ich.

»Und die Guiness Brauerei, in der unser berühmtes Bier gebraut wird. Eine Whiskeyverkostung müssen wir aber auch noch einplanen …«

»Es sieht nicht so aus, als würden wir einen Tag nüchtern bleiben!«, lache ich wieder. Mir fällt auf, dass ich heute mehr gelacht habe als in den ganzen letzten Wochen zu Hause. Dabei haben wir das berühmte Guiness Bier noch nicht einmal probiert.

»Was meinst du, warum die Iren immer so fröhlich und so freundlich sind?«, sagt Nora und zwinkert mir zu.

Ich steige an der Christchurch aus, denn ich habe mir ein Zimmer im *George Frederic Handel Hotel* genommen.

Zum einen wollte ich Nora nicht ständig auf der Pelle hocken. Sicher möchte sie hin und wieder alleine mit ihren Erinnerungen an ihre Mutter sein. Zum anderen möchte auch ich am Abend etwas alleine sein und mir die Erlebnisse ein wenig durch den Kopf gehen lassen. Wir haben vereinbart, dass Nora mich am nächsten Tag nach dem leckeren irischen Frühstück abholt und wir dann zu Fuß losziehen.

Ich bin kein bisschen überrascht, wie gut Nora sich auskennt. Das bereits gestern vom Bus aus gesehene Trinity College mit der beeindruckenden Bibliothek und dem »Book of Kells« wird ebenso besichtigt wie das Gefängnis Kilmainham Gaol. Dieses gehört zu den wichtigsten Schauplätzen des irischen Unabhängigkeitskampfes, und wir bekommen bei einer Führung einen großartigen Einblick in die irische Geschichte. Schließlich waren hier fast alle wichtigen irischen Freiheitskämpfer inhaftiert. Nach dieser Anstrengung müssen wir uns unbedingt mit einem irischen Bier stärken und besichtigen das Guiness Storehouse. Es befindet sich auf dem Gelände der über 250 Jahre alten Guinnessbrauerei. Täglich werden 2,5 Millionen Pints des schwarzen Goldes von Irland produziert, wie Nora erzählt! Wir laufen durch das siebenstöckige Haus und erleben die Geschichte der Brauerei und des Brauprozesses des Biers in allen Details. Am Ende dürfen wir selbst unser eigenes Pint zapfen, was wir oben in der Gravity Bar mit einem fantastischen Blick auf Dublin genießen.

Den Abschluss unseres Touristen-Programms macht die Besichtigung der St. Patrick's Cathedral. Der Legende nach geht diese Kathedrale auf eine kleine Kapelle aus dem 5. Jahrhundert zurück, in der der Heilige Patrick die Menschen mit Quellwasser taufte.

»Patrick scheint ein sehr verbreiteter Name in Irland gewesen zu sein«, sage ich.

»Das ist er noch! Als ich dann in Australien einen Patrick traf, konnte ich doch gar nicht anders, als mich in ihn zu verlieben, nicht wahr?«, lacht Nora. »Meine Mutter war sehr häufig hier in der Kathedrale«, berichtet sie weiter. »Vor allem nach Paddys Tod. Sie war aber schon immer sehr gläubig.«

»Das scheinen die Iren im Allgemeinen zu sein!«, sage ich. »Jedenfalls gibt es hier sehr viele Kirchen.«

»Ja, und die Gottesdienste sind gut besucht. Der Glaube scheint den Menschen Halt zu geben. Auch wenn …«

»Auch wenn, was?«, frage ich, weil sie so unvermittelt abbricht.

»Auch wenn es eine dunkle Seite der Religion gibt, von der niemand so gerne spricht.«

»Was meinst du damit?«, frage ich neugierig.

»Vielleicht hast du ja davon gehört. Erst kürzlich wurde ein Massengrab mit fast 800 Kinderskeletten entdeckt. Es ist ja schon lange bekannt, dass Babys und Kinder ›gefallener‹ Mädchen und Frauen in katholischen Heimen unmenschlich behandelt und nach ihrem Tod wie Abfall weggeworfen wurden. Die Spuren des Massengrabes führen zu einem von Nonnen geführten Heim für unverheiratete Frauen. Die Babys sind dort angeblich ohne Ärzte und Hebammen auf die Welt gekommen und wurden danach grob vernachlässigt, stand in der Zeitung.«

»Nein!« Ich schlage die Hand vor den Mund.

»Doch. Viele starben offenbar an Unterernährung und Krankheiten, die man sicher hätte heilen können. Die Nonnen warfen sie einfach weg … in einen Abwassertank.«

»Das ist ja schrecklich!«, sage ich ernsthaft betroffen.

So etwas kann man sich in der heutigen Zeit einfach nicht mehr vorstellen.

»Ja, eine ledige Mutter war aus der religiösen Gemeinschaft ebenso ausgestoßen wie eine geschiedene Frau.« Ich weiß, dass Nora jetzt an ihre Mutter denkt, und nehme ihre Hand. »Das war auch in den 60er-Jahren noch so, als ich auf die Welt kam. Für meine Mutter waren diese Verhältnisse jedoch völlig normal, und sie hielt eisern an der Kirche und ihrem Glauben fest.«

Nora zündet eine Kerze für ihre Mutter an und ich eine für Lavie. Wir sprechen ein kleines Gebet, dann sagt Nora: »Auf zu Temple Bar. Ich habe Hunger, und es wird Zeit, wieder lustig zu sein!«

In diesem alten Stadtviertel gibt es viele bunte Restaurants und Pubs, in denen die traditionelle irische Folk-Music live geboten wird, witzige kleine Souvenir- und Kunsthandwerk-Läden, Künstler-Ateliers sowie Theater- und Musikbühnen. Es macht Spaß, dem bunten Treiben zuzusehen und den vielen guten Straßenmusikern zuzuhören. Doch Nora zieht mich in den Pub namens *Temple Bar*, und wir bestellen Irish Stew, eine Art deftigen Eintopf, der aber überraschend gut schmeckt. Anschließend trinken wir in *The Brazen Head* wieder ein Guiness. Es soll dies das älteste Pub in ganz Irland sein, und angeblich haben James Joyce, Jonathan Swift und der Rebell Michael Collins hier verkehrt. Bevor wir nach Hause gehen, soll ich allerdings unbedingt noch ein Snake bite in *The Front Lounge* probieren. Das ist ein Drink, der natürlich wieder aus Guiness und Cider, einer Art Apfelwein, besteht. In diesem Pub wird traditionelle irische Musik mit Akkordeon und Gitarre geboten, und wir lassen uns von der lockeren Atmosphäre anstecken. Die Iren sind nicht nur ein ausgesprochen nettes, sondern auch ein lustiges und musikalisches Völkchen, und die Stimmung ist ausgelassen. Es tut so gut, einmal unbeschwert zu sein, und wir singen laut bei den irischen Volksliedern mit, obwohl wir den Text nicht kennen.

Viel später am Abend liege ich wach in meinem Hotelzimmer und denke an Christian. Ich sehe die Sterne am Himmel und wünsche mir so sehr, dass er hier wäre! Auf meinem iPod höre ich wieder das Lied »It's a quarter after one, I'm all alone and I need you now …«, das Lied von Lady Antebellum, das immer in Steves Autoradio lief. Ich brauche dich auch, Christian, denke ich. Doch ich scheue mich immer noch, den ersten Schritt zu tun, obwohl ich den Alkohol ganz schön spüre – dieses verflixte Snake bite aber auch!

Den nächsten Tag lassen wir etwas geruhsamer angehen. Wir bummeln ein wenig durch die Henry Street, und ich besorge ein paar Mitbringsel. Anschließend trinken wir Tee in einem netten Lokal namens *The Church*, welches tatsächlich eine alte umgebaute Kirche ist. Ich lasse den Blick schweifen. Die große Bar in der Mitte des Kirchenschiffs, die Galerie, die Orgel und die schönen Holztische mit ihren gemütlichen Sitzgelegenheiten bilden ein wirklich außergewöhnliches Ambiente, in dem der Tee noch einmal so gut schmeckt.

»Hast du je bereut, hier weggegangen zu sein?«, frage ich Nora und nehme ein Stück von meinem Scone, einem warmen Teebrötchen, das mit frischer Sahne und Konfitüre gereicht wird. »Hmmm … das sollten wir in der *Butterblume* einführen!«, sage ich genießerisch.

»Manchmal schon«, antwortet Nora. »Am Anfang war ich froh, der tristen Atmosphäre in der Wohnung meiner

Mutter entkommen zu sein. Dann traf ich Patrick, und mein Leben war voller Licht und Liebe. Er gab mir alles, was ich mir je gewünscht hatte. Als er starb, wurde meine Welt auch in Australien dunkel. Doch ich zögerte, zurückzukehren. Dann traf ich John … den Rest kennst du.«

Ich kann sie gut verstehen. Auch Christian hat in mein Leben Licht und Liebe gebracht. Was ist nur zwischen uns passiert, dass dieses Licht erloschen ist?

Nora sieht mich mit ihren merkwürdigen grünen Augen an. »Aber genug von mir. Willst du mir nicht vielleicht erzählen, was dich so traurig macht?«, fragt sie.

Ich weiß nicht, warum – ob es an der warmen, gemütlichen Atmosphäre dieser ehemaligen Kirche liegt oder daran, dass ich weit weg bin von daheim … jedenfalls erzähle ich Nora alles. Angefangen von meinem »Butterblumentraum«, den ersten Schwierigkeiten damit, der vielen Arbeit, von meiner Liebe zu Christian und dass ich das Baby verloren habe. Von dem Plan meiner Mutter, eine Pension in Friedas malerischer Villa am See zu eröffnen und den Dingen, die anschließend passiert sind. »Weißt du, Nora, ich glaube, ich habe so viel falsch gemacht! Vielleicht sollte ich das alles aufgeben?«

»Aber nein, du wirst doch deinen ›Butterblumentraum‹ nicht aufgeben! Dafür hast du viel zu viel und zu hart dafür gearbeitet, Maja. Das Café ist ebenso wie die Pension einfach bezaubernd. Ich kann verstehen, dass du dich da reingehängt hast, vor allem, weil du in der Arbeit Vergessen gesucht hast. Doch es gibt Dinge, Maja, die kann man nicht vergessen. Aber man kann akzeptieren, dass sie geschehen sind. Und weitermachen!«

Ich ahne, dass sie gerade an Patrick denkt. Auch sie musste irgendwie weitermachen.

»Nun, ein paar Dinge hast du schon falsch gemacht, wenn du mich fragst!«, lacht sie plötzlich.

»Als du das Baby verloren hast, hättest du Christian sagen müssen, wie du dich fühlst. Statt die Starke zu spielen, die immer alles im Griff hat, hättest du ihn um Hilfe bitten müssen. Doch du hast ihn aus deinen Gefühlen und aus deinem Leben ausgeschlossen. Und gehofft, er könnte dir in die Seele schauen und mit seiner Liebe automatisch die Mauer einreißen, die du um dich gezogen hast. Ich vermute einmal, dass es bei Christian ähnlich war. Je mehr du dich von ihm zurückgezogen hast, desto mehr ging auch er auf Distanz. Aus Angst und Unsicherheit! Er spürte wohl, dass sich etwas zwischen euch verändert hatte, und zog aus deinem Verhalten die falschen Schlüsse. Er glaubte, du wolltest auch ihn nicht mehr!«

Ob Nora recht hat? Wie könnte Christian glauben, dass ich auch ihn nicht mehr wollte?

Andererseits … wann habe ich ihn in der letzten Zeit vom Gegenteil überzeugt?

»Dass dein Liebster dich bei einem anderen im Arm gesehen hat, ist zwar ärgerlich, aber nicht das Ende der Welt, Maja. Im Gegenteil! Dass er so eifersüchtig war, zeigt doch nur, dass er dich liebt. Manchmal ist es auch gar nicht so schlecht, wenn sich die Männer nicht so sicher sein können. Vermutlich weiß er ganz genau, dass er dich vernachlässigt hat, und hat auch deshalb so emotional reagiert! Nur du hast dich falsch verhalten. Statt stolz zu sein und darauf zu warten, dass er wieder angekrochen kommt, hättest du dich einmal um ihn bemühen müssen.«

»Ich habe ihm eine SMS geschrieben, aber …«, sage ich.

»… er hat nicht darauf geantwortet? Das ist doch auch kein Wunder! So etwas bespricht man doch nicht per SMS!

Nein, Maja, für die Liebe muss man schon etwas tun!«, unterbricht mich Nora. »Du hättest zu ihm fahren sollen. Ihm zeigen, was er dir bedeutet! Stattdessen hast du so getan, als ob du ihn nicht brauchst.«

Ob sie recht hat? Ich denke an Frieda, die ihre Heimat Ostfriesland der Liebe wegen aufgegeben hat. Ebenso wie meine Mutter, die ihrem Steve nach Amerika folgte, um ihre Ehe nicht zu gefährden. An Emily, die mit ihrer Liebe monatelang an Toms Seite war, damit er wieder ganz gesund wird. Und meine eigene Tochter Nini, die allen Vorurteilen zum Trotz zu ihren Gefühlen steht und sich deshalb sogar mit ihrer eigenen Mutter überwirft.

Am Abend besuche ich Nora in der Wohnung ihrer Mutter. Die Wohnung ist einfach, aber gemütlich eingerichtet. Ein schöner Ohrensessel steht vor einem altmodischen Fernseher neben einem Teetisch. Das Sofa hat schon bessere Zeiten gesehen, ist aber mit hübschen Kissen bestückt. Auch der Teppich scheint recht betagt zu sein, und Bilder gibt es fast gar keine. Dafür hängt ein Kreuz in der Ecke. Auf dem Schrank stehen viele gerahmte Fotos, fast alle von Nora. Das einzig Außergewöhnliche sind die schönen Spieluhren, die Lily in der Glasvitrine ihrer Schrankwand aufbewahrte.

»Und das ist wohl Lily?«

Man sieht es auf einen Blick. Die gleichen grünen Augen, der gleiche sinnliche Mund. Ein fröhliches Lächeln. Der Mann an ihrer Seite sieht gut aus, ist dunkelhaarig. Doch sein Lächeln wirkt verkniffen und erreicht seine Augen nicht.

»Meinst du, die Ehe deiner Eltern wäre besser gewesen, wenn Paddy nichts von dem Seitensprung deiner Mutter erfahren hätte?«, frage ich sie.

»Das kann schon sein. Vielleicht hätte er dann nicht so viel getrunken! Aber wer weiß das schon genau? Vielleicht hätte er mit dem Trinken auf jeden Fall angefangen, und sie hätten sich auch deshalb viel gestritten. Sie sagte mir immer, dass sie so froh sei, mich zu haben! Sie hatte sich immer Kinder gewünscht und geglaubt, sie könne keine bekommen. Dabei lag es an Paddy.«

Nora gießt mir einen Schluck von dem Whiskey ein, den ihr Vater damals im Außendienst vertrieb. Die Farbe ist gold wie Honig, und ein bisschen schmeckt er auch danach. Ganz mild und überraschend gut.

»Im Grunde akzeptierte er die Tatsache, dass sie ein Kind von einem anderen hatte, aber wurde dadurch ständig an ihren Fehltritt erinnert. Je glücklicher sie mit mir war, desto mehr muss es ihn geschmerzt haben! Und desto schlechter behandelte er sie. Ein Teufelskreis!« Nora nimmt noch einmal nachdenklich das Bild ihrer Mutter in die Hand. »Dabei war sie so ein lebensfroher Mensch! Sie liebte es, zu singen, oft schon morgens, während sie das Frühstück zubereitete. Und ich denke oft an ihr Lachen und die vielen verrückten Geschichten, die sie mir abends im Bett oder bei unseren Wanderungen in der Natur erzählte. Viel mehr Zerstreuungen hatten wir nicht, für Kino, Shopping und diese Dinge hatten wir ja meist kein Geld. Weißt du, ich erinnere mich noch gut an meinen ersten Liebeskummer: Ich war schrecklich in Robert, einen Jungen aus der Tanzschule, verliebt. Jede Woche freute ich mich auf die Tanzstunde und fieberte dem Abschlussball entgegen. Kurz davor überraschte mich meine Mutter mit einem Einkaufsbummel. Sie opferte ihr eisern gespartes Geld, um mir ein schönes Kleid und neue Schuhe kaufen zu können! Wir suchten ein wunderschönes rosa Kleid aus, das eigentlich viel zu teuer war, in dem ich mir aber wie eine Prinzessin vorkam. Jeden Abend vor dem Einschlafen betrachtete ich es voller Glück!

Doch drei Tage vor dem Ball rief Robert plötzlich an. Er druckste herum und sagte, er habe sich in ein anderes Mädchen verliebt und wolle mit diesem zum Ball gehen, das sei doch sicher kein Problem für mich. Ich weinte die ganze Nacht. Am nächsten Morgen stellte mir meine Mutter zum Frühstück einen frisch gekochten Vanillepudding hin, den ich so liebte. Sie sah mich an und sagte: ›Mein Kind, niemand hat je gesagt, dass die Liebe leicht sein würde! Wir sind heute so glücklich, dass wir glauben, es würde immer so sein. Doch schon am nächsten Tag kann ein einziger Satz das Glück zunichtemachen und wir fühlen uns, als müssten wir sterben. Doch auch das geht vorüber! Und obwohl wir wissen, wie sehr die Liebe uns schmerzen kann, lassen wir uns darauf ein – weil wir nicht anders können!‹ Ich glaube, sie wusste, von was sie sprach. Sicher war sie sehr in Hermann verliebt gewesen und hatte insgeheim doch auf ein gemeinsames Glück gehofft. Auch ohne sein Abschiedsgeschenk, die Spieluhr, hat sie ihn nie vergessen und sich oft an die gemeinsamen glücklichen Stunden erinnert. Vielleicht gaben ihr diese Erinnerungen Kraft, wenn sie traurig war oder es wieder einmal mit Paddy gekracht hatte. Erst als er auf tragische Weise ums Leben kam, veränderte sie sich. Sie suchte die Schuld an seinem Tod nur bei sich und ihrem Fehlverhalten und wollte durch ihre Buße und immer stärker werdende Frömmigkeit alles wieder gut machen«, sagt Nora und gießt mir noch einen Schluck Whisky ein.

»Wie ging die Sache mit dem Abschlussball aus? Bist du trotzdem hingegangen?«, frage ich.

»Ich wollte nicht. Doch meine Mutter sagte: ›Eine O'Reilly lässt sich nicht unterkriegen, egal, was passiert! Du ziehst das Kleid an, das wir extra dafür gekauft haben, und tanzt den ganzen Abend mit einem anderen! Zeig deinen Stolz und beachte Robert einfach gar nicht. Im Gegenteil, lächle den anderen den ganzen Abend an und spare dir deine Tränen für zu Hause auf!«

»Und … hast du es so gemacht?«

»Oh ja! Ich wusste, dass es in der Tanzschule einen Jungen namens Ian gab, der mir schon lange sehnsüchtige Blicke zuwarf. Am Abend vor dem Ball rief ich ihn an und fragte ihn, ob er mein Tanzpartner für den Abend sein wolle. Er war überglücklich! Und … was soll ich dir sagen? Er sah verdammt gut aus, hatte sich extra einen neuen Anzug gekauft und war beim Frisör gewesen. Den ganzen Abend lächelte ich ihn verliebt an, zuerst nur, um Robert eifersüchtig zu machen, später, weil ich bemerkte, dass Ian nicht nur viel besser tanzte, sondern auch der weitaus interessantere Gesprächspartner war. Robert saß den ganzen Abend dagegen missmutig neben seiner neuen Flamme. Meine Mutter hatte recht gehabt! Tränen gab es seinetwegen jedenfalls keine mehr.«

Nora sieht mich mit ihren grünen Augen traurig an und ich weiß, sie würde jetzt in diesem Moment ihrer Mutter gerne so viel sagen … doch es ist zu spät.

20. KAPITEL
»DER ABSTURZ«

Ich lehne mich zurück und schließe die Augen. In etwas weniger als einer Stunde werde ich wieder in Stuttgart sein. Ich bin so froh, dass ich mich dazu entschlossen habe, Nora nach Dublin zu begleiten. Die Herzlichkeit der Iren, die einfache, ruhige Schönheit der Grünen Insel und vor allem die Abwesenheit sämtlicher Aufregungen haben mir unendlich gutgetan. Ich fühle mich gestärkt und voll neuer Energie. Vor allem die Gespräche mit Nora haben mir viel gegeben. Sie wollte mir vor dem Abflug unbedingt noch ein wenig die Küste zeigen, also fuhren wir mit dem Vorortzug in das kleine Fischerörtchen Howth und machten dort einen kleinen Spaziergang am Meer.

»Was hast du denn jetzt vor, Nora?«, fragte ich sie.

»Ich weiß nicht. Vielleicht suche ich mir einen Job in einem der kleinen Fischrestaurants da drüben!«, lachte sie und zeigte auf die malerischen kleinen Häuser, die den Hafen säumen. Es war sehr windig und der Wind trieb dunkle Wolken bedrohlich über das Meer. Auf einmal riss der Himmel jedoch auf, und ein Sonnenstrahl fiel auf das Wasser und die grünen Hügel. Ich konnte sehen, was Nora mit dem »magischen Licht« gemeint hatte, das Irland so besonders macht. Ich wünschte, dieser Augenblick würde ewig andauern, doch schon im nächsten Moment schob sich eine Wolke vor die Sonne.

»Nun, ich habe es ja nicht eilig. Im Moment habe ich keine Not, denn ich kann ja in der Wohnung meiner Mutter bleiben. Doch mein Herz wünscht sich eine Veränderung. Zu viele Erinnerungen, verstehst du?«, fragte Nora.

»Oh ja, das verstehe ich sehr gut!«, antwortete ich und lud Nora zum Abschied in eines der kleinen Lokale ein, die sie mir gerade gezeigt hatte. Als wir uns danach am Flughafen verabschiedeten, war mir seltsam wehmütig zumute. War mir doch Nora in der kurzen Zeit sehr vertraut geworden und ans Herz gewachsen. Sie hatte mich mit ihrem ruhigen Blick aus ihren unergründlichen grünen Augen ernst angesehen und gesagt: »Meine Mutter hat immer gesagt: ›Das Leben ist eine einzige große Reise. Aber es ist die Liebe, die uns nach Hause kommen lässt.‹ Jedenfalls wünsche ich dir von Herzen viel Glück!«, sagte Nora und nahm mich in den Arm. »Aber da Glück auch immer etwas Unterstützung vertragen kann, habe ich etwas für dich.« Aus der Tasche zauberte Nora ein kleines Päckchen mit wunderschönen Ohrringen in Form eines Kleeblatts. »Das ist das inoffizielle Nationalsymbol Irlands, genannt Shamrock. Der Sage nach benutzte der Heilige St. Patrick das dreiblättrige Kleeblatt, um den Iren die Dreifaltigkeit zu erklären. Es steht für den Vater, den Sohn und den Heiligen Geist. Aber selbst für die Nichtgläubigen ist es das Symbol für Glück und Zuversicht. Ich hoffe, die Ohrringe werden dir ein wenig Glück bringen. Auf jeden Fall sollen sie dich an Irland erinnern. Alles Gute, Maja!«

Beschämt nahm ich das Geschenk entgegen. Vor Kurzem noch habe ich mir gewünscht, dass Nora und John etwas mit Volkers Tod zu tun haben könnten, damit ich sie loswerde und sie keine Ansprüche auf das *Maiglöckchen* erhoben. Was bin ich nur für ein Mensch?

»Es ist die Liebe, die uns nach Hause kommen lässt.«

Auf einmal weiß ich, was ich zu tun habe. Ich muss unbedingt zu Christian und mit ihm sprechen! Doch als ich in Stuttgart ankomme und mit dem Taxi zu seiner Wohnung fahre, ist er nicht da. Auch nicht in der Kanzlei, aber das ist nicht weiter verwunderlich, denn heute ist Sonntag. Ich versuche es auf dem Handy, doch es springt sofort die Mailbox an. Möglicherweise ist er ja wieder in Kanada? Enttäuscht fahre ich an den See zurück. Beim Anblick des Sonnenlichts auf dem Wasser geht mir jedoch gleich das Herz auf. Nora hat gesagt, ich solle an meinem »Butterblumentraum« festhalten, weil ich so hart dafür gearbeitet habe. Sie hat recht, doch um welchen Preis? Wie schön gepflegt die Häuser in der Seestraße doch sind! Das fällt mir jetzt richtig auf. Es ist ein gutes Gefühl, nach Hause zu kommen. Weil »Zuhause« im Grunde nur die Menschen sind, die ich liebe. Ob ich wohl alles noch einmal geradebiegen kann, auch das mit Nini?

Als ich zur *Butterblume* zurückkomme, sehe ich sie und Freddy auf dem Steg vor der *Sommerwind* sitzen. Sie halten sich schweigend an den Händen, und Nini hat den Kopf auf seine Schulter gelegt. Mir kommen die Tränen, als ich sehe, wie Freddy sie ansieht. Er wird ihr niemals wehtun, das sehe ich in diesem Blick. Vor Kurzem habe ich ihn noch für einen Dieb gehalten, wie konnte ich nur!

Sie bemerken mich und ich wische schnell die Tränen von meinem Gesicht.

»Mami! Du bist ja schon wieder zurück! Wie war es denn in Dublin?« Nini drückt mich fest.

»Ach, Dublin … das ist eine lange Geschichte. Die erzähle ich euch morgen!«

»Schön, dass du wieder da bist, Mami«, sagt Nini und

setzt geheimnisvoll hinzu: »Wir müssen dir auch ganz viel erzählen!«

»Ja?« Ich werde schon wieder misstrauisch. Es wird doch wohl nicht wieder etwas passiert sein?

Ich kann nicht bis morgen warten und bohre solange, bis Nini berichtet:

»Stell dir vor: Freddy hat sich entschlossen, eine Ausbildung bei der Polizei zu machen! In der letzten Zeit war Michael ja öfter hier …« Sie macht eine bedeutungsvolle Pause. »… und da haben sich Freddy und Michael ausführlich über dieses Thema unterhalten. Das hat Freddy auf die Idee gebracht, sich im Polizei-Ausbildungszentrum Biberach zu bewerben.«

Ich denke an Freddys kleine Schwester Leni, für die er sich doch so verantwortlich fühlt. Was wird aus ihr werden? Er wird unmöglich jeden Tag nach ihr sehen können, wenn er in Biberach ist, das ist immerhin über eine Stunde von uns entfernt.

Als hätte Nini meine Gedanken erraten, sagt sie: »Freddys Mutter macht eine Entziehungskur. Sie hat erkannt, dass es so nicht weitergehen kann und dass Leni sie braucht. Freddy wird erst dann nach Biberach gehen, wenn hier alles in Ordnung ist. Und ich … ich habe auch eine Idee, was ich im Herbst machen möchte, wenn du einverstanden bist, Mami!«

»Seit wann werde ich denn gefragt?«, lache ich.

»Eigentlich hast du mich darauf gebracht, indem du das Foto, das ich vom See gemacht habe, aufgehängt hast und stolz ›meine kreative Tochter‹ gesagt hast!«

Fragend sehe ich sie an.

»Ich habe mich bei einem Fotografenmeister in Konstanz um eine Ausbildungsstelle beworben und eine Zusage bekommen! Weißt du, Mami, ein Universitätsstudium … das ist einfach nicht mein Ding. Ich muss etwas entstehen sehen – wie beim Backen. Das Theoretische, das liegt mir einfach nicht so, verstehst du? Bist du jetzt böse?«

»Ach was!«, sage ich und nehme Nini fest in die Arme. »Erstens habe ich doch auch nicht studiert, und zweitens bist du die beste Tochter, die es gibt auf der Welt, ganz egal, was du tust!«

Es scheint, als würde nun doch alles gut werden. Nini und Freddy haben konkrete Pläne, was sie mit ihrem Leben und mit ihrer Zukunft anstellen wollen. Meine Mutter und Steve sind glücklich in Amerika und freuen sich bereits auf einen Besuch am See im nächsten Frühling. Allerdings nicht, um zu arbeiten. Wenn auch die Tätigkeit im *Maiglöckchen* meiner Mutter sehr viel Freude bereitet hat, so hat sie dies auch sehr gefordert und ihre noch junge Ehe in eine Krise gestürzt. Die beiden sollen lieber ihren Lebensabend in Ruhe genießen, schließlich haben sie beide in ihrem Leben genug gearbeitet.

Auf einmal kommt mir eine geniale Idee, wer mich stattdessen hier in Zukunft unterstützen könnte: Nora! Sie ist die perfekte Person, um das *Maiglöckchen* zu führen. Nicht nur, weil sie unglaublich freundlich ist, gastronomische Erfahrung hat und sowieso gerade nicht weiß, wie es in ihrem Leben weitergehen soll. Ich finde, sie hat auch ein gewisses Recht, hier zu sein. Auch wenn es keinen rechtlichen Erbanspruch gibt, so war Hermann doch wahrscheinlich ihr Vater. Ich bin mir ziemlich sicher, dass Frieda nichts dagegen hätte. Sie war so ein großherziger Mensch und hätte die freundliche und liebevolle Nora bestimmt ins Herz geschlossen. Auch wenn sie das Ergebnis eines Seitensprungs ihres Mannes war. Ich glaube sogar fast, dass

Frieda Hermann verziehen hätte, wenn sie davon gewusst hätte. Zumal er sich ja für ein Leben mit ihr, Frieda, entschieden hatte!

Die *Butterblume* leuchtet gelb im Abendlicht. Ich schließe die Tür auf und gehe hinein. Alles ist sauber und ordentlich, und es riecht nach Apfelkuchen. Stürmisch werde ich von Jojo begrüßt. Der kleine Hund freut sich, als sei ich monatelang fort gewesen, dabei waren es doch nur zwei Tage. Noch im Flur nehme ich das Telefon und wähle Noras Nummer. Ich bin so begeistert von meiner neuen Idee, dass ich sie sofort in die Tat umsetzen muss.

»Das willst du wirklich tun, Maja? Mit mir zusammenarbeiten … im *Maiglöckchen*? Also, da muss ich mich erst einmal hinsetzen.« Nora, die sofort am Telefon ist, wirkt verblüfft. Aber ganz offensichtlich freut sie sich riesig. »Das wäre … das wäre … einfach fantastisch!«, jubelt sie. »Aber ist das wirklich dein Ernst? Wir kennen uns doch noch gar nicht so lange!«, setzt sie hinzu.

»Das stimmt«, gebe ich zu. »Weißt du, Nora, ich habe mich in meinem Leben immer auf mein Bauchgefühl verlassen. Und das hat mich eigentlich nie getrogen. Ich finde, wir verstehen uns doch gut! Und du hast gastronomisch viel mehr Ahnung als ich. Ganz zu schweigen von deinen wundervollen Blumendekorationen. Deshalb kann ich mir als Geschäftspartnerin keine bessere vorstellen als dich!«

»Ach Maja, das ist einfach wunderbar! Ehrlich gesagt wusste ich überhaupt nicht, was ich mit meinem Leben anstellen sollte. Nach Australien zieht mich nichts mehr, aber hier in Dublin bin ich auch nicht mehr richtig zu Hause, seit Mutter tot ist.«

»Nun, so ganz uneigennützig ist es auch wieder nicht, Nora«, antworte ich lachend. »Ehrlich gesagt würdest du mir damit sogar einen Riesengefallen tun! Ich habe mir nämlich vorgenommen, in Zukunft nicht mehr ganz so viel zu arbeiten. Ich habe in der letzten Zeit ein wenig zu leben verlernt, und es wird höchste Zeit, dass ich es wiederfinde. Das ist mir besonders in Dublin bewusst geworden. Ich möchte auch wieder ausgehen, singen und lachen. Und mehr Zeit verbringen mit den Menschen, die mir wichtig sind.«

»Ich weiß gar nicht, was ich sagen soll«, sagt Nora leise darauf. »Ich komme mir vor wie jemand, der gerade ein riesengroßes Geschenk bekommen hat und sich nicht traut, es auszupacken. Weißt du, Maja, mir wurde noch nie im Leben etwas geschenkt.«

Nora macht eine kurze Pause und holt tief Luft. Dann setzt sie schnell hinzu, fast, als habe sie Angst, ich könne es mir noch einmal anders überlegen: »Aber wenn du das wirklich willst, Maja ... bin ich dabei! Wann soll ich kommen?«, fragt sie.

Ich sage Nora, sie könne kommen, wann immer sie wolle, und sie verspricht, sich auf den Weg an den Bodensee zu machen, sobald die Wohnung ihrer Mutter aufgelöst sei. Die Idee ist einfach perfekt. Warum habe ich nicht schon viel früher daran gedacht? Nora wird mich wunderbar unterstützen können, und ich werde endlich mehr Zeit haben.

Ich ziehe meine Jacke aus und will schon nach oben gehen, um mir ein heißes Bad einzulassen. Da höre ich das leise Lachen einer Frau. Wer kann das sein? Nini und Freddy sitzen noch draußen auf dem Steg. Das Café hat schon geschlossen, und die Gäste sind alle fort. Doch nein ... auf der Terrasse sitzt noch jemand! Leise gehe ich hinaus, um das Paar, das in der Abendsonne sitzt, sich an den Händen hält und dabei verliebt in die Augen sieht, nicht zu stören. Ich kann es kaum glauben! Doch es sind tatsächlich Michael und Ruth, die die Welt um sich herum vergessen haben.

»Da war ich nur drei Tage weg und verpasse die Sensation des Jahres!«, lache ich ihnen entgegen.

»Maja! Wie schön, dass du wieder da bist!« Verlegen springt Ruth auf.

»Bleib nur sitzen!«, sage ich. »Ich hab euch doch längst gesehen. Oder ist das etwa ein Geheimnis mit euch?«

»Aber nein!«, sagt Michael und umarmt mich zur Begrüßung. »Ich habe dir doch gesagt, dass hier ein flotter Käfer ist! Den musste ich einfach einfangen!«

Die beiden sehen sehr glücklich aus. Warum ist mir nicht schon vorher aufgefallen, dass sie hervorragend zueinanderpassen?

»Meine Ermittlungen im Fall Volker haben mich die letzte Zeit ja öfter einmal hierher geführt. Und da sind … der Käfer und ich uns ein wenig näher gekommen!«, grinst Michael und nimmt wieder Ruths Hand.

»Das freut mich sehr für euch«, sage ich lächelnd und meine es auch so.

»Apropos Ermittlungen – gibt es denn etwas Neues? Weißt du schon, wer Volker getötet hat?«, frage ich.

»Oh ja!«, gibt Michael bekannt. »Was meinst du, warum ich heute hier bin!«, grinst er.

»Da bin ich ja mal gespannt. Schieß los!«, bitte ich ihn.

»Nun, du wirst es nicht glauben, aber die geheimnisvolle Unbekannte hat sich gemeldet «

»Die blonde Frau mit dem roten Auto?«, frage ich.

»Genau die. Wir haben ja viele Gespräche mit den Damen geführt, die auf Volkers Handy gespeichert waren.

Doch keine war dabei, auf die diese Beschreibung passte. Es musste aber meiner Meinung nach eine der letzten angerufenen Telefonnummern gewesen sein. Die letzte Nummer, die Volker an dem Abend, bevor er zu dem Bootshaus ging, anrief, gehörte jedoch zu einem Geschäftshandy eines Autohauses. Dort war Volker jedoch völlig unbekannt. Die geheimnisvolle Dame muss allerdings mitbekommen haben, dass wir auf ihrer Spur sind. Sie hatte ziemlich große Angst, ihr Ehemann würde davon erfahren, dass sie eine heimliche Liebschaft hatte, und meldete sich freiwillig bei uns.«

»Das ist ja toll! Und wer ist es nun?« Ich hoffe immer noch, dass es nicht Eva ist. Ruth scheint ja aus dem Rennen zu sein.

»Silvia Rosen«, sagt Michael bedeutungsvoll.

»Silvia wer? Muss man die kennen?«

»Mensch, Maja, du schaust ja wohl überhaupt kein Fernsehen, was? Silvia Rosen ist doch die Schauspielerin vom Bodensee, die früher recht viele Rollen im Fernsehen hatte, meist in diesen Daily Soaps oder irgendwelchen Frauenfilmen«, klärt Ruth mich auf.

Kein Wunder kenne ich die Dame nicht, ich sehe doch selten fern. Wann denn auch?

»Seitdem Frau Rosen allerdings über 40 ist, ist sie wohl nicht mehr ganz so gefragt im TV. Jedenfalls war sie schon lange nicht mehr im Fernsehen. Inzwischen ist sie verheiratet mit dem Chef von *Auto-Rosen*, der hier überall am See mehrere Autohäuser besitzt. Kein Wunder, dass sie nicht wollte, dass ihr Liebes-Rendezvous ans Licht kommt. Schließlich pflegt sie einen aufwendigen Lebensstil, den sie vermutlich ungern aufgeben würde. Sie musste daher sehr vorsichtig sein, gerade, weil sie so bekannt ist«, sagt Michael und setzt schmunzelnd hinzu: »Bei den meisten wenigstens!«

Plötzlich fällt mir ein, dass ich diese Silvia Rosen doch schon einmal gesehen habe: auf Leons Polterabend! Sie war die Dame mit dem teuren Kleid und dem unglücklichen Gesicht, von der Emily mir erzählte, dass sie ihre schlechte Ehe und die Untreue ihres Mannes mit allerlei sinnlosen Einkäufen zu übertünchen versuche. Und nun hat sie es ihm gleich getan und ihren treulosen Gatten selbst betrogen, was jedoch leider ein tragisches Ende fand.

»Das kann ich mir denken«, sage ich zu Michael. »Aber musste sie Volker deshalb gleich umbringen?«

»Das hat sie ja gar nicht!«, klärt Michael mich auf. »Frau Rosen erzählte mir unter Tränen, wie der Abend verlief: Sie traf sich mit ihrer Internetbekanntschaft, den sie für einen Geschäftsmann vom Bodensee hielt, in dessen vermeintlicher Villa am See, wo der Herr bereits ein romantisches Picknick vorbereitet hatte. Sie lagen auf dem Steg, und die romantische Stimmung verführte sie zu einer gewissen ›Leichtsinnigkeit‹, wie sich Frau Rosen ausdrückte. Dann wollte Volker unbedingt schwimmen gehen und sprang nackt ins Wasser. Frau Rosen wartete eine Weile, doch er tauchte einfach nicht mehr auf! Auf einmal entdeckte sie, dass das Wasser voller Blut war. Es musste etwas passiert sein! Sie wartete noch eine Weile, doch nachdem Volker nicht wieder auftauchte, eilte sie in Panik davon. Was ja von den Nachbarn beobachtet wurde!«

»Du liebe Zeit! Warum hat sie keine Hilfe geholt? Vielleicht hätte man Volker noch retten können!«, sage ich erschrocken.

»Wir haben alles rekonstruiert. Die Verletzungen von Volker decken sich mit ihrer Erzählung und den Holzpfosten, die wir am Tatort im Wasser fanden. Volker muss in der Dämmerung ins Wasser gesprungen und mit dem Kopf direkt auf einen im Wasser stehenden spitzen Holzpfosten aufgeschlagen sein. Ich denke nicht, dass ihn Frau Rosen hätte retten können, doch sie hätte die Polizei rufen und uns viel Arbeit ersparen können. Das allerdings wollte sie nicht, um ihre Ehe und ihren gesellschaftlichen Status nicht zu gefährden. Als wir allerdings das Handy fanden und im Autohaus nachfragten, bekam sie es mit der Angst zu tun, vor allem, weil wir ja in einer Mordsache ermittelten. Und ins Gefängnis wollte die schöne Frau Rosen nun wirklich nicht. Nicht wegen eines Seitensprungs!«

»Aber was ist mit dem Blut an der Weinflasche und den Schnittverletzungen an Volkers Hand? Hast du nicht gesagt, dass es so aussieht, als habe sich Volker wehren wollen?«, frage ich.

»Es sieht so aus, als habe sich Volker in der Küche der Villa nicht richtig ausgekannt. Er fand keinen Korkenzieher, sondern nur ein Messer, mit dem er versuchte, den Korken aus der Flasche zu hebeln. Dabei rutschte er ab und verletzte sich mit dem Messer an der Hand. Das erklärt auch die Blutspuren an der Flasche. Wir haben Frau Rosens Bericht mit allen Indizien verglichen und geprüft. Es war ein Unfall, Maja … ein bedauerlicher Unfall«, sagt Michael.

Irgendwie bin ich jetzt doch sehr erleichtert. Einen Mord hätte selbst der Herzensbrecher Volker nicht verdient! Auf diese Weise sterben zu müssen, jedoch auch nicht. Nun, es wird sicher einige Damen geben, die ihn vermissen und sein Ableben betrauern. Andere wiederum sind sicherlich immer noch wütend auf ihn, weil sie sich betrogen fühlen. Und wieder andere werden reumütig in die Arme ihrer Ehemänner zurückflüchten und für weitere Abenteuer erst einmal geheilt sein.

»Na, dann ist ja alles gut«, sage ich. Wobei »gut« vermutlich das falsche Wort in diesem Zusammenhang ist. »Aber da fällt mir noch etwas ein: Hast du vielleicht auch herausgefunden, wer mir diese ›Liebesbriefe‹ an die Tür geheftet hat?«, frage ich Michael.

»Ich nicht, aber mein kleiner Dr. Watson!«, lacht Michael. »Vorgestern wollte die betreffende Person wieder eine kleine böse Nachricht an der Tür anbringen, wurde dabei jedoch von Ruth überrascht, überwältigt und in die Gästetoilette eingesperrt. Sie rief mich sofort an, und ich war in wenigen Minuten da.«

»Da bin ich ja mal gespannt, wer mich so sehr hasst, dass er mir solche Botschaften schreibt«, sage ich überrascht.

»Oh nein, du irrst dich, meine Liebe«, sagt Michael. »Die Botschaften waren gar nicht für dich bestimmt. Sondern für die Frau, die man für meine Freundin hielt. Also für Ruth! Anscheinend hatte die Person mich des Öfteren bis zu diesem Haus verfolgt und auch das eine oder andere Küsschen beobachtet!«

»Marlene!«, sage ich. Ich erinnere mich, dass Michael mir vor Kurzem von einer mehr als aufdringlichen Frau erzählte, die ihn partout nicht in Ruhe ließ, auch nachdem es längst aus zwischen den beiden war.

»Richtig! Ich zeigte sie an, damit dieser Unfug ein für alle Mal ein Ende findet. So leid es mir für sie tut, aber sonst hört das nie auf. Die Frau ist krank und gehört meiner Meinung nach in Behandlung!«

»Wie war es denn in Irland?«, fragt Ruth.

Auf einmal fühle ich mich erschöpft, von der Reise und allem.

»Das erzähle ich euch gleich! Ich will nur kurz auspacken und unter die Dusche hüpfen!«, sage ich daher und gehe ins Haus zurück.

»Natürlich. Lass uns doch anschließend noch ein Gläschen Wein zusammen trinken, und du erzählst uns dabei alles in Ruhe, ja?«, bittet Ruth. »Michael bleibt auch noch ein bisschen, und … vielleicht ist Christian ja bis dahin auch wieder zurück!«

»Christian?« Ich bleibe stehen und drehe mich um. »Ist er etwa hier?« Mein Herz klopft.

»Oh ja! Er wollte zu dir, aber er wusste ja nicht, dass du in Irland bist. Wir erzählten ihm, dass du heute Abend wiederkommst. Da meinte er, er würde sich bis dahin ein wenig die Zeit vertreiben und eine kleine Wanderung zu den Churfirsten machen. Ist das nicht in der Schweiz?«, fragt Ruth.

»Nein, die sind hier ganz in der Nähe!«, rufe ich.

Ich eile ins Haus und ziehe meine Turnschuhe an. Auf einmal bin ich gar nicht mehr müde. Christian ist hier! Er wollte zu mir. Ich bin so glücklich, und das Lächeln will nicht aus meinem Gesicht verschwinden. Das kann kein Zufall sein … die Ohrringe mit dem Kleeblatt von Nora, sie haben mir Glück gebracht!

»Ich gehe ihm nach!«, rufe ich.

»Das ist doch Blödsinn, Maja! Du weißt doch gar nicht, wo Christian ist! Du verpasst ihn vielleicht, warte doch lieber hier. Sicher kommt er gleich wieder«, versucht Ruth, mich zurückzuhalten.

Doch ich kann nicht warten und bin schon aus der Tür. Während ich das Rad aus dem Schuppen hole, rufe ich Christian auf dem Handy an. Nach einer gefühlten Ewigkeit nimmt er ab.

»Christian, wo bist du?«, frage ich atemlos.

»In Hödingen! Ich habe eine kleine Wanderung gemacht und stärke mich gerade mit einem Bierchen im Hofcafé. Und wo bist du?«

»Auf dem Weg zu dir!«, rufe ich.

»Du bist am See? Ruth hat mir erzählt, du seiest in Dublin?«

»Das war ich auch, aber ich bin gerade zurückgekommen. Ich fahre gleich los, ja?«

»Warte, Maja. Ich kann doch auch zurück in die *Butterblume* kommen. Es wird ja schon dunkel.«

»Hier sind so viele Leute ... Nein, ich möchte gerne ein bisschen mit dir alleine sein, Christian. Ich habe dir so viel zu sagen! Außerdem ...« Ich denke daran, dass ich eigentlich immer erwartet habe, dass er zu mir kommt. Jetzt bin ich einmal dran. Aber das braucht er ja nicht zu wissen. Noch nicht! »... brauche ich noch ein bisschen frische Luft!«

»Na gut. Ich habe gerade ein wunderschönes romantisches Plätzchen entdeckt. Kennst du die Fidelishöhe? Dort gibt es eine Bank, von der man einen fantastischen Blick auf den See hat. Maja. Ich habe dir auch ganz viel zu sagen. Und ich möchte dich etwas fragen.« Auf einmal klingt seine Stimme ernst.

»Ja? Was denn?«, frage ich leise.

»Komm einfach her, Maja! Dann wirst du es erfahren.«

»Ach, Christian...«, freue ich mich, »... es tut mir alles so leid! Ich habe so viel falsch gemacht. Und dich so sehr vermisst«, gestehe ich ihm. Die Tränen laufen mir herunter. Weil ich so glücklich bin, seine Stimme zu hören.

»Ich dich auch! Bitte beeile dich, Maja. Ich liebe dich.«

So schnell ich kann, radle ich in Richtung Hödingen.

Vom Ortsrand aus kann ich den kleinen Fußweg nehmen, den ich neulich mit Volker gelaufen bin. Der Gedanke an Volker macht mich traurig. Er war kein schlechter Mensch. Im Grunde war auch er einsam, denn bei all seinen Liebschaften hatte er doch niemanden, der richtig zu ihm gehörte. Dabei konnte er den Frauen sehr viel geben. Viele von ihnen erfuhren nach langer Zeit wieder einmal die Aufmerksamkeit, nach der sie sich so lange gesehnt hatten. Natürlich tat er dies nicht uneigennützig. Er nahm sich als Gegenleistung, was er brauchte. Liebe war das allerdings nicht. Jedoch bin ich froh, dass er wenigstens keinem Gewaltverbrechen, sondern einem bedauerlichen Unfall zum Opfer fiel.

Aufgewühlt fahre ich mit dem Rad am See entlang. Die vielen Lichter am anderen Ufer, die lachenden Menschen in den Lokalen, die den wundervollen Sommerabend genießen … heute gibt mir das alles nichts. Auf einmal erscheint mir alles unwichtig: dass meine Mutter mich mit der Pension und all der Arbeit im Stich gelassen hat, um ihrem Herzen und ihrer Liebe zu folgen; dass Nini nicht weiterstudieren und stattdessen eine Ausbildung machen wird; aus welcher Familie ihr Freund stammt; die Umsatzzahlen in der *Butterblume* und im *Maiglöckchen* … Was bedeutet das alles schon? Was ist in meinem Leben wirklich wichtig? Wichtig sind nur die Menschen, die ich liebe:

Nini … ganz gleich, welche Ausbildung sie machen wird; meine Mutter, die in ihrem Alter noch einmal die Liebe gefunden hat und auch wenn sie fern von mir ist, in meinem Herzen immer ganz nah bei mir ist; meine Freundinnen Emily, Eva und Ruth, auf die ich mich immer verlassen kann; auch Nora, die mir in der letzten Zeit mit ihrer lebendigen und fröhlichen Art sehr ans Herz gewachsen ist; und nicht zuletzt Christian, der mir mehr bedeutet als alles andere in der Welt! Ich kann es kaum erwarten, endlich wieder in seinen Armen zu liegen, und trete noch fester in die Pedale.

In Hödingen angekommen stelle ich mein Rad am Ortsrand ab und laufe zu Fuß weiter Richtung Fidelishöhe. Es wird schon langsam dunkel, und ich kann kaum den Weg erkennen. Doch die Abendstimmung ist absolut zauberhaft. Von hier oben sieht man weit über den See bis nach Sipplingen und auf der anderen Seite den Bodanrück. Wunderschön und golden leuchtend geht gerade die Sonne über dem See-Ende unter. Gleich werde ich Christian in die Arme schließen und ihm sagen können, wie sehr ich ihn liebe. Ich habe so viel falsch gemacht in der letzten Zeit, aber nun wird endlich alles gut! Auf einmal sehe ich in einiger Entfernung eine Gestalt, die ziemlich weit vorne an der Fidelishöhe steht, direkt am Abgrund, wo es weit in die Tiefe geht. Es sieht so aus, als würde die Person gerade ein Foto vom Sonnenuntergang machen, denn sie hat sich weit nach vorne gebeugt. Zuerst kann ich ihn nicht gut sehen, doch dann erkenne ich die starken Arme, die Locken … das ist …

»Christian!!!!«, schreie ich.

Er dreht sich um und blickt in meine Richtung. Im dämmrigen Licht kann ich nur schwach sein Lächeln erkennen. »Maja?«

Ich laufe auf ihn zu. Christian beugt sich leicht zur Seite, um mich besser erkennen zu können. Er richtet sich auf, macht einen Schritt zur Seite. Plötzlich verliert er das Gleichgewicht, taumelt … und stürzt die Böschung hinunter.

»Christiaaaaaaan! Pass auf!«, rufe ich.

In Panik renne ich auf die Stelle zu, wo er eben noch stand. Doch da ist … nichts … nichts als gähnende, dunkle Leere!

»Christiaaaaaaan?«, schreie ich wieder in die Dunkelheit hinein. Ich bin völlig außer mir. Es geht hier mindestens 20 bis 30 Meter in die Tiefe, und ich kann absolut nichts erkennen außer dunklen Bäumen, Steinen und Gras. Eine eiskalte Hand greift nach meinem Herzen. Das Blut rauscht in meinen Ohren, und ich bin kurz davor, vor Angst den Verstand zu verlieren. Mein Handy, warum funktioniert das denn jetzt nicht? Der Akku scheint mal wieder leer zu sein. Was soll ich nur tun? Ich kann doch jetzt nicht da hinunterklettern, ohne Gefahr zu laufen, selbst abzustürzen.

»Christiaaaaaaan!« Wieder rufe ich laut in der Hoffnung auf ein Lebenszeichen. Doch ich bekomme keine Antwort. Er muss irgendwo da unten sein, in der Dunkelheit der Tiefe. Ganz schwach vernehme ich die Geräusche der weit unten vorüberfahrenden Autos. Wie weit ist Christian gefallen? Mein Herz rast. Ich kann nur hoffen, dass irgendwo ein Busch oder Baum seinen Fall gebremst hat.

»Hiiiilfe!«, rufe ich nun laut. Doch ich bin wie gelähmt, kann mich keinen Zentimeter wegbewegen, als könne ich Christian nicht verlassen. Warum ist hier denn niemand? Ob ich zu einem der Wohnhäuser laufen soll, die ganz in der Nähe sind? Da, endlich! Ein Radfahrer! Ein junger Mann kommt auf seinem Mountainbike vorbei. In kurzen Worten erzähle ich ihm stammelnd und weinend, was passiert ist. Zuerst denkt er wohl, ich sei betrunken, denn er sieht mich misstrauisch an. Dann aber erkennt er den Ernst der Lage. Mit seinem Handy, einem modernen Smartphone, meldet er den Notruf und gibt auch gleich den genauen Standort an, wozu ich beim besten Willen nicht in der Lage gewesen wäre. Es kommt mir wie Stunden vor, bis endlich die Polizei mitsamt der Feuerwehr und dem Rettungswagen bei uns eintrifft. In Wirklichkeit sind es sicher jedoch nur Minuten.

Die ganze Zeit über weine und bete ich. Ich will Christian nicht auch noch verlieren. Ich habe schon unser Baby verloren und könnte es nicht ertragen, auch noch ohne ihn leben zu müssen!

Die Männer der Feuerwehr sichern umständlich die Absturzstelle ab, dann klettert einer von ihnen an einem dicken Seil in die Tiefe. Die Polizei stellt mir Fragen, die ich mehr schlecht als recht beantworte. Auf die Frage, wer das Unfallopfer ist und in welcher Beziehung ich zu ihm stehe, kann ich gerade noch stammelnd antworten. Wie weit ich entfernt war? Wie der Unfall überhaupt passiert ist? Ich kann nichts dazu sagen. Ich kann mich nur an das Gefühl erinnern, wie glücklich ich war, Christian zu sehen. Ich war zu weit entfernt, um den Unfallhergang richtig beschreiben zu können. Ich kann nur vermuten, dass Christian über etwas gestolpert ist. Ob die Möglichkeit besteht, dass er freiwillig gesprungen ist? Was für eine unsinnige Frage. Sie rauscht an meinem Ohr vorbei und wird erneut mit keiner Antwort belohnt. Ob Christian betrunken war? Er hat etwas von einem Bier erzählt, das er nach der langen Wanderung in Hödingen getrunken hat, fällt mir ein. Aber ob es mehr als ein Bier war? Das weiß ich doch alles nicht! Ich bin verzweifelt, voller Angst. Plötzlich legt mir jemand eine Decke um die Schultern, weil ich so zittere. Ich trage ein dünnes Sommerkleid, und die Abendluft wird langsam kühl. Doch es ist nicht das, was mich frieren lässt, sondern diese unglaubliche Angst in mir.

Der Mann, der mir die Decke um die Schultern gelegt hat, ist – Michael.

Noch nie war ich so erleichtert, den Freund zu sehen. Doch er sieht mich besorgt an und spricht dann mit dem Einsatzleiter der Feuerwehr, welcher ebenfalls ein ernstes Gesicht macht. Nach einer gefühlten Ewigkeit taucht der Feuerwehrmann wieder auf und teilt seinem Einsatzleiter mit, dass er das offensichtlich schwer verletzte und nicht ansprechbare Opfer gefunden habe. Ein Baum habe diesen in seinem Fall aufgehalten, jedoch würde sich die Bergung sehr kompliziert gestalten, und man solle bitte Spezialgeräte dazu anfordern.

Mein Herz rast. Was heißt das jetzt? Wenn ein Baum Christians Fall aufgehalten hat, dann bedeutet das doch, dass er zumindest nicht ganz nach unten in die Tiefe gefallen ist, was er mit an Sicherheit grenzender Wahrscheinlichkeit nicht überlebt hätte. Aber was hat der Feuerwehrmann gesagt? Das Unfallopfer sei schwer verletzt und nicht ansprechbar. Ich ziehe Michael am Ärmel und schaue ihn ängstlich an. Er nimmt meine Hand, als wäre ich ein Kind und spricht in ruhigen Worten zu mir: »Ganz ruhig, Maja. Sie holen Christian hoch.«

Er sieht mir sicher an, dass ich am liebsten selbst in die Tiefe klettern möchte, um den Mann, den ich liebe, zu retten. Immer mehr Einsatzfahrzeuge treffen ein, und das Blinken des vielen Blaulichts macht mich noch nervöser, als ich ohnehin schon bin. Mit großen Spezialleuchten wird die Absturzstelle taghell ausgeleuchtet. Zwei weitere Feuerwehrleute befestigen einen Seilzug am Feuerwehrfahrzeug und klettern mit einem Rettungskorb in die Tiefe. Ich halte den Atem an und bete.

Es kommt mir vor, als wären Stunden vergangen, bis sie wiederkehren. Sie haben den verletzten Christian bei sich in dem Rettungskorb. Dieser ist nicht bei Bewusstsein. Er hat eine große Wunde am Kopf, die heftig blutet. Ich versuche, Christian zu berühren, obwohl so viele Menschen, der Notarzt und die Feuerwehleute, um ihn herum sind und sich um ihn kümmern. Es gelingt mir, seine Hand zu nehmen, die leblos herunterhängt. Ich streichle sie unentwegt, als ob ich ihr und ihm dadurch Leben einhauchen könnte. Doch man schiebt mich beiseite, legt Christian vorsichtig auf eine Trage und schiebt diese in den Rettungswagen. Obwohl man mich davon abhalten will, klettere ich hinterher. Ich kann hier nicht bleiben, ich kann Christian nicht alleine lassen. Das habe ich schon viel zu oft getan. Während der ganzen Fahrt ins Krankenhaus halte ich seine Hand und lasse ihn nicht aus den Augen. Er hält die Augen geschlossen, und ich streiche sanft über seine Hand und sein Gesicht. Ich bete, dass seine Verletzungen, vor allem die am Kopf, nicht allzu schwer sind.

Im Krankenhaus sitze ich Stunden. Ich weiß nicht, wie spät es ist, ich habe keine Ahnung, wie es Christian geht. Der Arzt kommt zu mir und sagt, Christians Verletzungen seien sehr schwer, aber im Moment sei er stabil. Stabil? Was heißt denn das? Ich soll nach Hause gehen, ich könne hier doch nichts für Christian tun. Wie soll ich jetzt nach Hause gehen? Was soll ich dort ohne ihn? Christian ist mein Zuhause! Nun, da ich das endlich erkannt habe, kann ich doch nicht weggehen von ihm! Man gibt mir ein Beruhigungsmittel, aber ich kann nicht schlafen. Ich sitze in dem mit kaltem Neonlicht hell erleuchteten Flur und beobachte den Sekundenzeiger der Krankenhausuhr, ohne jedoch wirklich die Zeit zu erkennen. In den frühen Morgenstunden lässt mich die Nachtschwester ganz kurz zu ihm. Vermutlich hat sie mein Gebettel satt. Der Anblick von Christian, angeschlossen an Maschinen und Schläuche, zerreißt mir schier das Herz. Doch ich nehme mich zusammen und weine nicht vor ihm. Ich streiche ihm über das Gesicht und küsse ihn auf die Stirn.

Ich kann gerade noch »Ich liebe dich … Christian … und ich brauche dich« sagen, da schiebt mich die Schwester bereits wieder aus der Tür. Sie macht einen neuen Versuch, mich nach Hause zu schicken. Es würde Christian nichts nützen, wenn ich auch noch zusammenklappe. Und im Augenblick könne ich wirklich nichts für ihn tun. Ich soll ein paar Stunden schlafen und etwas essen, um neue Kräfte zu sammeln. Dann könne ich wiederkommen, bis dahin könne man mir sicher mehr sagen. Ich soll meine Telefonnummer hinterlassen, man würde mich sofort informieren, wenn Christian das Bewusstsein erlangt hat. Ob man jemanden anrufen dürfe, der mich abholen könne? Oder ein Taxi rufen? Ich schüttle den Kopf. Mein Fahrrad steht noch immer in Hödingen. Ich möchte niemanden anrufen und auch kein Taxi. Ich brauche frische Luft, mir ist so schlecht.

Den ganzen Weg vom Krankenhaus nach Nussdorf gehe ich zu Fuß nach Hause. Am Überlinger Münster bleibe ich stehen. Ich gehe hinein und spreche ein Gebet. Die Stille tut mir gut und beruhigt meine Nerven. Zurück auf der Uferpromenade bin ich der einzige Mensch weit und breit. Warum musste dieser schreckliche Unfall geschehen? Gerade jetzt, wo Christian und ich wieder zueinandergefunden haben? Das helle Licht auf dem Wasser blendet schon fast. Und doch liegen winzig kleine Nebelschwaden auf dem See, die den nahen Herbst bereits erahnen lassen. Ich setze mich für einen Moment auf eine Bank und sehe den Schwänen zu, die ruhig und majestätisch über das Wasser gleiten. Der See hat eine heilende Wirkung auf meine angespannten Nerven, denn auf einmal werde auch ich ganz ruhig.

Da klingelt mein Handy. Es ist das Krankenhaus …

21. KAPITEL
»LEISE RIESELT DER SCHNEE«

Sanft, ganz sanft fallen sie vom Himmel – kleine, große, unendlich viele und unglaublich zarte weiße Schneeflocken. Ich stehe am Fenster und betrachte, wie sich die Welt um mich herum in einen weißen Wintertraum verwandelt.

Ein Jahr ist vergangen, seitdem ich genau an dieser Stelle stand und in den verschneiten Garten blickte. So viel ist inzwischen geschehen, und wir alle haben uns verändert. Durch das Haus zieht ein köstlicher Duft von Vanilleplätzchen. Ich beobachte, wie Nini, begleitet von Freddy und Jojo, in den Garten kommt. Der kleine Hund tobt durch das watteweiche Weiß und steckt immer wieder übermütig die Hundenase in den Schnee. Freddy tut so, als wolle er Nini mit Schneebällen bewerfen, doch sie läuft ihm davon. Er holt sie ein, nimmt ihre Hand und zieht sie an sich. Als er sie küsst, rutscht ihre Wollmütze ein wenig herunter, sodass sich der Schnee in ihrem blonden Haar verfängt. Glücklich schließt sie die Augen. Ich bin so froh, dass die beiden sich gefunden haben. So fröhlich und glücklich habe ich Nini noch nie erlebt. Und das zählt so viel mehr als Geld oder ein Universitätsabschluss. Seitdem die beiden im Herbst ihre Ausbildung angefangen haben, können sie sich ja nicht mehr täglich sehen, und doch scheint ihre Bindung immer inniger zu werden.

Ich löse meinen Blick von den beiden und lege den letzten warmen Pullover in meinen Koffer. Wir wollen Weihnachten bei meiner Mutter und Steve in den USA verbringen, und es soll in Michigan im Moment sehr kalt sein. Bestimmt ist meine Mutter schon sehr aufgeregt und freut sich auf unsere gemeinsame Weihnachtsfeier. Im Frühling wollen die beiden wieder an den Bodensee kommen, allerdings nicht, um hier zu arbeiten, sondern um den Sommer hier zu genießen. Sie brauchen auch gar nicht hier zu arbeiten, denn ich habe ja Ruth und Nora! Nora ist in den letzten Monaten nicht nur eine unglaublich große Stütze, sondern auch eine sehr enge Freundin von mir geworden. Mein Gefühl hat nicht getrogen: Sie ist genau die Richtige für die Arbeit in einer Pension. Mit leichter Hand organisiert sie alle anfallenden Dinge, bereitet das leckerste Frühstück zu, unterhält die Gäste mit lustigen Geschichten und lässt mit wenigen Handgriffen die Tische aussehen, als seien sie von Meisterhand dekoriert. Sie ist sich auch für keine Putzarbeit zu schade, da unser russisches Zimmermädchen Olga zwar sehr ordentlich, aber immer noch sehr unzuverlässig ist. Die schöne Spieluhr steht wieder auf ihrem Platz in der Vitrine, und manchmal, wenn Nora ihrer Mutter nahe sein möchte, erklingt die Melodie »You are my sunshine, my only sunshine …«

Ich höre, wie Ruth unten mit Nini bespricht, dass wir auf keinen Fall die Vanilleplätzchen vergessen dürfen, die Oma freue sich doch bestimmt schon sehr darauf. Was würde ich nur ohne Ruth tun? Wie habe ich es je ohne sie ausgehalten? Mir fällt das letzte Weihnachtsfest ein, das wir gemeinsam verbrachten. Damals war sie sehr einsam und aufgrund der hoffnungslosen Liebe zu dem verheirateten Hubert überaus unglücklich. Doch in diesem Jahr, genauer gesagt in diesem Sommer, ist das Glück zu ihr zurückgekehrt. In Michael hat sie einen echten Partner gefunden, der sie als Frau bewundert, schätzt und respektiert. Die beiden unternehmen sehr viel und planen gerade einen gemeinsamen Skiurlaub, weil wir im ganzen Januar Betriebsferien haben. Wenn man sie zusammen sieht, geht einem das Herz auf. Sie strahlen um die Wette, und man hat das Gefühl, dass sie dankbar sind, in ihrem Alter noch einmal das Glück einer großen Liebe gefunden zu haben. Ich denke an den armen Volker, der so vielen Frauen Hoffnung gemacht hat, etwas Ähnliches zu erleben. Ob die eine oder andere von ihnen inzwischen auch ihr Glück gefunden hat? Oder ob die meisten von ihnen immer noch bei *Seensucht* oder in anderen Portalen darauf hoffen, den Mann ihrer Träume zu finden?

Eva hat sich inzwischen bei *Seensucht* abgemeldet. Die ganzen Ereignisse haben sie so sehr geschockt, dass sie nichts mehr von irgendwelchen Internetgeschichten wissen will. Am ersten Advent hat sie Tim zum Kaffee eingeladen, und die beiden nähern sich gerade wieder ein wenig an. Sie wollen Weihnachten zusammen verbringen, und ich vermute, dass es nicht nur der Kinder wegen ist! Von Herzen wünsche ich den beiden, dass sie es noch einmal schaffen, ihre Familie zu erhalten.

Emily hat im Oktober einen Sohn, Nils, zur Welt gebracht. Sie besuchen uns häufig, und es ist schön zu sehen, wie glücklich sie sind. Emily ist in ihrem Leben angekommen, auch wenn ihre Mutter Katharina ziemlich erbost darüber ist, dass Emily und Tom noch nicht verheiratet sind, obwohl sie bereits ein Kind haben. Allerdings hat Katharina wenig Zeit, sich über diese Dinge aufzuregen, da ihre neue Schwiegertochter Beatrice reichlich viele Gesellschaften auf dem Weingut gibt und sie alle Mühe hat, ihre Stellung als Hausherrin dort zu verteidigen. Leon scheint in Beatrice eine Partnerin gefunden zu haben, die ihn sowohl geschäftlich als auch zu Hause tatkräftig unterstützt und nebenbei auch noch auf dem Golfplatz eine gute Figur abgibt. Insofern passt sie so viel besser zu ihm als ich, und ich bin froh, dass auch Leon offenbar sein Glück gefunden hat.

Der Sommer war in diesem Jahr viel zu schnell zu Ende, und auch der Herbst ging mit seiner leuchtenden Pracht fast spurlos an mir vorüber. In den letzten Monaten habe ich viel nachgedacht. Christian hat bei unserer Segeltour auf der *Sommerwind* gesagt, man solle sich mehr Zeit nehmen für die Dinge und Menschen, die einem wichtig sind. Es könne sonst eines Tages zu spät sein. Wie recht er hatte! Doch wir nehmen unsere Lieben als selbstverständlich, fast so, als würden die glücklichen Stunden ewig anhalten. Aber so ist das Leben nicht! Es besteht aus Veränderung. Die Liebe kommt und geht. Menschen verlassen uns … auch oder vielleicht gerade, weil wir sie krampfhaft festhalten wollen. Freundschaften zerbrechen, dafür treten neue Menschen in unser Leben. Das Glück ist flüchtig und dauert oft nur einen kurzen Moment lang an. Immer gerade dann, wenn wir es uns in unserer Komfortzone gemütlich gemacht haben, geschieht etwas, das uns eine Veränderung aufzwingt … ob wir dies nun wollen oder nicht. Auch ich habe geglaubt, ich hätte alle Zeit der Welt. Dabei ist Zeit ebenso wie Liebe ein Geschenk. Doch keines von Dauer.

Ich erinnere mich an Noras Worte, die sie in der *Temple Bar* in Dublin nach dem zweiten Glas Guiness zu mir sagte: »Liebe ist ein Geschenk, Maja. Wenn du es bekommst, dann nimm es dankbar an und wirf es nicht achtlos weg!«

Doch ich habe nicht richtig zugehört. Wenn ich gewusst hätte, wie stark sich mein Leben verändern würde, hätte ich sicher vieles anders gemacht. Ich bereue so viele Dinge, doch die Vergangenheit lässt sich nicht zurückholen. Meine Gefühle standen mir oft im Weg. Vielleicht hätte ich das eine oder andere Mal viel eher meinen Verstand einschalten sollen. Doch ich war immer der Meinung, ich sei auf dem richtigen Weg … so, wie wir alle immer glauben, alles richtig zu machen, so lange, bis das Leben uns vom Gegenteil überzeugt. Aber wir sind Menschen, keine Roboter. Wir machen Fehler und wünschen uns, dass diese Fehler verziehen werden. Weil wir anderen auch ihre Fehler verzeihen. Doch es gibt Fehler, die kann man sich selbst nicht verzeihen.

Ich lege noch ein paar warme Socken und meine Wollmütze in den Koffer, dann mache ich ihn zu und gehe nach unten. Ich höre die liebevollen Stimmen meiner Familie und Freunde aus dem weihnachtlich dekorierten Café, und mir wird warm ums Herz. Ich bin so froh, dass ich sie alle habe! Jeder von ihnen war auf seine Weise für mich da und hat mich aufgefangen, als ich aus der Klinik kam. Wenigstens meine körperliche Gesundheit ist so langsam wieder hergestellt. Die anderen Wunden werden nicht so schnell heilen.

In meiner Tasche fühle ich die kleine Schachtel, ohne die ich inzwischen nirgendwo mehr hingehe. Ich habe sie von dem Arzt bekommen, an dem Tag, an dem das Unglück geschah und ich zurück ins Krankenhaus kam. Auch ohne den Arzt direkt anzusehen oder ein einziges Wort mit ihm zu sprechen, wusste ich, was geschehen war und dass meine Gebete vergeblich gewesen waren. Er gab mir die kleine Schachtel, die man in Christians Jacke gefunden hatte.

Sie war aus rotem Samt.

»Ich glaube, das sollte Ihnen gehören«, sagte er mit ernster Stimme.

Darin war ein Verlobungsring.

Ich denke an Christians letzte Worte, die er am Telefon zu mir sagte: »Beeile dich, Maja! Ich liebe dich.«

Ich liebe dich auch, Christian ... und ich werde dich niemals vergessen. Dann ziehe ich die Tür hinter mir zu und gehe langsam durch den Schnee auf das Taxi zu.

ENDE

DANKSAGUNG

»Zu den schönsten und wichtigsten Dingen in meinem Leben gehört gleich nach meiner Familie das Schreiben.

Eine Geschichte zu entwerfen, die Figuren zu entwickeln und zu sehen, wie sie im Laufe der Zeit beinahe ein Eigenleben annehmen, ist ein ganz großes Glück. Dass ich dieses empfinden und auch andere daran teilhaben lassen darf, verdanke ich in erster Linie dem gesamten Team des Gmeiner-Verlags und vor allem meiner lieben Lektorin und Freundin Claudia Senghaas, die bei jeder noch so kleinen Frage für mich da ist und meine Geschichte mit vielen klugen Ideen und wertvollen Gedanken abrundet.

Besonders herzlich möchte ich allen Leserinnen danken, nicht nur deshalb, weil sie meine Bücher kaufen und mir damit ermöglichen, dass ich dieses Glück weiterhin erleben darf. Es macht mich sehr glücklich, dass sich viele der Leserinnen mit den Figuren in den Geschichten identifizieren, sogar mit ihnen »mitleben«, und mir ihre Freude darüber persönlich bei meinen Lesungen oder in vielen Mails und Gesprächen wieder zurückgeben.

Auch wenn ich mich wiederhole, weil dies nicht mein erstes Buch ist, so möchte ich mich doch vor allem bei meiner Familie bedanken, die mir mit ihrer Unterstützung und ihrer Liebe die Zeit und Kraft zum Schreiben schenkt. Vor allem bei meiner Mutter Rosemarie, die stets als Erste meine Geschichte zu lesen bekommt, obwohl sie so weit von mir entfernt ist. Ihre Meinung ist mir sehr wichtig und hat mich schon oft zu einer anderen Wendung inspiriert.

Mein besonderer Dank gilt meinem Freund Dieter, der nicht nur unglaublich viel Verständnis dafür aufbringt, dass ich monatelang in einer anderen Welt zu Hause bin, sondern mich auch in außerordentlicher Weise bei meinen Geschichten (nicht nur in kriminalistischer Hinsicht) berät und diese mit vielen Anregungen und Ideen bereichert.

Weitere Romane finden Sie auf den folgenden Seiten und im Internet:

WWW.GMEINER-SPANNUNG.DE

CHRISTINE RATH
Sanddornduft

978-3-8392-1490-9 (Paperback)
978-3-8392-4275-9 (pdf)
978-3-8392-4274-2 (epub)

»Insel statt Karriere!«

Wind im Haar und Sonne auf der Haut … Die erfolgreiche Karrierefrau Kerstin genießt nach einer großen Enttäuschung die ersten warmen Tage auf der zauberhaften Insel Hiddensee. Hier, in der kleinen Pension »Silberdistel« ihrer Tante Ingrid, entdeckt sie auf der Suche nach ihren Wurzeln plötzlich ein lange gehütetes Familiengeheimnis. Als sie sich in den attraktiven, doch undurchsichtigen Dirk verliebt, muss Kerstin eine Entscheidung treffen, die nicht nur ihr eigenes Leben für immer verändern wird.

Unser Lesermagazin

2 × jährlich das Neueste aus der Gmeiner-Bibliothek

Das KrimiJournal erhalten Sie in Ihrer Buchhandlung oder unter www.gmeiner-verlag.de

24 x 35 cm, 40 S., farbig; inkl. Büchermagazin »nicht nur« für Frauen und HistoJournal

GmeinerNewsletter

Neues aus der Welt der Gmeiner-Romane

Haben Sie schon unsere GmeinerNewsletter abonniert?

Monatlich erhalten Sie per E-Mail aktuelle Informationen aus der Welt der Krimis, der historischen Romane und der Frauenromane: Buchtipps, Berichte über Autoren und ihre Arbeit, Veranstaltungshinweise, neue Literaturseiten im Internet und interessante Neuigkeiten.

Die Anmeldung zu den GmeinerNewslettern ist ganz einfach. Direkt auf der Homepage des Gmeiner-Verlags (www.gmeiner-verlag.de) finden Sie das entsprechende Anmeldeformular.

Ihre Meinung ist gefragt!

Mitmachen und gewinnen

Wir möchten Ihnen mit unseren Romanen immer beste Unterhaltung bieten. Sie können uns dabei unterstützen, indem Sie uns Ihre Meinung zu den Gmeiner-Romanen sagen! Senden Sie eine E-Mail an gewinnspiel@gmeiner-verlag.de und teilen Sie uns mit, welches Buch Sie gelesen haben und wie es Ihnen gefallen hat. Alle Einsendungen nehmen automatisch am großen Jahresgewinnspiel mit attraktiven Buchpreisen teil.

WWW.GMEINER-VERLAG.DE

Wir machen's spannend